小說與詩歌
的藝術智慧

徐芳、李其綱/著

認識大陸作家系列

目　次

i

下篇　詩歌美學

上篇

小說美學

Ａ 章：小說的形式・形態・技法

小說的陌生化形態

小說正在變得陌生起來。王蒙的《冬天的話題》、諶容的《減去十歲》、韓少功的《爸爸爸》、鄭義的《遠村》、莫言的《紅高粱》……這一系列作品與人們通常熟悉的小說模式發生了很大的差異。它們的語言、情節、人物及題材選擇，都籠罩在一種非人們的經驗世界所能接觸的迷離恍惚的氛圍中。人們難以理解，唐・吉珂德之爭為何演化為盤根錯節的人際關係的大糾葛，難以理解那生活著丙崽的——不知來自何處的村落，難以理解洞悉人性世界一切奧秘的牧羊狗黑虎，難以理解如吟如訴如歌如舞的紅高粱……

不過，文學史很快表明，當代小說藝術發展的陌生化形態，它絕不是現階段的小說創作中絕無僅有的；在縱和橫兩個方面的文學背景上，我們都可以探其淵源。倘若我們並不是如布萊希特那樣，對陌生化作一種狹義的理解：在布萊希特那裏，陌生化很大程度上成為異化的同義詞，或者說是異化由社會學的範疇進入藝術領域後的代名詞。即使陌生化所產生的間離效果，也對應於一個業已被異化的現實世界（參見《布萊希特研究》，第 206 頁。），亦非如俄國形式主義者那樣作一種過於寬泛的理解。在俄國形式主義者那裏，他們把陌生化與藝術化等同起來，以為「凡是有形式的地方幾乎都有陌生化」（安納・傑弗森等著，陳昭全等譯《西方現代文學理論概述與比較》，第 7 頁。），而是持一種介乎兩者之間的解釋：它是藝術王國中相對於人的經驗世界，相對於直觀的現象世界而存在的一種超經驗超直觀的有關變形的美學範疇，一種與世界對話的特殊方式。那麼，縱的方面我

們將在神話、寓言、傳奇、戲曲等諸種藝術形式中發現其雛形；橫的方面我們也會在荒誕派戲劇、黑色幽默小說、魔幻現實主義小說、象徵主義詩歌等現代和當代的外國文學中窺見其蹤跡。

然而，這遠非問題的全部。這種對當代文學外力的描繪，只有在作用於當代文學本身時方才顯示其當代價值。這是一種受動的力，也就是說，在中國當代小說發展中出現的這種陌生化形態，絕不可能是遠古神話在當代土壤中的復活，也不會是與風車搏鬥的唐·吉珂德或者是被二十二條軍規折磨得疲憊不堪的美國軍官尤索林到中國一遊。它的產生與壯大只能是當代中國現實對於藝術的選擇，與當代小說藝術自身邏輯發展的結果。

一、陌生化形態之一：滑稽境界

滑稽醜陋，作為一種美學範疇，在文學的歷史中源遠流長。歐洲浪漫主義的美學觀，在猛烈抨擊古典主義只描寫「崇高文雅」，而忽略「滑稽醜陋」的同時，明確提出了藝術的任務，在於再現一切事物的對比。「滑稽醜陋」，作為美的對立面，而在藝術的殿堂中佔據一隅；不過，它仍然小心翼翼地站立在那兒——作為美的一種反襯，一種比較的對象，如雨果所說：鯢魚襯托出水仙，地底的小神仙使天仙顯得更美；亦如雨果的創作實踐：《巴黎聖母院》中，副主教克洛德·弗羅洛的奸詐醜陋，反襯出吉卜賽女郎愛絲美拉達的美。在浪漫主義那兒，「滑稽醜陋」尚沒有作為獨立的美學範疇走進作品。而在傳統的現實主義美學觀那兒，「滑稽醜陋」則往往服膺於典型環境中的典型性格的塑造。性格範疇在某種意義上涵蓋了滑稽境界或滑稽因素，它們往往構成同一。比如諶容的《人到中年》，如果抽掉了馬列主義老太太，作品中的滑稽因素也將不復存在。

然而，在陌生化形態籠罩下的滑稽境界，卻迥然異趣於浪漫主義美學觀和傳統的現實主義美學觀。與浪漫主義美學觀相比，它顯然擺脫了美的附庸地位，往往獨立地構成作品的整體氛圍；與傳統的現實

主義美學觀相比，雖然並不拒絕性格的塑造，但性格的塑造顯然已不在作品滑稽境界的構成中，佔有同一，佔有舉足輕重的地位。概言之，作品滑稽境界的同一，與其說和性格的塑造相關，倒不如說受制於作品的陌生化形態：被具象化但又顯然超越人們經驗世界認知模態的荒誕事件（或人物），或在生活中並無重大意義的對象。也就是說，滑稽境界與在作品中不論以何種具象出現的陌生化形態構成同一。

王蒙的《冬天的話題》是一篇奇警的作品。構成作品情節結構框架主幹的，有關「晨浴、晚浴」的事件，如果不屬子虛烏有，那也被創作主體誇大了一千倍。不過，正是這種誇大有力地構成了籠罩作品的陌生化形態的迷霧：人們健全的理性，絕不會相信它竟會成為 I 市乃至 N 省相當一部份地區的知識界內外的初冬話題。但作品在不真實的事件所演化的情節迷霧中，卻置入了大量翔實生動、纖毫畢露的細節和場面。諸如在矛盾的漩渦中迅速站隊的余秋萍和栗屬屬的神態和心態；難以兩全的浴室經理，趙小強妻子的憂慮，朱慎獨驕矜自負的心理流程……

作品內部迅速形成兩股不同方向的力。一股力驅使你疑，一股力驅使你信。在這種信疑參半各不相讓的困擾中，人們迅速接觸到了被作品真實或非真實的具象世界重重包裹的堅硬的理性內核：是否在我們的生活中，在民族心理結構中，存在著導致滑稽場面的某種荒誕的力量？

或者反過來，以經驗相對抗：我們承認那些翔實生動、纖毫畢露的細節和場面，唯獨對於「晨浴、晚浴」之爭的主幹事件頗存異議。於是請換取一下吧，可供調換的事件在生活中並不鮮見。然而，設若這樣，這是正劇，而非一幕滑稽的諧謔劇了。與這種設問出現的同時，我們也發現了陌生化形態的主幹事件，已經在作品中佔有了何等重要的地位，既賦予趙小強、朱慎獨以及他們周圍的社會群體以色彩，又將這種色彩轉移為整個作品的藝術氛圍——滑稽境界。

當然，這時我們也不難發現，我們所沉浸其中的滑稽境界，不僅僅具有辛辣、幽默令人噴飯的藝術呈現，而且更具有一種在這表象背

後的、真摯熱烈地要求改變這一切的焦慮，一種銘心刻骨的深廣憂憤。滑稽境界並不僅僅和醜與笑相關聯，它還牽動著我們的情愫，訴諸我們審美心理的仍然應該是一種崇高的激情。

有意思的是，曾寫出深沉而摯情的《人到中年》的諶容、寫出澎湃浪漫的《迷人的海》的鄧剛，也將他們的筆深入到這一形態之中。同期在《人民文學》上發表的《減去十歲》和《全是真事》，令人在擊節欣賞之餘陷於沉思了：為什麼作家們會對這種審美方式（我們還可以舉出吳若增的《臉皮招領啟事》、林斤瀾的《陽臺》……）趨之若鶩呢？

僅以諶容的《減去十歲》為例，與王蒙的《冬天的話題》相比，諶容所擇取的陌生化形態的事件具有了毋庸置疑的虛假：鑒於「文革」動亂十年，中央要發一個文件，為每人減去十歲。然而，這一虛假，同樣是建築在牢固的現實基礎之上的：幾乎所有的人都為「文革」十年的荒廢疾首痛心。不過是不是所有的人，都能夠切實認識到其後果的嚴重性呢？回答恰恰是否定的。黑格爾曾從哲學認識論的意義上，把對事物陌生化而後加以認識的動因，做過這樣的分析：眾所周知的東西，正因為它是眾所周知的，所以根本不被人們所認識（參見《布萊希特研究》，第 207 頁。）。

確實，《減去十歲》中的季文耀理解了嗎？減去十歲，他五十四歲，仍可以賴在官位上混幾年；鄭震海理解了嗎？減去十歲，他二十九歲，可以另擇新歡；想著換沙發的小華理解了嗎？想著考大學或是學英語或是搞文學的林素芬理解了嗎？我們無意苛求這些人瑣碎的個人慾望，因為正是這無數的個人的瑣碎慾望之和，構成了否定「文革」的重要社會基礎；但這瑣碎的個人慾望之和，又能夠涵蓋「文革」動亂給民族給歷史所造成的巨大戕害嗎？「減去十歲」的陌生化形態及其藝術的衍化，呈現為一種自我抵消的、辯證的運動，它導致我們接近對象──由於人物神態、心態的真實，同時又誘使或逼使我們離開對象，在陌生化形態的事件所必然產生的審美距離中觀照對象。

　　換言之,這就正如維克維爾特所概括的那樣,這種辯證運動是「累積不可理解的東西,直到理解出現」(同上書,第204頁。)。當這些人都荒唐地、不可理喻地逐一沉浸在「減去十歲」的瑣碎甚至猥瑣的個人慾望中時,累積達到最高值,理解也相繼出現:這社會群體意識的自我障礙,是否和「文革」動亂有一種深刻的聯繫呢?對我們民族而言更需要「減去」的是否正是這些迫切希望減去十歲的人的精神狀態呢?陌生化形態此時已經走向了它的反面:它的目的正是在於排除任何現象的「陌生化」的可能性,在更高一級的水平上,它並不僅僅存在於製造間隔,而在於喚醒我們頭腦中與此相關聯的意識,還原於我們熟諳的流程之中。

　　現在,我們也許可以對陌生化形態所衍化的滑稽境界,及其所具的藝術魅力,作一簡單的概括了。毫無疑問,陌生化形態是生活具象形態的一種變形態,在這個意義上,它所構成的滑稽境界,依然是一種具象境界,它依然訴諸我們的感官,但又以一種直觀的幻象或變形的形式進入到我們的理性區域——達到概念的抽象所無法企及的,既富於感性形式的生動,又富於理性知解魅力的高度。當然,在另一層意義上,陌生化形態畢竟又有異於人們的經驗形態。它超越了現實的經驗世界,目的卻在於回歸到現實的經驗世界。

二、陌生化形態之二:亞神話模式

　　神話形態——在遠古的初民那兒,它曾經是與人類認知水平相對應的一種經驗形態。它既描述著主體,也描述著客體——簡言之,「萬物有靈」的神話主題,曾經彌漫於所有的遠古神話,我們與其把它解釋為原始人對於自然的一種解釋,倒不如把它歸結為對於主體、對於自身的一種描述,一種確認,因為正是對於自身的生命觀照,使他們把天地萬物視為生命的存在與連續。這當然也是一種主體意識的對象化,但這種對象化卻是以混淆主客體的分野為標誌的。因為在事實上,原始人當時無能力對主體與客體、自在與他在,作出思維上的區分。

正是在這個意義上，神話形態是建立在對它的對象實在性的相信基礎之上的，倘若沒有相信，神話就失去了它的根基（恩斯特·凱西爾著，《人論》，第 96 頁。）。正是在這個意義上，它與當代文學中日趨集結的神話形態產生了質的相異：倘若說兩者的思維模式都是一種形象的、綜合的思維模式的話，那麼，前者的形象和綜合呈現為單向、線性的初級形式，滯留於一種被布留爾稱作為「原邏輯思維」的水平上（列維－布留爾著，《原始思維》，第 71 頁。）。而後者的形象和綜合卻是以理性過濾和分析為仲介，總是在實體的和屬性的、表象的和本質的、社會的和人性的、精神的和自然的、必然的和偶然的、恒定不變的和瞬息即逝的……之間作出反應、區別，然後再從藝術整體上去把握對象。

因而，當代文學中的神話形態，只不過是人的經驗世界在科學光芒燭照下的一種藝術的變異和延伸，也是在經驗的意義上，對於現實世界生機盎然的主動觀照，它被囊括於經驗世界的深層結構之中——儘管它以一種反經驗形態的陌生化形態而呈現。這樣，倘若我們仍然要把當代文學的這種神話形態歸結於神話系統之中，那麼，它只能是神話系統中進化的一個亞種，一種亞神話模式。這就正如索緒爾所說：系統永遠只是暫時的，會從一種狀態變為另一種狀態（索緒爾著，《普通語言學教程》，第 128 頁。）。

不過，儘管神話系統的內部狀態存在著巨大的差異，只要神話形態仍然能夠在系統、整體的意義上確立，仍然存在著連接其不同階段、不同狀態的共同紐結，仍然有其存在的理由——人企圖歷史地證明自身的存在狀況，那麼，這種巨大的差異以及這種差異佔有的歷史空白，將不會是毫無意義的。它至少從互悖和自悖兩個層面上揭示當代文學亞神話模式，在整個神話系統之中的地位及獨立的價值內涵，其外化形式將具體呈現在：結構與現象，形而上（超驗）與形而下（經驗）等一系列命題的相互糾葛的關係組合中。換言之，我們將在這種揭示與考察中竭力發現重塑神話的當代支點。

敏感的人們已經發現：如果說陌生化形態衍化的滑稽境界更多地見諸城市生活範圍的話，那麼，陌生化形態衍化的亞神話模式，則更多地出現在粗糙的自然形態下的農業（遊牧）社區。

正如恩斯特所指出的那樣，在人類文化的所有現象中，神話和宗教是最難相容於純粹的邏輯分析中（恩斯特‧凱西爾著，《人論》，第92頁。）。無論是神話的歷史，還是當今文化比較下的亞神話模式，都將使我們的邏輯分析處於兩難境地。我們能夠說清楚莫應豐《死河的奇蹟》中，那湮塞多年的死河，為什麼會突然間在人們的眼中復活？鄭義《遠村》中生氣灌注的黑虎，為什麼竟高高雄踞於人的世界之上，馮苓植《駝峰上的愛》中駱駝的世界，為什麼竟應合著人的世界的悲歡離合的回聲？紮西達娃《西藏，繫在皮繩扣上的魂》中，有著現代意識的「我」和執拗地保留著質樸渾厚原始情操的塔布，為什麼竟會各自歷經艱辛而相逢於山那邊？韓少功的《爸爸爸》中，只會說「义他媽」和「爸爸爸」的丙崽，為什麼會突然成為村民卜卦時的希望所在……

這一切究竟是人對現實生態環境的理性頓悟，抑或是原始心態積淀於、綿延於集體無意識中的當代性洩漏？究竟是屬於藝術思維範疇的移情現象，抑或是「天人合一」的自然觀羈留於現代生活的擦痕？我們確實容易陷入困惑，正如同一個恩斯特，一邊企圖對神話的歷史作出邏輯的分析和解釋，一邊又慨歎神話最難相容於純粹的邏輯分析之中。

但我們畢竟可以提供一種對比，即那些統轄於陌生化形態下的事物的對比。如果說，「晨浴、晚浴」之爭，「減去十歲」的陌生化形態背後，隱藏著的是一種城市生活的節律：煩囂、嘈雜、相互糾葛、盤根錯節的人際關係的話，那麼，亞神話模式中的陌生化形態卻表現出一種對自然的親近和虔敬。那些拘泥於經驗世界所無法理解的河、駱駝、狗、山和孩子，卻和人們的日常生活有著須臾不可分離的聯繫。「死河」的復活，使人們得到了水源；「黑虎」的存在，使羊戶們能抵禦狼的糾纏；駱駝的奔波，運載著人們的物質所需；山的屹立，使

村莊和人有了大自然的依靠；而丙崽生命力的頑強，已隱隱透出村民們，在物質和精神雙重窘迫的困境中頑強生存的願望……這都充分顯示了自然、與自然的聯繫，在亞神話模式——一種現實的審美關係中所佔據的地位。

對自然的親近、崇拜甚至敬畏——我們從當代文學的亞神話模式中抽象出這一觀念。當我們完成這一抽象，並企圖把這一抽象置於人類文化發展背景中予以考察的時候，一種結構的系統的意義，同時被發現了。如同樹置之於樹林，我們將立即發現它與整體的勾連，它的系統質，它所呈現的樹之所以成為樹的——一般的、靜態的表徵。這將成為我們認識森林翁翁鬱鬱之色的契機。

在結構的意義上，它成為一種共時性的、形而上的存在。遠古的自然崇拜，或者說，與自然和諧相處的人類與生俱來的慾望永不會消失。如同藍天，如同大地，如同自然，永遠是人所依賴的生活場所。當代文學的亞神話模式，以一種文學觀照，回答了 20 世紀困惑人類生存和命運的課題之一——對人類來說，與自然和諧相處，遠比征服、掠奪、佔有自然更為重要。在終極的意義上，自然是無法征服也無法超越的。

然而，儘管亞神話模式，將我們導向人的歷史的存在，導向人類生存的永恆命題，但這遠不是它的全部意蘊。這就正如皮亞傑所肯定的：遠不是說，對於可理解性的追求，像走到終點似的以歷史為歸宿，而是要以歷史為起點來做任何可理解性的研究……歷史引向一切，但是以從歷史裏走出來為條件（皮亞傑著，《結構主義》，第 76 頁。）。在這個意義上，亞神話模式並不是對神話歷史的重複，並不忽略遠古與當代、神話與科學、原始情操與文明氣質的歷史落差和文化距離。換句話說，萌發於當代生活土壤的亞神話模式，畢竟是發生於當代的文化現象。在現象的意義上，它必然受制於社會政治、經濟、道德、倫理等一系列內容。也就是說，亞神話模式中所宣洩的對於自然的虔敬，是以走出歷史為條件，以當代意識為架構的。因而，它又往往著眼於對於盲目崇拜，敬畏自然的原始心態的批判性重塑。比如，韓少

功的《爸爸爸》，其中「祭穀神」的場面渲染得淋漓盡致，在令人毛骨悚然，感官痙攣的「打冤家」的械鬥聲和火光血影中，「祭穀神」所內含的自然宗教傾向，在反諷的架構上被批判，它成為愚昧落後的國民心態的一個側影。至此，亞神話模式與古神話形態同源而分流，在現象與結構的比較意義上，它們互悖。

當然，亞神話模式作為一種現象，是一種歷時性的存在，它盈溢著形而下的現實世界的生動與活力，它演化著、變異著──對它來說，對自然宗教的反諷，正是企圖在更高的層面上投入自然，與自然同化；也正是這一現世的功利目的誘惑著它演化與變異。

如果說，亞神話模式與古神話形態，以一種互悖的形式共存於神話系統中的話，那麼，亞神話模式內部的形而上世界與形而下世界的自悖形式，則表明它並不是受動地存在於神話系統中，它自身的自悖形式所形成的藝術張力，使得它即使向人類生存的永恆的形而上命題投去深情一瞥時，也散發出睿智而清醒的現實氣息。換言之，亞神話模式的自悖形式，不僅使它為神話系統灌注進清新剛健的現代活力，誘惑它演化與變異，同時也使它自身成為一種能夠脫離母題的存在。

典型的例子是鄭義的《遠村》。鄭義不動聲色地將世界一劈為二：人的感覺、知覺和思維無法潛入的狗的世界，與翻攪著塵世的酸甜苦辣、悲歡離合的人的世界。前者在超驗的意義上，成為形而上的存在；後者在經驗的意義上，成為形而下的存在。在情緒的內在色澤及內聚力的走向上，兩者強烈反差而且相悖，但這種相悖卻凝固成一股巨大的靜力，使我們的心靜穆。

當楊萬牛被迫站在批鬥會中央，耷拉著腦袋之際，黑虎卻以它的利齒和膽氣，一次又一次擊敗兇殘的狼，捍衛著族類的尊嚴。同樣是面對愛情，黑虎自由奔放而纏綿熱烈地追求著它的黑妮；但楊萬牛卻只能在「拉邊套」的辛酸中，咀嚼那變了味的畸形愛情。同樣是死亡，黑虎的死平靜而莊嚴，如輝煌的落日，回歸於自然的懷抱；但葉葉的死，卻如一根經年累月的繩結，在勞累中訇然斷裂。同樣是類的繁衍，

11

番狗、盼盼在降生之時，心靈已烙上重重的傷痕；但黑虎的後代彷彿獲悉了天籟之聲，在黑虎莊嚴死去之際悄然降臨……

這是一種深刻的、無法排遣的自悖。然而這種自悖也恰如作用力與反作用力的自悖所蘊蓄的巨大的能量轉換一樣，它終究會引起我們審美情感的昇華。那似乎來自彼岸、來自理想王國的形而上世界的生動，與那來自我們腳下、來自現實的形而下的世界的喧囂，將在對比中凸現我們使命的艱巨和不可抗拒的理想的誘惑。亞神話模式的相悖形式，已經擰成了一股巨大的、粗重如黃河的纖繩，正深深勒緊我們的肩膀。

三、陌生化形態之三：抒情境界

《紅高粱》曾引起人們的矚目。有人斷言《紅高粱》突破了戰爭題材的某種模式，那麼，模式是如何突破的呢？人們迅速發現構成作品的兩個層面：逼真、勾人懸念的伏擊戰的事件過程，與濃烈、使人盪氣迴腸的抒情境界。然而僅僅歸結於此，就能賦予作品「突破」的美學意義嗎？孫犁的《荷花淀》呢？不同樣是兩者的有機結合嗎？問題迅速向縱深發展了：就事件過程而言，《紅高粱》並沒有比同類題材的其他作品提供更多的東西。它成功的奧秘在於它的抒情境界的過程與結果，與《荷花淀》的差異。也就是說，陌生化形態的抒情境界佔有獨特的審美位置。

毫無疑問，任何形態（包括陌生化形態）下的抒情境界，都是咬斷詩歌臍帶，而後生長起來的。詩的內部從來就不是一塊整齊劃一阡陌有序的土地。它規定了與其聯姻的小說只能是有選擇的，或者反過來說，詩並不是受動的，並不是消極地承受著小說楔進來的榫頭。詩自身在流淌、在衍變的審美方式，改造了自身，同時也改造了小說。不管莫言有意與否，《紅高粱》的抒情境界的形成，其奇特、新鮮、大膽、跳躍，與當代詩歌的浪漫主義詩學（作寬泛的理解，它包容了

象徵派的許多藝術特徵），有一種緊密的聯繫。這剛好與《荷花淀》恪守的傳統詩學形成鮮明的對比。

對這種著力把對象陌生化，而後展開抒情的詩學特徵，諾瓦利斯曾有一段精闢的概括：以一種舒適的方法，令人感到意外；使一個事物陌生化，同時又為人們所熟悉和具有吸引力，這樣的藝術就是浪漫主義的詩學（轉引自《布萊希特研究》，第 205 頁。）。不過，這樣說，並不等於否定在具體的藝術實踐上，莫言做出了自己獨特的嘗試和努力。事實是，當《紅高粱》的抒情境界被置於陌生化形態下而形成、而凸現的時候，一個新的藝術契機迅即產生，並被擴大、膨脹為整個作品的藝術氛圍。

我們首先發現，莫言寫高粱，高粱已不再是如瑪瑙、如紅櫻、如戟、如垂掛在少女髮際的耳墜子……而是「高粱高密輝煌，高粱淒婉可人，高粱愛情激蕩」，高粱被人的精神境界、人的情感輻射所羅致所寓托，並被歧義化，高粱成為人的對象化的物，儘管在人的日常世界的經驗模式中，高粱從未被賦予這種觀念化的重任，但在藝術感覺的直觀與隨機的意義上，它還是成立了。

這種對情景關係的理解，甚至使作品的敘述結構、敘述語言也沾染上濃重的主觀化的抒情氣息。客觀的、冷靜的描述消失了，而代之以來也突兀、去也倏忽的高濃度的情感語詞結構。比如，作品在交代了父親如何跟著余司令踏上抗日戰場的場面後，緊接著馬上換段，寫道：父親就這樣奔向了聳立在故鄉通紅的高粱地裏屬於他的那塊無字的青石墓碑。顯然，情感的奔突猶如岩漿，所經之處，現象世界的內容與形式——井然有序的時空、事物的因果聯繫，皆遭其烤灼而變異、而陌生化。

不過，應該指出的是，陌生化形態下的情景關係構成，隨作品內在情感的強弱變化而起伏。似乎可以這麼說，那些與人們理性支配下的感覺世界大相徑庭的陌生化的景、物、事，也將隨著情感的潮汐或漲或落、或遞增或縮減。情感度越增，陌生化形態的東西也將越多越密集。羅漢大爺的耳朵被殘忍割下，這時父親居然看到那兩隻耳朵活

潑地跳動，「打擊得瓷盤叮咚叮咚響」；而奶奶的犧牲，無疑是整個作品情感度的最高值，這時，瞬間的死被無限地擴大了，奶奶彌留之際的情緒竟然彌漫為整個作品的第八章，陌生化形態的感觸、幻覺紛至沓來，作為陌生化形態中主幹意象的紅高粱，也變得奇譎詭麗，奇形怪狀；高粱們的呻吟、扭曲、呼號、纏繞，時而像魔鬼，時而像親人……陌生化形態此時將作品推向抒情境界的華彩樂段。

如果說，《紅高粱》情景關係構成的形象支點是我們通常所以為的自然存在物——高粱、田野、小麥、羊群——的話，那麼，還有一種自然，一種被科學文明改造過的自然，一種隨著城市的膨脹而日益擴大的人工物界。前者能夠毫無羈絆地進入抒情領域，並進而大踏步地跨入小說王國，質變為陌生化形態的抒情境界，已經為千百年來的自然詩學觀所認可所庇護。正如赫伯恩所指出的那樣：華茲華斯筆下的自然，是人類的審美和道德的教科書。然而我們所知的 20 世紀的人的典型形象就是被自然包圍著的「陌生人」，自然對他不僅毫不重要，毫無意義，而且是「荒誕的」（M．李普曼著，《當代美學》，第365頁。）。

不過，這一嚴峻的事實，儘管表明在人工物界的擠壓下，自然的生機日漸離人們遠去，但並不說明人類情感的心理能量，也就不需要被釋放和宣洩。事實上，一旦情感的釋放和宣洩，彌漫於客觀事物，包括人工物界之中，一種藝術的情與景、情與物、情與事的主客觀關係，同樣被確立了。速度、力量、節奏、變幻等 20 世紀人工物界的表徵，也將侵入「意境」——這一古老的美學範疇之中。在此，「意境」獲得了前所未有的改造，中庸和諧、空靈優美抑或悲慨蒼涼、頓挫沉雄的美感特徵在這類作品中不復存在。因為一方面這類作品所強調的現代人的情感世界，是複雜的、分裂的、乖戾多變的；另一方面人工物界的色彩、音響、形狀，又呈現出無窮無盡、光怪陸離的時空變化。變化了的主體和客體構築著新的關係組合，拘泥於以往的經驗，已經無法認識和表達世界——這一切剛好為陌生化形態的抒情境界，提供了新的審美可能性空間。

　　在陳村的《他們》中，有一段沉重的抒情獨白：「我把青春交給黑屋，把夢留給井。在我終於見到萬千睡蓮在塘中開放時，我撿不起過期的熱情。這樣的錯位叫人痛心不止。」這種情感狀態的錯位，或者說，這種情感狀態的變異和陌生化，除去時代政治的制約因素外，仍然和城市生活有一種深刻的勾連。人被淹沒了，情感還能像座島嗎？而不遺筆墨地凸現這種情感的變異，則成為這類作品重要的美學特徵。

　　在《他們》中，畸形的「小眼睛」被端在「腳高腳低」的手中，「我」竟會覺得如花似玉，覺得「他更能適應這樣的世界」。這是自嘲、自卑，抑或是自尊？至於「魚」，在有了一生中最為輝煌的時刻，終於回到魚的生態時，為什麼卻不再有健全者的精神狀態了呢？在這背後隱藏的情感狀態，是慨歎於生活中常態世界的病態和病態世界的常態？這種情緒的非經驗形式的反向宣洩，在劉索拉的《藍天綠海》、徐星的《無主題變奏》、蔣子丹的《黑顏色》、傅星的《魔幻人生》……中均有酣暢淋漓的藝術表現。它們一同標明了一種非自然詩學觀──被城市的人工物界改造過的詩學觀，在當代小說中的存在，亦即一種陌生化的抒情境界，在城市小說中的存在。

　　倘若說，同樣立足於城市生活，陌生化形態的滑稽境界訴諸距離的觀照，在出乎其外的間離效果中，讀者獲得對對象的超脫、睿智、思辨、玄思的審美滿足的話，那麼，陌生化形態的抒情境界則不然。它強調的是入乎其內的移情，無生命意志的事物往往會沾染上人的感覺、情感、意志和思想，讀者將在物我為一、神與物遊的境界中，感悟、享受到藝術的迷人氣息。在劉索拉的《藍天綠海》中，主人公常常生出「把聲帶掏出來扔到窗外去」的意念，儘管她熱愛歌唱從未停止過歌唱。這是一種極有概括力的情感狀態變異，換句話說，這種變異了的情感狀態，也只能發生在高速度高節奏高密度的城市生存空間中。疲乏、困惑、躁動，但又不甘怠惰、不甘落後，總是進取，總是奮鬥，總是把肉體和神經磨礪得粗糙又敏感。

也正是這種情感狀態的變異和陌生化，那種古典的、淡雅的憂鬱，那種歷史的、沉重的悲涼，悄悄隱匿不見了。一個為我們所不熟悉的抒情世界出現了。在這個世界中，那些躍動情感色澤的黃金顆粒，不再遵循慣常的藝術表達的邏輯，凝聚融化成金塊，而是如生活本身的散漫狀態，藏匿於各個角落。那些閃爍的光澤即使耀動著，也混合著泥土、腐葉的氣息。崇高與卑下、歡樂與憂傷、蕪雜與純粹、喧囂與寧靜、騷亂與平和，對立的情緒內涵，交錯的情感狀態，連同結構上時空的錯亂，語言的日常通訊性質的被突破，一股腦兒的像混沌一片的沼澤地、像雜燴、像拼盤、像都市上空繚繞盤桓的星光月光燈光……你再也無法說清你感覺到的是什麼，但你什麼都感覺到了。陌生化形態的抒情境界，在繞了一個圈後，又回到了我們熟悉的生活本身。

四、陌生化形態與生活的原生美

若干年前，新時期文學濫觴之際，文學首先莊嚴的使命是：恢復莊嚴的現實主義傳統。這與其說是藝術個性選擇的必然，倒毋寧說是受某種共性法則所驅使。文學史家在梳理這一階段時，也許將留下難解的困惑：為什麼日後均以顯著的藝術個性馳騁文壇的作家，當時都形跡相近，沉溺於同一種藝術模式中呢？隨著文學自身的壯大，那種普遍的共性法則，也被日益改善的文學改善了其在文學中的地位。它由凌駕於羸弱的文學病軀之上，而變為文學堅強的肩膀主動承受的負荷。陌生化形態下的藝術個性和風格，正是在這一文學背景下成長起來的，換句話說，當文學終於有可能按自身的規律求得發展時，文學的主體性迅即被發現了。在經歷了多年坎坷之後，人們終於承認：藝術作為本體，是人的主體性和自我意識的一個方面。在這個意義上，王蒙終於成為王蒙，諶容終於成為諶容，韓少功終於成為韓少功……儘管人們將充滿深情地回憶起他們在《最寶貴的》、《永遠是春天》、《西望茅草地》中的某種相似，但對文學來說，更應該記住的是他們

的相異。儘管就作家個人的藝術選擇而言，這並非是從天空往下生長的樹木，早在他們發軔之際即有端倪可察：《說客盈門》已可見王蒙的幽默才華；《大公雞的悲喜劇》也可見讌容構築陌生化形象體系的能力；《飛過藍天》則可窺見韓少功浪漫氣質後藏匿的嚴峻面容；但對文學的宏觀構架而言，這不僅僅意味著作家藝術個性的覺醒與成熟，而更重要的是凸現了一個文學事實：作家們正日益迫切地尋求著最適宜被創作主體的經歷、氣質、教養、文化、心理和生理，所涵容的某種審美把握方式。

　　陌生化形態下的滑稽境界、亞神話模式及抒情境界，正是在這個意義上滿足了相當多的作家的需要。數年前，在宗璞的《蝸居》、《我是誰》中，它只不過是並不引人注目的醜小鴨。但在今天，在王蒙在韓少功在莫言⋯⋯的筆下，它已經變成呦呦引頸、拍翅展翼的白天鵝了。它的翅翼牽引著人們的目光，在一片遼闊的、嶄新的藝術可能性空間棲落。

　　毫無疑問，當我們執著地關注著陌生化形態的藝術特質，並關注著這種特質為何，又如何彌散在中國當代文學佔據的空間位置時，我們自然而然會把眼光移向這個星球的另一半。這不僅因為我們生活在同一片天空下，有著共同的感受生活的經驗形式，更因為陌生化形態的藝術特質，就其外觀而言，確實與西方現代派文學重表現的美學信條，有著驚人的相似之處。「世界存在著，僅僅複製世界是毫無意義的」（《現代西方文論選》，第153頁。），這是常識，也是箴言；這是謎面，也是謎底。始於物，卻複歸於心靈；始於具象的存在，卻昇華抽象為人的理性無法抵達的自在；它至少成為現代派文學作品撬動世界的槓桿。純屬子虛烏有，卻使尤索林和義大利賣香煙的老婆子驚慌不已的「第二十二條軍規」，不是對世界的複製（《第二十二條軍規》）；U-2火箭的落點，與美國軍官發生性行為地點的完全吻合，也不是對世界的複製（《萬有引力之虹》）；即使打魚佬桑提亞哥拖回大金槍魚的空骨架後，守著火爐夢見的獅子，也不是對世界的複製（《老人與海》）⋯⋯

17

邏輯的自然延伸似乎是「減去十歲」的紅頭文件，不是對世界的複製；盈溢著「黑虎」身上的莊嚴崇高的人性，同樣不是對世界的複製；即使如伴隨著人的情緒節律且歌且舞的紅高粱，也不是對世界的複製。然而，我們是不是據此類推說，後者必定是前者的翻版呢？回答是：不！

事實上，當我們持這種類推進行判斷時，我們已不自覺地陷入了循環論證的陷阱。源遠流長的東方美學中也有重「表現」的脈流，那麼究竟誰先誰後誰雷同誰呢？也許，合理的解釋是：正如東西方的蘋果都生長在樹上一樣，這只能是人類共同的相應的認知和經驗形式，作用於藝術的結果。

不過，這並不等於否認文學在世界範圍內的互相滲透和影響。現代派文學重表現的美學特徵在走向極端時，可能也把原來較為隱蔽的、人類共同的認知和經驗形式誇大而變得格外引人注目。它使某些中國作家從中獲得某種啟示，也不足為奇。然而，即使存在這種可能，兩者的差異依然是巨大而明晰的。前者迷茫，後者警醒；前者厭世，後者達觀；前者的夢魘如地獄般升騰的濃煙，後者的夢幻如火如荼如水如霧如紅高粱……許多人已經注意到這種差異，但在歸結形成這種差異的原因時，人們往往習慣於把它歸結為內容的選擇和處理，歸結為對於世界本體看法的歧異。如果說，表現論強調的是主觀的心靈對宇宙萬物的溶解與揮發的話，那麼，人們將習慣於看到搏動在中國當代作家胸膛中的一顆活潑滋潤的心，看到迥然有別的酣睡如冬眠之蛇的另一顆遲暮的心，人們將歸結於心的差異。這種簡單化的歸結，固然大體上沒錯，但這僅僅解釋了問題的一半。問題的另一半是，形式在這裏決不是脫離觀念內涵而獨立存在，而無所作為的。當現代派文學重表現的美學特徵走向極端時，訴諸讀者感官和心靈的美感形式，也發生了極大的變化。那些過於抽象、晦澀、乖戾多變的象徵體，既洩露出觀念本身的沉重，又使作品的審美效果呈現出觀念化的僵硬，而一個被人們直觀的世界反倒顯得稀薄不堪，這就像一顆碩大的頭顱，被安放在孱弱的軀體之上。

睿智的西方作家已經注意到這種缺陷。索爾·貝婁和辛格已經嘗試著把現代派和傳統的文學方法，把「表現」和「再現」糅合在一起，表現出一種兼收並蓄的寬容。雖然沒有直接的證據表明，中國當代作家是從索爾·貝婁和辛格那兒獲得啟迪，但他們的創作實踐表明，他們同樣注意到了這一缺陷。如果說，現代派文學的許多作品一味高蹈，徜徉於形而上的抽象王國的話，那麼陌生化形態下的中國當代小說創作，卻並不斷然拒絕形而下現象世界的誘惑。它也許憧憬形而上的至高無上的美學境界，卻把雙足站立於堅實的高山之巔。紅高粱上閃爍的露珠，撒尿的放羊孩子，旱煙葉子嗆人的煙霧，考不上大學的煩惱，浴室經理輕輕一聲喟歎，拉邊套的艱難困頓……這些猶如毛茸茸的嫩葉上閃動的露珠般的生活的原生美，一旦與籠罩在陌生化形態之下的、關於人的價值、關於死亡、關於人與自然、關於城市生存空間的抽象思考相結合的話，一個闊大而入微的人的世界也隨之誕生了。它警醒，它達觀，它堅定，彷彿帶著使命，它理性十足，彷彿永遠眯縫著雙眼——因為它與氣象萬千、生機勃勃的形而下的世界，有一種堅韌而具體的聯繫。

正是在這個意義上，陌生化形態下的小說內在秩序，往往呈現為一種「有意味的形式」，一種積澱著內容的形式。表現的內容與再現的內容，陌生化形態與生活的原生美，彷彿漫不經心天然混成地構成一種饒有深意的循環：陌生化形態←→生活的原生美←→……以《減去十歲》為例，它排列為「檔（表現形態，即陌生化形態）←→人（再現形態，即生活的原生美）」；以《遠村》為例，它排列為「狗（表現）←→人（再現）」；以《紅高粱》為例，它排列為「紅高粱（表現）←→人（再現）」……

在這樣的循環往復中，讀者將時而沉浸於直觀、經驗的框架中，被撲面而來的夾有濃郁生活氣息的情感狀態所俘獲；時而又突破經驗的框架，潛入人的理性的認知範圍，思辨著作品具象世界之上的本體存在。這裏，陌生化形態成為橋樑，它通向生活的原始混沌狀態，賦予日常的生活片斷以觀念的意義；但又可以反過來說，生活的原生美也成為了橋樑，它通向人的理性的思辨王國，賦予人的理念世界以情

感的色澤。而讀者正是在這種周而復始的藝術張力中，獲得一種多層次多色差的審美愉悅。並且，這種藝術張力一旦落實到具體作品之中，往往直接勾連著作品的美學風格。《冬天的話題》的憂而無怨，《遠村》的哀而不傷，《紅高粱》的纖穠而不滑膩，仍有其骨……都與滲透在深層結構中的情感與理性，經驗與超驗的相反相成的矛盾關係，大有關聯。

　　不過，也許應該指出的是，陌生化形態本身，並不會為任何創作個體，提供某種天然的佑護和保證。它並不是無人據守的宮殿，隨心所欲踏進門檻，即可將宮殿內的瑰寶佔為己有。它有那麼點喜怒無常，人們至少已經看到，出入這扇門的並不都是面容姣好的西施。在這裏，作品會被悄悄地引向幾個極端；或是生活的原生美稀薄不堪，作品呈現寓言式的觀念化僵硬；或是陌生化形態選擇得陳舊不堪，而陷入雷同化的窠臼；或是陌生化形態與生活的原生美缺少深層次的對應，變成生拼硬湊的色塊組合，亦如冰箱內遮蓋不嚴的菜肴的相互串味。結論是，陌生化形態作為一種審美把握方式，如同其他審美把握方式一樣，也將在日益被人們熟悉的同時，對藝術家提出更高的獨創性要求。

一種緬懷：先鋒文學形式實驗的再探索

一、引言

　　當代文學的歷史似乎在不經意之間又畫了一個圓：從極端地重視內容到極端地重視形式，現在又回到了極端地重視內容。與近二十年前極端地重視內容相比，唯一的差異在於：前者的重視內容有著其濃厚的現實的政治化動機，而後者的重視內容則有著顯見的商業化的目的。

　　這一個圓的完成，是有著讓人哭笑不得、奈何不得的諧謔成分的。它似乎有著阿 Q 所畫之圓的那種風骨，但仔細掛酌，也就是一個「似乎」罷了。在更為宏闊的時間之軸上，它讓我想起的倒是當代中國先鋒派文學曾極力奉為大師級人物的博爾赫斯所摯愛的圓形迷宮。在博爾赫斯那兒的圓：既代表著一種結構的完美，同時又意味著一種宿命的循環和困境。

　　促使我撰寫本文的動機也正是：我們能夠走出這種循環嗎？或者質言之，倘若我們註定不能夠走出這種循環的話，我們能不能把一個圓的終點當作另一個圓的始點，也就是說，在幾乎所有的人將文學的內容（不管它如何被披上形形色色的商業包裝）當作文學的唯一目的的時候，我們能不能再一次探索並研究文學的形式意味呢？

　　事實是，即使在先鋒文學最為輝煌的時期，我們的文學批評也很少涉獵於形式批評，我們也缺少對於「形式實驗」的宏觀把握和微觀解析。在這個意義上，我的這篇小文也可以算作一種補救，一種努力把一個過去的「圓」畫得更圓一些的癡幻的執著罷了。

二、還是引言

當我們談到「形式實驗」這一題目時，克萊夫・貝爾關於「有意味的形式」的著名論斷將會意味深長地浮現出來。而蘇珊・朗格對貝爾的進一步闡述也不會為我所忽略。蘇珊・朗格在《情感與形式》一書中說，「正像科學常規支配我們的學術思想那樣，人們在理解藝術時也常常認為形式與本質『內容』相對立。不過，根據這種不加鑒別的設想，關於形式和內容的整個概念就要遭到厄運，藝術分析也會以藝術是『賦予形式的內容』（formed content）即內容與形式同一這樣夾纏不清的論斷而告終。關於形式與內容的這一似非而是的問題，是可以找到解答的。因為，第一，藝術作品是一種其相關因素常為本質和本質特徵（如它們強度的大小）的結構；第二，本質進入了形式，本質從而與形式合二為一，如同本質所具有而且所僅有的關聯一樣；第三，說本質是形式在邏輯上賴以被抽象的『內容』毫無意義。形式借本質特有的關係而建立，本質是藝術結構中的形式因素，而不是內容。」

蘇珊・朗格的話，無疑是我們進入先鋒派文學形式探索和實驗之門的一把鑰匙。即先鋒派文學的形而上主題方向，它可以構成內容的層面，而它的情感本質卻又與形式相關聯。因而，當我們力圖對它的形式探索和實驗作某種評價時，我們將必須考慮它與情感本質的一種聯繫，如同蘇珊・朗格進一步所述：藝術形式具有一種非常特殊的內容，即它的意義。在邏輯上，它是表述性的或具有意味的形式。確實，我們在下面也將探析到的先鋒派文學對神秘感的追求，它將典型地表現出形式本身的意味，並使形式成為「有意味的形式」。不過，現在，為了表述的方便，我們寧願暫且將「意味」擱置一邊，從純形式或曰技法的意義上開始我們的探討。

1.意象——形式實驗的斑斕之花

「意象」進入先鋒派小說之中，首先具有的恐怕是純形式或曰技法的意義。意象，它是主觀情感、情緒與客觀事物的一種契合。倘若用龐德在《關於意象主義》一文中所述即為「意象可以有兩種。意象可以在大腦中升起，那麼意象就是『主觀』的。或許，外界的因素影響大腦；如果如此，它們被吸收進大腦溶化。轉化了，又以與它們不同的一個意象出現。其次，意象可以是『客觀』的。攫住某些外部場景或行為的情感，事實上把意象帶進了頭腦；而那個漩渦（中心）又去掉枝葉，只剩下那些本質的、或主要的、或戲劇性的特點，於是意象彷彿像那外部的原物似的出現了。」

引用了龐德關於意象的劃分之後，我們似乎可以進一步指出，儘管意象進入小說並非從先鋒派文學始，比如，王蒙的《春之聲》、《海的夢》，孔捷生的《海與燈塔》，在嘗試意識流小說的實驗時，已將意象引入其中。倘若再作探索的話，30 年代的沈從文諸人的小說創作，均不乏這方面的實例，如《邊城》，但先鋒派小說引入的意象卻有著它自身的諸多特點。

A.先鋒派小說喜歡引入龐德所稱的「主觀」意象（這是與王蒙、孔捷生或沈從文喜好客觀化意象恰好相異）。蘇童在他的成名作，也是先鋒派小說的重要作品之一的《飛越我的楓楊樹故鄉》中寫道：

> 靈場與我遠隔千里，又似乎設在我的搖籃旁邊。我小小的生命穿過楓楊樹故鄉山水人畜的包圍之中，顏面潮紅。喘息不止。溺死慶叔的河流袒露在我的目光裏，河水在月光下嘤嘤作響，左岸望不到邊的罌粟花隨風起伏搖盪，湧來無限猩紅色的慾望。一派生生死死的悲壯氣息，彌漫整個世界，我被什麼深刻厚重的東西所打動，晃晃悠悠地從搖籃中站起，對著窗外的月亮放聲大哭。

遠（遠隔千里）與近（搖籃邊上）；回憶（童年）與實在（父母家人的驚訝）；死亡（麼叔之死）與新生（嬰孩之哭聲）；恐懼（死者與世界的關係）與慾望（以罌粟為象徵的生命的原生力量）……是那麼和諧地被統一在一起。而這一組組對比前者之存在，皆是主觀性極強的意象。「我」並沒有見過麼叔，在「我」出生沒多久，麼叔就在楓楊樹故鄉死去了。但我卻清晰地看到了麼叔，並感到麼叔周圍的一切，包括河流猩紅色的波浪、包括大地、包括大地上瀰漫的生生死死的氣息。是幻覺嗎？又不是，它是「我」在清醒之中所浮現於腦際的意象；是回憶嗎？又不切實，「我」那時尚在哺乳期，似乎沒有記憶可言。但不論它是什麼，它意味著什麼，它怎樣產生，它只能是一種主觀化極強的意象。

B.先鋒派小說喜歡在小說中引入「主幹意象」，並在「主幹意象」周圍形成意象群。

費萊曾指出，在許多作品中存在著一種「意象光譜帶」，比如，在莎士比亞的《馬克白》中血的意象就有著「意象光譜帶」的作用，在詩歌創作中尤其被經常運用。艾略特的《荒原》，其「荒原」就類似於《馬克白》中「血」的意象所起的作用。我們也把這類意象稱作為主幹意象，即這樣的意象往往起著統攝全篇的樞紐作用，將其他散漫的意象串聯起來，並暗示著主題方向。它與其他意象的關係就如同樹之主幹與樹之枝椏、葉瓣的關係。

曾進行過先鋒派詩歌實驗的蘇童對這一點也並不陌生。我們仍以他的《飛越我的楓楊樹故鄉》為例。

在我們上述的引文中，曾出現了許多主觀化極強的意象。倘若我們作進一步辨析的話，我們可以發現在這短短的引文中「紅」的意象佔有不小的比重：罌粟花的顏色是紅色的，甚至連抽象的慾望也被賦予了顏色——「湧來無限猩紅色的慾望」。確實，「紅」在《飛越我的楓楊樹故鄉》中佔有突出而醒目的位置，換句話說，「紅」是《飛越我的楓楊樹故鄉》的主幹意象。在小說的開首，一兩句平實的敘述之後，主觀性極強的「紅」的底色就大面積鋪開：「春天的時候，河兩

岸的原野被猩紅色大肆侵入，層層疊疊、氣韻非凡，如一片莽莽蒼蒼的紅波浪鼓蕩著偏僻的鄉村，鼓蕩著我的鄉親們生生死死呼出的血腥氣息。」而小說極重要的兩位主人公的死亡也伴隨著紅色：麼叔死於「罌粟花最後的風光歲月裏」；穗子死於一條河中，她死時「漣漪初動的水面上冒起好多紅色水泡，漸漸地半條河泛出紅色」。

當「紅」成為《飛越我的楓楊樹故鄉》的「意象光譜帶」時，作品的形而上主旨也隱約浮現出來。它是一種生命的顏色、慾望的顏色和死亡的顏色，「紅」統一了生與死、統一了精神與慾望、統一了回憶的虛無與實在、統一了超驗與經驗，用作品的話說就是「紅」完成了「一個死者與世界的和諧統一」。

需要指出的是，在小說中引進「意象光譜帶」，引進主幹意象，並非先鋒派小說的首創，費萊已經在傳統的莎士比亞那兒找到了「意象光譜帶」就證明了這一點。但主幹意象的操作實踐在先鋒派小說那兒被屢屢運用，卻是毋庸置疑的事實。比如莫言《球狀閃電》中閃電與光的意象；孫甘露《信使之函》中的信的意象；張獻《屋裏的貓頭鷹》中「沙沙沙」的聽覺意象……皆有著這方面的功能。究其原因，這可能與先鋒派小說喜用「變形」、喜好拒絕有限的實在事物，而追求幻覺、夢覺、錯覺等有關。而大量非常態的、非知覺的、抽象的意象進入作品，倘若沒有一個主幹意象的話，作品在整體上必會出現一種散漫，結構上容易出現一種失衡。還是蘇珊·朗格說得有理，「意象真正的功用是：它可以作為抽象之物，可作為象徵，即思想的荷載物」。而我們可以再補充一句：主幹意象在荷載能力上更有著非同一般的作用——它是大噸位級的。

C.先鋒派小說喜歡在表象的敘述或描摹中，突然嵌進意象，從而形成表象與意象、具象與抽象、敘述或描摹與象徵和隱喻的張力關係。

余華在《四月三日事件》中，以一種平靜和客觀的語言交代「四月三日事件」的起始：一個很平常的早晨，主人公「他」站立在視窗開始了對世界的眺望。這種眺望姿態的被描述是在一個漫不經心的語態和表象真實的過程中完成的，即它是經驗的、實在的，被感官正常

25

感知著的。但極其主觀化的意象在這時卻突然插入了，它迅速使事件的過程具有了一種荒誕感、一種虛擬性，從而使經驗世界的客觀真實變得恍惚起來。余華這樣寫道：

> 他將手伸進了口袋，手上竟產生了冷漠的金屬的感覺。（這時的感覺仍停留在常態的感官能力的把握之中）他心裏微微一怔，手指開始有些顫抖。他很驚訝自己的激動。然而當手指沿著金屬慢慢挺進時，那種奇特的感覺卻沒有發展，它被固定下來了。於是他的手也立刻凝住不動。（客觀化的敘述正在向主觀化的意象過渡）漸漸地它開始溫暖起來，溫暖如嘴唇。（迅速進入意象範疇，重點號為筆者所加）可是不久這溫暖突然消失。他想此刻它已與手指融為一體了，因此也便如同無有。它那動人的炫耀，已經成為過去的形式。（意象的抽象性被凸現出來。儘管意象的空間佔用極其有限——它僅僅是一把小小的鑰匙——但它的抽象意義卻具有了某種擴張性和無限性。能指，亦即表示成分「鑰匙」在所指的層面上獲得了想像性空間的充分餘地。
> 那是一把鑰匙，（回到實在的表象世界）它的顏色與此刻的陽光近似。（再以一種過渡姿態進入意象範疇）它那不規則起伏的齒條，讓他無端地想像出某一條凹凸艱難的路，或許他會走到這條路上去。（鑰匙和路的勾連，是能指與所指的關係，也是一種描述的客體與隱喻性意象之間的關係，即一種喻體和喻義的關係。）

綜合上面括弧中的分析，我們不難發現，余華極其自由地運筆於客觀與主觀、經驗與超驗、表象的真實與意象的真實、敘述描摹和象徵隱喻、具象和抽象之間，或進或出，或淡或濃，或拘謹或灑脫，但在「鑰匙」這一變異了的客體、具有濃重陌生化意味的意象之統攝之下，矛盾著的一個個板塊被強有力地粘和成一個「場」——即有著張力關係的整體效應。「鑰匙」在所指的抽象層面上，已經契合著「四

月三日事件」的主題方向：它在不自不覺中營造出一種充滿坎坷和怪異的氛圍。它（鑰匙）與一扇扇緊閉的心靈之門發生了聯繫。而正因為一扇扇拒絕「他」進入和介入的心靈之門的存在，一個封閉的世界才迫使他逃亡——企圖逃逸出由門製造的窒息青春生命的空間，從而讓人的生命形態成為毫無羈絆的存在。

2.搖曳多姿的先鋒文學結構形態

在我們傳統的理解中，小說的敘事結構往往意味著情節結構。敘事結構與情節結構形成同構對應關係。而情節又通常被解釋為性格的演變史、發展史。敘事結構在這時也悄悄地變化成人的性格的塑造和描摹的過程。敘事結構由於服從著性格的演變軌跡，從而也形成了一種超穩定的、凝固的模式。

在這樣的模式中，情節的走向（即敘事結構的板塊運動過程）與時間的線性軌跡是相吻合的，亦即情節呈現出時間的線性運動軌跡。「起承轉合」或曰開端、發展、高潮、結尾，只不過是這種線性時間外化為一種藝術形態的必然。而在這樣的藝術形態中所呈現和傳遞的歷史感、滄桑感或曰使命感，只不過是這樣一種藝術形態在內涵上的必然。「一個人的性格就是一個人的命運」，這句箴言似的總結成為這種藝術形態企盼的境界和必然歸宿。

但從意識流小說始，這種堅硬的、凝固了的模式被打破了，性格的意義淡化了乃至於無。而隨著性格意義的縮減，小說的結構出現了一系列的變化。情緒的位置漸漸凸現出來，一種情緒型的結構隨之出現。比如王蒙的《春之聲》，彭見明的《那山那人那狗》，周立武的《巨獸》，張承志的《北方的河》、《戈壁》，劉索拉的《藍天綠海》，王安憶的《本次列車終點》……

毫無疑問，中國當代先鋒文學的緣起與意識流小說有相當多的關聯。即意識流小說在小說的結構上也給予了先鋒文學極大的啟發和借鑒。早期的先鋒文學在結構上與意識流小說的結構上有極大的相似性（它們所相異的恐怕更多地體現在對世界的理解、對形而上主題方向

27

上的不同趨附），即使發展到晚近的先鋒文學，在結構上也同樣有許多相同之處，比如，它們都共同否定了情節結構模式，小說文本中缺乏首尾相顧的，具有明顯、必然的因果聯繫的主幹情節；它們都對時間和空間的變化抱著一種隨意的、即時的態度。當然，掠過這一系列結構表象上的相似性，我們還會發現先鋒文學在結構上所作的一種努力，即努力超越已有的藝術經驗，開闢小說藝術結構的新的空間、新的可能性歸宿。

A.對比性結構及其張力

馬原的《岡底斯的誘惑》，在先鋒派小說結構方面的開創性意義顯然不能低估。三個似乎獨立的故事，在「誘惑」的標題之下被統攝在一起。其一，狩獵的故事。故事的走向與喜馬拉雅雪人，與狩獵中自然浮現的大自然倔強崢嶸的精神有一種契合對應的關係。說到底，這一故事關係到的是人在大自然中所佔有的位置。其二，陸高、姚亮與央金的故事。這一故事實際上並不能算故事，因為陸高、姚亮與央金關係很陌生。倘若硬要說其中有什麼聯繫的話，只不過是充分符號化了的央金（很美，但突然地死去了）所涵蓋著的死亡的突然性、不可預期性的價值意義，與陸高、姚亮的靈魂一隅發生了一種碰撞。其三，頓月、頓珠與尼姆的故事。這是普泛化的生活形態，因而，在頓月、頓珠與尼姆的故事背後，隱藏著兩方面的價值依附：即向著大自然精神的一面，它凸現的是一種生命的原始激情和力量；而另一面則向著現存物質世界的貧困和粗糙，它發出的是一種道德和世俗的聲音。

馬原顯然意識到了三個故事的疏散和分離。他直接在小說文本中裝入了一段批評性的說明性文字（在小說結構學的意義上，這段文字本身也對一種秩序和規範作出了一種解嘲式的姿態）：「關於結構。這似乎是三個單獨成立的故事，其中很少內在的聯繫。這是個純粹技術性的問題，我們下面設法解決一下。」

　　馬原的技法（技術性）就是在結構上讓它們成為一種自我滿足的存在，即按它們故事顯示的內在要求，形成各自的結構風貌，然後讓它們共同存在於一個「誘惑」的母題之下，從而產生一種結構上的張力。質言之，這是一種對比性的結構。

　　在第一個故事中，馬原強調的是故事的形而上意味。這一故事的結構處理也就變成了情緒性結構。在文本中，不斷地有抒情性意象的片斷和塊面出現。如：你就生在那山裏。山勢多半是平緩的，只有地衣和矮棵的幾種叫不出名字的植物是標誌季節變化的自然色彩。這種敘述語言和描摹語言本身也染有濃重的非日常化的抒情色彩。而在第二個故事中，馬原強調的是生活的日常形態，主題歸宿也在於死亡在日常生活中所顯示的意義。因而，馬原在結構上也處理成以「懸念」（央金如何天葬和陸高、姚亮觀看天葬成功與否）來串聯起整個事件的過程。而敘述語言也帶有一種平淡和瑣碎，像日常生活形態本身的單調和乏味一樣。到了第三個故事，由於故事本身所具有的兩重性，即向著形而上和形而下的兩重性，故事的結構也就具有了一種兩重性價值。在敘述和描摹語言上則是跳躍式遞進的抒情性語言風格與平淡的無色彩的鋪排性語言風格互為觀照，交替出現。

　　三個故事（或曰三個子系統）三種結構，但它又最終構成了小說文本的大結構。這種結構方式類似於音樂中的複調結構，但又要比複調結構更為複雜。它在三個子系統（三種結構）的相異中求得了統一，它在子系統的排斥中獲得了一致，它不是彼此的提問和應答，而是彼此的衝撞和矛盾，它應和著的聲音來自於喧囂的塵世又來自於寂靜的靈魂；或者說，它響應著的聲音來自於靈魂的糾纏又來自於自然的靜穆——這種結構本身就是一種悖論，它唯一能夠對應的是我們現存在之中的實在和虛無、「煩」（如海德格爾所用之意）與「空」（如禪宗所述之意）……

B.回憶的套疊式結構所蘊含的結構力量

回憶，從某種意義上說，是被文學的本質所規定著的。除了幻想小說，文學所敘述、所描摹的總是時間上已經消逝的事情。因而，幾乎可以這麼說，任何一篇以第一人稱展開敘述和摹寫的小說文本，都相當容易給人一種展開回憶的感覺，或者說，事實上它們都是一種回憶。

不過，在傳統的寫實主義那裏，回憶是以插敘或倒敘的結構形式展開的，在意識流小說那兒回憶是在人物的意識流程中展示的。不論怎麼說，回憶遵循著的是常態的時間邏輯。但在先鋒派小說那兒，回憶改變了它的這一性質，並進而改變了小說文本的結構形式。即以蘇童的《飛越我的楓楊樹故鄉》為例。

在小說開首處，我們的閱讀感覺似乎是「我」在展開回憶。小說寫道：直到 50 年代初，我的老家楓楊樹一帶還鋪滿了南方少見的罌粟花地……我的麼叔還在鄉下，都說他像一條夜狗神出鬼沒於老家的柴草垛、罌粟地、幹糞堆和肥胖女人中間，不思歸家。我常在一千里地之外想起他，想起他坐在楓楊樹老家的大紅花朵叢中……這段文字中的三處「我」字，已經勾勒出一種回憶什麼的氛圍。然而，事實上我那時尚年幼，尚難以有翔實具體的回憶內容。於是，小說接下來進入回憶的另一個層面。

「祖父住在城裏，老態龍鍾了，記憶卻很鮮亮……」；「可以從祖父被回憶放大的瞳孔裏看見我的麼叔……」這兩段文字表明，小說開始由「我」的回憶而進入到「我祖父」的回憶境界，即由「我」→「我祖父」→「我麼叔」，從而構成了一個楓楊樹故鄉的世界。不過，在這裏，小說的結構仍然恪守著常態的時間邏輯，是在被經驗認同的範圍中進行的。在小說的繼續運行中，這種回憶的經驗性質將被超越。

「一九五六年我剛剛出世，我是一個美麗而安靜的嬰孩。可是在我的記憶裏，清晰地目睹了守靈之夜。」從常識我們可以知道，剛剛出世的嬰孩是不可能有記憶的，也就是說，從這時開始的回憶，由於

回憶主體的改變，帶有了一種明顯的超驗的性質，回憶的結構變成：

「我」→「我祖父」→「我麼叔」→「我」

這種回憶主體的循環或複歸，不僅使得小說結構形態出現了令人觸目的變化，同時也使結構本身具有了一種意蘊。常態的時間邏輯被打亂，回憶遵循的也不再是一種線性時間，而是非直觀的時間。在這時，我們的心靈世界將被這種回憶的套疊式結構所蘊含的力量所打動，我們將會聯想到東方神秘主義的時間觀和現代物理學所闡明的時間觀——存在著一種不能為我們的經驗所把握的時間。用德·布羅意的話來講就是：

> 「每一個觀察者當他的時間過去時就會發現一段新的時—空，對於他來講好像是物質世界的後繼方面，雖然在實在中，構成時—空的全體的存在先於他對它們的認識。」

而用高賓達喇嘛的一段話就是：

> 「……在這種空間的經驗中，時間的序列轉化為同時的共存，是事物的並列存在。」

這種回憶的套疊式結構所蘊含的力量，在先鋒派小說中不僅為蘇童所重視，它同時也是許多其他作家的選擇。比如扎西達娃的《繫在皮繩上的魂》，洪峰的《極地之側》、《瀚海》等等。這種結構的內在力量和外在的藝術魅力也就可以想見了。

C.顛覆性結構——埋伏在通俗文學格局中的特洛伊木馬

有一個作家及其作品在中國的遭際是意味深長的，無論是先鋒派作家或是後來的新寫實主義作家都將其奉為至寶。他就是羅布·格里耶及其代表作《橡皮》、《嫉妒》。

《橡皮》堪稱顛覆性結構的範作。《橡皮》從其外在的結構形態來看，極似一部偵探小說。然而，恰恰是它將偵探小說的結構意義破壞得支離破碎，換句話說，《橡皮》以貌似偵探小說結構完成了對其

通俗意義的超越，在這部小說裏，不是人物支配情景，而是以物作為結構的支撐點和敘述視點，因為這一結構支點的改變契合著羅布‧格里耶對於人和世界關係的哲學見解：人生活在物質世界的包圍中，時刻受其影響。

在當代的先鋒作家中，余華可能是較早地自覺地進行「顛覆性結構」嘗試的作家。他的《鮮血梅花》是一次成功的冒險。

從作品的外在結構看，《鮮血梅花》有著武俠小說的最普通化的包裝形態。其一，復仇。十五年前，一代宗師阮進武死於兩名武林黑道人物之手；爾後，其妻念念不忘為其夫復仇，在其子阮海闊十五歲那年讓他踏上了為父復仇之路。其二，懸念。要為父復仇的阮海闊，不知道殺害他父親的兇手究竟是誰，而阮進武之妻將「丈夫生前的仇敵在內心一一羅列出來，其結果仍是一片茫然」。正是在這樣的懸念之中，阮海闊踏上尋找殺父仇人的道路。其三，傳奇性。胭脂女的花粉能使人一丈之內聞之即亡；白雨瀟在堆滿枯葉的小徑上行走居然沒有點滴聲響；阮進武遺留給其子的梅花劍，即使沾滿鮮血，只需輕輕一揮，鮮血便如雪花般飄離劍身，只留一滴永久盤踞劍上，狀若一朵袖珍梅花。

然而，透過這一系列武俠小說的表面形態，余華所埋伏的「特洛伊木馬」顯現了。富有傳奇色彩的梅花劍，偏偏握在沒有半點武功的阮海闊之手；沒有半點武功的阮海闊要找的殺父仇人卻是武林中數一數二的高手，這一巨大的矛盾構成了阮海闊的生存背景，並顯現了他生存目的的某種荒誕感。他唯一能做的是不斷地尋找，不斷地走路，如同海鷗喬‧納森在不停地飛，不停地尋找——飛往哪裏，尋找什麼已不再是重要的了，行為本身構成了目的。因而，阮海闊為父報仇的使命也可以被輕易地改變，他最終代人打探消息去了。這時，余華也完成了他的顛覆：哪兒還有什麼傳奇性？整個過程只是一個少年郎精神和肉體的漂泊。武俠小說的結構形態也變成了對武俠經典內涵的超越。

　　似乎是為了與余華相呼應，葉兆言在他的《豔歌》中完成的是另一種顛覆。透過題目，我們已經明瞭他顛覆的通俗文學品種是言情小說。一見鍾情，相見恨晚，三角戀愛，纏綿不能自拔，巧遇……這一系列言情小說的模式與規範在《豔歌》中也是應有盡有。然而，只有當結尾處「陽光像一幅油畫」時，葉兆言才將他的特洛伊木馬殺將出來：他要借此而凸現主人公的「尷尬」狀態和情態。情已非言情，「尷尬」才是一種生存的本真境界。也就是說，這一人的本真境界既可以通過「言情」的包裝而體現，也可以通過《棗樹的故事》那樣蒼涼的歷史來體現。用葉兆言自己的話來說就是「寫言情小說的同時反言情小說」，「常在關鍵時候破壞言情小說的規範」。而這種顛覆性結構的內在動力則源於葉兆言「不願寫非常現成的東西，而是調侃各類小說，從中得到寫作的樂趣」，換言之，對通俗文學文本結構的顛覆已不僅僅是一種技術性操作的需要，而是變成了作家精神生存的一種方式，一種精神自洽的需要，一種精神自娛的需要。

　　也正是出自於這種精神自洽和自娛的需要，對通俗文學文本結構的顛覆，繼余華、葉兆言之後又有了長足的進展。為了文學王國的海倫，特洛伊木馬曾經頻頻出擊，並留下驕人的戰績。在雨城的《洪高梅》、述平的《凹凸》、陳染的《嘴唇裏的陽光》等篇什中，我們到處可見顛覆的努力，顛覆的艱難和顛覆之後的廢墟以及立於廢墟之上的藝術宮殿。

3.先鋒文學形式實驗的式微及簡短的結語

　　先鋒文學在形式實驗上曾經佔有的輝煌是一個巨大的題目，它絕非本文的篇幅所能夠容納的。我們所能夠做到的，也就是擇其要者對其作一簡單的回顧和考察。

　　然而，輝煌之後的黯淡畢竟讓人為之心疼，為之茫然，為之凄然，如同太陽消失之後的曠野上的寂寞、靜穆和蒼茫。

　　彷彿是打了一個盹，醒來時先鋒文學的形式實驗已成明日黃花。當一個形而上的主題群落喪失時，形式實驗的式微其實也是必然的事，是題中應有之義。

　　在蘇童的《妻妾成群》中，我們還能夠發現那情緒飽滿的、富有張力和彈性的意象塊面嗎？在結構上，還有那跳躍式的意象塊面的組合嗎？顯然這一切已經消失了。代之的是一個老頭和四個妾的關係史，是一個妾的視點構成了小說的視點。頌蓮，這一個曾經是女學生的妾，她進了陳家的門，然後變瘋的情節史構成了小說的傳統結構形態。「一個人的性格就是一個人的命運」，這一傳統的箴言再度在蘇童身上顯靈。

　　而與此同時，新寫實主義文學、新狀態小說，以及形形色色的新潮流正洶湧澎湃。不過，這顯然是另一個題目了，而它與先鋒派文學的直接關聯就是一批先鋒作家轉入了它的陣營。唯一需要指出的是，這一系列冠之以「新」的文學口號的崛起與先鋒文學的式微在時間的線性序列上，剛好有一種承繼關係。這是巧合，抑或是必然？

超驗：對世界的理解與對藝術的追求

這是一些頗為引人注目的作品：劉索拉的《你別無選擇》、《藍天綠海》，莫言的《透明的紅蘿蔔》、《球狀閃電》，王安憶的《小鮑莊》，韓少功的《爸爸爸》。如果我們把這些風格迥異、題材不同的作品捏在一起，你能說清你捏住的是什麼？是一團理不清剪還亂的亂麻，抑或是一團光怪陸離的五彩石？或者是一團陽光，一團炫人眼目的陽光，你可以感覺它，卻無法精確地描繪它內在的色澤？不過，幸運的是在文學觀念渴求著變化、渴求新穎的今天，作為年齡、經歷大體相同的作家們的藝術實踐，我們是不難找出其相同的共振點，找出它們的美學共相，那就是——超驗，或者說，對現實世界一種機警的、形而上的把握。

我們所理解的超驗，並不是如康得所理解的超出一切可能經驗之上、不為人的認識能力所能及的抽象存在物，如上帝。恰恰相反，它存在並且彌散在我們經驗世界的周圍。它由經驗世界而上升，又反過來俯視、凌駕於具體的經驗世界。它是一種源於現象世界但又高於現象世界的抽象本質，當它一旦從哲學範疇進入到文學領域，那麼，正如文學曾經給哲學提供了無限豐富的感性材料一樣，哲學也會在文學的軀體內注入一種新鮮而持久的活力。正是在這個意義上，我們所說的超驗，它首先是一種對世界的理解，一種與世界對話的特殊方式。

在劉索拉的《你別無選擇》中，我們看到的難道僅僅是一出鬧劇嗎？僅僅是一群反常悖理、怪誕不經的大學生們在嬉笑中的發洩，在發洩中又痛苦萬狀嗎？在令人眼花繚亂的非洲土著舞和三點式游泳衣背後，在夜不能寐，「總想讓肌肉緊張」的近乎瘋狂的創造慾背後，我們究竟還感到了一些什麼？當森森的五重奏給人們帶來了遠古的質樸和神秘感，生命在自然中顯出無限的活潑與力量的時候，我們難

道不感覺到在他們貌似瘋狂、有著強烈現代色彩的臉龐上，也映射出我們祖先們的血液？

在王安憶的《小鮑莊》中，我們看到的難道僅僅是文化子與翠翠的愛情悲劇？僅僅是撈渣的仁義？或者僅僅是拾來與二姑充滿坎坷和艱辛的一生嗎？在那叮咚、叮咚的撥浪鼓聲中，我們究竟還聽到了一些什麼？「樹橫漂在水面上，盤著一條長蟲……」，它所描繪的難道僅僅是一個被稱之為小鮑莊的具體的生存環境嗎？

在韓少功的《爸爸爸》中，我們所看到的僅僅是祭穀神令人毛骨悚然的場面？打冤家揪人心肺的械鬥？在那蒼涼而又頗具鬧劇意味的唱「簡」聲中，我們究竟還感覺到了一些什麼？姜涼、府方、公牛、優耐、刑天，這一連串的名字逆向追溯的祖先們的名字，難道是毫無意義的羅列？

在莫言的《透明的紅蘿蔔》中，我們看到的難道僅僅是劉福主任的驕橫、黑孩謀生的艱難，或者是老小鐵匠的衝突，小石匠和姑娘的愛情故事？在黑孩面對成片的黃麻地，注視著隱匿在黃麻地中的一對青年男女，而升起的一種異樣感覺中，從這個受難的小天使身上，我們究竟還感覺一些什麼？

也許，這就正如王安憶所說，她謳歌人類的這般痛苦、幸福，而又喧囂的繁衍？一種歷史綿延感在我們心底油然而生，昨天、今天和明天一起被作家們筆下的具象世界超越了。個人的遭際指向人作為類的存在，短暫的人生之炬射向無垠的蒼穹，有限的藝術天地包蘊了無限的時空。在現實世界的巨岩厚壁間，它為我們鑿開一條隧道，並讓我們蝸行其中，窺探留在我們身後的漫長的歷史投影，但目的更為明晰：以便參照那遙遠的未來。

於是，當我們重新聆聽森森的五重奏，重新追尋黑孩的行蹤，或者，再一次徜徉鮑山腳下的小鮑莊，回身返視那「不知來自何處」的丙崽的村寨，我們就會發現凌駕於這現象世界芸芸眾生之上的本體意識：人的生命的綿延與歷史的綿延的相融彙。生命來自於歷史，歷史又是由生命所創造的。儘管森森身上包裹著一層耀人眼目的光圈，但

他的五重奏所透露的一種靈性、一種神秘感,與黑孩、撈渣、丙崽身上所閃現的那種靈性和神秘感,給我們的感悟又有什麼質的相異呢?當然,我們如此斷言,並不是否定這些作品,在題材、人物、風格上的差異,我們只不過是企圖通過對這些差異的考察,進一步發掘它們共同的、深藏於作品內核的本體意識。這就正如我們倘若對嘉陵江、漢江、湘江、贛江的差異作一番考察,必然會發現會追溯其共同的源頭一樣。

當然,為獲取對現象世界的本質的透視與描述,其方法多種多樣,可謂條條大道通羅馬。當海勒用「黑色幽默」寫出《第二十二條軍規》,寫出凌駕美國之上的本質真實,陸文夫、高曉聲不也以現實主義的方法,寫出《圍牆》、《陳奐生上城》,寫出潛藏於中國大地的本質真實嗎?因而,我們有必要強調,我們所理解的超驗,以及它所獲得的表現過程,從現象世界來看,也許是不真實的。換言之,它不必時時拘泥於形而下的現象世界,它所憧憬的是一種形而上的最高真實。

如果說,文學永遠像一個躁動不安、求知欲旺盛的中學生,永遠睜著一雙渴求變化、渴求新鮮的瞳仁的話,那麼,正是「超驗」它所具有的新鮮魅力吸引著文學步入它的大門。

人們難以理解,《你別無選擇》中的功能圈,何以會有如此巨大的使人畏懼的力量,莘莘學子無一不誠惶誠恐地跪拜於它的面前,甚至只要牢記功能圈,就能創作出世界上最最偉大的作品;人們也難以理解《小鮑莊》中那鋪天蓋地的洪水,何以會白茫茫排山倒海?水消失又何以會出現橫樹長蟲?人們同樣難以理解,《球狀閃電》中反覆出現身插羽毛的鳥老頭,那是人抑或是獸?

如果我們拘泥於我們的經驗世界,那麼這一切都顯得荒誕、荒唐、不真實,然而如果我們跳出拘圍我們視野的現象世界,在更高的層次上,我們就能夠和功能圈對話。在它具有一種神奇的力量,而能佑護人們創作出偉大的作品時,它也許是人們力圖遺忘但無法遺忘的歷史。

同樣，《小鮑莊》引子中的洪水、橫樹、長蟲，我們的視點僅僅凝固於小鮑莊的具體的生態環境，它可能從未發生過，然而，當我們發覺它始終高居於小鮑莊之上，有機地構成了作品凝重、渾厚的藝術氛圍時，我們也就容易理解，它事實上已經成為一種歷史文化，一個曾經以龍作為圖騰崇拜的中華民族的象徵。

這樣，小鮑莊的歷史，在某種意義上也就成為我們民族的歷史；小鮑莊的現實，也就成為我們民族的現實的縮影。如果說，在功能圈，在洪水、橫樹、長蟲中，都積澱凝固著一種單純的抽象的超現實的積極崇高力量的話，那麼，《球狀閃電》中的鳥老頭則不然，儘管我們同樣難以理解他何以要往身上一根根插羽毛，難以理解他為何敢於大把大把生吃蝸牛，在蝸牛沒有後又要大把大把吃蚯蚓——他是惡，抑或是善？他是第一個盜火者，抑或是鄉民們敬畏的惡魔？當他出現在奶牛群中，蛐蛐的驚叫，蟈蟈爹的敬畏，毛豔的進攻，說明它似乎是一頭惡魔；但他在蟈蟈行將沉淪未將沉淪之際，通體羽毛豐滿、光彩照人出現在蟈蟈面前時，當他以吃蝸牛的舉動啟示鄉民們食用這高蛋白食物時，他似乎又是善和進取者的形象。鳥老頭身上複合著呈現的觀念內容，表明的正是作者對於現實世界複雜性的一種透視和把握，儘管它是以一種非現實的摹寫來作為途徑。

由此，我們可以發現，超驗——作為一種美學追求，在文學創作實踐過程中，無疑是對文學的直接功利目的的一種反撥，但它未必沒有豐富的社會歷史內容。

任何一種歷史題材，內容總是呼喚著特定的藝術形式與其對應。如果說，所謂的西方意識流小說在中國當代文學中曾經有過正名，爾後為我所用的過程，那麼，我們也不難覺察，超驗——作為一種自覺的美學追求，似乎和黑色幽默、魔幻現實主義有著血緣的聯繫；因而，當我們發覺在《你別無選擇》的主人公們，微笑、大笑、狂笑的背後，似乎透出某種無可奈何的誇張的時候；當《藍天綠海》的主人公，總是用美好的化身聾子對照現實世界，而習慣在嘴角掛上滑稽、嘲諷的微笑時，當王安憶毫不猶豫地宣稱她受了加西亞·馬爾克斯和拉美文

學的啟迪，當我們在莫言的《球狀閃電》中總是看到《百年孤獨》慣用的許多藝術手法時，我們大可不必驚慌失措。對於他們的這種藝術追求和探索，我們應該也完全可以像我們對待意識流小說那樣，持一種寬容的借鑒態度。

至此，我們似乎應該把上述作品分為兩組，作一雙向的平行分析，儘管在特定的超驗的意義上，它們只不過是同一條鐵路的兩根鐵軌。

在劉索拉的《你別無選擇》、《藍天綠海》中，我們感到的是黑色幽默浸潤的痕跡。與黑色幽默常常把悲劇的內容處理成喜劇的形式相似，劉索拉常常把正劇的內容處理成喜劇的形式。在《你別無選擇》中，李鳴的憂鬱是大便乾燥，心花怒放則跑到廁所放了一泡尿；孟野對提琴力度追求的慾望是像狼一樣號叫；戴齊的不事修飾，迫使教授在課堂上憋氣五分鐘……甚至作品中許多人物的姓名，都沾染上濃厚的喜劇色彩：懵懂、時間、貓。而這一點在《藍天綠海》中，則表現更甚，主人公身上明明集中了許多人類的美德，同情心、利他、不為金錢所惑地追求著神聖的藝術皇冠……然而，宗旨卻偏偏省略了她的名和姓，奉獻她「蠻子」的雅號。

無可否認，這一系列誇張、變形、嘲諷，所構成的藝術手段，以及帶有強烈的作家主體介入的痕跡，它是創作主體情緒膨脹的產物。它或多或少背離了人們處於正常狀態下，對於生活的體驗和感受。在這個意義上，它往往構成一種真作假時假也真、假作真時真也假的美學情趣。簡言之，這也是一種不真實，這種形而下的不真實，依然把我們的審美觀照指向作品包蘊的本體真實。

不過，我們不得不指出，儘管作品明顯地受到黑色幽默的影響，但又決然不是黑色幽默的作品。如果說黑色幽默的笑聲是一種沒有歡樂的笑聲，一種絕望的笑聲的話，那麼，無論是在《你別無選擇》，還是在《藍天綠海》中，我們都能感受到一種瘋狂的激情，一種孕育在激情中的莊嚴，一種生命的激盪和理想的吶喊。

如果說劉索拉借鑒黑色幽默，而達到「超驗」的美學目的的話，那麼，莫言、王安憶、韓少功則是通過對魔幻現實主義的消化，獲取必要的藝術養料，達到相同的目的。

魔幻現實主義有一條所謂「變幻想為現實而又不失其真」的原則。它來自現實，在現實生活堅實龐大的骨架上，又嵌進栩栩如生的源於神話、傳說的幻想；在這個意義上，它又看重想像，通過作者奇譎詭麗的想像之翼，負載起現實生活的巨大軀幹。這種逼真的現實描繪與充滿激情想像的結合，組合成一幅色彩斑斕、風格奇特的圖畫，使得作者在「似是而非，似非而是」的形象中，獲得一種似曾相識，又覺陌生的感受，從而激起人們追索作者創作意圖的慾望，一種間離效果——超越作者所描繪的現象世界。

顯然，《小鮑莊》中的小鮑莊由來的傳說，《爸爸爸》中刑天的傳說，《球狀閃電》中刺蝟的絮語……它們在作品中的地位及其呈現的藝術效果，與魔幻現實主義這一原則不謀而合。

沉睡的傳說或是虛擬的童話，在現代人的情感中或復活、或生長。值得注意的是，無論是口碑相傳的野史，或者是作家杜撰的童話，它們一旦被嵌入作者所展示的現實世界的圖畫中，它們也就悄悄消遁了他們原來形式的意義，野史不再純粹是野史，童話不再純粹是童話——這就正如蛋做成蛋糕以後，消失了蛋的形態，儘管我們依然可以分析蛋的成分——它們已經和作品的其他成分渾然一體，並且在使我們對歷史的縱向的觀照中，獲得一個視點，如《小鮑莊》，如《爸爸爸》；或者，在我們對現實作橫向的觀照中，提供一種依仗，使我們能夠進行扇面的掃描，如《球狀閃電》。但無論是縱是橫的觀照，它們都在其與現實的結合部上產生一種張力，擴大了作品的藝術容量，使作品超現實的觀念獲得飽滿的藝術呈現，深厚而耐咀嚼。

與這一手法近似，我們不無驚奇地發現作家們在幾篇作品中都觸類旁通，不約而同地把古戲文或古歌謠嵌進作品中。《小鮑莊》中鮑秉義拉著墜子唱的「有二字一豎念千字，秦甘羅十二歲做了宰相」，《爸爸爸》中帶有濃郁楚文化特色的「奶奶離東方兮隊伍長，公公離東方

兮隊伍長」；《透明的紅蘿蔔》中老鐵匠有因無因愛哼的「戀著你刀馬嫻熟，通曉詩書，少年英武，跟著你闖蕩江湖，風餐露宿，受盡了世上千般苦──」；它們在作品中，迴環往復，幾度出現，既構成了作品塊與塊之間的橋樑，又使作品塊與塊結合部，同樣形成一種藝術的張力──在超現實的意義上，則形成一種一唱三歎感悟人生的永恆韻致。這又是扎根於民族文化土壤的、對於外域文化的拿來主義的消化與吸收了。

當我們巡視這些作品的共同點時，我們可能早已發現它們都無一例外使用了象徵手法。在小說的象徵藝術已成為老生常談的今天，我們似乎也沒有必要深究於此。但有一點卻是有必要順便指出的：象徵這一藝術手段，與藝術中超驗境界的形成，有著天然的、不可分割的聯繫。一般的小說可以不使用象徵，但幾乎沒有一篇含有超驗內涵的作品，不染指象徵。《透明的紅蘿蔔》中那線條流暢優美、玲瓏剔透、晶瑩透明的紅蘿蔔，《小鮑莊》中那屏障般橫亙在鮑山腳下的大壩，《你別無選擇》中的功能圈，《藍天綠海》中的女歌星的夢，《爸爸爸》中的古老的傳說，《球狀閃電》中的烏老頭、刺球及球狀閃電，皆具有超越具象、超越我們經驗世界的象徵意義，而且，這類象徵往往指代得相當含糊，具有一種不確定性。比如，那空靈優美的紅蘿蔔，究竟象徵著什麼？是少年的夢？抑或是那遙遠的原始的人性美的呼喚？然而，正是這種不確定性，以及這種不確定性所帶來的神秘美，與作品所孜孜追求的超驗的觀念內涵發生契合。

然而，當我們饒有興味地指出這些作品共同的美學趨附之後，我們還想著重指出，這並不妨礙不同經歷、不同氣質、不同稟賦的作家，追求自己獨特的美學風格。即使是師承、借鑒同一大家，也同樣可以把作品捏成自己的拳頭打出去。以莫言的《球狀閃電》為例，他走的道路似乎離魔幻現實主義更貼近一些。在作品中，莫言大量使用聯覺描寫，這類描寫所獲得的效果正如《百年孤獨》某些段落給予我們的藝術享受一樣，奇妙、瑰麗，比如，「太陽像馬一樣嘶叫著往西跑」，「晃動的葦葉每一片都把光線切割斷，反射光憤怒地四處迸濺」。莫

言還編織許多新奇的童話，鳥老頭、刺球、奶牛，都呈現一種非獸非人、亦人亦獸的神秘美。這與《百年孤獨》中的眾多神話有異曲同工之妙。

莫言在作品中還追求一種看似漫不經心、揮灑自如的文體結構，他常常把時序砸得混亂不堪，甚至無暇顧及標點，而某些段落索性有意一鍋兒端掉標點——這些藝術上的努力，無疑都使我們看到了《百年孤獨》的巨大投影。

如果說，莫言對魔幻現實主義的借鑒，是一種形神俱似的追求的話，那麼，王安憶則剛好相反，在她的《小鮑莊》中，不僅沒有大量的聯覺現象描繪，甚至連比喻都使用得極吝嗇，幾乎難以找見一句像模像樣的比喻，完全是運用口語化的短語，進行白描和敘述。她追求的是《百年孤獨》中的神韻，是一種土味和洋味的結合。因而，他們的作品呈現出迥然相異的整體風格：《球狀閃電》奇譎、豔麗、昂揚，而《小鮑莊》古樸、幽遠、凝重。

莫言與王安憶的創作實踐啟迪我們，即使有著終極相同的美學追求，即使有著共同的借鑒、師承對象，作家們也是可以在創作實踐中，追求自己的藝術個性的。他們已經踩出了一條路，或者說，踩出了他們的走向超驗——這一藝術境界的路。不過，在文學坦蕩的原野上，路不僅僅在他們的腳下。

小說本體與小說意識

M·C·埃舍爾創作過一幅木刻，畫題叫《變形》。這是一幅圍成圈，首尾相接的長畫。你可以隨著畫面的逐級變化慢慢往前走，不知不覺回到了原處。也可以永遠這樣走下去，不停地離開原處又不停地回到原處。

李其綱：埃舍爾的怪圈，是一種深刻的悖論。怪圈的內在含義，亦即在有限中包含無限的概念。它不僅僅是一個圈，而且是以一種有限的方式，來體現無限的過程。我們今天的話題可以從埃舍爾的怪圈開始。我覺得小說藝術的發展也在證明著一種怪圈的存在，這就是小說的形式局限（有限），與小說藝術（文體的變化）發展的無限可能性之間的悖論關係。小說的形式局限，是毫無疑問的，就是說小說的文體形式，區別於詩歌、散文、戲劇的文本形式，如果說小說這一文本形式，消融於其他文本形式中，那麼小說這一文本也就變成了另一種文本了，事實上，也就消亡了。

　　另一方面，小說的歷史又說明小說的文本形式，也是在不斷發展變化著的。從巴爾扎克到托爾斯泰，從陀思妥耶夫斯基到卡夫卡，從卡繆到羅布格里耶，從海明威到博爾赫斯，一長串的名單，標誌著小說面貌在不停地變化，也說明小說的藝術發展具有無限的可能性。換句話來表述這種悖論關係就是：有限說明的是小說的歷史和現實，即已經變成小說文本的東西，而無限意味著小說的未來。

　　不過，需要強調的是，當小說的未來以小說的文本形式出現時，它又將在有限的方式中得到說明和體現。我覺得我

們今天的話題，不妨從小說的有限性，即它的形式的界定開始談起。簡單地說，究竟什麼才是小說的文本特徵？

吳　俊：我覺得小說最基本的一點是它必須有故事或事件；寫故事應該是小說的一個最基本的套路。

李其綱：是不是可以這樣說，小說最基本的特徵，是關心事件或故事在時間和空間中的運動過程。

吳　俊：所謂故事性的含義，就在於描寫的是一種有關係的、前後有聯繫的連續性情節與事件。一是情節與事件前後有關聯，一是情節與事件有聯想，兩者缺一不可，否則所謂故事性毫無意義。

不過，故事性本身並不提供價值判斷的依據，它提供的僅僅是小說的文本特徵。說得明確一點，我覺得現代小說的故事，有一種象徵意味或隱喻意味。在傳統小說如契訶夫、巴爾扎克、莫泊桑等的小說中，故事的象徵性可能比較少，它們著重於塑造人物（性格），對故事的隱意或人物性格以外的表現涉及得比較少，現代小說則恰恰注重了這一點，這是一種最基本的比較。

格　非：小說有一個最基本的模式，就是它的故事性。我一直是這個想法，無法擺脫。我個人認為，小說最基本的一個宗旨是帶有很濃重的敘述故事的傾向。作家可以說是一個哲學家、教育家，但我覺得更重要的是一位魔術師，一個施魔法的人。他有很高的智慧，他必須在敘述故事的同時去打動讀者。

我傾向於故事性。但我不能指責另外一種寫法，一種沒有故事性的寫法。誰都沒有下過定義，說小說只能這樣寫而不能那樣寫。我個人理解，小說應該有一個明顯的或表層的故事形式，更深刻的東西應該是沉在底下的。所謂「形式的意味」是沉在小說的敘述結構之下的，而不是浮在表面的。如果你在小說的外部大搞形式，而使讀者產生了一種心理分

析的願望，我覺得小說就失敗了。我覺得小說的故事要非常的流暢。

另外，形式與故事性並不是矛盾的。小說可以有各種各樣的寫法，有的人從形式著眼，拋棄故事，我認為也是可以的。小說形式非常複雜，這樣的寫法也可以叫小說。事實上已經有這樣的文本出現。

吳　俊：但我認為如果連故事框架也沒有的話，這樣的文本很難叫小說。而只是另一種意義上的文本。有的文本儘管也有時間和空間的種種關係，甚至在意念、情緒上也有某種關聯性，但由於缺乏最基本的故事展開或事件過程的連續性，不管這種展開或連續是否完整，它就不應被視作小說文本。記得幾年前馬原曾談到過「試驗小說」與「小說試驗」的區別，我覺得他的說法很有道理。兩者之中，一是小說，一則不能被看作小說。這對我們現在看待某些在試驗性上走得很遠而仍被大家看作是小說的那種文本的態度極有幫助。絕對的小說標準是沒有的，但經驗性的標準還是存在的。一個作家如果認為小說可以拋棄故事，那他當然有權這樣創作。但他的作品與人們的經驗相比，還一定能被當作是小說嗎？這就是我們現在正在討論的關於小說的文本意識問題。批評的第一步不是分析，而是感受，即你的閱讀感受或直覺告訴你，這是不是小說。

方克強：從牽涉的話題來看，關係到小說意識和小說本體兩個概念。小說意識和小說本體是兩個有區別又有聯繫的概念。小說意識側重討論小說的實際創作，小說本體則應作宏觀的或歷時態的考察。現在確實有多種講法，李陀也講到有各式各樣的小說。但各式各樣的小說，如同剛才所說的一樣，也有它們質的規定性。另一方面，小說及小說觀念又是發展的、變化的，但在這發展和變化中也有著連續性的東西。任何事物的發展用哲學眼光看，一是連續性，二是階段性，兩者密不可

分，統一在一起。如果失去了連續性，也就失去了它本身的存在。探討小說本體也要從源頭開始，如同探討人的思維發展不得不從原始思維開始一樣。小說的源頭即神話。從神話那兒開始來考察，我覺得小說有三個特徵。一為故事性。故事性（或稱情節性、敘事性）無疑是其中比較主要的特徵。儘管後來提出情節的淡化或濃化、情節的非理性或理性、情節的打碎或連貫，都沒有擺脫情節性，或多或少都有情節隱含其中。即使以意識流小說為例，意識流小說並非沒有情節，而是淡化情節，或是打碎情節。打碎的情節被人的意識所包容，世界投影於人的心靈之中。

吳　　俊：故事在另一個層面展開，即在人的意識層面上進行。

方克強：二為虛構性。虛構性也是小說的特徵。現實主義作品強調反映生活，但它畢竟不是生活本身，也有對生活的加工、提煉、改造，甚至想像。

李其綱：拉美作家要創造一個和上帝創造的世界不一樣的世界，既表明了小說的自在性，同時也是對虛構性的另一種強調。

方克強：第三個特徵是綱領性。原始神話反映的都是很大的問題，比如人是怎麼來的？神的意識反映了原始人對人和世界的基本看法、多重性看法。現實主義小說強調反映對具體的社會的看法，對具體的歷史的看法，對具體的人及階層、階級性的看法。到了西方現代派，強調形而上的最高真實，又回到人和世界的本質是什麼、多重性是什麼的問題上去。

匈牙利攝影家的作品：一個四五歲的小女孩，雙手斜插在褲袋裏，眼光向前方伸展而去。可以肯定，她的眼光已經越過了攝影家手中的照相機。她的大半個身子佔據了畫面。她在發問：生活啊，你到底是什麼？

二十年後、四十年後，或者說只要她活著，她就會這樣發問。一個小說家也會永遠這樣發問。唯一不同的是：小說家的發問將永遠是那個四五歲的小女孩的發問——並不企

求解答，解答是不重要的，或者說是徒勞的，重要的僅僅是在發問的過程中接近世界、接近生活。

吳洪森：談小說有三個方向。第一，小說和世界的關係。古典小說和世界的關係是一種標本的關係。古典小說有一種「典型」論，「典型」提供生活標本。現代小說和世界也有關係，但現代小說不是製作標本。我現在找不到一個恰當的概念來精確地概括這種關係，但可以肯定，關係已經改變了。第二，不管和世界的關係如何，從小說本身發展的脈絡來看，現代小說和古典小說相比變化是什麼？

格　非：一個作家必須闡明他和世界的關係。這是偉大小說和一般通俗小說的區別。因為通俗小說也許描述一個故事，但它只供人娛樂，而不會去闡釋人與世界的關係、作家所面臨的處境以及作家的個人存在。嚴肅小說則是考慮這一切的。同時，嚴肅小說家又是一個魔術師，他必須賦予他對人與世界的關係思考的一個故事形式。故事有時已經支離破碎了，但它沒有死亡，並且，小說的成功自然取決於對故事的處理。我覺得，小說的發展就像滾雪球，它在保持自己特質的同時，在不斷地變化，其中的界限是很難分清楚的。我不同意把現代小說同古典小說截然分開。把 18、19 世紀的小說與現代小說完全分裂是不妥當的。

吳　俊：但也必須看到，現代小說的敘述故事與傳統小說已經完全兩樣了。

格　非：但我看不出有特別的兩樣。當然在敘述故事的方式上有很大不同，但其故事性和作家所玩弄的手法，總的來看則是很相似的。儘管你可以標榜現代作家在敘述故事時手法更隱蔽更客觀，但從技法上講，是同一個類型。

吳洪森：我接著剛才的話講，第三，具體到中國，具體到新時期文學，小說自身出現了什麼變化。我覺得在馬原之前，小說有兩個方向。一為尋根文學。尋根文學它改變的是題材，它不是立

47

足於如何敘述故事，或者說技巧上如何變化，它從題材上打破缺口，試圖依靠中國土特產走向世界。確實成功，比如阿城的《棋王》馬上產生轟動效應。這是一個方向。還有一個方向，當時的小說紛紛走向情節淡化，強調詩情畫意。馬原的小說正是反這兩個方向的。尋根他沒有興趣，情節也不淡化，強調故事性。實際上從來沒有人鼓吹取消小說的故事性。馬原所說的故事性其實也是在強調故事的敘述方式。馬原和我們是同一代人，他影響了許多人。這些人生活總體上比較平淡，在他們的周圍不可能發生許多離奇古怪的故事，所以，西蒙在諾貝爾授獎會上的話會如此深深地打動他們。西蒙說，現在敘述冒險的時代已經過去，而是冒險的敘述的時候了。

吳　俊：你的意思是，故事是由敘述故事的方式造成的。

吳洪森：是這個意思。馬原在新潮小說中的目標基本達到，通過敘述方式的變化使故事有讀者、有魅力。但僅僅這樣是不是就可以了？緊接下來格非他們就思索，是不是僅僅依靠改變故事的敘述方式就能夠取得成功。事實上，無論你把故事敘述得如何精彩，方式如何出人意料，一篇小說僅僅依靠它的支撐好像還不能充分實現小說的目的。也許可以倒過來說，在好的小說裏面還有其他東西。起碼，在好的小說裏面要有這兩點：一為好故事，也就是很好地敘述故事。二是除了好故事之外，還有其他東西。

李其綱：就是說既強調對象，又強調通過敘述的變化佔有過程，進而佔有對象。這就在無形中突出了敘述主體在文本中的潛存在，文本和人本疊合起來。

鄒　平：首先，我想辨析一下小說意識的概念所指，我以為是指作家對小說的看法，即作家認為什麼是小說。這應該和小說本身在美學上的界定分開。你作家可以對小說有各種各樣的看法，可以進行嘗試，但是你的嘗試結果究竟是不是小說還有

個檢驗問題，就是說有些東西我們大多數人就以為不是小說，比如編輯在發稿的過程中就經常碰到這種判斷問題。儘管在理論上還沒有把小說的界定講清楚，但客觀上存在著對小說的大致區分，這是無疑的。因此，我覺得應該把小說和詩歌、散文在美學上分開。我以為小說最終是一個敘述過程，在這過程中通過語言的媒介能夠形成一個具象的輪廓，或者說能夠構成一個小說世界。這個世界是自足的，即自我滿足。但是，最初，從小說史來看，它建立起來的時候給讀者的是一個有沒有秩序感的問題，或者說，是一個有沒有邏輯性的問題。秩序感和邏輯性我是把它們作為相同的概念來理解的。我們最初判斷小說是用生活的邏輯去判斷，即生活中是不是可能，不可能的就可排斥。生活中都不可能——實際上就是以生活的邏輯作為標準，衡量你的文本構成的小說世界是否能夠存在。這導致一個讀者閱讀的結果，即產生將現實世界和小說世界比照起來的閱讀習慣。我以前談過這個問題，就是說作者有意地在小說文本中打開了一個視窗，使得所有人（包括作者自己）關心的不是這個屋子，而是從這個視窗看到的屋外的世界，即現實世界。這是第一步，故事性、邏輯性都內蘊其中。這第一步大致也包括了新時期小說的前期。第二個時期（現在僅以新時期小說發展為例），轉回來，注意屋子裏本身的東西，注意作家在小說的文本中建立的世界本身，注意這個作家自己建立的世界是否完美，即寫什麼是不重要的，怎麼寫是重要的。這種提法實際上要求把小說世界和現實世界分開。那麼，在這個作家自己建立的世界中秩序感和邏輯是什麼東西呢？作家實際上建立的是語言的邏輯——這個詞似乎還不精確，容易引起其他誤解——即在語言的感受上有沒有秩序感的問題，而真實的生活中的東西不再考慮，關心的是敘述過程，語言本身。在第一階段由於注意小說世界和外在的現實世界的聯繫，語言是透

49

明的，換句話說，在語言的所指和能指之間，它關心的是語言的能指，或者說，不完全是能指，關心的是語言作為能指它能夠有的在所指上的可能性，盡可能利用能指和所指所存在的關係，這種關係具有一定的多義性，即我們通常所說的詞的多義及詞與詞的搭配所產生的多義。我把它歸結為語言的邏輯就是這個意思。它利用這種語言的邏輯來建立小說世界。這樣建立的小說世界就使得讀者無法把小說世界和現實世界溝通起來。換言之，它在小說世界這個屋子裏也開了扇窗，但在這扇窗上它拉上了窗簾。這樣的話，它就不讓你看窗外。它故意利用語言所造成的不透明性，讓你的審美注意力集中在語言本身。在這些小說裏，語言是結冰的，讀者閱讀的時候，在語言的不透明的層面上滑冰，從而激起一種想像。比如說莫言的「通感」，我就覺得是語言的通感，利用辭彙的搭配創造一種任意性，亦即一層冰面，所以莫言筆下有「綠色的血」。這種努力旨在讓你逗留在語言的層面上，這也包括孫甘露的一些小說。但它還是有個很明顯的特徵：始終不離開敘述的過程，還是能夠構成一個小說世界。但有些作品我覺得不行，包括孫甘露後來的東西，我覺得它們缺少了敘述的過程。

吳　俊：它們能夠構成某種文本，但能不能構成小說的文本是另一回事；文本和小說文本是有區別的。

鄒　平：接下來是第三階段。格非的《大年》就呈現出不一樣的風貌。第三階段不再停留在語言的層面上，開始注意到語言如果完全不透明的話，小說世界可能和現實世界完全無關。換句話說，它拉上了一層似透明又朦朧的窗簾，既讓你隱約看到外部世界，又不讓你完全把注意力放到外部世界。它所建立的秩序感是這樣的：作家自己制定了一個規則，我認為是可行的，是可能發生的即可，但現實生活中是否會發生我不管。它已不再按照語言的邏輯，而是按照敘述的邏輯，如王朔的

《頑主》，在語言的層面上呈現一種「亞透明性」，又透明又不透明；在創作過程中，作者自己胸中有數要寫些什麼，達到什麼，同時讓讀者也感覺到這種東西，但又不局限在這種東西上，如格非的《大年》。《大年》確如《上海文學》編者的話所言，諷喻的是某些人借歷史的名義來達到個人的目的。但現在的問題是，倘若《大年》僅僅只有這樣一種明確的觀念層，而沒有某種具象的東西的話，它又將重蹈以前概念化小說的覆轍。因而，是否可以這樣看《大年》，它既遵循著作者自己建立的規則，是自我滿足的，同時在小說世界的意義指向上又建立了多元的可能。換句話說，現實世界和小說世界都投射在屋裏半透明的窗簾上。這是第三階段形式上的變化。從內容上看，第三階段有所昇華。第二階段，在內容上擱淺。

李其綱：你這個第二階段包括哪些作家作品？是否包括尋根文學，如韓少功的《爸爸爸》之類？

鄒　平：都包括。包括馬原、莫言。

周介人（插話）：補充一點。我覺得第三階段與第一、第二階段相比，最根本的區別在於結構小說的規則不是一種必然性，而是一種可能性。在第一階段，劉心武他們是一種政治必然性，有同志說《班主任》已經表現出一種不確定性，這是不恰當的，青少年受「四人幫」的毒害就是一種必然性，這很明確。在第一階段的小說中，包括反思小說、傷痕小說、改革小說都有一種政治必然性在裏面。當然，這種必然邏輯不是階級鬥爭的必然性，但也是一種必然性，就是按照我們現在的道德、政治立場結構起來的必然性。到了文化尋根，依然是必然性，不過換了一個角度，即文化觀念的必然性。但到了馬原、洪峰、格非他們的筆下，包括廖一鳴的《無尾豬軼事》，必然性被全部衝垮了。在王蒙或王安憶那兒事情會這樣發展的，在他們那兒恰恰不是這樣發展。

鄒　平：馬原和他們還不一樣。

周介人（插話）：我指的是《遊神》。他們是在創造一種可能性。而這種可能性剛好是對必然性的一種挑戰。所以在他們筆下事情往往很神秘、很滑稽、很不確定。比如《無尾豬軼事》，「我」去割大隊長家的豬，去時毫無目的，無非是百無聊賴，而並不是遭受大隊長的迫害。事情完全是偶然的。而且，那天晚上同時有六七條豬的尾巴被割掉，其中並沒有什麼必然性在裏面。但可能嗎？生活中完全可能。現在的小說家主要是對我們多少年來思維模式上的必然性的挑戰。

方克強：能不能歸結為傳統理性束縛？

周介人（插話）：是的，衝垮傳統理性的堤岸，但你也不能說它非理性。

吳　俊：可能性對必然性的挑戰，這裏面還有一個對挑戰本身的解釋。可以用生活的邏輯去解釋它，就我的興趣來說，關心的是小說文本。也許這些作家在強調小說本身的故事的隱喻，他們或許倒沒有想到生活是這樣的，或者故意影射生活。

周介人（插話）：過去我們認為生活是這樣的，其實生活並不是這樣的，是我們的理性框框認為生活必然是這樣的。現在我們可以重新回到生活，回到生活本來充滿的隨機、機遇、神秘和各種各樣的可能。

吳　俊：因而我覺得這些作品沒有必要用生活的邏輯去評判它，而應該用小說的邏輯去評判它。

方克強：我接著剛才所談到的傳統理性問題講。傳統理性問題，實際上是個小說思維問題。變化可以說是從馬原開始的。在馬原以前，小說家往往習慣於以傳統理性來處理世界。在思維模式上有兩大特徵：（1）主、客觀分得很清楚；（2）世界是由必然性的因果鏈構成的。而在馬原那兒：（1）偏重於主客觀混淆，什麼是現實，什麼是藝術，什麼是真實的、什麼是虛構的，混合在一起，模模糊糊，混混沌沌，真假難辨。（2）多種可能性，而不是必然的因果性。在他那兒事件存在著多

種可能性，到底將發生哪一種可能性是一種概率因果性。儘管馬原作品存在著上述兩個方面，但馬原突出的是前者，即主客觀混淆。而王朔、格非偏重的是後者，概率的因果性，強調幾乎是不可能的可能性。追根尋源可能要追溯到第二次物理學革命和量子力學的誕生。量子力學中有所謂的「測不準原理」，這就是概率因果性。因而可以這麼說，馬原他們反的是傳統理性，並沒有走向非理性，如果說非理性的話，是非傳統理性。自然科學革命所帶來的人的思維方式的變化，直接影響到人如何認識、把握世界，而這種影響波及小說思維，就產生了小說思維方式革命。鄒平把馬原作為第二階段，王朔、格非作為第三階段，我覺得在小說思維變化的層面上，可以把他們合在一起。

回到 M・C・埃舍爾。

版畫:《解放》。上方是自由翔翔的鳥，下面是規則的幾何圖形，中間則是鳥的變形構成的過渡區域。形式力圖完成一種存在:具象與抽象、形而下的生動與形而上的深邃，但存在就像鳥兒一樣要求徹底的解放。

李其綱：小說的自在性也是一個很引人注目的題目。

格　非：現在有不少作家開始把小說看作是一種獨立存在，直接去表現某種存在物，而不是想通過小說故事去表現什麼意義。換句話說，就是把小說看作一種關於存在的描寫載體。他們認為，小說描寫的就是世界，而不是通過描寫世界去揭示意義。

吳　俊：小說本身也構成一種世界，一種存在。

李其綱：除了強調自在性之外，恐怕還得注意另一層關係。就是說一方面它自在，另一方面它不可能不和外部世界發生勾連。這種勾連就它的內結構來說，有敘述人即作家的存在和讀者的存在；就它的外結構來說，有其他學科對小說的影響和滲透。比如說，小說和哲學的關係，就有點剪不斷、理還亂的

味道。勃蘭兌斯在談到法國浪漫派時已經注意到，當時的法國浪漫派小說正在力圖擺脫哲學的附庸地位，但到了存在主義文學，卡繆則明確宣稱：小說從來就是形象的哲學。在卡繆的偏正結構中，中心詞是哲學。

格　非：我還是相信納博科夫的一句話：小說家必須同時是哲學家，他關注世界的命運，關注我和世界的關係。

吳　俊：如果抽象地來談，文學、哲學或者其他任何一種文化形態，在其終極目標或意義方面，可能都是一致的。但我們現在探討的是小說的意識，應該更切近於關注小說本身的自在性。正是由於小說的自在性，才使得小說這形式本身是有意義的。對小說來說，哲學或其他價值判斷都是外在的，沒有本質上的決定作用。

李其綱：既然吳俊如此強調小說自在性的重要性，我想，我們也可以合乎邏輯地得出另一個重要性：小說的自在性將迫使小說重視自身的形式建設。故事是小說形式的一個重要方面，那麼，是不是有了故事，有了敘述故事的方式就有了一切了呢？

吳洪森：可能是這樣的，在通俗小說中故事或事件就像一塊磚一樣扔出去，讀者關心的是這塊磚打中了什麼：而在好小說中，它則像一個茶壺，是一個虛空，是一個氛圍，裏面總包含著什麼東西。通俗小說中的事件是不透明的，不可能包容什麼東西。

格　非：事件是次要的，巴爾扎克和托爾斯泰在描寫事件時無非也是通過事件來傳達某種東西。

吳洪森：從形式來說，好的小說形式只有回過頭來才能發現它的形式及其精妙，第一遍很難感覺。在這個意義上，我覺得孫甘露的小說有其不足，它讓你時時刻刻意識到它語言上的特點，這至少難以說它是好小說。

李其綱：孫甘露的小說讓你停留在語言喚起的局部刺激上，而無法或者說很難深入整體。

方克強：孫甘露的《信使之函》是不是好小說，還是根本就不是小說？我覺得還是不要把它列為小說。首先是形式，博喻式結構是典型的詩歌的形式，關於信使用了二十幾個比喻，二十幾個比喻，實際上就是二十幾段，好的小說不是由語言的層面直接進入概念和意義的層面，而是經過一個人物世界的仲介，即我說的情節性的層面，然而進入觀念層面。如果把艾略特的《荒原》不分行排列，我們能把它稱為小說嗎？

吳洪森：好的小說還帶有一種直接性。直接性也叫做透明性。第三階段，格非他們所欠缺的也正是這個。那麼，如何理解直接性呢？古典小說中，如托爾斯泰所描寫的戰爭場面，我們說有真實感，但這種真實感如同電影的真實感。到了西蒙的《弗蘭德公路》就不同了，它讓你直接感受到戰場上的焦灼氛圍，使你聞到了橡膠輪胎燒焦的味道。西蒙在電影時代捍衛了小說。我說的直接性就是這個意思。閱讀時語言都被你遺忘了，語言直接轉化成具象，轉化成氛圍。但中國似乎還沒有人能達到這個高度。格非的《青黃》是半透明的。

吳　俊：格非小說所指的意義太明顯。格非在企圖超越馬原他們的時候，對自己作品的意義保護得太明顯，太沒有距離，包括《大年》這類作品，歷史意識表露得太明顯。太明顯導致了這樣的結果，沒有背景材料，很難理解作品。這類作品就很接近德拉克洛瓦的寫實主義的戰爭繪畫。

李其綱：這裏有個具象和抽象如何結合的問題。

　　我們又回到了 M・C・埃舍爾的《解放》。我們是那一群鳥又不是那一群鳥，因為埃舍爾至少表明了三種存在：向上、向下以及中間區域。

吳洪森：優秀作品給人的感覺超越了現實事件本身。如畢卡索的《格
　　　　爾尼卡》，那種恐懼的感覺遠遠超過了格爾尼卡被轟炸事件
　　　　本身，他的畫給人的恐怖感超越了戰爭。這種恐怖你也可以
　　　　看作是一種噩夢，是一種靈魂內部的極大驚恐。藝術突破了
　　　　戰爭，表現為人類的一種普遍性感覺和處境。現代藝術與過
　　　　去相比，它可以離開現實世界而單獨存在。這就是藝術的自
　　　　足性。自足性正是現代藝術完成革命的標誌，它使藝術以它
　　　　本身的耀眼光芒而成為一顆恒星。

敘述結構內蘊的力量

若想在俞天白井噴般湧出來的二十餘篇中、長篇小說中尋找某種較為固定的敘述結構模式並不是件十分困難的事。當現代小說的結構藝術普遍崇尚著以詩的精神來組織自己，呈現出沃倫稱之為「自我反映」的結構風貌時，人們一眼就瞥出俞天白小說中敘述結構的傳統痕跡。

懸念、逆轉、時空秩序井然的情節發展層次——我們是否就能據此說明俞天白在小說技巧美學上的守舊意識？說明俞天白以他的恒定不變應付著文壇上的瞬息萬變？說明俞天白的守舊在某種意義上因舊得新——當小說情節普遍淡化、弱化甚至解體的時節，他的小說情節的強化、硬化和複雜化反而佔盡風騷？

我們沒有理由這樣認為。俞天白竭力啃齧著他摯情地生活過的領域。他掘地三尺，在我們以為不變的情節佈局及結構模式中變化、深化了自己對於生活、對於現實、對於歷史的把握和認識。

《屏》與《X地帶》是兩篇情節佈局外觀上極為相像的作品。兩篇作品皆是以知識份子內心體驗的天路歷程作為情節演繹發展的內驅力，但心靈世界本身並不構成情節框架，外觀的情節框架依然是生活中的事件與人物性格的裸露、凸現過程。僅僅就人物心緒乖戾多變的程度，以及由此而導致的情節外觀的搖曳多姿，《屏》中的阿然與《X地帶》中的汪苦舟所起的作用無甚差異。然而，一旦潛入作品的深層結構，亦即結構成為有意味的形式時，俞天白主體世界的變化立即凸現出來。

毫無疑問，深層結構的變化是和俞天白對人的理解的深化聯繫在一起的。人性的深度內容規定、制約著結構的變化發展。在《屏》中，主人公阿然曾經慨歎自己既非耶穌、亦非猶大。這種對人性善惡二重性內容的把握和透視，無疑有著深刻的歷史條件和現實淵源。然而，

在一個個小的結構單位上，情節鏈條的每一環卻無聲地否定了這種對於人的透視。阿然對阿桑的疑慮、阿然對黃從武的猜忌、阿然對爺爺舊式處世觀的肯定，最後都由於「誤會」而走向了反面——否定變肯定，肯定變否定，嫌疑冰釋，矛盾瓦解，作品的整體結構呈現出喜劇性的意味。《Ｘ地帶》與《屏》相比剛好相反。倘若說《屏》中的阿然與黃從武、與阿桑的矛盾構成的一個「活結」由於誤會而全部解開的話，那麼，《Ｘ地帶》中的汪苦舟與《史學新論》主編皇甫村，與歷史學權威左納，與同事、同行、同齡人錢宗雄的關係則構成了一個「死結」。這種情節鏈條上的死結，內蘊的意味將使我們琢磨出「人是什麼」的當代回答。卑鄙可以說是卑鄙者的通行證，但崇高者也未必是不食人間煙火的神靈。正是在這個意義上，汪苦舟內蘊的生命的原生力量和激情，既構成了自我精神的衝突，又加劇了他與製造門閥、妒賢嫉能的皇甫村、左納乃至錢宗雄之流的衝突。他不可能不是一個人，因而，他所承受的悲劇命運也就不可能不是一個人的悲劇。

如果說與《屏》比較，《Ｘ地帶》在結構上以一種悲劇性結尾而深化了我們對於人的精神與肉體、社會屬性與自然屬性矛盾統一關係的認識的話，那麼，《Ｘ地帶》與《氛圍》比較，在結構上將顯示出一種文化洞察的深度和廣度的差異。

從敘述結構上看，兩篇作品皆有意識地將人物的心理氛圍轉化為銳利的敘述視角，進而轉化為整個作品的氛圍與情調。不過，就在這時，差異顯現了，《氛圍》凸現的是迷亂，《Ｘ地帶》凸現的則是迷離。前者是反右鬥爭擴大化所造成的人物心靈的迷亂。《氛圍》的幾位主人公，都經歷了一個大致相仿的心靈歷程：堅信自我到迷失自我。這種企圖從群體政治意識迷亂的角度來反映反右擴大化的歷史運動，無疑比那種道德化的解釋要高明、深刻得多，然而，它畢竟沒有超脫以政治解釋政治、以政治來解釋人的命運的窠臼。《Ｘ地帶》則不然。它被包容在一個更為宏闊的文化的框架結構中，置身於文化衝突的波谷浪峰中，就衝突的外在意義而言，汪苦舟面臨著封建性傳統農業文化的挑戰與包圍，左納的門閥之見、皇甫村要求的人身依附關係、錢

宗雄源自小農平均思想的妒賢嫉能⋯⋯；就衝突的內在意義而言，汪苦舟的始點深受儒家文化德性實踐的影響，強調自身的修身養性，中途又受現代競爭意識的影響，以靈活的手段去打通關節，只求自我的個性與價值能夠得到張揚，但最後他還是處處碰壁，終於又回到了始點，亦即回到了儒家文化的困境中去。汪苦舟左右為難的窘迫，表明了兩種文化，在現實中皆具有相當的力量，他的任何一種選擇都會自覺或不自覺地遭受到另一種力量的擠壓和報復。因此，他迷離惶惑的心境也就不可避免。一種氛圍、一種情調、一種隱藏在敘述結構中的含義被浮雕般地得到了強調：X 地帶，不僅僅意味著人生的隘口，命運的未知，它還同時意味著文化衝突中左右為難的選擇。

也許，那在農村表現得更為穩定的傳統文化形態也需要一種較為穩定的敘述結構去表現它，俞天白農村題材的小說在結構上也表現出一種靜態的穩固。譬如他幾年前的《兒子》與他的近作《活寡》，變化並不那麼鮮明，某些地方還驚人的相似。

不過，二者相比，變化的端倪還是出現了。兩篇作品無意中都將兒女們推到了金錢的誘惑之中。但在《兒子》中，人的物質慾望似乎緊緊聯繫著社會發展的某一階段，戚公公的傳說明確表明以前可不是這樣；而《活寡》則透現出對人的原欲的思考。前者屬於形而下的範疇，後者已經融入了形而上的哲學意味了。《活寡》中幾處出現了與情節結構缺少勾連的「是夏大旱」的縣誌資料，但它卻隱喻著對人類生存狀況的、本體意義上的憂慮。這樣，一個形而上世界與形而下世界相交疊的藝術結構，已經隱隱浮現在俞天白的創作中了。

綜上所述，我們不難理解，對人的二重性、對文化、對人的形而上的存在的藝術把握，已經使俞天白小說的結構出現了某些變化。這說明，內容畢竟制約著結構形式。反過來說，結構的變化、形式的變化，關鍵在於它在何等程度上滿足了生活與現實的變化。據此，我們難道能夠僅僅以敘述結構的新或舊來對小說創作進行價值判斷嗎？

小說的詩化結構及可能性路徑

一、問題的提出

當文學按照自身的規律求得發展已成為可能，題材、風格、表現手法日趨豐富，令人眼花繚亂、目不暇接時，要想在強手如林的文壇脫穎而出，就不是一件簡單的事。因而，當彭見明的創作引起創作界與評論界的興趣和關注的時候，人們禁不住要問：他成功的秘訣何在？

即以他的成名作，獲全國優秀短篇小說獎的《那山那人那狗》而論，取材平常，擷取的不過是鄉郵員的日常生活斷片；人物平常，貌不驚人，絕無絕技，也無驚天動地的偉業的一老一小兩個鄉郵員；題旨也無刻意求新：人的價值的實現以及兩代人的關係——這在近年來的文學作品中並不鮮見。不過，倘若我們大致瞭解一下彭見明創作的發展進程，並把他近年來的藝術追求，置於整個文學發展的宏觀框架中加以考察的話，我們將會平心靜氣地得出一些結論。

他的處女作《四妯娌》是傳統的。傳統的故事框架，披露的是四妯娌淳樸善良的心靈世界。在當時的文學背景下，固然有著微風拂煦的新鮮，但也不可能引起巨大的震動。

隨後，彭見明又陸陸續續發表了《土地啊，土地》、《為了一場歡喜》、《春飯》等篇什。這些作品儘管在刻畫人物、提煉情節、謀篇佈局上較為圓熟，但在總體上未能超過《四妯娌》，事實上，《四妯娌》成了彭見明這一時期小說的美學風格的標誌：他總是在孜孜以求地尋找能夠聯結故事的事件，在事件釀成的性格碰撞、衝突中，逐漸裸露人物的心靈，大抵這心靈世界也總是純真質樸、寬厚善良的。以《四妯娌》作為圓心，彭見明畫了一個又一個圓——他在一圈一圈徘徊、

踟躕、觀望。當然，他以後的創作表明，這一系列圓是必要的上升的螺旋。

　　差不多在彭見明發表處女作的同時，當代文壇圍繞著王蒙的《春之聲》、《夜的眼》、《蝴蝶》，展開了一場激烈的爭論。一些固有的文學觀念受著衝擊，一些新的命題又被提了出來。諸如結構上的不同時空的疊合，「典型環境中的典型人物」與「意境」的關係，情緒在作品中的功能和地位……

　　不論這場爭論的具體結果如何，文學形式探索中，相對固有的沉寂與平靜已被打破。在對轟轟烈烈的社會生活及觸目驚心的社會要求，做出回應的同時，作家們沒有忘記沉下腦袋，檢視作品藝術性的長進與提高。張承志的《大阪》、《綠夜》，孔捷生的《海與燈塔》、《南方的岸》，王蒙稍後的《雜色》……都在表明：那場過去了的爭論，已經延伸到創作的實踐領域，被具體化了。

　　迫切需要藝術乳汁的彭見明，當然不可能忽視這場爭論，以及這場爭論帶來的直接後果。他及時認真而清醒地總結了自己為時不長的創作道路。在題材、內容的選擇上，他意識到轟轟烈烈的改革者，令人崇敬的知識份子，以及草原、大海、雪國、冰世界，「這樣一些好寫小說而且也很容易征服讀者的人物、環境、特色、風俗」都不屬於他，他所能寫的，是他所熟悉的生活圈子：僅僅是平凡的人，平凡的山，平凡的河；在藝術形式的探索中，他意識到：「傳統是根深蒂固的。一時間，誰也動搖不了，然而，在傳統制約下的人是渴望變化的」。

　　應該說，彭見明對於自己擁有的優勢和短處的分析，對於當代小說藝術發展態勢上的客觀而辯證的估價，是頗有見地的。接下來的問題是，他怎樣以一種變化的美、流動的美、新鮮的美，去羅織，去處理他的「平凡的人，平凡的山，平凡的河」；換言之，面對他所擁有的平淡瑣碎的生活素材，依靠什麼樣的方式才能點石成金，化平淡為神奇呢？

　　他找到了「情緒」。這是一種藝術契機，循著這一契機的發生與發展，他又找到了小說與詩聯姻的許多途徑。於是，與《四妯娌》相

比，作品的面貌出現了很大的變化。在某種意義上，這些變化使他與王蒙、張承志、孔捷生的某些創作途徑殊途同歸：自覺地追求著小說的詩化道路。

二、從寫情緒出發

在撰寫《那山那人那狗》時，彭見明曾明確地宣稱，他著重抒寫的是人物的情緒。這一規定的直接後果是，作品在不自不覺中靠近了詩──作品呈現出小說與詩的「雜交優勢」。

於是，我們看到，作品傳遞主題內涵的藝術手段有所改變。在嚴格恪守傳統的《四姊娌》中，主題內涵的傳遞，依賴於情節的進展以及與此相關的性格的塑造，人物性格的典型意義，往往包容著作品的思想傾向；但在《那山那人那狗》以及彭見明後來的一系列作品中，儘管並不排斥人物性格的塑造，卻並不把傳遞主題內涵的任務，委託於情節和性格的塑造，而是將這一重任，卸給某種規定情景中產生的、充滿感召力和概括力的情緒。

以《那山那人那狗》為例，作品著力抒寫的是，從老鄉郵員內心深層湧現的情緒：那對大山和山民的眷戀，那對平凡工作的摯愛，又由於老之將至而流露的淡淡的憂傷，以及老鄉郵員獨特的對於生命價值的感觸與思考。觸景生情的萬端思緒，交織著回憶與現實──兒子頂替引起的感慨與惆悵，未盡父親責任的內疚，登臨縹緲空幽的雲中島嶼時的幻覺，對於兒子為人處世方式的思考……這些情緒態勢雖然不受時空拘囿，自由馳騁，飄拂流蕩，但我們卻發覺──它們並不是毫無目的性的流竄的星雲，實際上，它們牢牢地依附著一條清晰的理性軌跡。或者說，它們受制於作品主題表達的需要，總在或曲或直，或顯或露地表達著什麼樣的人生是美的；人生的價值和真諦，又應歸結於何處。

這樣，觀念寓於人物意識流動之中，作品的主題悄悄完成，並得到淋漓酣暢的表現。無疑，這種依賴於情緒的抒發，來表現主題的藝

術手段，原本是屬於詩的專利。當它注入小說中時，小說豈能不沾染濃厚的抒情色彩，散發出強烈的詩的氣息呢？

由於情緒滲透小說的骨肉血脈，我們緊接著發現了另一種變化：作品往往遠離了戲劇，而向詩靠攏——這主要表現為對情節的理解與結構的安排。小說與戲劇的聯姻源遠流長，那環環相扣、懸念疊加的連環套數，那巧上加巧、波瀾跌宕的情節設置，表明的都是戲劇對於小說的影響與滲透。因而，當彭見明力圖在小說中追求一種詩意美的時候，他不得不對這種戲劇的魅力有所割愛——儘管許多成功的農村題材的小說，都明顯地受到戲劇，或者受到溶解了戲劇性因素的話本小說的影響——他還是渴望走出一條屬於自己的路。

《三月桃花水》的故事並不複雜，一群農村青年婦女，想念她們遠在山裏伐木的丈夫；而在山裏伐木的丈夫，也在苦苦想念他們的妻子。一隻偶爾隨著桃花水漂流下來的鞋子，使妻子們誤以為山上出事了，她們便執意要上山。這樣的情節本身很難說有什麼魅力，而彭見明似乎也無意挖掘與生發情節的魅力，他甚至連一個貫穿始終的人物都未設置。並且，在不足一萬字的篇幅裏，竟然設計了六七個人物，而使用的筆墨又很平均。然而，正是這種捨棄情節複雜性的努力，正是這眾多人物的設置，才凸現與烘托出詩意的濃度，使人物的情緒為作品罩上一抹含蓄雋永的氛圍：那像山一般硬的漢子竟然有著女兒的柔腸，而那像水一般柔的女子，又竟然有著男兒的剛骨。這實在是一種詩的結構，詩的對比。

如果說，《三月桃花水》情節本身，尚缺乏某種故事性魅力，那麼，《他從濁浪裏來》則不然。作品的故事背景是充滿可供拓展的天地的：在一場猝發的洪水面前，兩個陌路相逢，而後又相依為命組成的家庭中的老人和孩子，他們的命運將會如何呢？憑藉自然界洪水的力量，也許不難導演出一幕幕悲歡離合、曲折有致的戲劇性場面吧？然而，小說留給我們的故事輪廓並不複雜，在某種程度上它甚至是模糊的，我們只是感覺到一場洪水，在威脅著老人和孩子的生命；當老人被洪水捲走時，這本是一個很有戲的場面，但彭見明卻一筆帶過了。

他的藝術視角凝固於、服從於孩子的情緒走向。為此，他安排了兩條線索：一條是現實中正在發生的，孩子如何在洪水中尋找老人的事件過程；另一條則是浸泡在孩子回憶中的老人和孩子的身世、經歷，他們是如何相依為命的，而老人又是如何以其奇特的個性、品質教育孩子的。

對不幸失足的流浪兒，老人並不是動之以情曉之以理，恰恰相反，他把孩子往水裏扔，逼他學游泳；孩子受不了，逃了，他不追，不尋，直至孩子被抓、被放，他在孩子腫起的臉龐上，還要瞅準未腫的一面，再來一下；奇怪的是，正是老人這種愛的方式使孩子醒悟了……在這裏，我們之所以不厭其煩地復述老人與孩子之間的關係，只不過是想證明，現實與回憶的任何一條線索，都可以獨立地演變為一個故事性很強的小說的胚胎。

接下來的問題是，彭見明沒有這樣處理，而這又會使作品呈現怎樣的「變化之美」呢？首先，這並不是素材的浪費，而是遵循著詩所要求的高度凝練和集中。事實上，引起我們注意，感染我們的是浸泡在孩子回憶中的生活內容，這是作品蘊藏詩意的精神內核——在老人身上閃爍的人性之美；而現實中正在發展的這條線索，只不過是這充滿詩意的精神內核的外殼。

然而，正如人不能沒有衣飾一樣，倘若沒有這外殼，作品很可能失之於乾癟，而不能像現在那樣呈現出一種悠長的、耐人尋味的縱深感，一種詩意的含蓄。

其次，兩條線索的安排，可以使作品的藝術容量得到最大限度的發揮，而省卻人物性格（在作品中是孩子的性格）轉變的鋪墊和交代，直奔詩化的目標。在這一過程中，不同時空的疊合，回憶與現實的疊合，恰如詩的「意象疊加」一樣，往往因為撞擊而使情感的火花異常明亮。我們在作品中讀到孩子的焦慮，他的踉踉蹌蹌，不顧一切尋找老人的行為舉止，其實皆因為這種情感的撞擊使然。

三、意境美的追求

意境，它是主觀情緒和客觀事物所形成的融洽無間的藝術境界。這是一個古老的美學範疇。在文學漫長的歷史中，它更多地為詩歌所擁有。在嘗試著把意境引進小說領域的作家中，彭見明並非開先河者，但當他自覺地追求小說的詩化道路時，他理所當然地不會忘記這一古老的美學範疇。

論及意境，在小說中最容易呈現的，無疑是自然景物的描寫中，灌注飽滿的感情色彩。景語皆情語，「一片自然風景就是一種心情」（阿米爾），情景契合，境界自出。彭見明自然是不會忘記這一點的。

在寫景方面，他有其獨到的地方，他很善於賦予那些沒有生命的自然景物，以人的感覺、情感、思想、意志，並把它們揉進作品的整體構思之中，與人物特定階段的特定情緒，以及情節的進展、場面的氛圍相吻合。

在中篇小說《落霞秋水》中，當主人公文慶面臨他的愛情選擇（其實也是他的人生道路的選擇）的前夕，作品有一段寓意深長的景色描寫：「夜，靜極了。空蕩蕩的夜空裏，除了幾聲狗吠，除了幾聲單調而水平低劣的自製二胡的嗚咽外，再沒有了任何一點聲音。只有那小溪流水撞在石頭上發出的『啪啪』聲，顯示著河的生命永遠沒有黑夜。」空蕩蕩、單調、嗚咽，這些極富感情色彩的辭彙，幾乎概括了文慶日後生活（包括愛情生活）的悲劇意味；這在當時，也是彭見明通過景色描寫，來暗示主人公日後的命運遭際。而顯示著河的生命沒有黑夜的小溪流水的「啪啪」聲，則是主人公身臨逆境，自強不息，滿懷著一顆愛心生活下去的先聲了。

再比如，《黑灘》中關於灘水的描寫：「灘頭的水從來沒有平靜過，總是交錯翻滾著，奔騰著，發出怕人的嘯叫。潭深不見底……」這活脫脫是水生的性格寫照了。在那特殊的動亂年代，水生的心恰如灘

水，從來不曾平靜。他嫉惡如仇，但常常做出常人難以理解的惡作劇來，以激烈的方式「發出怕人的嘯叫」。

不過，這種憑藉「移情作用」統轄景物描寫，以求造成作品意境美的方法，儘管不失為一種方法，但它畢竟不是唯一的，甚至也不是效果最佳的。因為，詩化的小說，說到底也是小說，景物描寫畢竟只佔作品篇幅的很小一部份。這樣，我們不得不特別指出《三老》與《老嶺》的成功。

這是兩篇很有點相似的小說。除了標題上都有「老」字外，在作品的立意上，也有值得玩味的相似之處，儘管它是一種不完全相同的外在形式呈現的：在《三老》中，老寬不願跟著當了教授的兒子進城享福；而在《老嶺》中，進城當了大學生的老三，又在暑假回到了開山者的行列中，他的舉動受到了老梗叔們（其實也是老寬）的讚賞。這裏，支配人物行動的，完全是一種樸素的對於土地的摯愛與深情。因而，我們有理由把它們看成姊妹篇。

先看《三老》，開章不凡，異峰突起：「這裏寫的三老，是老寬、老三和老樹。」一錘定音，在整個作品的基調上，彭見明已把老樹人格化，並把它和兩位農村老人聯繫起來。接著，他花了很多筆墨狀寫老樹，寫他生命歷程的古老，寫它的枝丫像雄勁的手臂伸出去，寫它盤臥的根部像鷹爪，像籐椅，給人乘涼避風，歇腳喘氣。這深紮於山村土地的老樹，不避霜刀雪劍，默默承受著風雨的磨難，而奉獻給他人一片翠綠的希望——這何嘗又不是兩位老人的心靈世界呢？

與《三老》相比，《老嶺》沒有花很多筆墨狀寫老嶺。它僅僅在開頭很吝嗇地點出山嶺是很龐大的。然而，奇怪，讀罷掩卷，為什麼竟會在我們面前聳立起一座龐大堅實、凝重渾厚的山的形象呢？答案很簡單，彭見明在寫人，其實也在寫山。老梗叔那略彎的背腰，那爆滿青筋的強壯的大手，不正是默默負重、堅韌無比的山的形象嗎？

在《三老》中，樹的形象豐富了人的內涵。而在《老嶺》中，則是人的形象充實了被虛化的山的形象。然而，無論是哪一種互補，它們都造成了言近而旨遠的意境美：人和樹，人和嶺已經渾然一體，難

分彼此。這種藝術整體呈現的效應，比之局部景物描寫所獲得的效應，顯然要高出一籌。如果說，前者是作品的整體詩化，那麼，後者達到的僅僅是局部詩化。

在分析了《三老》與《老嶺》之後，我們將不得不指出，隱蔽在其中的，被詩歌經常有效使用的追求意境的方法——象徵。

在《三老》中，樹是一種象徵。在《老嶺》中，嶺是一種象徵。顯然，彭見明對這一方法並不陌生。在《河灘，彩色的河灘》中，那彩色的河灘，那河灘上滿布的五彩石，寄寓的是一個耽溺於城市過久的鄉村女孩子，對於純樸的鄉情的懷念；在《小河彎彎小河長》中，那彎彎曲曲、澄澈晶瑩的小河，象徵的則是一個農村青年，對於人生價值和真諦的哲理洞悟，彎彎曲曲的小河，就像彎彎曲曲的人生小徑一樣，然而，不論有什麼曲折迂迴，它總要向前流去。

象徵，它把一些抽象的哲理具象化，明白曉暢，但又不直露；同時，他又具有一種獨特的聚合力，能把許多蕪雜散亂的場面、細節、感觸、聯想，強有力地黏結起來。對於前者，彭見明已經意識到了，而對於後者，他似乎還沒有充分地、清醒地認識到。

我們之所以這樣說，是因為《蓋著藍天枕著大地》，在藝術上的不足和缺漏。應該說，這是一篇頗有人生見解的作品。小說通過幾個農村知識青年，在動亂年代，在變革的年代的不同遭遇，而表達了一種積極進取、緊緊扎根於民眾之中的人生態度。小說的時間跨度很大，人物都經歷了一種複雜的情感折磨和性格變化。為了以盡可能節儉的筆墨濃縮人物十多年的坎坷，彭見明安排了回憶和現實交叉的兩條線索，然而，如此複雜的人物情緒曲線，應該有一個與此相對應的藝術聚焦點，也就是說，如果恪守傳統的話，應理出一條由事件帶動的中心線索，如果打算以情緒串聯作品的話，則應找到與作品容量相吻合的象徵體——恰如《迷人的海》中的海，《北方的河》中的河，《遠方的樹》中的樹……

我們相信，假如彭見明已經意識到這一缺漏，憑著他那山的兒子的爽直，憑著他那詩人的稟賦和氣質，他是不難校正自己的羅盤的。

情‧景‧人的相互關係及抒情風格

　　郭雪波曾經寫過多篇以他的家鄉莽古斯大漠邊緣，作為地域背景的作品。僅以年內發表的計數，就有《沙狐》、《沙獾》等篇。這類作品的抒情風格和情緒基調，與大漠邊地的地域特色往往是吻合的：雄勁蒼涼，沉鬱冷峻。

　　然而，這篇《桔紅色的沙月》卻是個例外。儘管作品的地域背景依然是莽古斯大漠邊緣的坨包、沙丘、三十裏荒無人煙的小路……但我們讀完作品，那漠風，那沙礫，那闃無人聲的亙古的靜寂，那大漠孤煙長河落日的蒼茫，早已悄然離我們遠去，剩下的纏繞我們心際的則是一陣溫馨的風，是一個皎月般的境界：純淨、柔曼、深情的薄光下，覆蓋著一層若有似無的淡淡憂傷……我們禁不住疑惑起來：四處流溢著陽剛之氣的地域背景，何以會和作品的抒情風格呈現如此巨大的反差呢？

　　答案是明瞭的。滲透在作品形象畫面中的人物的感情制約，規定著景物的選擇和描寫。而且，正是這種制約、規定，決定了作品的總體抒情風格。我們是不難理解一個正處荳蔻年華的女孩子的情感世界的：隻身闖沙坨子，她的眼神有些淡淡的哀愁；光腳板子走在沙路上，涼絲絲的砂粒卻撩撥得她想笑；毛色火紅的沙狐讓她感悟自然造化的美；摘紅果果，她會快樂地獨自一人哼起「十五的月亮」……純真但又敏感、自尊；多愁但又快樂，愛幻想——這道道地地、實實在在的女孩子的主觀情感世界，要求著客觀現實世界的滿足，也就是說，主觀的情感要求著客觀景物與此契合、對應。心靈釋放出巨大的能量，感受著也溶化著天地萬物、山川草木。

　　於是，一個少女的眼光不可能忽略的小松鼠，跳跳蹦蹦地出現在作品中。一棵「紅果果」樹，帶著濕漉漉水靈靈的枝條呈現出一種柔

美，像亭亭玉立、楚楚動人的少女形象——在景的選擇上，作品有意識地靠近少女的情感世界。

然而，更為重要的是，在景的狀述描繪中，作品所塗抹的強烈的主觀情感色彩。事實是，景語被強有力地情感化、感覺化了。當少女的情感世界溢滿了憧憬和快樂時，她的情感也將世界萬象重新提煉、改造了。她看天上的雲，雲在有聲有色地追逐；她看白茫茫的流沙，流沙棉絮似的；甚至連坨包午間赤熱的強光，都巧妙地消遁了它的針刺般的銳利，變成了星星點點的碎光裝扮著她，使她更俏麗，像迷人的林中女妖……在許多作家筆下顯得寂寥、空曠的漠天，變幻莫測、喜怒無常的流沙，烤炙肌膚、窒息肺腑的赤日……在這裏竟不可思議地，巧妙而藝術地改變或掩蓋了它們的固有面貌，突破了我們以往的審美經驗。

情感的改造力量竟是如此強大，因而，王夫之曾將這種現象精闢地概括為：天情物理，可哀而可樂，用之無窮，流而不滯。自然，在承認王夫之的概括極為有理的同時，我們是不會忘記賦予無知覺無意志的客觀景物，那以哀以樂的情感色彩——人物主體的情感世界的。

小說（即使是抒情性十分強烈的小說）中的人物主體的情感世界，畢竟不等同於純粹的抒情作品（比如抒情詩和散文）中的創作主體。前者無論怎麼說，皆被界定在敘事作品的範疇裏，創作主體並不等同於作品中人物的主體世界，作品中心是性格的塑造。而後者，抒情詩或抒情散文的創作主體，與作品裏的抒情人物的主體世界往往是一致的。正因為如此，問題合乎邏輯的延伸是小說作品中人物主體的情感世界，對於客觀景物的提煉和改造，必須符合人物的性格邏輯。並能為深化人物性格，烘托作品的藝術氛圍而服務。換言之，如果說景受制於情的話，那麼，情就得受制於人物性格。

看來，雪波是洞悟了這一藝術奧秘的。在作品的結尾處，人物性格陷入了某種危機，同時也面臨著一種昇華的時候，他並沒有正面剖析這種危機。也沒有正面描摹最終的人物性格的昇華，而是將此糅入了一種特定的、情景交融的藝術氛圍中。

　　當金妞因為胖婆子的誣陷，而陷入對於人生的某種困惑，而發出「人怎麼能是這樣的」慨歎時，作品第一次出現了有關沙月的描寫。這時的沙月是冷清的、顫抖的，「下半部被一層薄薄的透明的霧纏住，光色稍顯濁了些，似乎是往下灑落的淚水」；然而，當金妞的性格終因那棵受傷的紅果果樹的啟示，而獲得一種昇華時，同一輪沙月，卻呈現出截然不同的審美效果：碩大、渾圓、潔淨，橘紅色的光澤那麼柔和、溫潤、美麗，像青春的夢，像迷人的幻覺……

　　事實上，這種藝術氛圍的羅織，已經構成了人物性格的一部份。這就正如汪曾祺在分析到小說的詩化及其散文化的問題時，所指出的那樣：……所謂散文，即不是直接寫人物的部份。不直接寫人物的性格、心理、活動。有時只是一點氣氛。但我以為氣氛即人物。也正是在「氣氛即人物」的意義上，「沙月」的悲哀、淚水，在我們的眼中幻化成金妞的悲哀、淚水；「沙月」的淨化與昇華，也成了金妞人生境界的淨化與昇華──作者在寫月，又在照應寫人。作品因此也獲得了一種虛實相間、空靈優美的藝術風格，應該說，這種藝術風格的獲得，受益於情、景、人三位一體的鼎足之力。

全像攝影：人物性格塑造的製謎與解謎

全像照片是用鐳射拍攝的，當用鐳射從特定方向去照射它時，所拍攝的景物會栩栩如生地重現出來。因而，全像照片擺脫了普通照片的單調和平面，具有立體的效果。全像照片的審美效果，實際上也正是小說創作所追求的那種藝術境界。即著力於塑造性格飽滿，內涵豐厚、立體感很強的人物形象。

當生活匆匆，在我們身旁流動的時候，紛紜複雜的現象，撲朔迷離的事物⋯⋯往往只在人們面前呈現一個大概的輪廓，一團模糊的光影。然而，文學家卻可以用心靈的鐳射（對生活獨特的感受力，非凡的思考力，卓越的概括力），從特定方向（選擇恰當的角度、位置）去照射生活，因而，在他們的筆下，生活中的人物形象，可以擺脫普通照片的平面感，具有立體、透明、全像攝影般的效果。《出讓冠軍的人》正是循著這個方向作了可喜的嘗試。

作者選擇了特定方向，即圍繞一場特定情景下的特殊的冠軍爭奪戰，從各個側面展示了藍藍和菁菁爭奪冠軍，倒毋寧說，藍藍是和那些可以感覺，但又無法理喻的違背體育規律的做法在爭奪更為確切。她明明知道，冠軍是靠拼搏，而不是靠「出讓」的，卻不得不違心地輸球；她明明具有在球場上拼搏到底的勇氣，卻不得不為日後的處境考慮，而迷惘地允諾李教練的要求；她明明知道這一切是虛假，是欺騙，卻又不得不用圖釘戳破手，用血和淚的代價去捍衛一種神聖的權利⋯⋯藍藍性格中矛盾的側面，傳遞出生活複雜的謎一般的底蘊，是生活中各種力量作用的結果，或者說是生活在製謎。

比藍藍的形象更為複雜的，是那位常把「情緒」說成「情趣」的李教練。在他的性格內涵中，「情趣」的東西也所剩無多了。他的性格的閃光點，似乎已被一張無形，但又是分明存在的大網遮罩了，掩

藍了。在作品中，作者對他的著墨雖不及藍藍，但他的分量，他的性格所顯示的意義，也許卻在藍藍之上。

在整個事件的發展過程中，他與藍藍的性格之間，既有犬牙交錯的吻合，更有牴角相抵的碰撞。他時時作為藍藍的對立面出現，但在內心深處，卻又「印下深深的慚愧、內疚，和一種連他都難以擺脫的困苦」；他極力勸說藍藍出讓冠軍，但與領隊的交涉中他又極力反對，甚至爭吵；他寵愛藍藍是他最得意的學生，但卻又變著法子，時而軟磨，時而硬攻地整治藍藍就範；他也許比藍藍更清晰地認識到這是一種欺騙，也更清晰地知道這種欺騙的後果意味著什麼──在他「年輕時也出讓過冠軍」，但他試圖把自己也無法理解的東西「化成自己的語言」，去感化藍藍的靈魂。

可以說，在某種權力意志的作用下，李教練已喪失了自己的靈魂。這靈魂就是作為一名正直的教練員的責任感，客觀上，他已經成了權力意志下的牽線木偶。因而，在說服藍藍的時候，連手勢和口吻，都只能是「借」來的了。顯然，李教練性格的普泛意義，它所包容的思想容量和主題深度，已經超越了「出讓冠軍」這一事件本身，超越了體育範疇，而在人物性格塑造的意義上，相對而言，也擺脫了普通照片的平面和單調，產生了多側面的、立體的浮雕感，多層次的、透明的縱深感，宛如一幅剪裁得當、佈局合理的全像照片──在這個意義上，在藍藍的製謎之處，在李教練這兒恰恰成瞭解謎之處。

佛斯特曾把那些性格平面、單調、劃一的人物，稱作「類型或漫畫人物」，他以為，「在最純粹的形式中，他們依循著一個單純的理念或性質而被創造出來」。佛氏的話，道出了一種在青年作者中較為多見的流弊。《出讓冠軍的人》初稿也不能免俗。在初稿中，李教練的性格只呈現單調劃一的外在側面（而不是如上述的定稿那樣，性格在矛盾著兩個側面中，得到統一，得到深化）：他盲目、粗暴、軟硬兼施地逼迫藍藍就範，似乎只是一個圍繞事件運轉的陀螺，而不是一個血肉豐滿、有憂有喜、有情有慾、受環境支配同時又影響著環境的活生生的人。

　　作者雖然寫了他怎麼做，卻忽略了最重要的一點：他為什麼這樣做？人物的行為失去了內在依據，變成了作者頭腦中某一個意念的化身。這樣，人物可能具備的普泛意義，以及由其包容的認知價值，也就無法在性格的多側面的三稜鏡中，得到閃射；也就淹沒在事件所漫起的波濤之中了。

　　由於人物在作品中從來不是孤立存在的，李教練性格刻畫上的意念化、漫畫化的缺陷，就不僅影響到主題深度，也必然影響到藍藍形象的塑造。使得性格的碰撞無法真正實現，即使有所接觸，也塗上了聲嘶力竭、劍拔弩張的人為色彩，矯揉造作而失其真。

　　生活，永遠在流動，永遠往返在無數的製謎和解謎的過程之中，若要從流動不息的生活萬象中，攝取具有美學價值的全息畫面，恐怕離不開鐳射，這鐳射，既是對世界的洞察力，也是某種藝術智慧；既是人情練達，也是對生活點滴的某種感悟：它是球拍上的汗水，是一聲歡息亦或是一地雞毛，是蜷縮在角落裏的抽泣亦或是獎牌上的鎏金……

未定點的藝術設置和處理

我們在閱讀金宇澄作品中時常遇到的某種「卡殼」——用羅曼‧英伽頓的話來表述就是：「文學作品的本文只能提供一個多層次的結構框架，其中需有許多未定點。」金宇澄的作品表明，這種未定點時常會使我們的審美鑒賞力處於某種被蠱惑、引誘和接受挑戰、考驗的亢奮之中。有時，這類未定點乍看之下似乎與整體缺少某種勾連，它引發的只是我們情緒的某種湧動。我們將企圖解釋它。但我們在解釋這部份的同時，我們與許會重新解釋整體，因為顯而易見的是，任何部份在某個思考平面上均具有整體的意義，就是說，任何部份的改變不可能不影響到整體意義的改變。

一、確定性與非確定性的辯證觀

《風中鳥》的題記引用了《管子‧立歐》中的一段話：死則有棺槨絞衾塘壟之度。這段話確立了作品的某種確定性：窺視綿延幾千年不絕的封建等級觀念在一個獨特的領域的表現。這個領域就是「死」。在某農場，人不僅生時存在等級，就是死後也存在著井然有序的等級：大號棺材為幹部及其家屬享用，兩寸半以上板子。小號棺材為一般農工及其家屬享用，一寸半以下板子。故事圍繞著身處底層、瀕臨死亡的老奎和福順爺的心態變化而展開：他們誰都不願先死而去睡那個用釘豬槽的破板製成的棺材。毋庸置疑的是，老奎和福順爺俯首聽命、愚昧麻木的心靈，互相競爭誰後死的種種行為舉止，以及他們被扭曲了的「好哥們」的友誼，都使我們感覺到蟄伏在他們頭頂的封建等級觀念的陰影，這使得作品呼籲平等的主旨得到了浮雕般的強調。同時，這構成了作品讓人了然於目的某種確定性。

　　然而，《風中鳥》的標題卻呈現出某種非確定性。作品中，兩處出現過鳥的鳴囀的描繪。從情節線索來看，鳥的鳴囀來也突兀、去也倏忽。鳥在結構中已經呈現出一種非確定性。循此，我們將接著發現，鳥在結構中的非確定性並不是孤立的，它勾連著某種穩固的整體意蘊。這種整體意蘊透過作品的具象描述呈現為以下兩點：其一，人把握不了死，準確地說，是把握不了死的過程。死是確定的，死的過程卻是非確定的。那口釘豬槽的板製作的破棺材，起先是為老奎準備的，老奎卻又奇跡般地緩過氣來；老奎和福順爺走馬燈似的跑黃醫生那兒，企圖對死的過程作出主動性的選擇，無奈這主動性卻又浸透著某種宿命的意味，死依然是被動的，被一種超越著人的主觀意志的力量控制。其二，人把握不了死之後的事。打夜班修機車的知青被小鍋爐炸死了，經過領導和家長反覆爭執，終被立為烈士。倘若領導固執己見呢？倘若家長灑脫得並不在乎烈士的謚號呢？被炸死的知青本身能夠把握嗎？實際上，這一觀念的具象性外化，在《異鄉》中有著更為撼人心旌的描繪：那位客葬異鄉的窯工又如何把握得了在自己埋入黃土的若干年後，骷顱會被塞滿黃豆、額骨會被描上紅藍眉痕，漂浮在髒水溝中呢？由此看來，鳥的非確定性勾連著人自身的某種非確定性：人是否也像風中的鳥兒一樣，把握不了自身的航向和飛翔軌跡呢？

　　至此，《風中鳥》兩層平行卻又相悖的旨趣辯證地擰合在一起呈現出來。一方面，是人的社會存在狀況的某種確定性，另一方面，是人的自身存在的某種非確定性。前者，表現出作者對人的社會環境痛心疾首的憂慮，哀其不幸怒其不爭，力圖變革這一社會環境的拳拳之心躍然紙上；後者表現的是作者對人的本體存在的一種思索：人不能夠把握什麼的反命題就是人能夠把握什麼。因而，當「我」在否定中疾呼：「我這號人來幹什麼？我不是一個猙獰小鬼嗎？不是一口會行走的活棺材嗎？」一顆富有創造精神，在那動亂年代不甘沉淪的靈魂已經呼之欲出。一個人的性格就是一個人的命運，而強者的性格就是強者的命運。對於生活而言，這是唯一可由我們自己把握的，在

我們內心就被決定了的；對於我們民族而言，這也同樣不無啟示作
用吧？

二、人的世界與動物世界的錯位

金宇澄對自己曾經生活過、消磨了自己青春年華的那片土地寄予
了那麼多的深情。那片土地有著瓦藍的天空、幽靜的樺林、豐茂的大
草甸子、蜿蜒的科洛河水系。大草甸子上盛開著紅色百合，科洛河水
系的「牛軏泡子」裏漫遊著鯽瓜子和狗魚，葵花田裏鳴囀著蘇子雀。
這一切已經夠迷人的，還得加上迷人的——黑土地！《異鄉》中，有
一段關於泥土的抒寫，它不啻為金宇澄對於那片土地的摯情的寫照：
泥土確實清新溫和，裏著一個個漲出汁水的新土豆。泥土就是土豆，
就是剛出籠的白麵餑餑……也許，也正是源於對那片土地的摯情和厚
愛，在《失去的河流》中，他熱情謳歌了一個和「這片土地衷心契合」
的女性形象——小雪。

小雪是一面旗幟，這旗幟上寫著對於土地的恪守和虔敬。這無可
厚非，因為在我們生存的這一血統、這一國度中，我們仍然可以說：
我們賴以生存的許多東西都是土地給予的。基於同樣的原因，我們對
小雪對於城裏人的蔑視，對葛飛上大學的反感也就可以寬宥，並理解
她那顆飽受磨難而又善良的心靈。問題不在這裏。問題在於如果說小
雪是面旗幟的話，那麼，為什麼在金宇澄日後的創作中她卻不再出
現？莫非金宇澄對於那片土地的摯愛面臨著一種危機？

危機確實存在。然而這種危機又並非憑空產生，它同樣由於那片
土地而孕育。在那片土地上的兩個世界，人的世界與動物世界的錯位
也許能為我們提供某種答案。應該說，當我們在無意中接觸到金宇澄
小說中的動物世界時，我們又將發現一些易被我們的審美眼光忽略的
未定點，一種有待於我們憑藉自己的理解力填補的空白。就結構的部
份看，它隱含著某種神秘：《失去的河流》中救過葛飛、救過「我」
的老轅馬，《風中鳥》中唱得又舒坦、又悲傷的孤獨的鳥，《光斑》中

把土牆撞了個豁口而逃逸的白馬，《異鄉》中脖子上密密匝匝套了二三十個銅絲套子的老野兔……然而，我們一旦從結構整體著眼，我們立刻會獲得一種新的感受，這一系列動物形象幾乎都有著某種相同的特徵：孤獨而又強悍，不屈不撓而又富有個性意識，以頑強的生命活動宣洩著自由的衝動，作著主動的選擇。彷彿是為了與此相對照，除了《失去的河流》以外，金宇澄塑造了一批不無善良也不無怪異、不無愚昧的人物形象：《風中鳥》中的老奎和福順爺，《光斑》中的劉二，《異鄉》中的二餅、李乙、王甲。這時，我們除了發現小雪的單純消匿不見了，我們還感覺到在這人的世界和動物世界的相互觀照中，有什麼東西隱隱浮現了──我們發現了一種錯位。《光斑》較集中地展現了這種錯位意識。白馬的剛烈與劉二的猥瑣，白馬的奔放無羈、不甘拉煤的命運與劉二的俯首貼耳、甘為騸馬匠的怯弱，白馬和騾馬咽氣之時的熱烈豪獷的性愛與劉二不敢問女人事的膽小如鼠的性變態，都形成某種強烈對照，形成一種人與動物世界的錯位：役使動物的人泯滅了或者說被扭曲了人應該有的品格，而被人役使的動物卻呈現出較完美的人格化行為。然而，這一切都發生在金宇澄所摯愛的那片土地上。一種危機感，一種對於那片土地的複雜的思索，一種急切地要求改變這一切的慾望，就不能不隨著金宇澄認識的深化而呈現。如果把它化解為藝術語言的話，就不能不是小雪的單純的消匿，和一種複雜如劉二的人物性格的凸現。這樣，金宇澄就由對小雪的愛走向對小雪的否定，由對土地的愛走向對封閉的土地意識的否定。然而，誰能說這不是一種更為博大而深沉的愛呢？

三、受限制的語言形式與超限制的意義過量

小說，作為一種語言形式總是企圖在有限的形式制約下盡可能地超越自身，以滴水而見大海，以方寸而求大千世界。金宇澄作品中的未定點，正是這種小說的藝術特性的驅使所然。如我們已經察覺到的

那樣，作品中的未定點極大地激發起了我們再創造的慾望。在這個意義上，「我們」意味著無限。金宇澄只把他的一半給了我們。

值得指出的是，金宇澄在給我們這一半時是相當傳統的。他的作品中的未定點並不是以乖戾多變的象徵體，極度誇張變異的感覺形態，充滿寓言意味的故事線索，支離破碎的言語形式作為其基石的。他的作品與傳統有著血緣的聯繫：連貫的情節，逼真的細節，就連象徵的使用，也恪守於傳統的藩籬之中，以事物與事物的客觀的、約定俗成的經驗聯繫作為仲介，而不是任憑主觀想像的馳騁和跳躍。令人感興趣的是，他是如何在傳統的基礎上設置、處理作品的未定點的呢？

1.幻象化的未定點

島是不規則的，鋸齒形的、狼牙形的、棒槌形……方島則意味著一種規則，或者說，意味著對某種恒定不變的本能和規律的揭示和思考。這是方島其「方」在《方島》中的地位和功能。

方島在島的意義上是一種幻象，它不是島，它只是擱在麥地裏的、四條腿的、方方正正的板桌兒。板桌上擱著大家的口糧。隊長規定：誰先割近桌子，誰可以撐個飽，反之只能挨餓。

方島是《方島》的未定點，準確地說，板桌兒如何、又為何幻化成方島是《方島》的未定點。這裏，幻化的起因和動力是一個關鍵，因為板桌兒不僅僅幻化成方島，有時還幻化成馬匹。

方島也許意味著人的饑餓本能被滿足後的快感，因為在極度饑餓折磨下的老莫眼裏，它變成一個「極樂之島」。然而，老莫不再感到饑餓折磨的時候，內心卻為何喧囂不已，失去平衡，頹然昏厥呢？方島也許意味著一種限制，它是茫茫海洋中有限的陸地。但人們紛紛爬向這片陸地的時候，就不能不引起某種膨脹和恐慌。在這個意義上，物質的匱乏引誘著邪惡的生長。然而，人畢竟是人，物質慾望的滿足並不等於精神的滿足。在這個意義上，老莫月光下端祥著死嬰獲得的平靜來源於精神的滿足，老莫垂暮之年大喝一聲「財迷心竅」猝然而

死也因為精神的崩潰。也許，人的心才是人賴以存在的真正的極樂之島。

《方島》的幻象化描寫儘管在全篇只有寥寥兩三處、寥寥兩三筆，但它卻引發我們許多的遐想，客觀上它已經構成了作品的一個層面，一個包蘊著對人的存在深層哲學思索的層面。它散發著哲學的睿智，卻又融洽在藝術具象的活水之中。

2.生活化的未定點

它如同生活，散漫、活潑、自然。

它如同生活，將謎底藏在自身之中。

《異鄉》生活化的未定點在於「泥土」。當我們讀到如下文字時，我們的心頭不得不掠過一陣戰慄：幾十年荒下的窨地，但還好好存著大量待燒的磚坯。手工製坯特徵明顯：坯面的手指印，有的留在上，有的留在下。圓角的，寬一頭窄一頭的，很容易分出每個窯工的手勢習慣，有塊坯竟然還露著幾根頭髮……

我們感悟到了什麼，如同我們面對半坡的原始社會遺址。但我們難以說清我們的心為何戰慄。

泥土變成了磚坯。人呢？人留在磚坯上，還是也化作了泥土？

《異鄉》不止一處地描寫到了泥土。

「泥土就是土豆」是一層描寫。

「旋風帶著餘灰（骨灰）飄到窯邊的黑土窯裏去」，也是一層描寫。

結尾處「土味正朝四處漫開……幾百隻手都在泥土裏忙碌不停……」又是一層描寫。

這三層描寫都自然、樸實，如同被描寫的對象一樣，然而，我們能說清它們意味什麼嗎？希望、痛苦與歡樂的交織？抑或是一種土裏輪迴的宿命的感歎？

王甲、李乙、「我」與那些窯工、與二餅，他們共同生活在異鄉的泥土之上，又為何形成如此巨大的人生態度的差異呢？

作品沒有通過情節線索提供某種答案。也可以說，生活化的未定點並沒有為我們提供答案。它如同生活本身。

生活化的未定點只是一組方程式。解在生活中，解在我們每個人的手中。生活化的未定點只是一種重複，但在重複中一種我們未曾預料到的、我們熟視無睹的意義過量橫逸而出。

創新與傳統：一條河與另一條河

　　從嚴格恪守傳統的《四妯娌》，到飽含創新探索精神的《那山那人那狗》，彭見明攀越上了他自己創作道路上的一座新的高峰。然而，值得我們玩味和深省的是，這種創新與探索，並不意味著割斷與傳統的聯繫，乃至否定傳統、摒棄傳統；恰恰相反，從某種意義上說，在彭見明勇氣十足地攀越時，所倚仗憑藉的力量，恰恰來自於傳統。

　　傳統是一條河，一條流動不息、無涯無涘、容納百川的大河。創新也是一條河，它或遲或早、或迂或直，卻總要注入到那條「大河」裏去。昨日的創新，成為今日的傳統，而今日的創新也會成為明日的傳統。

　　在創新的河流裏，彭見明顯得相當自由自在地駕舟蕩漾。他首先截取了情緒。在《四妯娌》中，他截取的是事件的燧石：圍繞著給正在醫學院求學的老三，籌措四十多元款子的事件，四妯娌的性格被猛烈碰撞，爆發出個性迥異的心靈的火花。但在《那山那人那狗》中，事件的重要性有了不同的意義，它不再是人物性格發展、演變的依託；人物性格的發展、演變，並不影響和改變事件的進程。事件的意義在於，它提供了某種媒介，使得人們的深層情緒體驗，得以觸發，得以湧現；在於它開鑿了一條河床，使得人物彌漫的情緒波濤導向理性的區域，不至於不可收拾。

　　父親、兒子、狗，上路了。父親，歷經坎坷、飽經滄桑，即將卸任的老鄉郵員；兒子，唇邊絨毛未退，剛剛頂替接班的新任鄉郵員。對於父親，這是在任的最後一次跋涉：大山是熟悉的，黃狗是熟悉的；對於兒子，這是上任的第一次遠征：大山是陌生的，黃狗是陌生的。而熟悉的卻需告別，陌生的卻需熟悉起來。事件的全部因果在於此。

　　說不上驚心動魄、波瀾跌宕，它也許和生活本身一樣質樸與平淡。然而，正是事件及由此規定的情節淡化，凸現與烘托了人物情緒

的強度。它把我們欣賞的注意力，由對情節的關注拉向了對人物情緒的關照。

吸引我們的，感染我們的不再是情節，而是情緒——從老鄉郵員內心深層湧現出來的情緒：那對大山與山民的眷戀，那對平凡工作的摯愛，那由於老之將至而流露的淡淡的傷感，無時無刻不在撥動著我們。生命的價值和真諦，從來就不在於得到什麼，有天倫之樂、夫妻恩愛、父子情誼，更有「幾十年獨身來往山與路、河與田之間，和孤單、和寂寞、和艱辛、和勞累、和狗、和郵包相處了半輩子」。唯有大山和山民的存在，體現了他的生之價值。此時此刻，一旦與大山和山民們告別，怎能不勾起他滿懷的留戀與傷感？人物的情緒強烈地罩蓋了我們，感染了我們，激起我們的共振。於是，作品的主題悄悄完成了。觀念寓於人物意識流動之中，思想內涵積澱於人物情緒之中。

與此同時，形式上的結構有了嶄新的意義。老鄉郵員對於往昔歲月的回顧，不再按照綿延發展的線性時間排列。每一個片斷、細節、場景，在記憶的螢幕上浮現，只與人物此時此地的情緒對應與契合，線性時間秩序被人物的心靈重新組合，於是，正常的時空觀被打亂了，形成所謂的「心理時間」。新的結構原則應運而生。老鄉郵員身臨空幽縹緲的雲中島嶼時倏忽飄蕩的幻覺，黃狗咬著他的膝蓋骨時細膩微弱的感覺，乃至望著少年老成的兒子時湧動的探根究底的思索……所有的這些意識領域的活動，皆環繞著老鄉郵員眷戀、回憶的情緒主幹，蔓延成翁翁郁郁的枝葉。細節的刻畫，場景的描繪，也被情緒強有力地黏合起來。人物意識由於情緒觸發的現實生活的思考，不斷地氾濫到非現實的意識中去，又不斷地被情緒拉回到現實的天地。如此循環往復，既表現了意識的自由馳騁、飄拂流蕩，又在藝術形式上形成瀟灑自如、縱橫捭闔、汪洋恣肆的結構美。

然而，彭見明並沒有忘記他是吮吸著傳統的乳汁長大的，沒有忘記那條生機勃勃、穿越茫茫時空而永遠在流動不息的大河。傳統，也許意味著理性地思考生活、評判生活，並把這種思考、評判，納入自己的創作軌跡。毋庸諱言，彭見明借鑒了某些西方現代小說的表現手

法，但在傳統的召喚之下，在那條大河強烈的磁力場作用下，他首先在某種理念上，與西方現代小說的最主要特徵之一：即反理性傾向，劃清了界限。

老鄉郵員閃回式的回憶、聯想、遐思中，始終牢牢遵循著一條理性的軌跡：為了這片雄渾秀麗、多姿多彩的大山，和在大山中耕耘開墾、淳樸熱情的山民們，他是如何默默奉獻健康、愛、歡樂和寶貴的歲月的。兒子頂替引起的感慨惆悵；長途跋涉引起的關節酸痛；涉水過河伏在兒子肩上時，所生發的未盡父親責任的內疚；「紅花女子」勾出對妻子的深深歉意，無一不圍繞著這理性的軌跡運行。背離逃逸了理性軌跡的感受、感觸，被彭見明悄悄地摒棄了。在情緒的基調上，彭見明努力把握的是，滲入我們骨髓血脈的某種道德傳承。這不僅表現在用人物情緒綴接黏合的場景、片斷之中，所散發的濃郁的鄉土氣息和地方色彩，更表現在老鄉郵員所展現的精神一隅：樂天、執著，兢兢業業，任勞任怨，熱愛自然，熱愛生活；所求於人的甚少，所奉獻於人甚多……

其次，在形式的探索追求上，傳統的力量也在《那山那人那狗》中烙下了深深的印痕。彭見明所駕馭的小舟，盪漾在兩條河匯合處的水域，此水與彼水，互為你我，混混茫茫交織在一起。用傳統的眼光來看，作品無疑有許多借鑒、創新的成分，而用現代西方小說的標準來衡量的話，作品又有許多執著於傳統的地方。非此非彼，正如氧原子與氫原子的化合，產生了新的物質一樣，一個新的藝術整體因此而產生了。

$\mathcal{B}$ 章：小說的主題・意蘊・哲學智慧

形而上主題：先鋒文學的一種總結和另一種終結意義

倘若在 1985 年，我們顯然無法想像先鋒文學會陷入 90 年代的如此式微的境地。時間過去了，它就這麼匆匆過去了。時間總是贏家，總是勝利者。然而，當它與文學角力時，它也總會取得勝利嗎？一如它在生物界與歷史界所顯示的那樣？倘若如此的話，我們不會也不必為先鋒文學的式微而憂傷而惆悵了。令人欣慰的是，翻開一部由時間留下的文學史，它並不表明時間總是贏家和勝利者，亦即是說，文學並不如生物那樣在時間的綿延中表現為一種進化。唐詩、宋詞、元曲或者李白、關漢卿、曹雪芹並不因為時間的推進和綿延而失去他們的高度和光輝。在這個意義上，我們有理由對 1985 年開始的先鋒文學的實驗和探索以及它已然取得的成績表示一種緬懷之情。

不管我們對這場從 1985 年肇始的先鋒文學運動持怎樣的見解和看法，我們都無法否認這是中國當代文學發展過程中的一個重要文學階段和文學現象。它對中國當代文學的進程迄今為止仍然有著不可忽略的影響。當代學人謝冕先生、王蒙先生在進行「後新時期文學」的劃分時，就把 1985 年作為一個重要的時間座標，並以為「後新時期文學」正是在這一時間拉開它的帷幕的。

因而，對先鋒文學進行一番再回首、再梳理，就不僅僅對一個重要的文學現象本身具有一種整理和總結的意味，它同時還對當下文學的發展也有一種座標作用乃至某種前瞻性的意義。

對先鋒文學曾經有過的輝煌和文學實踐，無疑有著許多可以切入的角度、分析的角度。本文試圖從主題學的範疇入手，對先鋒文學曾

經擁有過的「形而上」主題群落作一番描述和梳理，並以此作為對先鋒文學的一種總結乃至於發現另一種終結的意義。

主題之一：認識你自己

「認識你自己」，這一著名的古希臘箴言本身表明即是對人的一種懷疑。而對人的不同認識甚至是差異很大的不同認識始終誘惑著、驅使著一代又一代哲人和藝術家作出新的結論和描繪出全新的藝術世界。

莎士比亞的哈姆雷特說：人是多麼了不起的一件作品！理性是多麼高貴！力量是多麼無窮！儀表和舉止是多麼端正！多麼出色！論行動，多麼像天使！論瞭解，多麼像天神！宇宙的精華！萬物的靈長！

但法國哲學家巴斯卡說：人是會思想的蘆葦。他還說：人是怎樣的一種新穎！怎樣的一種奇觀！萬物的法官，地上的低能兒；真理的寶庫，充滿了疑問和錯誤的陰溝；天地的驕傲，宇宙的垃圾。

莎士比亞和巴斯卡，誰更深刻？或者換一個角度，深刻與否是一個過於奢侈的命題，而我們寧願設問，誰更能夠契合當代人對生存、對人的存在的一種疑慮、一種焦灼和困惑呢？顯然是後者，顯然是那位看到了人與蘆葦的相似性的巴斯卡。他對人的這種懷疑精神，這種悖反認識，曾經讓整個現代派文學為之激動，並在半個世紀以後，讓整個當代中國的先鋒文學為之激動。

在殘雪的《蒼老的浮雲》、《阿梅在一個太陽天的愁思》等篇什中，對人的質疑構成了人的生存環境：主人公永遠生活在一個可疑的空間之中，這一空間彷彿是懸浮不定的，它所具有的每一個圓形和扁形，比如簷縫、牆縫、水牛的眼睛、屋頂上的窟窿都可能構成一種窺視的環境。也就是說主人公生存的環境始終處在一個被窺視並且可能喪失內心自由的境地。如同圓形和扁形在自然界無處不在一樣，人的被窺視以及人的窺視欲也就可能無處不在、無時不在。

85

在葉兆言的《五月的黃昏》、《最後》、《棗樹的故事》中，對人的質疑直接構成了作品的整體藝術氛圍。謎一樣的人的精神世界的萎縮以及對這一過程或而明朗或而疑竇叢生的拷問過程構成了作品中事件的走向。這一系列作品或許存在著某種溫情，但這種溫情絕不因為人的存在的歷時性社會內容而展開，而是因為人的生命存在———一種濾去善惡、濾去社會內容的自然存在———而展開。一個讓「我」感到可親可敬的叔叔，恰恰可能是十惡不赦的壞蛋，或者可能是一個優秀的家長。在這樣的追索叔叔之死的過程中，叔叔構成了「我」存在的環境：一種充滿矛盾、喪失信仰的環境，而「我」由單純而趨於複雜的精神歷程，反過來也深化了「我」自身（《五月的黃昏》）。一個殺了人而始終沒有搞清為何殺人的「阿黃」，「最後」也只能在一種精神壓迫中死去。他的內心始終處於欲殺人和被人殺的逃亡過程之中。在他周圍的人物———少女和女記者，除了暗示他殺她們或她們要殺他之外，還有什麼另外的意義呢？（《最後》）。而在爾勇的生命歷程中，在他歷經了生命滄桑的晚境中，他始終沒有搞清他的嫂子為何會愛上截然相反的幾個男人。從他的哥哥到殺死他哥哥的白臉一直到老吳，人物的這種男女關係史，構成了情慾對人的命運的支配史（《棗樹的故事》）。葉兆言如同戈爾丁在《蒼蠅王》中對人的原始慾望、人的殘忍性表示出懷疑、驚駭、恐怖一樣，他不解於人的情慾怎會如此不可思議地置孝悌、養育等社會道德、倫理而不顧。

在余華的《四月三日事件》、《鮮血梅花》中，對人的質疑直接衍化為對人的生存目的的質疑：人為什麼而活？人為什麼要活？在《四月三日事件》中，張亮唯一的目的就是要逃，至於為什麼要逃，又逃向何方不得而知，也不需要知道：逃本身構成了人的全部要義。在《鮮血梅花》中，阮海闊起初的整個目的就是要遵循母親的遺囑，報殺父之仇。報仇的慾念構成了他幾十年奔波山林草莽、河流溝壑之間的內在動力。然而，這一幾十年為之奮鬥的目的卻又是那麼容易被改變，當胭脂女和黑衣大俠請求他代為打探一個消息時，他同意了。幾十年的信念和目的竟是那般脆弱。在阮海闊的這種輕易改變背後，我們不

難看到這同時是一種對人之存在的隨意性、崇高性乃至虛無性的一種
肯定。

主題之二：人所創造的歷史

歷史是由人創造的。人並且有能力創造自身的歷史，幾千年來蜜
蜂們製造蜂巢的手段沒有改變，他們的生存環境也沒有發生改變，但
人的存在、人所賴以存在的環境卻發生了巨大的變化。從這樣的一個
淺顯的道理出發，先鋒文學必然由對人的質疑而走向對人的歷史的質
疑，走向對人的存在環境變化的質疑之中。

如同傳統的文學觀受到先鋒派作家們的懷疑一樣，傳統的史學觀
也擺脫不了這樣的遭際。因為在他們看來，以前傳統的歷史方法論和
認識的中心問題在於，客觀地認識過去只能靠學者的主觀經驗才可能
獲得。他們企圖解救歷史，即將歷史從經院中解救出來，將歷史以一
種文學結構和語言，還原為一種混沌狀態，一種原生態的生動。

先鋒作家們首先對歷史的偶然性和隨意性表現出極大的興趣。幾
乎可以把前蘇聯作家伯里斯‧帕斯捷爾納克的一句話作為先鋒派作家
的歷史信條，那段曾經被克勞德‧西蒙引自為《草》的題銘的話如是
說：沒有人造成歷史，也沒有人看見歷史，如同沒有人看見草怎樣生
長一樣。

在葉兆言的《棗樹的故事》中，白臉與岫雲的冗長的關係史，肇
始於一個極偶然的機會：爾勇企圖作出反抗，然後才有了岫雲的出
現。而白臉的幾度化險為夷，在幾乎喪命的關頭能夠生還，也維繫在
一系列偶然的、隨意性極大的細節中，比如岫雲的內衣的顏色。抗日
英雄謝連長之死，也是陰差陽錯，莫名其妙，既不轟轟烈烈，驚天地
泣鬼神，也不悲壯，更缺少高潮和鋪墊。一切可能都和土地的顏色一
樣，單調、厚重，缺少層次和變化，但它卻是維繫我們生存的最基本
的顏色。「草」或曰「歷史」，就生長在這樣的顏色之中。

在廉聲的《月色猙獰》中，這種對歷史過程中的偶然性、隨意性的關注，還構成了對歷史多元視角的反諷。在歷史進程中的任何一方，都企圖對歷史作出一種確鑿的、歷史學家般的評價（這種評價往往構成後人撰寫歷史的材料）。由於這類評價把感性的歷史過濾成一種語言的、貌似莊嚴的遊戲，它在人們心目中往往更像「歷史」。比如，這種「歷史」是這樣評價莫天良之死的（作品注明：這是載入文字的，歷史檔案中僅查到兩則）：國民政府浙西行署辦的《民眾報》1942 年 10 月 17 日第二版右上角載一短訊：內訌引發械殺家怨貽誤國仇

> 據可靠方面透露，邊陲重鎮銅鼓鎮失守，蓋因原駐守該地之抗日武裝莫天良部發生內訌。莫天良被部下饒雙林所殺，餘部皆成散沙。

而抗戰勝利後查繳的日軍文件中發現一份戰報（編號 03-176），上面寫著：

> 我特遣阿部小隊於 9 月 28 日晚在銅鼓鎮西北十餘里稱駱背嶺處，伏擊了地方游匪莫天良部⋯⋯匪首莫天良當場中彈斃命。

然而，據作品的情節介紹，莫天良的真實死因是在與孟嫂做愛時被自己的親弟弟天保所殺。歷史在幾種關於莫天良之死的傳說中互相衝突、互相矛盾。它是那樣的令人可疑，而這又以文字所書寫的歷史為甚。它說明，歷史不僅僅本身是充滿隨意性和偶然性的，歷史還在這隨意性和偶然性中顯出整體把握上的混沌性（所以它難以被人看見），甚至我們所接觸到的歷史，通過文字，通過口耳相傳或其他媒體所接觸到的「歷史」，它也是充滿隨意性和偶然性，亦即我們接觸到的歷史載體同樣充滿隨意性和偶然性。

面對歷史的這種雙重偶然性和隨意性，當先鋒派作家們企圖將歷史還原到一個混沌的、真實的時空之中時，他們唯一能做到的是將一

個現時態的「我」置放進歷史中去。歷史的可疑之處，這時成為「我」所審視的對象。「我」與「歷史」的對話緣此而生。

蘇童在《1934年的逃亡》中這樣寫道：「有一段時間我的歷史書上標滿了1934年這個年份，1934年迸發出強壯的紫色光芒圈住我的思緒。那是不復存在的遙遠的年代，對於我也是一棵古樹的年輪，我可以端坐其上，重溫1934年的人間滄桑。我端坐其上，首先會看到我的祖母蔣氏浮出歷史。」一句「端坐其上」，表明的是對歷史作一種俯視、審視，也表現出一種高蹈的情懷，更表現出一種超越歷史的渴望。

歷史當然依舊充滿它的可疑性。父輩訴說的歷史，盈滿著乾草般的芬芳，但父親在病床上肯定隱略了一些什麼。環子在父輩們、祖輩們中的地位？狗子之死的原因？一條江為何成了阻隔蔣氏漂泊的邊緣？同樣的一條江為何又阻隔不了蔣氏的後代們？蘇童冷靜、冷峻但又內含激情地敘述了這一切，他表明了他對歷史的不信任。他像岩石留給大地一個問號，內心卻沸騰熾熱的岩漿——這岩漿的外在形態就是每當他表現出歷史的質疑態度時，一種間離就同時出現了。這種間離是一種現時態的「我」的話語，楔入歷史的深層結構之中。可以這麼說，歷史是超然的，不動聲色的，而「我」的詰問、「我」的話語卻是熾熱的、沸騰著情思和哲思的。

在《罌粟之家》中，我們同樣可以看到這種「間離」，這種對歷史深層結構的楔入：你總會看見地主劉老俠的黑色大宅，你總會聽說黑色大宅裏的衰榮歷史，那是鄉村的靈魂使你無法回避，這麼多年了人們還在一遍遍地訴說歷史。

> ……演義害怕天黑，天一黑就饑腸轆轆，那種饑餓使演義變成暴躁的幼獸，你聽見他的喊聲震撼著1930年的劉家大宅。

蘇童的創作在無意（抑或有意？）中應驗了英國歷史學家卡爾在《歷史是什麼》中所說的一段話：歷史是現在與過去的對話。換句話說，歷史在蘇童那兒表現為一種現在對過去的追溯、審視、質疑，並

在此基礎上渴求一種超越。而曾經是先鋒派作家中堅之一的余華，則以一種文學的眼光為卡爾的話作了詮釋。余華說：我的所有創作都是針對現代成立的，雖然我敘述的所有事件都作為過去的狀態出現，可是敘述進程只能在現在的層面上進行。

其實，當歷史在現代的層面上進行時，對歷史的質疑態度，必定會形成另外一種在文化哲學人類學意義上的對文化變異性的藝術關照。按照著名的哲學人類學家蘭德曼的觀點，變異性是指人的本性是變化發展的。正如沒有永恆的文化類型一樣，也不存在著永久不變的人的類型。蘭德曼直截了當地指出：「當變異性是文化規律時，它也成了人的規律。事實上，它是一條文化規律，也只是因為它是人的規律。」這就是說，人不是一種保持同樣的、永遠不變的內在存在，而是歷史地顯示在外在領域中。即使是那些外表上顯示為獨立於歷史的人的自主活動（如祈禱、愛戀等），也沒有固定的準則可遵守。因而，蘭德曼肯定了狄爾泰的觀點：人的類型溶解在歷史過程中，人是什麼的問題不能通過沉思自身而發現，而只有通過歷史才能說明。對人的研究必須從屬於對歷史的研究。循此，我們必然發現對歷史的質疑必然引發出對人的質疑，歷史的可疑之處也衍變為人的自身的可疑之處，歷史—文化的變異性也就必然地變化為人的變異性。倘如我們對這種變異性的藝術載體作進一步的考察的話，我們將發現變異性與可疑性的同構，文化變異性與歷史混沌性的同構。而先鋒作家們的藝術觀照的重點似乎也總是體現在這兒，出生、死亡、生之轉捩點或死亡轉捩點，先人們的大惡之極或大善之極總是在這樣的關節點相互纏繞，剪不斷、理還亂。需要著重指出的是，變異性並不是歷史的瞬間的變化，而是指作家本身現存在作為端點、作為參照系的一種考察，即敘述者本人與變化著的歷史是一種對應的存在物。因而，對歷史的紛亂狀態、無序狀態的歸宿仍然是現存在。

從現存在出發，在先鋒作家們那兒對文化變異性亦即歷史可疑性的考察演變為兩個不同的主題方向。其一是對自身或對自身家族史的否定、質疑和批判。如喬良的《靈旗》，在青果老爹恍惚的思緒

中，夾雜著的其實是敘述者對於戰爭、對於性愛（青果老爹與杜九翠之愛）的哲學思索。再如蘇童的《罌粟之家》，敘述者的詰問皆環繞著——家族從哪兒來，又為何從那兒來，其中的饑餓、暴力、性欲的強烈泛濫對家族發展的意義——這一系列與鄉村大地靈魂有關的問題而發。反過來說，這一系列染有強烈的形而上意蘊的問題，與其說來自於歷史，而不如說來自於蘇童自身，來自於蘇童自身對歷史的理解。亦即歷史中的「惡」來自於蘇童對於惡的批判和理解，歷史中的「惡」的警醒作用也就既可歸附於歷史，而又可潤澤於現實、作用於現實。其二，文化的變異性和歷史的可疑性還可演變出另一個主題方向，與指向歷史中的「惡」相反，它指向了歷史中的「善」。

這種「善」，與我們通常理解的道德範疇的「善」具有不一樣的性質，它可能首先歸之於一種「自然」範疇或生命範疇。在法語中，「自然」具有兩方面的意義：當它以小寫的字母開頭時，它指的是大自然的存在；當它以大寫字母開頭時，它指的是人的生命的自然存在。法語的這一「自然」的釋義，也可視作我們對歷史中的人的自然觀察的邏輯起點。

首先是人的生命形態所形成的大「善」，這一大「善」的根本性質也就是說應該抱著一種對生命形態負責的態度來演義人生，來演出人生的多姿多彩的活劇。濫觴之作可能是莫言的《紅高粱》。「我爺爺」與「我奶奶」在紅高粱地裏的「野合」，在道德範疇裏可能是醜的、惡的，但一旦它歸結為「自然」範疇，卻發散出一種自由的生命氣息，衍生出一種生命的動感與美。先人們的生命和靈魂在動盪與漂泊中，在與暴力的不屈鬥爭中，爆發出讓人目眩的光彩。生命以不羈的形式，喧囂著、吶喊著、像高粱在大地上舉著無數面綠色的旗幟。而作為「歷史敘述者」的莫言，同時看到了一種文化的變異性。當然，與蘇童從「惡」出發相反，莫言從「善」出發，但歸宿卻是一樣：回歸於現時態的「我」。莫言看到的是現時態的「我」的「醬油醃漬過的心」，看到了生命歷史地變異為一種萎縮和內在精神天地的萎縮。莫

言由對歷史的拷問而進入對自身靈魂的拷問；由對歷史的審視和質疑而走向對現存在的審視和質疑。

其二，純自然（即大自然）在歷史事件中所顯示的寧靜之美、超越之美的反襯作用。任何一位敏感的讀者其實都不難發現，在先鋒派作家們對於歷史的描述和敘述中，必定還存在著一個永恆的對象和客體，那就是大自然。在廉聲的《月色猙獰》中，「月色」不動聲色地將歷史包裹著的可疑之處一一坦露，像剝開被紗布所遮掩纏繞的傷口，讓歷史盡情地宣洩出仇殺、情殺和謀財害命的醜陋本相，但一邊他並不忽略對歷史中的大自然的一往情深。在猙獰、暴虐、殘酷的陰冷底色中，作品中常常會冒出這樣的描述：月光下的天野全然不似白天，水田泛動魚白，似深沉又似明朗，遠遠近近的山巒如重彩的水墨畫。溪水湍湍，夜裏聽來十分清朗。溪岸有柳樹依依。即使匪首莫天良，在他殺人如麻、嗜血如命的生涯中，能夠引起他共鳴和感慨的似乎也唯有大自然的存在。在一場血腥的搏鬥之後，「他喜歡在林密樹深的山裏獨自行走。寂靜的山谷僅有一兩聲鳥鳴伴著他窸窸窣窣的腳步聲。在寥無人跡的森林裏他才覺出生命的自由自在。」大自然以它的存在，以它千千萬萬年不變的存在產生出一種巨大的靜力，但這靜力卻不足以搖撼一個人的靈魂，感召一個人的靈魂。往往在這時，匪首莫天良會情不自禁地懷念「早年販鹽巴山貨的那些無憂無慮的日子。挑一副貨擔悠悠地走在爬臥著塊塊粉黃的蜿蜒山道上，峻崖邊晚秋的楓葉彤紅，他扯開嗓子唱起了山裏人熟悉的情歌小調，遠遠便望見崖口邊立著個俊俏女人的身影……」

質言之，在廉聲的筆下，由人而衍化綿延的歷史是疑竇叢生、百結纏繞的，他還原歷史的願望也只能夠還原為對歷史的質疑、對人撰寫的、創造的歷史的質疑；但對人所寄寓的、賴以生存的大自然卻與此形成鮮明的反差對比：它是清朗明白的；樹在一千年之前是樹，樹在一千年之後仍然是樹；山在一千年之前是山，山在一千年之後仍然是山。對於前者他是否定的，對於後者他是肯定的。並且，由於對於後者的肯定，而強化了、凸現了對前者的否定。即是說，大自然的千

千萬萬年不變的靜態之美，反襯了人的存在的恍惚性和瞬間性；大自然凝固化了的超越時空之美，反襯了人的存在即歷史的無序性，這種無序性，在永恆的大自然面前，不能不顯示出它的荒誕。可謂：人生無常，但大自然永恆。

　　與廉聲將大自然作為人的社會存在歷史的反襯不一樣，在葉兆言筆下大自然顯現出另一種藝術媒介的作用。熟悉葉兆言創作的人可能都知道，葉兆言是極其吝嗇筆下出現對大自然的直接描寫和抒寫的，感官化的自然在他的筆下幾乎不存在。但在《棗樹的故事》中，葉兆言通過對爾漢向岫雲所述的故事的比喻將大自然很優美地引導出來。「這些故事讓岫雲久久不能平靜，常常有一種置身於大海波浪中顛簸的感覺。故事裏的天地像草原一般的廣闊，岫雲和爾漢置身駿馬上飛奔馳騁，夜色如洗，他們放開韁繩，來來往往，一趟一趟，剛剛返回原地便又重新起程。」大海、草原，這些具有廣闊無涯的外在特徵的自然存在物，這些在美學意義上具有崇高美內涵的自然存在物，並沒有直接在爾漢的故事中出現，它喚起的僅僅是岫雲的一種感覺。然而，爾漢又講述了什麼樣的故事呢？只不過是他與一個又一個女人的性交往史，他的「嫖經」。顯然，在這裏，爾漢所接觸過的女人已經被岫雲的內心世界詩意化了。「這些讓男人們意識到自己是男人的女人，一次次引起岫雲的異樣的情感，這情感她永遠琢磨不透。」女人與男人，在岫雲的內心世界裏只剩下抽象的符號的意義，一種與繁衍有關的意義。這樣，她才可能從故事的萎縮中逃逸並且昇華，才可能從爾漢的坐姿、陋巷、嘎嘎作響的木板床而騰身進入到大海和草原的世界。大海、草原，這一無涯無涘的大自然存在物，並不是爾漢故事的對應物，它僅僅是岫雲精神渴望的一種暗喻，而這暗喻的喻義卻輻射到了人的存在的本真狀態以及在這本真狀態中可能爆發、閃爍出怎樣的光輝。儘管葉兆言如此吝嗇地對待了大自然，儘管大自然的存在被葉兆言作為一種藝術媒介而使用，但在對待大自然的終極態度上，葉兆言卻與廉聲殊途同歸：他們對前者持一種質疑態度，而對後者表示出他們的虔誠和肯定。

主題之三：死亡的吶喊與囈語

獲普利策獎的 E・貝克爾在《反抗死亡》一書中，對死亡的形而上意義曾作過這樣的闡述：死的觀點和恐懼，比任何事物都更劇烈地折磨著人這種動物。死是人各種活動的主要動力，而這些活動多半是為了逃避死的宿命，否認它是人的最終命運，以此戰勝死亡。

可以這麼認為，當代先鋒文學的主要動力之一也就是對於死亡的藝術關照和理解。對死亡的逃避，對死亡的否認，對死亡作出一種搏擊和戰勝姿態，既構成了先鋒派文學的內驅動力之一，又構成了先鋒派文學的主題方向之一。或許我們可以從馬原的《岡底斯的誘惑》開始談起。

這是一次對死亡的最普通、最微小的反抗，這也是一次對死亡緣於經驗的、肉體的甚至是世俗的反抗。然而，唯其普通和微小它才具有一種普遍的力量，如同水、空氣和泥土；唯其緣自經驗、肉體和世俗，它才具有了廣度，如同一個直觀的世界可以被千千萬萬人所認同。它起始於一個姑娘死了，這個姑娘有一個很普通的藏族名字：央金。不怎麼普通和普遍的事實是：這個姑娘很漂亮。簡單地說，一個有著很普通的名字的、非常漂亮的姑娘死了。而且，她的死並不轟轟烈烈。她死於一場車禍。當然，對於馬原所矚目的關於死亡的形而上的主題方向而言，這一死亡的經驗事實並不是重要的。他平靜地、近乎冷漠地交代了姚亮、陸高和央金的結識，再以短短的一百餘字寫到了姑娘之死。對馬原來說，顯然更為重要的是寫出了一種普通的死亡對於依然活著的人的震撼，亦即寫出一種死亡在世俗中的宗教感（是宗教感而非宗教）。換言之，重要的並不在於姚亮、陸高是否和央金存在一種愛情關係（事實上根本不存在），而是在於央金的美所具有的一種象徵意義，一種弗洛伊德的群體心理所認為的「愛欲具有一種對死亡的轉移作用，它是對死亡恐懼的一種移情」。倘若用陸高的內心感受來轉述就是「美麗的姑娘比任何別人都更能讓人直觀地感受到

生命的存在，感受到生活的價值和意義。」正因為這樣，馬原才將筆墨的重點落到央金死後，姚亮與陸高的心態和行為上：他們要一睹姑娘的肉體和精神怎樣在天葬臺上昇華。

在馬原這兒，死亡消失的是它曾經在藝術作品中慣有的英雄主義激情，它著意渲染的是死亡寄寓在日常生活中的形而上本質：死亡使我們的存在具有無法抗拒的宗教感，對死亡企圖作出超然姿態的慾望和願望是那麼強烈地滲透在我們生活的每一瞬間，儘管它時常是以一種戴著面具的方式出現在我們的周圍。與馬原用一種平靜、甚至冷漠的筆調描寫死亡相反，陳村的《死》洋溢著的是一種由死亡而迸發出來的激情。陳村確實是一個獨特的作家，他差不多有過一次死亡的體驗（僅僅是差不多，因為任何一個活著的人，在赫拉克利特著名箴言──人不可能兩次跨入同一條河流──的意義昭示下，是不可能真正體驗過死亡）。或許正是陳村的這種獨特生命體驗，使得他對於死亡的思索不自覺地靠近了海德格爾關於「提前進入死亡」的觀點。施泰格繆勒在《當代哲學主流》中這樣轉述了海德格爾的觀點。施氏寫道：死亡在每一瞬間都是可能的，因此走向死亡的本然的存在只能在於這樣一點，既不躲避死亡，而是忍受死亡，並且正是在死亡的不確定的可能性的前提下忍受死亡。海德格爾把這種忍受看作是實存的最後理想，他稱這種忍受為「提前進入死亡」。而在這種最高的本然性中，現存在從日常的空虛中解放出來，並被要求使出最大的努力。

《死》或者說傅雷之死表達的正是對日常生活的空虛（它包括獸行化的政治行為、墮落的文明和畸形的人際社會）、對一個經驗世界、現象世界的一種超越性渴念。嚴格地說，在《死》中，死的終結的自然過程並沒有顯現，它充分顯現的是一種「提前進入死亡」的忍受感。書中的主人公「你」──傅雷──在忍受著紅衛兵、警笛、工蟻和蛇的吞噬。直至最後，他仍然在忍受著一種情感，這種情感甚至不因「血液正在變涼」而消遁。作品寫道：遠古連到現在的一切通統消隱，不再有東方西方。沒有黑光。沒有猩紅。一切都遠了，同時一切也都近了。他吐出最後的芬芳的死氣，如同老約翰·米希爾，在心底叫了聲：

媽媽！只有在這個時候，生命的整個「忍受」過程才宣告結束，死才完成由具象而抽象的過程。就是說，生命在忍受過程中，不僅僅受著社會文化、政治經濟、宗教道德等經驗世界內容的制約，同時還受著死亡的本質的制約，亦即死亡的不確定性的制約——我們整個一生無論偉人或者凡夫都無法逃脫這種制約，它像一柄達摩克利斯之劍永遠高懸於我們的頭頂。只要我們的生命沒有終結，它也不會終結。因而，從這個意義上出發，我們只能夠認定「你」或者傅雷，他對於死亡的忍受所具有的是一種關於人的實存的符號化意義：我們所有活著的人都在忍受。

另一種終結：余華和他的《活著》

余華這一名字曾經和當代中國先鋒文學是連在一起的。余華的早期創作無論是從主題範疇或是從形式探索的意義上，都和先鋒文學的發展是同步的。從主題學範疇而言，他的早期創作的形而上主旨豐沛而盎然。

而他的長篇《活著》又引起了影視界的足夠關注，著名導演張藝謀以一「寫實功力」對《活著》作了某種蓋棺論定。一「寫實」也悄然透現出余華由先鋒而向傳統的回歸和撤退。因而，余華的創作軌跡無意中向我們開啟了一扇窗戶，通過這扇窗戶我們可以發現余華這隻曾經翱翔於先鋒文學天宇中的「麻雀」——透視它、解析它，或許將有助於我們對先鋒文學所進行的一種總結並由此而發現另一種終結意義。

一篇《四月三日事件》，我們可以看到余華對人、對人所構成的生態和人文環境的質疑達到了何等的深度。「四月三日事件」，它其實是一個不存在的事件，一個虛擬的事件，一個莫須有的事件。「四月三日事件」從某種意義上說，與「第二十二條軍規」一樣，是一種潛存在，是一種隱喻和象徵，是高懸於現象世界之上的本質真實，它可能更多地來自於主人公對於人的經驗世界的一種懷疑和內心體驗，因

而，它無需有現象世界的內容，連主人公本人都不清楚：它如果是陰謀的話，陰謀的含義又是什麼呢？他相信的唯有一點：周圍的人和事都在孕育、醞釀著那個陰謀，他警惕地傾聽著，觀察著周圍的可疑的和並不怎麼可疑的聲音和事物，從路人的微笑、營業員的低語、父母的說話聲乃至呢喃的鳥語。

敘述者和閱讀者，面對這樣的事件，感官將不可避免地處於一種緊張和痙攣之中，並且，無論是敘述者和閱讀者，都無力將這一事件最終完成——因為它時時刻刻在發生著，衍變著。只要我們的內心無法擺脫那彷彿來自上蒼的指令，那揮之不去、招之即來的懷疑情緒和精神，我們就會成為這一類事件的製造者、參加者、演示者和承受者。說到底，這一類事件來自於人類已有的命運。

正是對人的生存環境和生存條件的懷疑，導致余華對人的苦難、人作為類存在的苦難不可避免的思索，並激發起他的懷疑。如同某些論者已經注意到的那樣，余華筆下的苦難洋溢著一種佛性，一種宗教般的與生俱來的性質。在《世事如煙》一篇中，余華的這種「苦難意識」達到了極致。作品讓我們看到了一種「宗教原罪」所描繪過的苦難世界：父親把女兒一個個賣掉；6 在江邊與無腿的人三次邂逅；接生婆為一個懷孕的女屍「接生」；死而復現的司機要求又為他娶妻；祖母和成年的孫子共床，並且懷了孕……道德淪喪，夢魘橫行，生命處處受到壓抑、摧殘和戕害。然而，這種苦難並不直接來自於經驗世界，如同「四月三日事件」一樣，它顯然來自於形而上的世界。它捨棄了苦難的社會——歷史內容，捨棄了苦難的歷時性形態；它不再局限於「有限的事物」，它企冀無限，它捨棄了人物的姓名，代之以抽象性的阿拉伯數字符號——人成為無限的數位記號；它冷漠、冷峻，以一種超然的態度來表現苦難和殘酷；它當然是在悖論中完成這種對苦難和殘酷的敘述的，因為說到底，一個徹底冷漠、冷峻的敘述者，他保持的將是沉默和守口如瓶，但余華在《世事如煙》中，對苦難和殘酷卻表現出一種流暢、一種一瀉為快的語言操作節奏。

　　對人的質疑，對人的「苦難」的思索又構成了余華對於歷史沉思的哲學依託點。他的《一九八六年》展現的是歷史，一段似乎有年代、似乎沒有年代的歷史，時間的不確定性與模糊性，反映出的是對歷史的一種質疑。它不能不使我們聯想到魯迅的《狂人日記》：這歷史沒有年代，只歪歪扭扭地寫著兩個字：吃人……

　　「吃人」是一種死亡，是對他人死亡的一種主動選擇。死人的事因而在余華的筆下也經常發生著。與余華對人的懷疑態度、對人的「苦難意識」的思索，對歷史的質疑態度相契合，余華筆下的死亡毋庸置疑地具有一種不確定性、突然性，一種宿命般地倏忽而來，倏忽而去。任何一個微小的事情和事件都會改變死亡的軌跡，如《鮮血梅花》中的黑衣大俠之死，僅僅是因為森林裏一條小徑的選擇；而《世事如煙》中的司機之死甚至不需要任何理由，如同算命先生對接生婆所說：你兒子現在一隻腳還在生處，另一隻腳卻在死裏了；在《四月三日事件》中，死與非死都消失了它的界限：逃亡的狀態究竟是生還是死呢？死最起碼是一種已經發生的潛存在，它變成一種經驗的存在只不過是一個讓時間來證實的問題。「逃亡」的背後依然是死亡的陰影和存在……也許應該指出的是，這種對於死亡的敘述和描寫，表明的不僅僅是死亡的形而上的本質，是人面對自身、面對死亡所顯示出的脆弱和無能為力，它同時還顯示出一種超越，對人肉體的、自然存在的一種超越。因而，在余華的這一系列具有前衛姿態的早期作品中，死亡不需要任何「有限」事物的干擾，甚至不需要任何來自於經驗世界的理由。

　　余華曾經和整個先鋒派文學的發展是同步的，如同我們對余華的創作所作的簡單回顧所表明的那樣。但從《活著》開始，余華開始「撤退」了，這是一次悲壯的（抑或是膽怯的？）向傳統的撤退。余華將撤退到傳統的哪一步、哪一個營壘之中呢？

　　在《活著》中，人是一種溫情的存在物。如同《世事如煙》中算命先生是一個貫徹始終的樞紐人物一樣，福貴也是一個貫穿始終影響情節走向的人物之一。他曾經又嗜賭又嫖娼，他很「惡」。但這種「惡」與算命先生的「惡」有一個最大的不同點，即福貴之「惡」是由特定

的社會歷史內容所決定的，簡言之，是由他的出身和階級所決定的，是由錢所滋生的，即一個「有限」的，經驗世界所決定的。而後者算命先生之「惡」卻是一種無需經驗的理由來解釋的，彷彿與生俱來的神秘的「惡」。因而，當福貴由寄生階級過渡為貧苦階級之後，當福貴由腰纏萬貫的地主變為一貧如洗的雇農之後，彷彿在一夜之間隨著人物的階級地位、經濟地位的改變而改變了。他由打罵女人、虐待女人而變為體貼女人、關心女人；由對孩子不聞不問，變為一個善於送暖問寒的慈父；由一個遊手好閒、不勞而獲的蠹蟲而變為一個日出而作日落而息的耕耘者……他開始充滿人情和溫情。同樣，環繞著福貴命運軌跡的「惡」，我們可以找出許多政治的具體理由來解釋它：比如「連長」拉福貴壯丁，這是由於蔣介石發動內戰；比如有慶之死，這是由於醫務人員唯官是從的「官本位」文化思想的作祟；比如春生的避難之舉，是由於「文化大革命」……當這些政治的理由消失之後，「惡」也將隨之消失，代替「惡」之存在，複歸於溫情。它絲絲縷縷、不絕如縷，它伴隨著苦難，似乎苦難越是深重而溫情越是綿長與深厚。

　　苦難在這時消失了它的宗教感，消失了它的形而上性質。假如說，在《世事如煙》之中的苦難表現出戈爾丁《蠅王》之中對於苦難的形而上的思索的話，那麼，在《活著》中的苦難則近乎於《骨肉》，近乎於《美國的悲劇》和《嘉莉妹妹》了。前者顯示的是人對於現存在本質的思考，是對於苦難的共時性描述，它企圖抵達的彼岸是人永遠不可能戰勝的人與生俱來的弱點，但人又必須超越自身的弱點，而獲得精神上的解脫和自由，人就是在這樣的悖論中充滿困惑地活下去，如同海鷗喬納森，如同西緒佛斯無奈的、悲壯的努力所顯示的意義一樣。而後者，毫無疑問，對於大眾具有一種強烈的煽情性，大眾將在眼淚和眼淚連成的波濤中獲得一種動盪感，獲得對自身處境審視的一個視點，從而獲得某種安慰和滿足。這一苦難的歷時性性質決定了它是大眾的，它切准了大眾的脈搏，大眾將為它準備好手帕和餐巾紙。

　　既然《活著》的苦難是為大眾而準備的，為大眾而服務的，那麼，《活著》也就毋需像《一九八六年》、像《月色猙獰》那樣表現出對

歷史的質疑態度了。一般來說，大眾的歷史觀是被教科書和類似於教科書性質的歷史書籍所決定的。大眾不需要歷史可能這樣可能那樣的嘮叨。大眾所理解的歷史像蜂房一樣富於秩序、排列整齊。大眾不需要歷史的無序感和混沌感。歷史的因果關係在大眾那兒是明瞭清晰的：沒有希特勒或者不產生導致希特勒出現的社會環境，就不會出現第二次世界大戰。「我是誰？」或者「歷史是什麼？」對於大眾是一個遠離柴米油鹽的過於奢侈的問題。大眾喜歡看到的慈禧就是活生生的慈禧，而不喜歡一個被敘述者反覆折騰的、被敘述者的智慧過濾和重新創造的慈禧。余華滿足了大眾，滿足了熟知大眾要求的張藝謀。在《活著》中，情節的因果鏈簡單明瞭，它構成了福貴的命運軌跡，也構成了歷史的時空跨度——從 1946 年到 1990 年。從福貴的嫖娼賭博到淪為雇工，從豪富到貧窮，從雇工的地位開始艱辛的勞動，從地位的淪落到被抓壯丁；從貧病交加到生命的夭折，從生命的夭折到家的不復存在；從家的不復存在到與一頭老牛相依為伴、相依為命……一環扣一環，環環相扣，絲絲入扣。歷史在一種音序階列中一步一個節奏，最終合成了一個打動大眾的旋律。

在這樣的旋律中，死亡還會有它的形而上意義嗎？或者，死亡還需要、還可能產生它的形而上意義嗎？死人的事在《活著》中毫無疑問是經常發生的。福貴的一家人的死亡史構成了《活著》。從福貴父親的死，到福貴母親的死；從有慶的死到家珍的死；從鳳霞的死到殘疾女婿的死，一直到最終的外孫苦根之死，福貴的一家人一個相繼一個死去。像楊白勞的死將激起大眾的同情一樣，這些福貴家人的死亡確實有著經驗的、現實世界的理由和生動。他們不是死於貧病交加就是死於一種政治勢力的作用。有慶為給縣長夫人輸血而死，苦根由於吃多了豆子而活活脹死，家珍生病由於無錢醫治而死……

死亡在《活著》中從先鋒文學的高高祭壇上走下來了。它沒有了馬原面對死亡所發出的對於靈魂的拷問，沒有了陳村的《死》所洋溢的那種激情，沒有了對於「提前進入死亡」的那種海德格爾式的詰問，沒有了《世事如煙》中「7」的恍惚和超驗的感知，當然，同樣也沒

有了《四月三日事件》所顯示的荒誕和非理性。死亡充滿了炊煙般的氣息，充滿了田野枯榮時的那種親切和實在，就是說，它實實在在地和大眾的死亡觀念發生了聯繫，走到了一起。

或許我們正生活在一個充滿矛盾和悖論的世界之中。余華的《活著》只不過從《世事如煙》、從與整個先鋒文學相反的一面提出了一個問題。我們或許無法回避這一悖論，恰如當代哲學家施太格繆勒在他的《當代哲學主流》裏所說：對世界的神秘和可疑性的意識，在歷史上還從來沒有像今天這樣強烈，這樣盛行；另一方面，或許從來沒有像今天這樣強烈地要求人們面對今天社會生活中經濟、政治、社會等方面的問題採取一種明確的態度。知識和信仰已不再滿足生存的需要和生活必需了。形而上學的慾望和懷疑的基本態度之間的對立，是今天人們精神生活中一種巨大的分裂；第二種分裂就是，一方面生活不安定和不知道生活的最終意義，另一方面又必須作出明確的實際決定之間的矛盾。

倘若我們從社會生活需要作出實際的決定這一面出發考察問題的話，我們得承認：余華是對的。余華迎合了大眾，對人們「今天社會生活中經濟、政治、社會、文化等方面的問題採取了一種明確的態度」，並把這種態度轉化為大眾能夠接受的審美形態。然而，倘若問題換一個角度，即從人的精神生活中形而上的求索、追溯和拷問的意義上來說，從先鋒文學的發展軌跡來看，余華是不是採取了一種大踏步撤退的選擇呢？

既然我們宿命般地生活在這一個巨大的悖論之中，對於悖論的任何一個方面作出鴕鳥式的反應都不會是我們發自內心的反應。我們應該持有的態度是：怎樣伸出我們的雙拳與悖論搏鬥。

我們活著是為了活得更好，並顯示我們生命和精神兩個向度的意義。從這一點出發，我們不應該忽略悖論，也不應該忽略任何一方面而跛腳般地走向實際生活。或許我們註定孤獨，如同先鋒文學的現實境遇已經昭示的那樣，但「只要有路，總會有冒著風雪出發的人」，在這時，孤獨或許會成為一種境界，一種歷史的風景……

作為審美範疇的「尷尬」

葉兆言是這樣一個作家：在《棗樹的故事》、《懸掛的綠蘋果》等作品中，人們可以感覺到形式上的某種開拓與求新；但在他的《追月樓》、《狀元境》中，人們又不難發現，其形式所嚴格恪守的古典寫實主義的傳統。

在我注意到葉兆言作品的形式，並注意挖掘它的意味時，一個隱藏著的現象，即被我隨之發現了。毫無疑問，存在著這麼一類作家，他們的創作實踐，可以通過某些特定的術語來表達。比如，張承志小說中，強悍的英雄主義激情，與沉醉於內心獨白形式之中的感悟；蘇童小說中藏掖於意象之中的神秘，與潛伏於情節線索中的歷史感；殘雪小說中的荒誕感，與訴諸形式上的夢囈特徵。這裏，術語概括的既是形式又是意味，既是作家鮮明的風格特徵，同時也是主題學範疇的某種概括。對批評家來說，抓著了這點，至少意味著，抓住了一個能夠撼動作家的強有力的支點。所幸的是（抑或不幸？），在葉兆言的小說中，也存在著這樣一個支點，那就是訴諸「尷尬」之中的，對於人、對於文化、對於歷史的審美沉思。

「尷尬」似乎並不如同「荒誕」那樣，已經上升為一種哲學和審美範疇。相近的，似乎只有康得的二律背反：在兩個同具真理性命題的對立中，隱隱透露出某種人對世界，對於自身價值難以把握的困惑。但這一術語，顯而易見無法涵容「尷尬」所具有的豐富意蘊，至少，在我眼中的「尷尬」，不僅具有純粹認識論向度的選擇意義上的困惑，同時還意味著一種情感向度上的存在狀態。

一、《五月的黃昏》、《桃花源記》、《最後》

佯狂的敘述語態，誇張變形的情節結構，熾烈瘋狂的情感狀態——這一組小說染有濃重的陌生化的形式意味。這一組小說出現在葉兆言的筆下，讓人覺得有點不可思議。這一組小說並不染有濃烈的葉兆言風格的標誌。與葉兆言的另一些小說相比，它們只能算得上是一條大河在平穩流淌中，所孕育所沖積起來的沙洲式島嶼。因為在葉兆言的另一些小說中，那種超然的、平靜的、客觀化的，將情感降到零度的敘述語言，已經為人們所熟悉。人們也已經在這種敘述語言中，習慣將葉兆言看成一位閱盡人間滄桑，卻道天涼好個秋的智者。但在這一組小說中，你感覺到的，卻是激情的喧囂，激情的宣洩，激情的跌宕——一種結結實實的青春心態。

青春離葉兆言並不遙遠，隔著翻過去的一頁，就是他的青春。當他企圖在文本中重返他的青春時，他至少有兩種方式可供選擇：一是模擬青春，宛如青春再度降臨；二是告別青春，以一種成熟的心態，超然地又不無眷戀地回憶青春。在這一組小說中，他選擇了前者。

既然是對青春心態的一種模擬，青春心態也就不可避免地成為作品的敘述視點、敘述結構，並最終構成作品的整體風貌。葉兆言只有心甘情願地膜拜在青春腳下，心甘情願地接受青春的蠱惑和誘惑——那只能是徹頭徹尾的蠱惑和誘惑。

它騷亂，它蔑視秩序，它拒絕對長輩對權威對文化時尚的認同，如同《桃花源記》中的「我」；它沒有目標，但始終追求；它厭惡城市的嘈雜，但對鄉村的粗俗的寧靜，同樣不能忍受；如果它追求寧靜而寧願追求死亡，如同《最後》中的那個從城市跋涉而至鄉村中的「我」；它迷惘，它熱烈，它憂鬱，它時時刻刻考慮如何袒露心扉，而不是如何封閉心扉；它首先袒露自己，然後要求別人一道袒露，這就註定它播種的是瓜秧，是菜秧，而收穫的只能是荊棘——如同《五

月的黃昏》中的「我」——即使這樣，它收獲了荊棘，也把荊棘當作一筆可觀的財富。

葉兆言似乎再也無法擺脫他對人的本能、人的生命實在的憂慮。即使在對青春心態的禮贊中，他能夠做到的，也僅僅只是把一具具他所熟悉、所摯愛著的青春的軀體，擱進情慾的烈焰之中，看著它們在掙扎，在燃燒，在冒煙，在化為一片又一片白色的灰燼。在《桃花源記》中，那個將視線停留在水綠色的女性褲衩中的「我」，沒能擺脫，情慾的慣性像路標一樣，導引他邁向婚姻的大門；在《五月的黃昏》中，困惑著「我」、騷擾著「我」的，始終是叔叔亢奮的情慾狀態。這種狀態在無形中，也影響著「我」的人生：在海濱，當人們浸浴於日光之中的時間，「我」卻在研究女人大腿上的毛髮；在《最後》中，最後吞沒阿黃的是阿黃自身春潮初泛的情慾，也是貞姑娘日益高漲的情慾之濤，而那位冷靜地處理著阿黃和貞姑娘，如何被情慾覆蓋的作家，最後也未能逃脫，與女記者一起被情慾之網覆蓋。《最後》中的最後是令人深思的：人戰勝或超越自身情慾的努力，似乎是人的宿命，是萬劫難改的一種宿命。

對人的情慾的這種審美把握，與他過去的《紅房子酒店》等一組小說相比，無疑已出現了一種變化。如果說，前者注重的是人的情慾的日常狀態，並在這種日常狀態中顯露出某種沒有血痕，沒有暴力，也沒有喧囂和死亡的寧靜的話，那麼，《最後》、《桃花源記》、《五月的黃昏》則剛好相反，在對青春心態的模擬中，無論是敘述語言的佯狂狀態，抑或是情節線索中的暴力、血和死亡的介入，都在深刻地改變著人的情慾在日常世界中的意義。換句話說，審美上的變化，隱含著的極有可能的，就是對人如何解釋的哲學觀念上的變化。葉兆言曾經在人的本能的入口處，發現人的「尷尬」：人之慾望的強烈，使人「尷尬」；人之慾望的不可能徹底實現，同樣使人「尷尬」。現在，他企圖從人的經驗的尷尬處境中，提升出一種抽象的意味，即人的尷尬處境，是否最終將導致人的荒誕處境？人戰勝與超越自己慾望的悲壯努力，是否也像西緒弗斯永無止息地搬動的那塊石頭？

一對不無近似，也不無聯繫的範疇：尷尬與荒誕。

考察荒誕的起源，仍然可以從人的本能、人的生命實在被揭櫫開始。如前所述，現代精神分析學說的這一發現，豐富了人對自身的認識，人不再沉醉於「萬物之靈長」古典主義神話之中。這種人的完美性的被打破，無疑是最終導致現代派文學崛起的原因之一。然而，這並不意味著問題的終結，面對人的本能、人的生命實在，至少存在著幾個方向，由人去選擇。絕望，是其中的方向之一。

當人面對人的本能、人的生命實在時，人曾經「尷尬」：人怎麼會是這樣？當人面對人的本能、人的生命實在產生絕望的憂慮時，另一個富有概括力的範疇，也就同時顯現：那就是成為整個現代派文學夢魘之一的「荒誕」。顯而易見的是，尷尬與荒誕，兩者之間有一種前後關聯的聯繫。可以說，在人的生命向度上，前者是後者的感性基礎，它是當人面對人的自身生命實在的第一反應。它混沌，它原始，它未經馴化，它常常伴隨著夢覺、幻覺、錯覺，它染有太多的非理性區域的氣息，它還未及昇華到某種抽象的高度。它在日常世界中，通常是隱秘的、瑣碎的、無故事的、稍縱即逝的。它是第一步，它等待著邁出第二步，儘管這第二步，可能朝這個方向，也可能朝向另一個方向。但荒誕卻是確確鑿鑿的第二步，它是人思索自身的精神結晶，是在無意義中，顯示出人對意義的一種追尋。

儘管尷尬與荒誕，存在著某種聯繫，某種相似，儘管葉兆言曾經小心翼翼地踏上「尷尬」之橋，並在橋上向「荒誕」的彼岸引頸眺望——他的佯狂的敘述語態，誇張變形的情節結構，熾烈瘋狂的情感狀態，這些形式上的努力，與某些荒誕派小說近似，都可以被視作引頸眺望的一種姿態——但在最後一剎那，他卻折身返回了，返回到「尷尬」的原生態之中，並在這原生態之中，向另一個方向跨出了第二步。

這第二步的最重要標誌，就是他沒有絕望，表現在作品中，就是主人公的命運沒有表現絕望。面對慾望之濤，他們在「尷尬」之中又奮身躍起。借助於夢、風和星星，「我」在自然的懷抱中感悟，有一種被淨化處理過的感覺（「那個包含著醜和惡的現實社會誘惑著人，

雖然不可思議，我的確從來不曾這麼全心全意地喜歡俗世」《桃花源記》）；同樣，借助於叔叔之死，「我」在對叔叔情愛史的考察中，則從萬象紛呈的人之自然之性，人之社會的網路中，考察出一種美，那種美仍然是俗世之美，並在根本上構成了人的歷史，情慾在這裏，則成了將歷史裝訂成冊的騎馬釘（《五月的黃昏》）；即使在彌漫著死亡陰影的阿黃的人生旅途中，死亡也並不意味著絕望，在「最後」的結局中，他依然可以對無力超脫情慾之網的罪犯，報以一種輕蔑：他曾經為了情慾殺人，但他殺人的理由，不僅僅是情慾，更懷著某種愛情的目的，和驅逐邪惡的目的（《最後》）。

很難解釋，葉兆言為什麼在最後的一剎那折身返回了。就好像很難解釋，以寫夢境寫荒誕步入文壇的殘雪，為何在日後的創作中，仿夢意味、荒誕意味會越來越淡直至無。對葉兆言而言，他折身返回的直接理由，可能在於他發現了慾望與精神的一種聯繫，換句話說，他在對青春心態的模擬中，可能發現了人的生命實在，與人的文化存在的一種深刻聯繫。

二、《追月樓》、《狀元境》

兩篇小說有著一個共同的副題：《夜泊秦淮》。它們面對的是歷史，一段業已流逝半個世紀以上的歷史。

歷史在這裏，不是廢墟，也不是豐碑，葉兆言在這裏沒有憑弔，也沒有緬懷。歷史在這裏，只是一種結結實實的文化狀態。葉兆言能夠做到的，也就是以一種跡近於羅布‧格里耶的純客觀敘述態度，將這種文化狀態呈現出來。這種敘述態度，直接制約了作品的敘述視角。存在的僅僅是一種文化視角，這種文化視角，在關係自身存在的邏輯結構上，否定任何文化批判和文化選擇，在情感向度上它不褒不貶，不偏不倚，它努力做到的是呈現自身。

從特定的文化視角上，兩部作品可以被整合起來。儘管在敘述的技術操作上，葉兆言可能無意於引進隱喻和象徵，但「追月樓」和「狀

元境」的稱謂本身，可能已構成了一種整體指向上的象徵關係。追月樓，畫梁雕棟，飛簷回廊，居住於此的是龐大的丁氏家族社會。聲威顯赫的一家之長，丁老先生是前清翰林，且又參加過同盟會，在某種意義上它代表著一種雅文化（正統文化）；狀元境，則剛好相反，境原作猿，猿是食母獸，名聲極不好，棲身於此的也是引車賣漿者流，潑皮無賴，暗娼流氓應有盡有，它顯然代表了一種俗文化（非正統文化）。一雅一俗，一正統一非正統，經過整合，無意中使我們接觸到了某種文化狀態的整體意蘊。

這種文化的整體意蘊，在《追月樓》和《狀元境》中，首先被暴露的部份，在於它的活性力量，即在於它以一種積極的姿態，介入到性格的建構過程之中。在這裏，並不牽涉到對文化、對性格本身的評判，即並不強調被文化改變的性格本身，是否具有某種病態，某種畸形，重要的是，某種文化通過性格的建構過程，顯示與確立它的力量。

可以回想現實主義曾經有過的歷史，一個人的性格就是一個人的命運，但在葉兆言這兒，情況悄悄地發生了變化。當人被置於文化的祭壇之上的時候，文化輕易地將一個人的性格，變成一團橡皮泥，人的命運與其說受制於性格，倒毋寧說被文化駕馭。

倘若說，存在著某種五彩繽紛的性格內涵的話，那麼這種五彩繽紛所充分顯示的，也是文化的多樣性與豐富性。即使落實到具體的文化構成，比如說傳統文化中的雅文化或俗文化，它們也在各自的向度上，體現出自身的多樣性與豐富性。或許我們仍然可以從一個特定的角度，討論這種文化因數，如何活躍於人物的性格內部之中的，這個角度就是暴力。

無論是《追月樓》中的丁老先生，抑或是《狀元境》中的張二胡，他們都面臨著一種暴力的脅迫。暴力在這兩部作品中，不僅是情節運轉的樞紐，它同時也構成了一個聚焦點，它將折射出人的生存方式和生存態度。在《追月樓》中，丁老先生所面臨的暴力，是種族的，異族入侵的暴力企圖掠奪丁老先生的民族自尊與人格尊嚴；《狀元境》中，張二胡所面臨的暴力，則來自群體內部，一種市井文化所滋育的

流氓暴力，企圖用扼殺人格的辦法，來毀壞張二胡的人類使命感。它包括公然勾搭四姐，當著張二胡便溺這類舉動。但無論是前者抑或後者，他們皆憑藉著各自的文化歸屬，開始對抗這種暴力。

丁老先生的對抗行為是：日寇一日不消，一日不下追月樓。在這背後隱含的文化信條，則是「聖達節，次守節，下失節」。丁老先生取其「次」，一個「守」字，既維護了自己的人格尊嚴，又以一種非暴力的行為，取得了傳統文化的認同──它頗似梅蘭芳的蓄鬚明志。你可以認為這種行為於事無補，但它的價值取向在於獨善其身，在於完成了一個個體：丁老先生自己。

張二胡的對抗，比之丁老先生要激烈得多，因為他是在一個極端無能、懦弱、窩囊的起點上，開始對抗暴力的。他的方法是以金錢的力量，購買暴力的力量。當他敢於揮拳砸向欺凌自己十幾年的無賴時，他信奉的文化信條，已和日夜改造著他的四姐一樣：馬善被人騎，人善被人欺。

從人物性格的發展脈絡而言，人物面對暴力的舉動，都成為人物性格變化的重要契機：前者成為丁老先生士大夫性格的昇華，後者成為張二胡由弱變強，由鼠變虎的性格的轉振點。在性格範疇中，它們是完成式，但在文化的廣闊氛圍中，他們卻是一種未完成式。我們如果僅僅從暴力著眼，看到的只是問題的一面。與暴力作為對極而存在的，還有另外一個對極：論說。保羅‧科利在《哲學主要趨向》中，曾這樣寫道：暴力和論說，是人類存在中最基本的對立面。正因為我們作為人，選擇了論說──亦即討論，借助語言上的對抗求得一致（保羅‧科利主編，《哲學主要趨向》，第237頁，第303頁。）。

他們與論說無緣。在人的現實操作中，他們也不可能選擇論說。誰會要求面臨亡國滅種之禍的丁老先生，去選擇論說呢？丁老先生拒絕與他的日本籍門生晤面敘談學術，難道不是再正常不過的事嗎？誰又會要求被無賴地痞欺凌半輩子的張二胡，恪守於動嘴不動手的君子之道呢？倘若他們選擇了暴力，人們只會為這種暴力而鼓掌而歡呼，並獲得某種代償性的滿足。

　　在這種滿足之中，我們將輕易地觸摸到一種文化對於暴力的基本態度。在丁老先生信奉的正統文化，即一種納妾者的文化構成中，從來就不曾有過對於人缺乏論說的真正憂慮。所謂的君子動嘴不動手，它僅僅是現象世界中的處世之道，絕沒有上升為人的本體論意義上的生存需要。這樣，在暴力面前，存在的往往只是道與非道之分：符合道者張揚，背悖道者撻伐；而在張二胡生存其中的非正統文化，即一種為妾者（或許是某種巧合，《追月樓》中的丁老先生年屆古稀納妾；《狀元境》中，運用其性格力量徹底改造了張二胡的四姐，早年是軍閥的一個侍妾）的文化構成中，更不乏以暴制暴的動人故事和傳說。

　　從人的現實存在出發，暴力應該包含著某種道德和政治判斷：善或非善，正義或非正義。只有當問題歸結為人的本體存在時，暴力和論說的對立，才會引起人們哲學的沉思。也只有在這時，暴力的存在，才會陷入一個文化的怪圈：即使是一種善的、正義的暴力，它也無可否認，是論說的一種中斷。人類的智者，那些哲學家和藝術家們，那些宗教領袖和政治家們，從柏拉圖到畢卡索，從托爾斯泰到馬丁‧路德‧金，從聖雄甘地到克勞德‧西蒙，始終懷著某種對整個人類存在的憂慮，注視著人自身的暴力行為。毫無疑問，暴力在這兒被抽象化了，它僅僅作為論說的對極而存在。它以血、生命和死亡為代價，熱烈地訴說著：人應該是一種說話，並通過說話來尋求意義的存在物。

　　儘管葉兆言沒有像梅勒的《裸者與死者》，像克勞德‧西蒙的《弗蘭德公路》那樣，以直接的戰爭場面，作為仲介而展開對於暴力的藝術沉思，但在一種文化狀態的整體的混沌呈現中，葉兆言殊途同歸：作為人時時刻刻在企圖超越暴力，但暴力又無時無刻不在重新塑造著人。一種暴力並通過暴力而洩露的文化尷尬也就暴露無遺。

　　在這種文化尷尬的狀態被混沌呈現時，尷尬已經通過其悖論形式，滲透進一種科學的理性精神，而葉兆言也因此完成了「文化小說」的關鍵一步：從某種觀念化的僵硬中掙脫出來，在審美形態上，還文化於混沌之中，還歷史於過程之中。於是，歷史在葉兆言那兒，也就自然而然地意味著多重選擇的可能，意味著一種與自我相關的深刻悖

論，如同暴力，在歷史過程中是一種深刻悖論一樣——作為歷史中的人，我們須臾不能離開劍，也須臾不能離開犁，但我們更渴望犁，更渴望歷史由犁來耕耘。

三、《棗樹的故事》、《豔歌》、《懸掛的綠蘋果》、《死水》

世界上沒有兩片相同的綠葉，這句古典哲學的名言，換一種表達則是：人是唯一的。人生是唯一的。

當我在葉兆言的小說中，體驗到人之底蘊，人生之底蘊時，我其實體驗到的是尷尬的形而上意義。

可以從葉兆言慣用的某種句式，開始把握這種意義：

> 幸福也許就是那麼回事，近時一抬手便摸得到，遠了，就好比汽槍打飛機，不知道差多少多少。
>
> 原諒是一種奢侈品，一種多餘的浪費。
>
> 惋惜是一張過了期、失了效的狗皮膏藥，治不好陳年老傷。

倘若從純粹的技法角度著眼的話，葉兆言這類句式，可說將人的抽象的情感，嵌入了具有知覺化和具象化的動態過程之中，從而使抽象的情感具有了某種感性的生動。換句話說，抽象的所指在能指的關係中得到了說明。它可能跡近於瓦雷里所說的「抽象肉感」。然而，透過句子的技法關係，我還感覺到了一種調侃，一種無可奈何的喟歎，一種對於人之所以有各種情感狀態，這一事實本身的嘲諷。更重要的是，當人企圖追究、考察自己的任何具體的情感狀態時，從來就無法把焦距對準自己。

我想人的這種情感迷失，直接導源於人的唯一性，人生的唯一性。於是，我們不難發現，在葉兆言使用這種跡近於「抽象肉感」的句式時，往往伴隨著人與命運的一種錯位。它往往是暫態的、稍縱即逝的，甚至染有某種孩子氣般的惡作劇色彩，但對命運而言，它卻是永恆的、不可逆的。

在葉兆言的《棗樹的故事》中，那寓意頗豐的兩棵棗樹，其實象徵著爾漢與爾勇兄弟倆的命運：一棵很早死了，一棵儘管長得高大，結的棗子卻怎麼也不甜。但很早死的那棵棗樹，誰又能弄清它的死因呢？爾漢至少有幾次機會，可以避免死亡的利爪，即使在他瀕臨死亡的最後威脅時，他如果聽清白臉的一聲吆喝，也斷然不會送命。白臉的吆喝是一種暫態，但爾漢註定不能聽到這種暫態對命運的呼喚。

在《豔歌》中，這種人與命運之神失之交臂的喟歎，更是被發揮得酣暢淋漓。遲欽亭與沐嵐的相識乃至相戀，本來就導源於陰差陽錯的互相誤會：沐嵐以為遲欽亭愛上了她，遲欽亭以為介紹人給他介紹的是漂亮姑娘龐鑒清。直到作品結局，當遲欽亭和沐嵐走了一段不算短的，平平常常又坎坎坷坷的人生歷程後，遲欽亭仍然無法不對龐鑒清說，沒有她，自己的故事就得改寫，並感謝龐鑒清為他帶來的美妙瞬間和永遠的失落感。遲欽亭的話表明：魚與熊掌不可兼得，但人永遠處在一種竭盡全力，想兼得魚與熊掌的境地之中，從而才有了人對於命運的不可逆的「尷尬」，才有了人生的「豔歌」，進而有了人對於命運的抗爭，儘管這種抗爭在命運面前是徒勞的——命運永遠只有一種結局，而不會有第二種結局。

人及人生的唯一性，除了使得人面對命運的局限之外，還將使人面對神秘。唯一性的另一面必定是神秘性，一個自我滿足的生命體，與另一個自我滿足的生命體之間，必然隔著某道不易或無法跨越的牆垣。在《懸掛的綠蘋果》中，就存在著一道又一道無法跨越的牆垣。我們能夠看見牆建立在什麼地方，但我們無法說清牆阻隔了一些什麼，就是說，我們無法說清牆那邊有些什麼。

在張英生活的三個重大轉折口，葉兆言壘就了三道牆。第一道牆：張英曾遭人施暴，但施暴的結果是否成功，那個男人是誰始終是個謎。你可以假定超超與張英的某種關係，你也可以假定那個男人和青海人的某種聯繫或一致，但你不能確定，因為一個微小的細節，而生髮的推理過程，就可以否定這種假定：當事人老魏看到的翻越視窗者身材矮小，但青海人卻高大結實。第二道牆：在張英與青海人相逢

於公園時，你無法猜測青海人對於張英的專橫口吻，是緣何而生發的。你依然可以假定他們曾經相識，但你依然也可以推翻這種假定，因為從整個敘述語言中，你難以發現肯定或否定的任何跡象。第三道牆：張英明明充分拒絕了青海人，她似乎無法容忍青海人與另一個女人的關係，但在最後一剎那，她卻為什麼毅然追隨青海人遠去青海了呢？你依然可以假定，這是一種母性的覺醒，但你依然不能夠肯定醫院所做出的證明，就一定是某種母子關係的血型鑒定。因為即使退一萬步來說，這種鑒定也只能證偽而不能證實的。「實」在這裏，是一種概率的因果聯繫，你能肯定的也僅僅只是一種概率的可能性，即超超有可能是張英所生。

沒有人能夠逾越這三道牆。就形式與意味的關係而言，形式在這裏真正成了有意味的形式：情感的最激烈處，命運的轉折關頭處，在傳統的寫實主義作品製謎和解謎之處──兆言而沒有片言，以一種刻意為之的沉默呼應著牆的凝固。如果說存在著某種羅蘭·巴特稱之為寫作的情感零度狀態的話，這三道牆就以一種空白的、超靜態的語言達到了這一韻致。

而在另一個方向上，它顯示出人及人生的唯一性與神秘性的勾連，並進而與尷尬產生出一種勾連：面對自我滿足的、封閉且又神秘的個體存在，人的群體存在不可能不顯示出某種尷尬來。在這個意義上，劇團的人們對於張英的熱誠相助，幾乎拔拳助威，直至終了的扼腕歎息，都呈現出某種反諷效果：他們從來就沒有真正搞清楚，張英所需要的是什麼，但始終以為他們的行為對張英至關重要。人的這種尷尬，是人作為個體存在，與人作為一些人存在，而不可避免會產生的裂隙。

人以及人生的唯一性，還會產生另一種尷尬，那就是決定了人的唯一性及人生的唯一性的死亡。死亡對人來說，也是唯一的，一個人不可能經歷兩次死亡。也正是死亡的唯一性，將一個生命體與另一個生命體區分開來。儘管死亡是唯一的，是確鑿無疑的，但是事實上，它的降臨又是不確定的，人永遠無法把握明天的最根本的緣由，在於人永遠無法把握死亡。所以，人在死亡面前，才會顯露出人的另一重

尷尬，即面對死亡的焦灼——在死亡的不確定性中，忍受死亡，探討死亡。海德格爾把這種忍受稱之為「提前進入死亡」（施太格繆勒著，《當代哲學主流》，上卷第 203 頁。）。

《死水》的主旨，看來就是探討這種「提前進入死亡」。什麼是真正的提前進入死亡呢？它對葉夢卓而言，顯然已無所謂提前或延後，身患晚期腦癌的葉夢卓，已經認定死亡的降臨指日可待，死亡在於她已是一種即時的被認定的事實，所以，她才能夠以一種超越死亡的態度，與司徒探討死亡。那種死亡並不僅僅意味著一種生命現象，而是一種與生命相關的精神現象。

情慾的喪失，青春激情的喪失，事業的喪失，理想的喪失，生之樂趣的喪失，朋友家庭等世俗倫理關係的喪失……這一系列司徒所喪失的東西，似乎才真正構成了「提前進入死亡」這一事實，從而構成了司徒的人生尷尬——他不知該往哪裏去。

也正是這時，一個隱蔽的主題豁然開朗了：倘若說，就人的個體存在而言，存在著某種「提前進入死亡」意識的話，那麼，就整個人類的存在而言，是不是也存在著一種人作為類存在的、精神上的自我放逐呢？即人把人置放在宇宙的祭壇上，從而發現了人作為類存在，終將也會走向死亡這一事實（20 世紀發現的熵定律，似乎在確證這一點），進而生發出人作為類存在而具有的「提前進入死亡」的意識。環境污染、能源衰竭、核威脅、人口問題和土地問題——這一切或許正是人作為類存在「提前進入死亡」意識的某種物化形態？

但無論是司徒（作為個體），抑或是人類（作為群體），都不會甘於沉溺於這種尷尬之中。在這時，另一個方向將橫逸而出。如果說尷尬從某一個方向跨出去是荒誕的話，那麼尷尬從另一個方向跨出去就是崇高——如同西緒弗斯悲壯的石頭，如同精衛鳥在遼闊的海面上的不絕如訴的啼鳴，它顯示的是一種激情，同時也是一種理性——誰能夠預言最終的結局呢？沒有人知道西緒弗斯的明天，也沒有人知道精衛鳥的明天，明天僅僅是無數種可能，那麼，我們也可以據此回答：不絕望也是有它的理由的。

道德化的痛苦與歷史發展的陣痛

一、一種愛與另一種愛的衝突

在《太陽》中，人物始終沉浸在尖銳的情感衝突的痛苦波濤中，難以自拔。人物的靈魂被來自相反方向的拉力揉搓得無所適從。

對榆錢兒來說，最初她聽到大喜盈溢著青春活力的歌聲的時候，已經預示著一股不可抗拒的力量撲面而來。比如，葫蘆灣叔嫂嬉戲的場面；而大青石上大喜侃侃而談的養魚知識，村口黑板報上袒露的大喜的襟懷抱負，只不過是把大喜心胸中的那股力量漫溢迸射出來。他的活潑和調侃，他的男子漢的眼光和頑強，足使榆錢兒的情感，難以逃避大喜性格魅力的吸引。然而，這種引力程度的強弱，與榆錢兒忍受的痛苦程度恰好是成正比的。

她馬上就發現椿椿的存在。良心、義務抑制著心中愛苗的生長。榆錢兒曾經下狠心除掉那種心，但愛由於反作用力愈加強烈。此情無計可除，「晚上做夢竟常常和大喜在一起」。這樣由夢過渡到現實的草庵敘情、相依相偎，直至準備和大喜結婚遠走高飛，也就不是突兀的無源之水。但是，即使在這樣的情感高潮中，榆錢兒仍然牽掛著椿椿。私奔路上，她竟半路折回鄉里；她兩面為難，丟不下椿椿，又知道自己如果離開大喜，很難活下去——漩渦中心的左右，都是洶湧而來的感情浪濤。

對於椿椿來說，這種痛苦起先要隱蔽得多。如果要探究其淵源的話，我們也許可以追溯到椿椿與榆錢兒，涇河源上最初的結識。椿椿與榆錢兒的情感始於一個相同的端點：榆錢兒認椿椿作父，椿椿也認為果真娶榆錢兒的話是造孽。人物關係的夫妻形式不過是無可奈何的權宜之計，人物的內在情感發展是不平衡的。榆錢兒對椿椿的情感始

114

終未逾女兒對父親的界限，而椿椿對榆錢兒的情愛始於父愛終於父愛，有著相當鮮明的父愛特征，這當中卻摻揉進一種微妙的衝動。不過，這種衝動帶來的痛苦，對於椿椿來說，並不是不可以克服的。當他終於醒悟到自己已經成為榆錢兒過好日子的障礙的時候，他難以超越的並非是某種微妙情感失落的痛苦。深潛的父愛，使他極想成全榆錢兒和大喜，但鄉里輿論卻使他羞愧難當。為了割捨榆錢兒和大喜遠走高飛的顧慮，也為了維護鄉里輿論前的尊嚴，他選擇了死——這依然是強烈的愛，導致了強烈的痛苦。

這時，我們發現無論是椿椿，還是榆錢兒和大喜，面對死亡都有一種相當坦然、相當從容的態度。人物靈魂深處爆發的痛苦光輝，使得死神的陰影，也失去了往日的猙獰悍厲。對死的超脫，甚至面含微笑的理解，不啻是心靈的矛盾和痛苦飽和至極點，而又無法釋放的必然反映。

對於人物的這種悲劇選擇，善良的人們總是願意輕捷地，尋找到可供抨擊的對象，以使胸中洶湧的感情浪潮能夠平息。然而，在《太陽》中，我們很難把譴責籠統地施與某個具體的人。

椿椿沒有錯：他老實善良、寬容謙讓；收留無家可歸的榆錢兒的扶貧義舉；見到「三個死疙瘩」的切入骨髓的悔恨；雨夜翻山越嶺回家送糧的細節；直到毅然決然犧牲自己成全榆錢兒和大喜的悲劇選擇……作者勾勒的是一個生性秉厚、吃苦耐勞、忍辱負重，外表岩石般粗糙，內心太陽般金碧的典型北方農民形象。

大喜沒有錯：他性格開朗，心胸闊大；與他的父輩椿椿相比，他擁有了父輩們不曾具有的豐富知識、睿智果斷，但他也同時從父輩那裏繼了善良敦厚，熱忱助人，遇事當前先為別人考慮的利他品質，即使在洞悉榆錢兒纏綿熱烈的心靈奧秘的一瞬間，他首先想到的也是中間有個椿椿。

榆錢兒也沒有錯：她手腳勤快，秉性溫和，純真如涇河水；但自幼父母雙亡的坎坷經歷，又造就了她柔中含剛的另一面性格。她的愛

情生活所飽受的情感折磨、煎熬、磨難，無疑使我們想起了在這片土地上，生老於茲的許多姐妹們的命運。

當一種愛與另一種愛的衝突、碰撞，構成披露人的靈魂的閃電時，它照亮的是榆錢兒痙攣的靈魂，晶瑩的靈魂，美的靈魂。在椿椿、大喜與榆錢兒身上，捨棄他們的個性差異，我們發現他們性格主導面的驚人一致，那就是滲透中國農民特有氣質的樸實美的閃光。浸透詩意象徵的太陽，實在是他們性格中這種主導情志的象徵。正是他們性格主導情志的一致性，使得人們的抨擊失去了具體人物對象。

接著，我們不難發現，憑藉人物性格主導情志的一致性，憑藉太陽的巨大引力，人物之間的衝突未以直接的、短兵相接的形式呈現，未釀成面對面的激烈交鋒，人物的行為依附於主導性格規定的軌道中伸展；這就為私奔途中，情感的衝突達到高潮的和平解決，為最後皆大歡喜的大團圓結局，提供了性格依據。

不過，我們不妨把作品情節發展鏈狀結構中的某一環，加以拆卸、突破，來進行考察。比如，榆錢兒與椿椿相識的時候，不是十四歲，而是十六歲，那麼椿椿與榆錢兒的圓房就成為可能。這樣，大喜是不是就斷然不會闖入榆錢兒的心靈呢？或者椿椿未能搶救過來，服毒身亡；或者榆錢兒與大喜在烈火中同歸於盡……倘若如此引向極端，問題的複雜程度將會幾何級數般的增長。良心、家庭倫理、愛情、法，這些問題更會相纏相繞，頭緒紛紜。

然而，這並非是毫無可能的，這種假設同樣可以服務於《太陽》所包容的主題內涵，它只不過是一個稜體的另一個側面。本質上，它與作品中的某種悲劇意味是相通一致的：榆錢兒、椿椿、大喜，面臨的任何一種選擇，包括死的選擇，都會自覺不自覺地損傷、戕害另一方。維持現狀，只不過把心靈深處的痛苦，裹上鄉里輿論認可讚譽的糖衣；突破現狀，人物位置的重新組合，勢必也將遭受生活的巨大的慣性力量的報復。四處漫溢的、無法排遣的道德化痛苦，包圍了人物。

二、一種歷史補償

既然進退維谷，我們何不抽身退出，站在一個歷史的制高點上，追溯其淵源，給人物的無法逃避的痛苦，以恰如其分的評價呢？因為在生活的進程中，在歷史的演變裏，它像裸露在地表的礦苗一樣，自有其獨特的認識價值。

當然，蘊結這顆苦果的根部埋於十年動亂，如果沒有這場動亂，榆錢兒不會喪父，不會漂泊他鄉，也就不會邂逅椿椿，不會迫於生計與椿椿結成形式上的夫妻關係，那麼，也就不會有以後的一系列衝突。一言以蔽之，不會有人物左右為難的痛苦選擇。然而，這種推論雖不無道理，但是否過於簡單，忽略了事物發展的其他方面呢？苦果的孕育固然離不開根部作用，但僅僅是根部作用嗎？

在作品的情節發展、人物性格演變的關節處，我們發現了一種非常隱蔽，然而又是非常強大的另一種作用力——鄉俗。椿椿的酒後衝動惡性膨脹的酵母是它，服毒自戕的原因之一也是它；榆錢兒和大喜準備遠走高飛的原因之一是它，險些喪身烈火的緣由仍然是它……鄉俗——這一歷史的活化石積澱的內容確是相當複雜的。

它既有對民族傳統美德的承襲，又有對新的道德觀念的排斥。比如，當它把憤懣、譴責，劈頭蓋臉潑向榆錢兒的時候，我們馬上可以窺到傳統道德的影子：對椿椿弱者地位的垂憐，對榆錢兒以怨報德的憤恨——儘管這不無偏頗，但它還是反映了滴水之恩湧泉相報的古老觀念，男女之間的性愛甚至也被當作感恩報答的一種手段。矛盾對立面的榆錢兒都未能逃脫這種觀念的制約，這就愈加證明這種觀念力量的強大。

如果說，20 世紀 50 年代農村青年女性在爭取婚姻自由的過程中，往往有仙姑、媒婆之類的人物鼓簧弄舌進行舊道德的說教，從中作梗的話，那麼，埋伏在榆錢兒周圍的則是鄉俗無形的羈絆，而且，正因為鄉俗交織的內容的複雜，它作用於人的心靈的羈絆，也將是隱

蔽的、無聲無息和不自覺的。然而，這種羈絆導致心靈的痙攣和痛苦，何嘗又不是歷史延續的產物呢？《太陽》的主題深度標識之一正在這裏：在人物道德化的痛苦中，楔入對於民族心理結構的辯證的、歷史的，但又是沉重的思考。

不過，作者似乎並不願意他筆下的人物耽溺於壓抑的氛圍中無法自拔，他似乎更熱衷於把一幕十十足足的悲劇衝突，導演成實實在在的喜劇結局，因為這同樣有來自生活的充足理由。歷史學家一句話就概括出這個理由的核心：一場深刻的經濟變革不可能不影響到人們的精神生活；經濟基礎的變化，勢必導致一連串的社會心理和社會道德方面的變化。

《太陽》中，最直接反映這種變化的是大喜的精神追求。他已經不僅僅滿足於生活的溫飽，沉湎於一己的天地，而是更渴望得到一種符合人類文明發展的健康感情生活。在愛情道德的思考上，他意識到要幸福就得有感情，「可這種感情她（榆錢兒）跟椿椿沒有，跟我有，如她和椿椿圓房，害了三個人。」大喜的思考已經觸及了愛情的本質屬性──作為人與人之間最自然關係的男女情愛，它絕不是同情、憐憫、感恩的代名詞，它只應該是心靈的對應和情愫、旨趣的契合。因而，當大喜絕少顧慮與鄉俗中的保守力量抗衡時，他的勇氣一半來自於他的開朗天性；另一半則來自於他對愛情奧秘的洞悟。

與大喜明朗自覺的追求相比，榆錢兒的態度要曖昧妥協得多──她更深地處於矛盾漩渦的中心，更多更直接地肩負歷史遺留的包袱。對於愛情，她有一種源於少女本性的天然嚮往，一種女性的直覺判斷。她似乎還來不及咀嚼消化生活的嶄新內容，生活卻已把十字路口推到她的腳下。不過，我們大可不必拘囿於榆錢兒所面臨的道德化的痛苦選擇，我們倒是更願意指出：就連榆錢兒這種痛苦的選擇本身，都是歷史進程的必然環節；她的選擇權利的獲得，也是依賴於變革的經濟槓桿。

生活表象的衝突與痛苦，甚至禍端，反映的正是舊有平衡、舊有狀況的被打破，和與之相伴的新的力量的崛起和生長。對於歷史發展

的鏜鏜足音來說，沒有比這種痛苦更具備價值，更發人深省的了：正如分娩的陣痛，對於嬰兒的誕生；蛻變的磨難，對於生命的更新；升降與變遷，對於蓬蓬勃勃的造山運動……這未始不是一種歷史的補償。

對城市作一種俯視的姿態

我們一眼可以明瞭《都市裏的慾望》的主題：面對被污染的城市生態環境，表達一種深切的憂慮。毫無疑問，我們擁有太多的理由，也擁有充分的權利表達這種憂慮：噪音、酸雨、沒有候鳥的天空，以及沒有魚群的河流……賦予了我們這樣的權利。

面對城市，我們可以憂心忡忡、熱淚涔涔地陳述一連串嚴峻枯燥的數字，來證明生態環境惡化到什麼程度。然而，作者王靜江沒有這樣表達──如此嚴峻的表達應屬於新聞，屬於紀實文學的領地，而他輕捷地打了個彎，將一個嚴峻沉重的主題抒情化處理了。換言之，他在抒情化的氛圍中，展開了他的主題。

他選擇了一個小小的突破口：一場看似偶發的噪音污染事件。他沒有糾纏於噪音作為一種聲音的存在，對人的耳朵和心靈的戕害和損傷。相反，他傾注大量筆墨，渲染另一種聲音：縈繞在黃楊樹叢中的小提琴練習曲的聲音，以及在滿天星輝之下，流淌著的慢板《流浪者》。我們在這樣的聲音之中，彷彿看見了薩拉薩蒂筆下的流浪者的踽踽獨影。

我們可以認定，這是一種聲音（噪音）與另一種聲音（藝術）的對比，而且，正是在這樣的對比之中，另一個隱蔽著的主題被凸現了：一個關於流浪，關於心靈空間的拓展和自由馳騁的藝術主題，正緩緩離我們而去。而另一種關於生存的喧囂與嘈雜的精神主題，卻日漸逼近我們，壓迫我們。

在這樣的抒情化的主題氛圍中，我們將接觸到作品的結構。顯見的是，與抒情化的主題氛圍相契合，作品存在著兩條結構線索：一條為一場偶發的噪音污染事件。對這一事件的追蹤考察，構成了作品的表層結構。這一結構的價值取向，明顯地指向我們賴以棲身的城市生態環境；另一條結構線索則是潛在的，它在對生態環境不動聲色的考

察中，指向了我們的慾望、靈魂，或者說，指向了慾望和靈魂所構成的一種關係之中，指向了我們存在的另一環境：人文環境。

如果說，對於前者（生態環境）的追蹤考察，構成了作品的表層結構，亦即顯結構的話，那麼，對於後者（人文環境）的探索和描摹，則構成了作品的深層結構，亦即潛結構。兩條結構線索，同時運行於作品之中，並且相互影響、相互滲透、相互碰撞、相互觀照，從而構成一種結構上的張力關係。

就是說，正是對我們賴以生存的生態環境的憂慮和考察，構成了作品的內驅力。然而，隨著考察的深入，我們卻返回了自身：因為正是我們自身的歷史和現實的慾望，導致了或者說加劇了生態環境的惡化。用作品中的語言來表述，就是：我告訴你們，是阿三製造了此案，或者說，是阿三精心策劃了此案。在這個意義上，阿三需要噪音，需要有噪音來達到他的目的。

如果把這種具象化的描述，轉化成一種理論語言，則為：我們為存在所驅使，而做出了惡化存在，亦即反存在的行為。我們面臨的是一個關於城市生活的悖論，關於自身慾望和自身存在的悖論。

我們無法成為城市生活的拒絕者，如同我們無法拒絕自身的許多慾望一樣。但我們註定厭惡城市生活的喧囂與嘈雜，如同我們註定在某些時刻（比如在夜深時分，比如在眺望夕陽西墜的倏忽之間），厭惡和鄙薄自身的許多慾望一樣。我們將渴求在精神上超越城市，如同作品中的「我」，耽溺於太陽花、黃楊樹叢以及小提琴的舒展慢板節奏之中一樣——回憶在這時構成了一種精神上超越的方式。

我們還擁有什麼方式來超越城市，來寄託我們對於理想，對於純精神生活的一種眷戀呢？既然我們無法成為城市生活的拒絕者，而城市又在每時每刻地改變著我們，我們在精神上又在多大程度上可以超越它？換句話說，我們對城市導致我們的這種改變（如同阿三的心路歷程所顯示的那樣），又能夠做出什麼樣的反抗呢？

進而言之，當城市對我們的改變，是通過我們自身的慾望而達到的話，我們又將如何面對我們自身的慾望，做出一種反抗的姿態呢？

　　無疑，當我們把這種反抗訴諸語言的時候，從理論的邏輯關係說，我們還擁有語言。但語言就沒有被城市所污染嗎？城市的文化生態學告訴我們：語言的鈍化、退化現象充斥於城市生活的各個角落，它們構成了讓人觸目驚心的語言暴力現象。

　　在這個意義上，王靜江作了一次悲壯而孤獨的語言嘗試和努力：他試圖用一種乾淨而透明度較高的語言來敘述他筆下的人物和故事。他往往這樣展開他的敘述：我看見了一片黑暗，都市街心花園裏的那一片黑暗……這種敘述語言的性質，與詩相比較，它具有詩所缺乏的敘事功能，並且它儘量把情感濾去；而與大量的關於城市生活的通俗文學、亞通俗文學的敘述語言相比較，它卻又具有一種抒情的、夢幻的性質。

　　我們可以說，這種語言方式是對城市語言暴力現象的一種反抗，它不為它所敘述的客體所同化；相反，它表現出一種俯視的姿態。它是孤獨的。

　　至此，我們可以歸結出一種純藝術、純精神領域的結論：王靜江以抒情化的主題氛圍，以一種悖論式的結構，並且還以一種語言方式，對城市，對我們自身的慾望作了一次小小的反抗和在精神上的超越。接下來，他還會和我們一樣，消失在城市的洶湧人流之中。

被速度改變了的閱讀與寫作

你在高速公路上。桑塔納咬在了時速 150 碼上。你在向故鄉的大地、山崗和天空疾馳。你完成了一次遠眺和凝視，在那樣的瞬間，你的內心溢滿了被感動之後的佛意、禪意和詩意。你極想沉默和哭泣，在先祖們生存和吶喊和彷徨過的土地上，你覺得那是最應該有的姿態。但桑塔納的輪胎與高速公路的水泥路面摩擦而生的子彈穿掠般的嚓嚓聲，拒絕你的沉默和哭泣。你只能在高速公路上閱讀故鄉。遙遠了，彎彎曲曲的杭甬公路、吱吱作響的水車、晚歸的牧童以及甬江之濱高高舉起又緩緩落下的杵衣之態——她們在黃昏的光線之下曾迷惑過你的少年之夢嗎？遙遠了，在彎曲的道路上兀然而起的山崗、清晰可聞的雞鳴狗吠之聲、孩子瞳仁般伸手可觸的魚塘與溪流以及溪流之上捕捉黃鱔和田雞的孩子的身影——他們輕盈跳躍的步姿曾讓你想起魯迅的閏土與沈從文的湘西嗎？你只能在高速公路上閱讀故鄉了。這是一種被速度改變的閱讀。山，似乎不再是那山；水，似乎不再是那水。它們相伴著速度波瀾壯闊而來，又相伴著速度綿延萬里而去。山崗在速度之下不再逼仄，溪流在速度之下不再纏綿，它們「唰」一聲就撲面而來，它們「嚓」一聲就沒了蹤影……你暗暗自問：是速度改變了故鄉的山水，還是速度改變了你，從而改變了你對故鄉山水的閱讀？

你在高速公路上對於故鄉的閱讀和理解其實已寓意豐沛地構成了你對人生閱讀與寫作的一種方式。你說過，你追求一種記者的寫作方式與閱讀方式。我理解，在你所追求的這種方式中，速度就是它無比重要的內核。這種速度觀並不像芝諾的「飛矢不動」，而是跡近於法國新小說派代表作家蜜雪兒‧布托爾在《變》中對於速度的摯愛和理解：將火車的速度與人物的內心流程契合成一個整體。換句話說，對於你的寫作而言，你將速度極快的物質社會的變化與你對於人的精

神存在的思索契合成一個整體。速度在你的筆下有了雙重的含義：客體的物質社會變化的速度與主體的、你在寫作時抓取捕獲它們的速度。勤於察而敏於思，敏，就是速度。這樣，在許多社會事件發生的第一時間內，就有了你的文字。在股市犯罪起於青萍之末時，有了你對蔣傑華的報導；在愛滋病初登上海灘時，有了你的《國門第一哨》；在卡布其諾飄曳出咖啡的濃香時，有了你對於 1931 年的上海氛圍的沉思和遐想；在高校收費剛剛開始的 1995 年，有了你對於高校改革走市場化道路的預想和思索的文字《校園的詩寫在天上還是地上》……

你追求速度，你熱愛速度。有速度的文字也許與不朽無緣，但卻與責任相關，這肯定是你所理解的寫作方式中的應有之義。20 世紀是講究速度的世紀，從音速到超音速，從高速公路到資訊高速公路，我們生活的每一個方面似乎皆被速度所滲透。正是在這樣的背景之下，有了寫作方式的多元化，即以散文寫作為例，有追秦漢之風、摩桐城之肩的學者散文；有大膽虛構、另辟真實蹊徑的小說家散文；有溫柔婉約、嘈雜為經寧靜為緯再加幾滴法國香水的都市女性散文……有太多太多的選擇，但對你來說只剩下唯一的選擇：追求速度的方式。這方式意味著對於前輩的敬仰，於是有了你的《趙超構的家》，有了對於那盞機床上用的車燈改作的臺燈的描寫——在你看來，這樣的燈是可以照映出人格操守上的光輝的。這方式還意味著對於藝術境界的感悟，於是有了你的《默默地向世界挑戰》，有了韓美林在哈佛大學博物館掩面而泣的場面——那場面其實也成為你在藝術上揚棄舊我、不斷進取的一個象徵。這方式更意味著對人生對自然作出即時而睿智、暫態而又永恆的判斷。於是有了你對徐開壘的重新發現，有了你的《黃河古象》。而在我看來，這兩篇文字其實是一篇文字，前者重人生，後者重自然，但人生中有自然，自然中又包孕人生，這就如同說徐開壘的人生像「黃河古象」，輝煌地存在過，但又等待人們去重新發覺它的價值與意義；而「黃河古象」在時間上所昭示的季節的嬗替、草木的衰榮——一個巨大的生命體的意義不正與徐開壘的人

生價值和意義相通嗎？生與死、榮與衰、寵與辱、暫態與永恆，原本是息息相通的啊！

　　你累了，速度原本是讓人生累的啊！在杭甬高速公路上飆車之後你累時，你要我坐在副駕駛的位置上陪你說話。說什麼呢？我們拒絕抒情，我們不再是輕易就抒情的年紀。儘管此時你的故鄉的原野和天空正以時速150碼的速度掠過窗外，但你不說「揮揮手，不帶走一片雲彩」，你柔軟如湖的心已經包裹了一層又一層繭皮，似乎沒有漣漪也沒有波濤。但我知道，你是累了，你是疲累的。你在疾駛之後渴望驛站，你在漂泊之後渴望港灣，那三篇《永遠的女兒》、《母親還年輕》、《童年的意識流》深深地露出你的疲累。

　　你在女兒滿月時走過的那座橋，曾走過我的童年和少年。這麼說，我們的記憶在橋上相遇。我不知你在當時的橋上看見了什麼，它的一側應該是鐵軌，是列車，它的另一側應該是錯錯落落的寮棚與瓦屋，而在白日的陽光的反襯下，橋下的河水應該是沉鬱而鎮定、潮濕而含蓄、緩慢而執著地流向蘇州河。它是蘇州河的一條支流，它的學名叫彭越浦。但很少有人知道它的學名，就像在這座大都市中很少有人知道它的存在一樣。它淌得很疲累，很沉默，即使在白天，淌得也像夜晚一樣。

　　夜晚的河——那是你嗎？你告訴你的女兒，許多讀者讀了你的《永遠的女兒》之後，浮現的就是一條夜晚的河的形象。但它不是「荷塘月色」，不是「槳聲燈影」中的河，而是「背影」的河，彎曲的河，有太多的歎息和無奈的河，是岸邊響著古典的二胡而不是薩克斯管的河……

　　是一種速度，另一種速度，它同樣是現代的。不過這種速度不是來自於宏觀，而是來自於微觀——就像高速原子對撞機一樣，它依靠速度打開了無限可分的微觀世界，你依靠另一些永恆的東西打開了你的心靈，並且袒露出它在流血，在等待縫合，而這另一些永恆的東西你把它們稱作父愛、母愛與童年的愛。此刻，我不僅看到了那條夜晚的河，還看見了架在那條河上的橋，那座叫「大洋橋」的橋。而其實，

那座橋肯定還有另外一些名字，有俗名有別稱，有白天的名字和夜晚的名字，這座橋將不僅僅引渡記憶，還引渡情感與意志、簡單與複雜、存在與永恆……

「惡」：有時是撬動歷史的槓桿

　　這是一個躁動不安、新舊交替、美醜雜陳，既有著分娩、蛻變的痛苦，又有著淌血的莊嚴和新生的喜悅的時代。改革，已經不僅僅囿於經濟活動的範疇，而是在廣闊、深刻得多的歷史背景下展開。因而，當《老街盡頭》力圖對時代的變化作出積極的反響和忠實的描繪時，它不可能不像這個時代給予我們的感受一樣：既使我們思緒翩躚，又使我們激動、困惑。

　　問題之一，在於如何以道德的準繩去衡量、去評判成化龍的行為舉止──儘管對於人物行為的歷史作用的評判絕不可能止乎道德範疇，但文學作為人的精神活動，不可能不牽涉到道德內容，恰如我們在評判夏洛克經商行為的歷史作用時，並不會忽略對他作出道德的審視與評價一樣。

　　人們不難發現，激勵成化龍大刀闊斧進行改革的力量，並不是一種崇高的淨化的人生境界，一種熱忱的獻身精神。事情既簡單又敏感──人的自我意識與自我價值的確立與追求，構成了成化龍靈魂的軸心。問題也許顯得奇怪，恰恰是在一個全盤否定自我的時代萌發了成化龍的自我意識──拉黃包車的父親用酒、用「拉黃包與難得有一次敲竹槓機會」的蹩腳比喻給他上了人生啟蒙的一課，或者說，為他靈魂的殿堂支起了一根頂樑柱，因為在以後的歲月中，不論外界的社會環境有何變化，他都「會隨著環境的變化迅速地重新塑造自己」，以保持一個強壯的自我、一個永遠立於不敗之地的自我。可以說，他旁若無人地整肅工廠的豪氣、他接收長青廠欣賞新「領地」時優哉游哉的愉悅心情、他在新雅粵菜館耳聽莫錦堂侃侃而談滋生的鬱悶、他連一個老太太都糊弄不過去的自責、他在校友返校節立下的要成為大企業經理的誓言、他對莫明所施行的報復……都在粗重有力地勾畫出一個強悍、自信、不甘被人超越而時時要超越別人、駕馭別人、打敗別

人的自我。毫無疑問，這樣的自我裏面有激情（儘管這種激情並非毫無保留），而且，這種激情對於激發個性的創造力和才智，對於自甘怠惰、自甘愚陋、墨守成規、不思進取的惰性意識的衝擊，作用都是十分顯著的；然而，同樣毫無疑問，一個被過分強調的自我與一個無限膨脹、慾壑難填的自我之間，並無涇渭分明的界線和不可逾越的鴻溝。因而，問題合乎邏輯的延伸是：自我價值的實現離不開與社會價值的疊合。自我價值如果無法被社會價值涵容，那麼，這種價值的實現也將是不充分的；也就是說，從自我出發的歸宿點並不在自我，而在於社會對自我吸收與消化的程度——當成化龍的追求、奮鬥，與社會發展的要求吻合時，他是生機勃勃，有所作為的；當他的私欲無限膨脹，無節制地維護被扭曲的自我意識時，他就不可能不受到社會的擠壓與打擊。換言之，一個孤立抽象的自我純屬子虛烏有；一個健康的、真正強壯的自我應該是一個有益於社會有益於群體的自我。

與對成化龍的道德評判緊密相關的另一個無法回避的問題是，既然成化龍有著這樣那樣道德上的缺陷，他是否還能夠躋身改革者的行列？回答是肯定的。如果我們承認，改革是一個有時間序列的、不斷發展、不斷改變自身同時又不斷完善自身的歷史範疇，那麼，我們勢必也得承認，改革者本身也面臨著同樣的課題：如何在改革的過程中，既認識對象，也認識自身；既改造對象，也改造自身。正是基於這樣的原因，我們寧願把改革者的內涵解釋得更廣泛、更富有彈性。

不過，當我們承認像成化龍這類人物也構成了改革者群體的低層次結構，承認歷史的發展並不總是以「善」的形式進行，有時恰恰是「惡」成了歷史發展的槓桿時，另一面問題同時也尖銳地呈現出來：如何在改造物質世界的同時，提高整個民族的精神文化素養。在《老街盡頭》中，作者已經含蓄地寫到「老街」孕育、滋生的觀念對成化龍性格的某種改變和扭曲。也正是在這個意義上，黑格爾在指出人性本惡的說法比人性本善的說法更偉大的同時，又不無憂慮和深意地指出：惡作為善的對立面是不可避免地存在，但人通過思維可以對它們作出正確的選擇。

　　總之，我們正生活在一個嘈嘈雜雜但又生機勃勃的時代。我們既無理由為了道德的純淨而拒絕必要的社會競爭，拒絕商品經濟的發展；但我們同樣也沒有理由為了經濟的發展而持一種道德虛無主義態度。這也許就是成化龍──他的長處和短處、他的毀譽榮辱給予我們的啟示。

《浮躁》：文學內蘊及哲學意味

又是一條河，《浮躁》中賈平凹又寫了一條河。我們已經習慣瞧見賈平凹筆下流淌出一條又一條河。那河從秦嶺上蹦躂下來，淌出一片滯重幽遠或是平和寧靜的憂傷和快樂。那是小月橫一葉扁舟及閘門嬉鬧的河（《小月前本》），那是孫二娘一曲清歌為船夫們洗塵祝願的河（《火紙》），那是流著古老的乞月的歌聲的河（《天狗》）……總之，那河是橫著洞簫或淺吟或嗚咽含蓄蘊藉之河。

此河非彼河，就是說，這河給予我們的審美感受與以往的不一樣。這不僅僅在於賈平凹寫了這河的喧囂浩蕩、性情暴戾，更在於這河在氣韻、氣勢上統攝了全篇的結構、內涵及美感風格。這條河改變了賈平凹。賈平凹說得明白，這是一條「全中國最浮躁不安的河」。倘若說，在這片洋洋三十餘萬言的鴻篇巨制中有所謂「文眼」的話，在這繁複多變的情節運轉結構中有所謂樞紐的話，那麼，這條河個性鮮明的特徵將毫無疑問充而當之，那就是──浮躁。

一、浮躁：人文背景下的民族心態的一個側面

我們曾經有過的心態：沉默。當我們抬起腦袋重新打量急遽變幻的世界時，世界讓我們暈眩、新奇和陌生。我們企圖伸手抓住在我們沉默時匆匆掠過我們面前的那一切，然後我們還企圖抓住正在現實地發生的那一切。我們極力把已經變得萎縮、乾枯的心靈拓展得寬大些、再寬大些。然而，我們抓著了這些，又漏掉了那些，容納了那些卻又擠掉了這些，於是我們焦灼我們不安我們激情難耐我們急躁惶惑。我們拆掉了那河的堤岸──沉默。我們任那河一瀉無羈洶湧澎湃挾泥沙翻濁浪。我們成了那河──浮躁。

　　在這個意義上，浮躁並不是我們修養的一份鑒定，並不是某個個體性格的確認。如果說，浮躁是我們血之潮汐漫出的精神特徵，那麼我們完全可以憑藉於此而走進《浮躁》，憑藉於此而認出與我們不無相似的人們。

　　首先當然是金狗，這個仙游川矮子畫匠的兒子，以他強烈的人文精神為我們矚目。也許他不無張狂，幻想著有月亮那麼大的一枚印章，「往那天幕上一按，這天就該屬於我了」；也許他不無狡詐，利用田氏家族的勢力打敗鞏氏家族，然後又利用鞏氏家族的勢力打敗田氏家族；也許他不無迷茫，在利用宗族矛盾救出雷大空後，卻感覺到深陷在巨大的權力之網中，這網使他感受到以惡抗惡的「恥辱」；也許他不無脆弱，沉溺於與石華的肉欲關係中而無力自拔……但這並不妨礙金狗成為一個活生生的大寫的「人」。他的不足與缺陷，他的病態的亢奮與激憤，我們都可以在他企圖與之抗衡的社會力量和文化力量中找到某種詮釋。這就是說，當我們承認浮躁的精神特徵是相伴著浩劫之後人的解放、主體精神的確立、價值觀念的重新發現而不可避免的話，我們同時也就連帶著承認了任何意義上的人的本質和價值的解放、確立和發現都是相對於對立面的存在物而言，如同我們面對懸崖撐篙行舟，篙彎舟行，在篙子的彎曲中我們同時發現了懸崖的靜力——它異乎尋常地呈現出某種超穩定性。且不說綿延三四十年之久的鞏田兩家的家族之爭，蔓延至州行政公署和白石寨縣委——金狗的許多作為正是斡旋於其中的結果；且不說田一申、蔡大安對田中正的人身依附關係——田中正不止一次地耍盡手腕想把金狗拉入這一關係；且不說田中正強奸小水不成而吐出狂言：在兩岔鄉沒有他想玩而玩不到的女人——金狗正是在這場鬥爭勝利後痛感到一種巨大的「恥辱」……我們僅以金狗報考《州城日報》記者一事為例。記者的名額撥給兩岔鄉，是因為縣委書記田有善想培植自己的家族勢力；而當金狗憑藉自己的主體力量、才華和學識考取《州城日報》的記者後，金狗並沒有意識到是他自身的努力改變了自身，他依然堅執地相信，倘若沒有田中正的首肯，他是不能走出兩岔鄉，走向他所嚮往的州城世

界的。這樣，他不得不違心地割捨對小水的愛，以一種曖昧的暗示迎合了田中正；同時，在與小水告別時，在與石華相處時，又以一種自戕的方式，一種沉淪的方式來發洩著巨大的屈辱，吞咽這巨大的屈辱。固然，這暴露出金狗精神狀態的某種失重，某種心靈的傾斜，我們可以把它歸結為：浮躁。但至此，我們至少可以說明，籠罩在《浮躁》中的人文背景，並不僅僅是正向的主體精神的確立，它還意味著這種已經確立和正在被確立的主體精神的逆向：封建性的、成鎖閉狀的、盤根錯節的人際力量和農業文化力量正強有力地臥在那兒，它的靜力與人文精神的前驅力呈抱角之勢。

在這個意義上，「浮躁」所內蘊的躁動力量就不僅僅在於它本身的作用力，也在於與它的作用力對峙的反作用力。就是說，「浮躁」內蘊的力量是一種合力，當這種合力外化為某種精神特徵時，它就不能不是理智與盲目、縱欲與養性、善與惡、建設性與破壞性、沉溺於直覺與訴諸理性的統一。它成了我們解開金狗性格全部複雜性的一把鎖鑰。

不能不想到於連・索黑爾。金狗說：我是一個農民的兒子；於連・索黑爾說：我是一個鄉巴佬。金狗佔有了鄉黨委書記的侄女芙英後，感到十分痛快；於連・索黑爾在佔有了市長夫人後感覺到報復的快意。不過，金狗遠比於連・索黑爾幸運，於連・索黑爾是在他站在被告席上時，才對他所處的階級、社會環境及自身有了切膚的認識，金狗則不然，他在幾經挫折後，他的同時代人的經歷以及喧囂不已浩蕩不已的州河，就給予了他富有時代哲理的啟迪：人的主體意識的高揚和低文明層次的不諧和構成了目前普遍的浮躁情緒的特點。這構成了金狗對於時代和社會的一種領悟，同時也構成了金狗對於自身的一種把握，不管這種領悟和把握如何拘囿於精神的範疇來解釋精神現象，它畢竟已經摸到了當代中國特定的人文背景下獨有的民族心態。而一旦展開這一命題，金狗與金狗們將或遲或早地認識到對於精神障礙的克服，對於浮躁之氣的滌除，並不僅僅是個純粹精神領域的命題，在根本上，這一命題是物化的。恰如馬庫塞所言：人類勞動的徹底物化

將切斷把個人縛在機器上（包括土地上）的鎖鏈——即他自己的勞動用來奴役他本身的裝置——從而粉碎這種物化了的形式（轉引自《伊甸園之門》，第 71 頁。）。亦恰如《浮躁》的結尾，金狗在州河上操起小火輪的舉措所暗示：正是生產力發展的水平在總體上制約著人們的精神選擇和精神構成。

斯丹達說：在法國有二十萬於連‧索黑爾（轉引自柳鳴久主編的《法國文學史》，第 417 頁。）。那麼，在今日之中國呢？有多少金狗聚合成一個焦點從而凸現出民族心態的一個側面呢？二十萬？二百萬？抑或二千萬？

二、浮躁：原欲與超越

如果把「浮躁」看作中國當代特定的精神現象，並且這一特定的精神現象又有著它特定內涵的話，那麼，這一精神現象的內核又是什麼呢？《浮躁》為我們提供了尋求這一答案的藝術契機。我們不難發現，在《浮躁》中有著頗為相似的「浮躁」特徵的人有兩人：金狗和雷大空。儘管他們的個性特徵千差萬別，但在不滿意自身的生活狀況和生存環境，力圖跳出土地的束縛這一點上，兩人卻殊途同歸，共同走向了州城。

當他們在州城喧囂嘈雜的市聲中彼此握手，頻頻顧盼五光十色的城市景觀時，他們壓抑不住最初進入城市的欣喜，感官處於高度亢奮狀態中，一種浮躁情緒和特徵隨之出現：金狗沉溺於與石華的欲海之中，雷大空的口袋無意中竟掉出許多用處與對象皆不明的避孕套。心靈在城市的擠壓下急遽傾斜，但在這傾斜中卻顛出了我們企圖捕捉的東西：正是人的樸素的、本能的生命衝動和物質慾望，而不是某種空洞的政治術語勾勒出金狗和雷大空精神一隅的風貌，構成了我們稱之為「浮躁」的精神特徵內核。換句話說，「浮躁」這一精神現象如同其他精神現象一樣，都不是純粹精神的派生物。它與人的原欲有著塔與塔基一般相互依存的聯繫；它以自身的複雜性肯定了如下的表述：

並不存在任何超脫肉體的精神力量，而那種自以為超脫肉體的精神只是在自己的想像中才具有精神力量。

不過，這並不意味著人的原欲等同於道德尺度的惡。因為人的原欲、人的生命衝動在精神化的過程中，既可產生道德尺度中的惡，也可能上升為人改造自然、創造人所要求的物質生存環境和方式的力量，上升為道德尺度中的大善大美，即它有可能被導向各不相同的極端。在這個意義上，我們並不否認人的原欲對人自身具有永恆的誘惑，這就如同只要有城市只要有農民，城市對於農民永遠是一種誘惑一樣。

是的，永恆的誘惑。賈平凹已經不止一次寫到這種誘惑。《古堡》中的老二覺得只要能摟著城裏女子睡上一宿「死了也值」，最後以自己鮮活的生命殉了這癡情。在《浮躁》中，賈平凹更是在城鄉交織的經緯中，寫出這三種各不相同的農民進入城市的三種方式。其一，鞏寶山方式，出生入死，浴血奮戰，「坐上州府大堂」；其二，金狗方式，憑學識憑才華，考取記者或者考取大學；其三，雷大空方式，經商，發財，以金錢作矛以智慧作盾。耐人尋味的是，這三種方式都潛藏著某種相似的危機：取第一種方式的鞏寶山，悄悄由人民的公僕而轉變為人民的「主子」，手中的權力也通過兒子之手進入了商品流通的渠道，而早年的結髮妻子則被他像扔掉一件舊物一樣扔掉了；取第二種方式的金狗和某個山裏娃子，也都因為某個城裏女子經歷了一場難以自拔的情感危機。不同的是，金狗終於因為「菩薩」小水的佑護而脫身，而山裏娃子則在扼死了愛著他的教授女兒後與其同歸於盡；取第三種方式的雷大空，財大氣粗之後，以一種阿 Q 式的心理處處與縣委書記比氣派，比開會的時候誰遲到得更多，比誰更能揮金如土⋯⋯經商則買空賣空，導致鋃鐺入獄，最終被人陷害，死於非命。

然而，就沒有第四種第五種第六種第 N 種方式嗎？

倘若說，浮躁的精神內核是人的原欲的話，人就不可能超越和駕馭人自身的這種慾望嗎？對於千百年來在黃土地裏摳食的農民來說，他們在心裏羨慕遙遙眺望的城市難道永遠是惡的淵藪嗎？

　　顯然不。人並不是純粹的欲的存在，就如同人不是純粹精神的存在一樣。人同時還是社會的存在、文化的存在和歷史的存在。人的這一系列存在的結果表明，人不可能不受到社會、歷史與文化的制約和影響，並且，正是這種制約和影響使得人的原欲有可能上升為生氣灌注的理性力量，有可能成為刺激生產力發展的酵母，在這個意義上，城市對人的欲的誘惑同樣可以得到昇華並被超越。就《浮躁》而言，它已經傳遞出這方面的信息。小水所夢的「民主選舉縣長」，難道不是一種新的農民進入城市的方式嗎？何況，即使不是舊有的方式，也不在於方式本身，而在於駕馭這種方式的人的精神素質。「金狗銀獅梅花鹿」所駕馭的小火輪，難道不是對舊有方式的新的使用嗎？實實在在腳踏實地的經商，就是與雷大空的方式相同，但目的和本質迥然相異的一條道路。

　　在這條道路上空，同樣激蕩著心靈的吶喊，同樣映現靈魂的躁動，如果說這也算一種「浮躁」的話，那麼，它是積極而非消極的，它是源於自我，通過社會的仲介並滋潤社會，同時，又被社會改變了的自我映象。如同血通過心臟，並滋潤心臟並被心臟改變之後，又回復到心臟。

　　金狗在欲的原始躁動下走進州城，而後在州城單槍匹馬，處處忍受精神和肉體的雙層苦悶，最後又回到生他養他的州河上——他走過的是一條超越原欲、超越自我的道路。儘管他似乎繞了一個圈，但這個圓圈卻是上升的螺旋。在他變得堅韌沉著的氣質中，在他摒棄空談玄思崇尚務實的作風中，憑著他對中國農民和城市的深刻體察和理解，我們完全有理由相信，他還會再度走進州城，那時他不再是孤獨的。但不管未來如何，現實的金狗走過的這個圓已經烙下了無法抹去的烙印：歷史是個過程，但這個過程既不是純粹的、淨化的，又無法被省略。它有那麼點殘酷。

三、浮躁：歷史進程的價值尺度

這是另一群人們。

他們日出而作，日落而息；他們褐黃色的膚色如同褐黃色的土地；他們古老他們沉默他們滯重猶如枯水季節的州河。他們是泥捏的一群男人。

他們恪守祖宗的遺訓，對背棄土地的金狗，斥之為「男雙旋，拆牆賣磚」，骨子裏他們是重農主義；他們信奉傳統的人倫，對田中正與嫂的通姦嗤之以鼻，一旦「熟親」則無可非議；他們崇尚薄利厚義的古風，對進了城的金狗拋下小水報之以極大的義憤，福遠說：死了我也不會做這等絕情的事；他們既膜拜權力又痛恨權力，他們既眷戀家園又厭惡家園，他們既信命又反抗著命……福遠死了，為了縣委招待所的餐桌上能多上一盆熊掌，他把自己的血肉之軀置於熊掌的蹂躪之下；矮子畫匠活著，但田中正響一個屁他當作一聲雷；七老漢活著，每一次撐排過灘，他都念念不忘為供奉於匣中的小白蛇燃上一炷香；秦文舉活著，撐一葉渡船喝酒，調笑女人，發發田中正的牢騷，除此之外，他該做些什麼，又能做些什麼呢？

還有一群人們。

她們是水做的骨肉。她們姣好她們善良，她們都處在花骨朵般讓人憐愛的年紀。也許只是一種偶然，熟悉賈平凹創作的差不多都不難發覺，只要是處於這一年齡當口的女子們，賈平凹在筆下是不願太傷害她們的。《浮躁》亦如是。

菩薩般的小水自不消說，就連「可憐的小獸」芙英，在金狗落難之時也滿掬辛酸之淚，全然忘記了金狗報答她熱炭般灼熱的感情的是一塊堅冰；而金狗既厭惡又難以割捨的石華，更在金狗身陷囹圄時伸出救援之手，不惜吞咽下女人最難以吞咽的恥辱，服了安眠藥讓一個呆傻的公子玩弄了一通。她們是水，但她們和在泥中，這就是說，她們得承受雙重的苦難。

　　不靜崗的寺廟裏，行將老去的老婆婆在唱著女人們的一生。她們唱啊唱呀，從開天闢地女媧捏人開始，唱到「人怎麼生人，生時怎麼血水長流，胞液腥臭；生下怎麼從一歲到兩歲，到三歲……到長大了怎麼冬種麥夏播菽，怎麼狼要來吃肉，生蚤來吸血，怎麼病痛折磨，煩愁熬煎，再到婚嫁，再到性交、懷孕，再到分娩，一直到兒女長大後怎麼耳聾眼花，受晚輩的歧視，最後是打打鬧鬧爭爭鬥鬥幾十年了蹬腿咽氣……」毫無疑問，女性不僅在生理上更得在心理上承受比男人們重得多的負荷，在封建性的、以小生產方式為特徵的農業文化中，她們處在最底層。《浮躁》以小水的兩次婚變，最終方與金狗結合的曲折感情經歷，具象化地展示了這一點。就文化心理來說，小水是傳統的，忍讓、克己、認命、中庸、謙和，這無論從她遵從媒妁之言「嫁給小女婿」來看，還是從她對金狗與芙英的婚事所持的寬容態度中，均可顯現出來。

　　他們和她們——都是不願跪著但又在無意識（或者說「集體無意識」）中，雙膝磕地的一群人。

　　他們和她們都與「浮躁」無緣。

　　他們的心理結構是穩固的，從代代相傳的歌謠古訓中，從相沿成習的鄉俗民風中，他們建立起自己的行動法則、倫理規範；他們並不孤獨，也無所謂孤獨，他們自信仍然擁有廣袤的空間和眾多的人口；他們也許不無麻木不無遲鈍不無愚昧，但對任何異己的新的事物卻抱有讓人詫異的敏感……如果說「浮躁」的精神實質是面對一個日益開放的世界持一種開放的姿態，表現出巨大的耐受力的話；那麼他們穩固而滯重的心理結構和心理內涵則正好相反，以一種封閉的姿態保存自身，表現出巨大的排他力量，即使他們的敏感也表現為排他的需要。但是正是他們的呈靜態的穩固提供了一種參照，反襯出「浮躁」的精神內涵所具有的動態價值：變革因數的活力與躍動，如同靜態的原野反襯出高速行駛的列車。在這個意義上，「浮躁」本身的價值內涵構成了這片土地上變革的歷史進程的價值尺度。換句話說，「浮躁」成為一種標誌，在死水凝結的地方，無所謂「浮躁」；在彌漫著「浮

躁」的地方，那地方必然已崛起、生長出新的觀念和這種觀念賴為依託的物質生產方式和消費方式；而在「浮躁」與其對立面的存在，兩者此消彼長或此長彼消相互糾纏相互格鬥的地方，則必然錯綜複雜地呈現出一幕幕讓人驚心動魄的悲劇和喜劇。

也許還應該著重提一下她們。在這一幕幕悲劇和喜劇中，她們並非是某個客串的角色，她們是正兒八經的主角。倘若最深的古井能夠掀起波瀾，能夠透出幾縷「浮躁」之氣的話，那麼，歷史進程的廣度和深度也就自然而然地被標識被解釋了。令人欣喜的是，她們中已有人用她們操慣了的剪子剪開了天幕的一角：大千世界同樣開始讓她們陌生、新奇、焦灼。在這樣的時候，小水開始做兩岔鄉以外的世界的夢。那個夢是「通過民主選舉，金狗當上了縣長」。

四、懸掛在文學長廊上的《浮躁》

1827 年，斯丹達在《法院公報》上看到了一個名叫貝爾德的青年家庭教師開槍射擊自己女主人的情殺案件的詳細報導，不久，他就在這個素材的基礎上加工改編，將情殺案演變為小說《紅與黑》的基本情節（轉引自柳鳴九主編的《法國文學史》，第 405 頁。）。

與斯丹達相似，賈平凹以在陝西乃至全國引起很大反響的幾個經濟案件，作為基本事實，構成《浮躁》的基本情節框架。

這並非奢侈的多餘的或無的放矢的比較。當然，這種比較並不忽略斯丹達與賈平凹所處的不同時代不同國度不同文化淵源，這就如同我們並不忽略於連‧索黑爾與金狗的巨大差異一樣。這種比較提供了這樣一種可能：在強調文學的即時性時，蓬勃的，此時此刻的社會生活並不缺乏它的文學魅力，而且這種魅力並不是瞬間即逝的。

如果說，《浮躁》取材方式與《紅與黑》取材方式的相似，顯示了賈平凹與斯丹達一樣的，對於即時的社會生活熱切關注的文學家的真誠的話，那麼，「浮躁」——這一時代典型情緒的概括，則顯示了賈平凹對於當代文學的關注和對於自身創作局限的不斷突破。

　　集中體現了「浮躁」精神特徵的金狗，在《浮躁》中的出現並不是偶然的，這一形象在賈平凹的腹中有一個醞釀，發生，發展，日臻成熟的過程。在《小月前本》中的門門、《雞窩窪的人家》中的禾禾、《臘月‧正月》中的王才、《古堡》中的老大……這一系列人物身上，我們已經可以看見金狗的雛形。

　　他們是不安分的，他們對土地不再景仰，對祖宗的遺訓抱有漫不經心的輕蔑，他們對自給自足自封閉的生產方式施以撞牆式的突破和衝擊：門門搞轉手倒賣，王才辦起了食品加工廠，老大執著於村外的礦井和礦石。他們也痛苦，村裏的老的少的幾乎都不理解他們，理解他們的唯有他們心愛的女人。

　　他們是高尚的，感情上是淨化的，道德上是無可指責的……他們的孤獨宛如為人類盜來天火的普羅米修士。然而，在這同時，他們的性格是不是也顯現出某種單一和單調呢？模式總不是一件令人愉快的事，藝術生產畢竟不等同於合成樹脂玻璃器皿，可以成批量生產。因而，金狗形象的塑造，他的豐滿和複雜，在突破模式的意義上，是可以讓我們也讓賈平凹欣慰的。

　　我們已經指出，「浮躁」是一種概括，它概括出我們所處的時代騷動而又充滿生氣的精神特徵：面對歷史、現實和未來，我們正在分崩離析的舊價值觀念基礎上重新構建我們的世界。這是一個揚棄的過程。然而，僅僅是《浮躁》才對「浮躁」這一時代情緒的精神特徵，給予概括給予一種藝術語言的描繪嗎？顯然不。

　　劉索拉《你別無選擇》中的孟野們，劉心武《五一九長鏡頭》中的滑志明，張辛欣《在同一地平線上》中的「孟加拉虎」，張承志《Graffiti——糊塗亂抹》中的「他」……他們或多或少或濃或淡都洩漏出壓抑在心際、纏繞在心際的那種騷亂那種煩躁那種不能自己以命相搏以求一快的情緒。這種情緒的質與金狗的「浮躁」，並不是截然相異的，它們共同孕育於同一母體同一水土同一文化背景中。但是，將「浮躁」這典型的時代情緒，置於當代中國特定的小生產者的生產方式和生產關係中予以考察的，賈平凹是第一人。

作家的大德：人本與文本的統一或相悖

作家的職業道德———一個太大的題目。往大處說，這個題目，包含了作家的道德與作品的道德的關係問題，人本與文本的關係問題。因為這兩者的關係，它既可能是統一的、和諧的，比如李白，比如魯迅；但它也可能是分裂的、對立的，比如海德格爾，比如培根，比如周作人。

然而，把「作家的職業道德」，作為一個問題提出來，顯然是有著它的即時性的，當下的含義：即作家們是不是可以憑藉手中筆為稻粱而謀？其實即使把問題如此提出，也依然有著大而無當的危險：因為無論從歷史還是現實來看，作家們都是作為「類」而存在的。

對某一類作家來說，他們永遠不屑為五斗米而折腰，他們恪守一種「清潔」的精神，對世俗報以極大的蔑視，靈魂如同在極地上進行著孤獨的、不食人間煙火的長旅；對另外一類作家來說，他們活得累活得沉重活得辛苦活得真實，他們是父親是丈夫是兒子，他們就不得不把手中的筆一拗兩截，一截拋給報酬菲薄的所謂「純文學」，另一截拋給受眾極為廣泛，報酬較高的媒體，就像巴爾扎克那樣，一邊用化名寫著通俗文學，一邊用巴爾扎克之名寫著《高老頭》、《貝姨》、《歐葉妮‧格朗台》……而對於還有一類作家來說，他們把寫作與生存截然分開，如高更那樣，左手拿著股票，右手擎著畫筆。

不過，無論我們如何將上述的作家們分類，他們其實都恪守著一個同一的道德律令：在他們心目中，作為作家的「大德」，莫過於在文學史上留下他們獨特的、無法被替代的作品形象。這就如同羅納爾多或者普拉蒂尼，無論他們有著如此截然相異的背景和經歷，射門一剎那的輝煌，卻都是其所孜孜追求的「德」的極致和頂點，是他們為整個人類留下的「大德」。

　　當然，文學絕不可能像足球那樣簡單，那樣射門就是射門，角球就是角球，文學的道德律令，還常常處於某種二律背反之中。比如說，當我為撰寫長篇小說《股潮》，而潛於股市中時，就遇到了「股票」這柄雙刃劍出鞘時的兩難道德思考：一方面它是市場經濟的最高形式，是與國際接軌的先進經濟運作模式，為國有大中型企業的改革籌措了必要的資金。而另一方面它作為一種零和遊戲，又顯然有著博弈的性質，它又在極大地腐蝕和吞噬著相當一些人人性中美好的東西，它帶走了善良和灑脫，留下了貪婪和恐懼。

　　作為一個寫作者，我又該如何表現如何評判股市呢？顯然，這不是「要」或者「不要」的問題，也不是一個「善」或者「不善」的問題。因為任何道德化的解釋，都是蒼白無力的。它永遠也無法回答人類是如何走到今天這一步的，如何走到今天這一步，再也不希望走回頭路的。也就是說，超越於道德化的範疇，我們將發現悖論，如同埃舍爾畫筆之下的「循環」和「圓」，人類正是在無數個這樣的「循環」這樣的「圓」中，展示了其螺旋式的上升歷程。而揭示這樣的「循環」，描摹這樣的「圓」，寫盡這其中悲歡離合、酸甜苦辣，當是一個作家的又一種「大德」了吧？

狄倫馬特的誘惑

一、雄性的海

萬里赴戎機，關山度若飛，這是一種雄性，洋溢著的是從容和鎮定；飲馬度秋水，水寒風似刀，這也是一種雄性的歲月和選擇，哪怕在這之中，隱隱潛含著某種喟歎和無奈；濁酒一杯家萬里，燕然未勒歸無計……這仍然是一種雄性，儘管摻和著一絲鄉愁，更多的卻是男兒的熱血和悲壯。

然而這一切畢竟已經遙遠，留下這些古詩詞的古代漢子們，畢竟與我們相隔著一個巨大的屏障，那就是時間。貼近的或許也有，在張承志筆下，在鄧剛筆下，在鄭萬隆筆下，那些漢子們彷彿秉承了先人們的遺傳，以自己的血肉之軀相搏，在大阪在草原在大海，在生命難以停留、難以到達的地方，炫耀著灼熱的生命之力。

然而依舊遙遠，我是說他們的生存空間，與我們此刻盤桓、生息，並將繼續棲居下去的生存空間，依然橫亙著一個巨大的屏障，那就是空間與空間之間的距離。

我們生活在都市，在我們生存的這片狹仄局促的空間之中，哪兒能聽到熱血湧流的激蕩濤聲呢？在哪一片屋脊之上，我們才能夠目睹生命的旗幟，迎著風迎著雨飄曳出閃電的韻致呢？在公共汽車、在菜場、在電話間，抑或是在霓虹燈閃爍的光斑之中？雄性的大自然離我們日益遙遠，我們已經習慣推開窗就看見城市的端端正正的公共汽車，沿著斑馬線穿梭而過。而機器、高樓、煙囪、隧道與電話網、電線網、煤氣管道、下水道……一起將我們切割成無數個碎片——我們個體的生命存在，被我們親手創造的第二自然，肢解成規則的時間運動。在規則中，鈍化的是一種雄性的自然之力。

就是在這樣的都市氛圍中，我認識了錢勤發。大約是在冬季，勤發穿一件沉重的黑色呢大衣，但沉重的黑色卻未能掩蓋勤發身上散發的，濃郁的南方城市氣息：典型的精巧身架，典型的凹陷進去的雙眸，典型的一口吳儂軟語。我不會想到，就是這樣一個漢子，將向我證明，都市中也存在著一種嘎嘎作響的雄性之力。

如果說古人展示的雄性之力，產生於戎機之中，而張承志們的雄性之力，則產生於嚴酷的自然環境之中的話，那麼，勤發所展示的雄性之力，就產生於大都市特具的社會組合和人際網路之中。就作品的表象而言，似乎是題材本身，已經決定了力的存在：劫機、劫船、劫車、綁票，無一不在渲染著某種暴力。

然而，拂去照耀在題材之上的色暈，我們將發現同樣的題材，既可被演繹為通俗的傳奇故事，又可能被引導到藝術的殿堂，如同斯丹達那樣將一椿兇殺案，導演成一本《紅與黑》。這裏，關鍵之處恐怕還在於題材的把握者，對於人性的把握達到何種深度。勤發無疑努力在向後者靠攏。

或許勤發已經自覺地意識到，人性深度的把握並不是一個純粹個人化的命題，於是，他就總是把他筆下的主人公們，與文化的、歷史的、社會的諸多因素扭結在一起加以考察。在《超越國界的法律大衝突》中，朱文博的犯罪曾轟動滬上，但勤發的眼光卻不為某種輿論所左右，他看到了朱文博犯搶劫罪背後的某種歷史文化底蘊：中日兩國恩恩怨怨的歷史過程，並通過它揭示出人的文化存在的哲學意義：人不能割捨過去，人是由文化所制約的；但人又時時刻刻創造新的文化，文化又是由人決定的。

這裏重要的不是朱文博的犯罪，而是一個發人深省的歷史文化命題：我們在某種程度上也是朱文博？

在《武俠的刀光劍影中》，勤發在一起特大的受賄案的背後，看到的也同樣不僅僅是個人的犯罪事實，而是某種群體的社會氛圍，如何誘惑一個人偷食了禁果。同事、上級、鄰居、業務往來的諸多單位，似乎都在以某種看不見的力量，驅使一個人去膨脹他的原欲。他膨脹

了，他犯罪了——然而這一事實，同時不也在向驅使他、誘惑他犯罪的社會群體氛圍，做出反諷的姿態嗎？即使亞當和夏娃得不到寬恕，那麼，引誘他們的那條蛇呢？我只能像勤發那樣承認費希特的一句話：人只能在人們中是一個人，如果人要存在，那必定是一些人。我們不可避免，無可奈何的是一些人中的一個。

正是這些力：文化的力、歷史的力、社會的力，合成了勤發作品的人性內容。而當這些力，在人性的層面上展開時，它的正面與負面；它面對傳統時的陰冷，與它面對未來時的灼熱；它面對歷史的迷惘，與它面對現實時的焦慮……也就不可避免地要產生力的碰撞與衝突。碰撞的結果，衝突的結果，使得作品在結構上，反而產生一種吞吐天地的一氣呵成的氣勢。

這就如同作用力與反作用力所導致的物理現象一樣。《超越國界的法律大衝突》就彌漫著這樣的一種氣勢。作品有六個塊面，六個塊面又側重於不同的方向，或訴諸歷史的沉思，或側重異域的法治，或剖析民族的傳統文化積澱，或著墨法制建設的薄弱環節，或執著於美國式的幽默，或一把抓住看不見的手——經濟與經濟法。

六個不同方向的力，卻被置放在「涉外」案件（而且局限於上海）這一有限的審美空間中，那麼，各種力必將無限膨脹——內涵的力度，將在此時演繹成結構的力度，同時也就演繹成形式的力度：一種俯瞰、一種高蹈、一種擁抱一切而又堅硬粗疏的美感風格，一種揮灑自如蔑視形式又重視形式的勇氣，也就自然而然相伴之而浮現了。換句話說，在此時雄性的海浮現了，不過，它不是出現在遠古，不是出現在北方；而是在現在，在南方，在喧囂嘈雜的市聲之中。

二、樹補充著懸崖

畢竟還有柔情似水，畢竟還有朦朦朧朧的星光，如同紫丁香般氤氳；就是說，畢竟還有淚腺，即使是雄性的海，畢竟還有海鷗，有波濤柔和起伏的夜晚。

　　在勤發，這柔和的一面似乎是一種必然。他最早變成鉛字的作品，不是通訊，不是紀實文學，而是兒童文學。在《少年文藝》，他當過兩年編輯。那童心的世界裏，那容不得一粒沙子的孩子的眼波裏，或許在當年就鑄就了勤發柔和的一面。

　　首先是死亡，死亡是窺視勤發柔和的一面的奇異而獨特的視角。在勤發筆下，死人的事也是經常發生的，但在勤發筆下的死亡，其美學意義，卻與同樣漫溢著陽剛之氣的張承志、鄧剛、鄭萬隆筆下的死亡，迥然相異。

　　在後者，死亡往往是肆虐的自然力作用的結果，死亡往往成為雕塑男子漢性格力度與烈度的一種藝術手段。或者說，死亡本身已經涵容了某種價值尺度：坦然地面對死亡，是那些崢嶸奇崛的男子漢們唯一的價值選擇，在這個意義上，死亡也有著雄性的剛硬。但在勤發筆下的死亡則不然。這裏，或許也同時顯示出了虛構文學與非虛構文學的差異，即非虛構文學，無法不在更大程度上受制於被表現的對象。勤發所表現的對象，無一例外對死亡都顯露出強烈的恐懼和無奈。他們都不願意死。可他們都不得不死。死亡與其說是他們的主動選擇，不如說是他們的一種宿命，或者說，一種命運的報復。

　　他們無法拒絕這種報復，因為他們不得不被動承受死亡的選擇時，他們已經製造了或準備製造另一些人被動地承受死亡——在那時，他們是主動的，槍握在他們的手裏，炸藥捆在他們的手裏，匕首也插在他們的後腰，從純粹的力度的意義而言，他們並不缺乏，如同狼的牙齒一樣具有力度。

　　然而，他們無法擺脫他們的宿命。

　　勤發也無法擺脫他們的宿命。在他們的宿命面前，勤發彷彿宿命般的要寫出他們的懺悔，他們因為即將死亡，而突然加速生長出來的良心和道義，他們對生命的強烈的留戀。在《航海日記的另一種形式》中，勤發寫了一個死囚對於母親的真摯懷念；在《槍聲震驚了上海》中，勤發披露了於雙戈對於愛情雖說淺薄，但也富有某種人性意味的思考……

　　在這樣的時刻，死亡並非僅僅意味著刑場上的那一刻，並非僅僅意味著肉體的訇然倒地，而是一種盤桓不已的旋律，一縷欲說還休的笛音，死亡強烈地染指了某種陰柔的氣息。在人的價值向度上，它指向了人的存在的複雜性，並顯現出對於人自身二重性的某種憂慮；而在作品的美學價值向度上，它以這飄逸的陰柔的氣息，補充著作品整體上所透現出來的粗重拙樸的美感風格，如同陰影補充著浮雕，樹補充著懸岩。

　　藝術空白的製造，是窺視勤發柔和的一面的第二個視角。

　　藝術空白在虛構文學那兒，是擴大作品的藝術容量的重要手段。並且，在某種意義上，也構成了藝術的目的，比如，在現代主義創作中所孜孜追求的神秘感，往往意味著事件或時間的突然斷裂。而這種斷裂所造成的藝術空白，往往契應著他們對於世界本體無定狀態的思考，手段在這時變成了目的，形式成了有意味的形式。但不論怎麼說，藝術空白的製造，畢竟為欣賞者留下了審美再造的廣闊空間。換句話說，它刺激、調動著欣賞者的想像力。

　　然而，在非虛構文學作品中，藝術空白的製造卻似乎是個大忌。紀實，它要求的似乎就是某種實在。空白與實在，存在著某種抵牾。事實上，大量的非虛構文學作品也不屑於或無暇於顧及作品中的空白製造。在這樣的非虛構文學作品中，每一個細節，每一個場面，都得清晰地描述，那些無法被清晰地描述的細節和場面，自然而然地被丟棄了。

　　勤發似乎不。作為第一步，他忠實於非虛構文學的紀實性；而作為第二步，他對生活本身的空白表現出明顯的藝術關注，那些無法被清晰地描述的細節反而激起他濃厚的興趣，然後，他走了第三步，將生活中的空白轉化為藝術上的空白。

　　在《童心及籠罩童心的魔影》中，他注意到被扼死的孩子臨死前，所留下的圖畫：小鳥和蘋果。而孩子是在怎樣的情景之下留下這幅畫，則成了空白；同時成為空白的還有畫面上為什麼是小鳥和蘋果，而不是梨或狗或鴨呢？在孩子最後生存的那點時間裏，他最嚮往的是

什麼？像鳥一樣自由？像蘋果一樣甜美？抑或什麼都不是，顯示意義的僅僅是作畫這一事實本身？沒有人能夠知道，但這段空白的製造，已足夠引發我們的聯想，在充滿血腥的氛圍中，這段空白是引導我們飛逸而出的鳥的翅翼。

同樣，在寫到轟動整個上海的於雙戈時，勤發也注意到於雙戈給父母的信是口授的，給蔣佩玲的信卻是帶著手銬寫就的。為什麼會出現這種差異，於雙戈沒說，勤發因而就沒寫。但在這裏，無疑也存在著一個謎，一個關係到人性深度深到何等程度的謎。生活吞沒了謎底，若要揭櫫這一謎底，只有潛入到生活的深處──這是勤發潛於字面之中的問答，但這一回答本身確是柔和的。它如同被扼死的孩子留下的那兩幅畫一樣，喚醒我們對人性的廣闊作一次巡禮，而同時作一次審視，並且告誡我們，不要僅僅沉浸於暴力代價的宣洩之中。

三、狄倫馬特狄倫馬特

狄倫馬特是一條道路。

勤發說：我要踏上這條路。

現在可以眺望這條路。

狄倫馬特──瑞士人，享有世界聲譽的作家。20世紀50年代至60年代，是迪倫馬特創作的鼎盛時期，兩部以犯罪問題為題材的小說：《法官和他的劊子手》和《嫌疑》在這一時期問世。狄倫馬特認為，反映犯罪問題是研究現代生活唯一有效的方法，而「犯罪小說」是最好的文藝形式。

這樣看來，狄倫馬特成為一條道路，成為勤發膜拜的偶像，就不是偶然的。

他正站立在這條道路的始點上。

對現代社會的研究，他絕不缺少熱忱。128個圖章所引發的風波，曾引發他追蹤的興趣，他敏銳地發現了體制的某些弊端，正在導演著令人哭笑不得的悲喜劇。128個圖章如同層層擴散的漣漪，但導致漣

漓的石頭卻是人為的。然而，奇怪的是，這裏，似乎沒有出現過一個道德意義上的壞人，但一樁工程卻偏偏被這 128 個圖章，或曰 128 個障礙耽擱了。作品的深度正是體現在這裏：某些體制的弊端，到了非改革不可的時候了。

對社會的宏觀鳥瞰，對犯罪問題的另一面：法的存在與建設，他也投入了極大的關注。他的《超越國界的法律大衝突》，堪稱典型。與《圖章障礙賽》的單線追蹤相異，這一篇是多線並進，宏觀把握，但同時又不乏微觀深入。如果說，《圖章障礙賽》凸現的是一種記者的職業敏感的話，那麼，《超越國界的法律大衝突》，顯示的則是一種氣魄。在揮揮灑灑的議政議經議法的過程中，在氣質上向狄倫馬特的玄思靠攏。

更重要的是小說技法的操練，在勤發這裏，也在緊鑼密鼓地展開。在技法的意義上，值得一提的是《航海日記的另一種形式》。作品通篇以意識流小說的敘述方式展開，無論是事件的過程、性格的雕塑、氛圍的渲染，均被包容在染有強烈情緒色彩的內心獨白中。

最後要提到的是題材的準備。對勤發來說，這似乎是不成問題的問題，近十年政法記者的生涯，已經使他接觸到了大量的犯罪現象，幾乎大都市發生的每一件大案，都會有他的報導文字。

那麼，是不是勤發的準備，已經相當充足了呢？似乎又不儘然。在我看來，勤發由非虛構文學向虛構文學過渡的道路上，最大的障礙在於長處與短處互置，就是說，在非虛構文學中成為長處的東西，到了虛構文學中很可能成為短處，比如對新聞性的過分熱衷，情感狀態的瀑布式傾瀉，以及人物描摹的漫畫化傾向等。

或許回到零更好些。這樣，在踏上那條漫長的道路時，沒有任何包袱。

人與大自然關係的藝術思考

誰都注意到了這樣一個現象，在近年來的小說創作中，那些反映人與自然多重關係的作品明顯增多起來。大自然在這些作品中佔有突出的地位。題材本身是具有魅力的，長河激浪、荒野沼澤、草原戈壁、大洋海島，這些自然物本身就瀰散著雄雄陽剛之氣。小說中人物的職業往往也是與自然最為接近的船夫、牧民、獵人、海碰子和那些特殊年代的特殊知青們，他們的靈魂和肉體都直接承受了大自然粗糙的撫慰。無疑，人物置身於粗獷崢嶸、強悍兇險的自然環境中。其性格中偉大剛強搏擊進取的特徵往往更易得到表現。因而，這類作品所獲得的普遍關注和褒譽就不是偶然的，它充分表明了這一題材領域特具的藝術魅力日益受到人們重視。

然而，不能不看到在有一些作品中，作者滲透在大自然畫面中的藝術思考和情緒傾向，有意無意地逃避著時代的制約，或是膜拜於大自然腳下，渲染自然的神秘和靈性；或是封閉式地描寫人與自然的對峙與搏鬥，模糊這些內容應該具有的時代特徵；或是極力讚頌處於粗糙自然形態下的質樸原始的人性，認為儘管它不無愚昧，但這種愚昧比之嘈嘈營營的城市文明也是可以容忍的。

當然，問題是複雜的，當一批富有才華、富有創新意識的作家，把他們的藝術思考投入這一題材領域的時候，問題甚至顯得突出而尖銳了。一方面，他們為我們捧出一批佼佼佳作，另一方面，他們中某些人的創作呈現出一種矛盾現象。這樣，描畫出這一題材領域創作狀況的大致輪廓，舉其要者加以剖析，對於當代文學的健康發展也許就是十分迫切和亟須的了。

一、人與大自然對立的社會仲介

人與自然的對立——如果把它抽象為一種觀念、意識的話，它差不多與人類的起源以及相伴而來的人類意識活動一樣古老；如果追溯它滲透進文學領域的歷史，它也許和文學的淵源一樣流長。在發我國古代文學先河的古代神話、發歐洲文學先河的希臘神話和羅馬神話中，我們可以毫不費力地發現這種原始、樸素的意識。即使在現當代的歐美文學中，儘管物質文明已空前高度發展，我們還是可以尋找到這種古老意識的觸角如何延伸到傑克‧倫敦筆下的荒原、北極，海明威雄視下的大海、乞力馬札羅的雪……

因而，當我們在當代文學的畫廊中欣賞這類著力表現人與大自然搏鬥、對峙的雄渾乃至悲壯激越的畫面時，我們並不陌生。然而，當我們把這種古老意識抽象出來進行孤立的研究考察的時候，我們面臨著一種危險：我們畢竟難以解釋傑克‧倫敦的《荒野的呼喚》，海明威的《老人與海》、《乞力馬札羅的雪》與劉艦平的《船過青浪灘》、梁曉聲的《這是一片神奇的土地》在我們心中引爆的迥然相異的審美感受。要理解當代文學中如何滲透進這種古老的意識，或者換言之，這種古老的意識怎樣表現在當代文學領域，以及為何又會如同沉睡的古蓮一樣在當代文學的土壤中萌動生發並顯示出新鮮的魅力，我們只有把眼光仍然收縮到當代文學中搜尋考察。

自然，我們是不會忽略劉艦平的《船過青浪灘》的，因為我們無法忘記殺人性命，與人類處於截然對立地位的青浪灘。從地球上生成辰河以後始終存在的青浪灘，無疑也是人與大自然彼此比試力量的所在。然而，小說中直接渲染青浪灘崛峭崢嶸自然環境的文字，並沒有給我們留下十分強烈的印象。我們只是從這些不多的文字中，粗粗感受到辰河與青浪灘巨大、但又是很模糊的輪廓：狼牙鬼斧般狹長彎曲的河道，水勢嘩嘩的灘嘯……可是，我們還是清晰地感覺到青浪灘真

實強悍的力量，因為我們對於青浪灘的全部理解，更大程度上依賴於生活在辰河邊的人們的遭際和命運。

當大自然中的辰河激浪在我們的審美觀照中激起的並不是洶湧澎湃的感覺，而是與此形成反差，偏偏讓我們產生近乎凝固的、沉重滯緩的感覺時；當狂暴不羈的大自然的力量並非僅僅折磨人的肉體，壓迫人的感官，而是潛入人的精神內核，積澱在人的心理結構中時，這種對立意識以及由此派生的情緒，它們顯示的意義是值得我們深思的。

壯實如牛的麻陽艄公，在即將抵臨青浪灘的時候，心驚膽戰；幾名水手臉板得鐵青，彷彿是有不祥預感的占卜者；「我」的爺爺吃了一輩子辰河水上飯，能夠病歸黃泉，不是葬身魚腹，居然被人認為命大；煮飯的小水手，聽到灘嘯聲後，發出的戰戰兢兢的驚呼……人們尚未置身於青浪灘的險惡奇峭之中，青浪灘已經先聲奪人。我們已經被一種近乎神秘的氛圍包裹起來。青浪灘不啻於大自然神秘可怖力量的一種象徵。正是這種氛圍的羅織為鸕鶿與灘姐的登場亮相作了重要的鋪墊。在所有的人物中，他們是與青浪灘最為接近的。無論怎麼說青浪灘的神秘莫測、可怖可憎，青浪灘卻是他們賴以生存，跑短謀生的根基。他們靈魂和肉體的故鄉都在青浪灘。青浪灘具有這麼一種力量：它悄悄地把與它十分貼近的人們的性格、氣質、心理，強有力地烙上它的印記。讓我們感到痛苦的是鸕鶿的對於痛苦感覺的消失和遲鈍。為使麻陽艄公信服，大女、小兒如同人質一般登船，坐在北風嘯吼的船頭，他竟目光呆滯，表情漠然，無一絲擔憂；相反，在餵神兵河鴉齋飯時，他卻虔誠至極，飯鍋舉過頭頂，類似教徒跪拜於神祇之下。人物的性格被未經馴服的、粗糙的山川岩石磨礪得十分粗糙。這種與大自然的原始對立，扭曲了人的意志，使得人的情感混沌一片，缺乏澄碧的透明度。它已足使我們想到人類社會的初創時期對於圖騰的崇拜。人們總是願意從這種過於沉重的氛圍中掙脫出來。這時候，我們情不自禁地會從另一個人物灘姐身上，吸取到一種力量。這種力量使我們看到在人與大自然的對立中，人的性格是如何汲取大自然的

倔強崢嶸的精神，從而使我們看到刑天、誇父、精衛的浩然精神如何在現代人的情感中復活、延續。就與青浪灘的關係距離而言，灘姐與鷀鷀一樣十分貼近。然而，她的舉止行為、精神風貌與鷀鷀恰成對照。她粗獷悍厲，臂力過人，篙上功夫出神入化；她不信河鴉、不信伏淵將軍，而更相信自己本身的力量；船過青浪灘時，她指揮若定，將船隻調擺得像一尾魚，根本不像是在跟嚴酷的大自然搏鬥，倒像是在舞臺上舒展身姿。然而，她內心又不乏如水柔情。體察「我」的心理，她絲毫不漏；愛女身亡，她強咽悲痛；提起「寡婦鏈」，她神傷黯然；岩上竹篁、叮叮雀吟，更會激起她難以抑止的對於生活的眷戀和憧憬。如果說，青浪灘是大自然狂暴不羈、難以駕馭的力量的象徵的話，那麼，凌駕於湯湯辰河之上的灘姐則是人的力量、人的精神的化身，進而言之，是我們偉大的民族賴以在這塊土地上耕耘、生存、繁衍的力量的顯示。儘管這種力量由於動亂年代的限制，尚處於被壓抑的狀態，但我們從灘姐堅韌不拔的、岩石般堅硬的素質中，還是可以體會到岩石之下地火的運行。

正如陰電和陽電的對立轉化為能量一樣，任何一種對立都埋伏著轉化的契機，而且，這種對立渲染得越激烈，表現得越充分、越豐富，轉化的契機也將越成熟、越迅速。在這個意義上，我們有理由要求那些滲透人與大自然對立意識的作品，真正把這種對立抒寫充分，而不是封閉式地描寫人與自然的對立。那樣，在人與自然的對立、搏鬥的序曲之後，終將出現人與自然同化、統一的主旋律。也正是在這個意義上，我們發現如果不是將人與大自然的對立、搏鬥擺在廣闊的社會背景上展現，那麼，這種抒寫將是難以充分的；或者換言之，將人與大自然對立的時代作用表現得越充分，將會有助於主題的深化，有助於在人最終戰勝自然的結局出現時，使人們領首信服。人究其本質而言，是一切社會關係的總和，自然，總是特定時代的特定的「人化自然」。因而，人與自然的對立、衝突，也不是一般的、抽象的存在，而是存在於並且受制於一定的、具體的社會歷史條件。

　　於是，我們發覺灘姐、鷁鷀以不同的形式共同表達的人與大自然的對立，其內容顯得單薄了一些，或者說，這些對立、衝突的輪廓過於單純、單一，而沒有將那些作者已經注意到的時代因素有機地直接糅合在這一對立和衝突中，這使得作品展現的人與青浪灘的對立、衝突有一種被孤立的危險——假如沒有「我」的回憶所交代的辰河治理指揮權的旁落以及「文革」動亂造成的流氓得志、好人受欺的歷史緣由，假如沒有這些從側面間接引進的時代特徵的介紹。

　　在這一點上，梁曉聲的《這是一片神奇的土地》恰恰彌補了《船過青浪灘》的缺漏。這是一部濃墨酣暢、雄渾有力的作品。巧合的是，作品表現的年代與《船過青浪灘》一樣，都是動盪不安的十年內亂時期。接著，我們又發現了更為重要的巧合：正如《船過青浪灘》中的青浪灘一樣，在《這是一片神奇的土地》中也有著與人處於截然對立地位的鬼沼——神秘的滿蓋荒原。

　　兩部作品都寫到了死亡。粗獷的自然正是以它包容著死亡的巨大力量顯得神秘而難以戰勝。只有死亡，才能使得肆虐的自然力能夠作用於人的心靈深處：恐懼、畏縮；或者相反，勇敢、坦然。《船過青浪灘》中的招姥甚至還沒有體會到什麼叫生之樂趣，也不知死為何物，還在津津有味地咂吧著一塊餅乾，青浪灘的猙獰岩石就輕易奪去了她幼小的生命；而《這是一片神奇的土地》中的梁珊珊僅僅為了解除饑餓，追逐一隻小麅子，倏忽之間陷滅於鬼沼之中。無疑，這種毫無心理準備的、意外的死亡，使我們悲，使我們憐，但也使我們感到沉甸甸的、無可奈何的壓抑。然而，同樣是死亡，副指導員李曉燕、「摩爾人」王志剛的死，卻迸發出驚天動地、盪氣迴腸的巨大力量。

　　死亡是這樣一個主題，在歷來的描寫人與自然搏鬥的中外作品中，它都受到格外的青睞。傑克・倫敦的《海狼》以萊生垂死之前的頑強掙扎，表達了他的尼采式的超人哲學、強者哲學；海明威的《乞力馬札羅的雪》中的哈理，如同受到存在主義哲學影響的海明威那樣，把死亡作為最終完成雕塑自己，赤裸裸地隸屬於自己的主題，而使人與自然的對立浸透宿命的意味。於是，死亡成為一個聚焦點，它

使我們透視出傑克·倫敦與海明威的不同，透視出傑克·倫敦、海明威與我國當代文學的不同。同樣，它也可以使我們發現《船過青浪灘》與《這是一片神奇的土地》的差異。

對於副指導員李曉燕來說，死並不是突然的。在死神已經攫住了她的衣角的時候，她仍然微笑，仍然說：我不怕死……埋骨何須故土，荒原處處為家。「摩爾人」王志剛，隻身留守滿蓋荒原，坦然面對死的威脅，把求生之路堅決地讓給了自己的情敵，而在與惡狼搏鬥的過程中，把生命化成了響亮的句點。可是，無論是死於出血熱的李曉燕，還是死於餓狼利爪下的「摩爾人」，他們的死都不僅僅意味著生命作為一個自然過程的結束，更有著那個時代特有的悲壯意味。在與滿蓋荒原的對立、衝突、搏鬥中，他們尋求到了貢獻青春、貢獻生命的最高形式。而在當時的遼闊國土上，他們只是以最飽滿的聲音喊出了一代人特殊的責任感和獻身的激情。這樣，我們與其說他們的死是滿蓋荒原使然，倒不如說是那個特殊的年代孕育的特殊的情感使然。或者，更確切地說，是自然與時代的合力使然。

於是，透過死亡的聚焦點，我們看到在《這是一片神奇的土地》中人與自然的對立怎樣彌散為那個時代與自然的對立；人與自然的衝突怎樣導致了形形色色的人與人、人與自我、人與許多社會觀念、政治概念的衝突，而且，又正是這些衝突糾結在一起構成了活生生的現實的社會的人與自然的衝突。副指導員李曉燕彌留之際仍在思念父母，但恰恰是她提出三年之內不探家；她喜歡《三套車》的旋律，卻不能放聲高歌，只能悄悄用手打著節拍；她偷偷唱了「九九豔陽天」，跳墨西哥舞，當被人發覺後卻極力矢口否認，「九九豔陽天」變成「大寨就在山那邊」，墨西哥舞變成了廣播體操。渴望真誠，可面對別人的真誠，卻戴上虛偽的面紗。當我們讀懂了這些後人無法理解的矛盾衝突時，我們其實理解的是一個特殊的年代。李曉燕比灘姐更艱難，包圍她的除了後人容易理解的嚴寒、缺糧、「大煙泡」、野狼、鬼沼的威脅之外，還有一個真實的時代。她的長處和短處都反映折射著那個時代。然而，正是因此，她的悲壯才是時代的悲壯。他們最終征服滿

蓋荒原的壯舉，這一與自然對立過程的開始與結束，也就具有了時代的必然內容與特色。

值得指出的是，正是作品的時代的必然內容與特色和荒原沼澤自然物本身彌散的陽剛之氣相交錯，構成了《這是一片神奇的土地》的美學風格──崇高美。因為崇高美，它不僅僅存在於自然界的崇高對象中，更存在於人們社會生活的本質過程──實踐對現實的艱巨鬥爭中（李澤厚著，《美學論集》，第 205 頁。）。理解後者比之理解前者，對於醉心於繪製彌散大自然陽剛之氣畫卷的當代作家而言，也許要重要得多。

二、人與大自然交融中的性格塑造

在鄧剛的《迷人的海》中，海碰子們的生涯是艱難的。變幻莫測的底流，令人迷惑的長浪，刺刮肌骨的寒冷，嶙峋兀立的暗礁，極漂亮又極兇殘的箭鯊，更有誰也沒有見過然而又是那麼神秘恐怖的錯魚。這一切，和青浪灘，和滿蓋荒原並無質的不同。一言以蔽之，我們又可以把它歸結為肆虐強暴的自然力。然而，小海碰子又為什麼捨棄了半鋪炕溫柔的海，把自己還像個小香瓜似的、幼嫩的身體拋進冷如冰窖的海水浸泡，在火堆上炙烤，在刀鋒箭鏃般的暗礁叢中鑽來鑽去，聽任尖削的牡蠣殼劃開皮肉，迷醉於這個浸著父輩們的血水、兇險而迷人的火石灣呢？我們也可以把同樣的疑問提到鄧剛以大海作為人的活動背景的其他作品，譬如《瘦龍島》。那個闖蕩波濤一輩子的爺爺，那個為了尋找白海參而受了重傷的老海碰子，為什麼在大海給予了那麼多磨難、痛苦，甚至使他們險些丟命以後，仍然要把他們的墳頭都朝著大海，朝著瘦龍島？那個漁村為何又會形成古老的規矩，凡是死者的墳頭都朝著漂泊和養育他們一生的大海？

然而，我們不妨等一等再回答，因為狄德羅同樣在問道：詩人需要的是什麼呢？生糙的自然還是經過教養的自然？動盪的自然還是平靜的自然？他寧願要哪一種美？純靜肅穆的白天裏的美？還是狂

風暴雨雷電交作、陰森可怕的黑夜裏的美呢？狄德羅的回答是肯定的：詩需要的是一種巨大的粗獷的野蠻的氣魄（狄德羅：《論戲劇體詩》，轉引自《西方美學史》上冊，第 273 頁。）。如果我們捨棄狄德羅自然觀裏很濃厚的原始主義成分，而從浪漫主義的積極意義上去理解的話，我們就可以認為狄德羅的提問，同樣在某種意義上回答了當代作家中的一些人為什麼把眼光頻頻光顧海、草原、森林、大山……在這裏其實交織著一個問題的兩個方面：一方面正是這些處於生糙狀態下的自然，有著迷人的希望，等待人們去發掘、去尋找、去改變、去獲取——荒涼的火石灣有著迷人的五壟刺兒、六壟刺兒的海參，極少被人光顧的瘦龍島的海底礁洞裏有著彌足珍貴的白海參；另一方面，追求、獲取希望的道路卻是艱難的，這就正如有著五壟刺兒海參的海底，恰恰有著兇神惡煞的錯魚守護一樣。然而，也正是在這種追求、獲取希望的過程中，大自然把它博大、浩然的精神素質灌注到人物身上。他們在改造自然的同時，也改造著自身。他們以此獲得了岩石的輪廓、浪濤的氣韻、山巒的雄峻、草原的闊大、海的深邃。

這樣，我們就可以理解為什麼在《迷人的海》中，老海碰子漫長的碰海生涯，他不覺艱苦單調，即使有過失悔，也是一閃即滅；為什麼小海碰子要把兇險的火石灣比喻為「男子漢的海」；為什麼在《瘦龍島》中，「他」沒有像父親那樣，在岸上幹一行保險的、可以活得輕鬆長遠的收魚賣魚的行業，而是違拗父親的意願，像祖父那樣走向騰濤踏浪的碰海生涯。

有這樣一個意味深長的故事：在蘇聯，某一處的海島上，漁夫們在一塊巨大的花崗岩上刻下一行題詞：紀念那所有死在海上和將要死在海上的人們。這題詞使某些人非常憂傷，而另外一些人卻認為這是一行非常雄壯的題詞。他們是那樣理解那意義的：紀念那些征服了海和即將征服海的人。那些把題詞理解得非常雄壯的人是對的。老海碰子也是這樣理解的。他迷戀海，是因為那洶湧的波濤給了他更豐富的內容和樂趣。是的，他的一生都在搏擊、拼殺、奪取和尋求。問題不在目標、結果和佔有，問題在於搏擊、拼殺、奪取和尋求的過程中，

他真正佔有了他作為人的本質力量，他找到了自己生存的最有力的方式。在這一點上，老海碰子的洞悟與「人化的自然」的解釋相交在同一點上：隨著對象（對象即「人化的自然」——筆者註）的現實性，從而成為人自己的本質力量的現實性，所以一切對象對於人都成為人自身的對象化，成為人的個性的肯定和實現，成為他的對象，而這就是說，對象成為人本身。換言之，大自然巨大的粗獷的近乎野蠻的氣魄，成為海碰子們的個性的肯定和實現。在這個意義上，主體與對象、人與大自然獲得了水乳交融般的和諧、融洽。

於是，我們終於看到在《船過青浪灘》和《這是一片神奇的土地》中著意渲染的人與自然的對立，終究上升為氣宇軒昂的人與自然的融彙。這裏，對立是暫時的、表象的，而人與自然的一致，卻是終極的、本質的。

正是由於人與自然關係在本質上和諧、一致的規定性，使得張承志充滿信心地在一篇又一篇的作品中，把對人物性格的雕塑與對自然的雕塑協調、結合起來。如果說鄧剛致力於寫出人與自然由激烈的對立、搏擊走向和諧、融洽境界的過程，致力於寫出這一過程中大自然如何成為烘托人物性格的、有力度有氣勢的環境，從而塑造出與大自然的氣質神韻相一致的、性格飽滿的人物形象的話，那麼，張承志則傾心追求大自然是如何溶解於人物心靈的。他往往捨棄具體的征服過程的描寫，卻更熱衷於人物心靈上歷經的戰慄、劫難與難以跨越的障礙。征服自身要比征服自然困難得多，或者說，只有征服了自身，才能夠征服自然。這時，大自然往往不再是純客觀的，而成為某種觀念的象徵。重要的是，張承志總是和他筆下的內省型主人公一起，著力挖掘出大自然山川萬物的觀念的內涵，並把它與人物的性格內涵相對應，以期獲得另一種形式的人與自然的交融。

在《大阪》中，「他」在登上大阪以前，差不多一直被一種矛盾的情緒扭結著。生活對「他」，對這一代人似乎特別苛刻：妻子流產，大出血住院，考研究生的日期迫近，闖江湖老漢的刁難，吳二餅和他熟悉的文痞的侮弄，以及腫起的牙齦和背叛的牙齒。這種矛盾的合

157

力，使「他」對大阪產生近乎刻骨的仇視。然而，這種仇視是暫時的，大阪實在是人生高度的象徵。當「他」一旦登臨高高的山口，站立在道路的頂點，看見崢嶸萬狀傾斜的大地和深嵌在峽谷之底的古道時，「他瘋狂地感到一種快樂，感到自己終於找到了什麼，在胸中升起勇敢，升起男子漢的氣概」。我們看到，對於處在雪線以上、沒有一個中國人登過的大阪的哲理洞悟，對人物性格的昇華、飛躍起到了最有力的推動。大阪所蘊藏的觀念的內涵與人物對於人生的理解相疊在一起，大阪最終溶解於人物的情緒波濤之中。

不過，我們不得不特別指出這種自然界物蘊內涵和人物性格的某種契合對應關係，並不是本末倒置的「泛靈論」，也不是象徵主義美學原則所信奉的神秘主義的對應論。在張承志沉鬱深邃而又熾烈渾厚的自然描寫中滲透著他對一代人獨有的奮鬥、思索的烙印和選擇的沉思，滲透著對一個幅員遼闊、歷史悠久的民族的精神和意識的總體把握。最精湛的例子是《北方的河》。

《北方的河》裏的主人公「他」為了投考人文地理專業研究生，不惜自掏腰包辛勤踏勘著北方的名河大川。不過，作品的深意並不在此。貫穿作品始末的準備投考研究生的事件過程，只不過為主人公蓬蓬勃勃的情緒流露提供了一個情節框架，一種觸發深層情緒反應的媒介。重要的是，在主人公的情緒流露中，在一系列回憶、聯想的情緒輻射中所勾勒的人物性格形成、發展、演變的輪廓及其包容的思考價值和審美價值。

與張承志的其他作品一樣，作者未賦予主人公具體姓名，這種捨棄特指性的努力和作者在題記中對一代人思想經歷的概括，以及把這種概括置身於民族血統、水土和歷史中加以深刻考察的企圖，使我們有理由把「他」視作一代人經歷的某種程度的典型概括。「他」早年參加紅衛兵，後來插過隊，在新疆、陝北等北方廣漠的大地上流浪過，直至「四人幫」粉碎又考上了大學。正是主人公的複雜經歷使得北方名河大川闊大深邃、沉雄冷峻、頓挫慷慨的神韻氣魄與主人公豐富的性格內涵的對應、契合成為可能。

於是，我們看到在「他」性格演變的每一個關節處，在他人生道路的每一個階段、每一個重大的轉折關頭都有一條北方的河伴隨著他，滋潤著他。

額爾齊斯河——這條被哈薩克的真摯情歌和阿勒泰的雪水養大的、浩浩蕩蕩流向北冰洋的河，堅強、忠誠、看重情義也看重人的品質。正是這條額爾齊斯河把「他」最初引入人生的大門。艱苦的知青生活、神聖的初戀感情被戲弄和被遺棄的痛苦，全因為額爾齊斯河變得可以忍耐，變得微不足道。湟水——則在「他」又一次面臨人生的轉折關頭，即將投考研究生的前夕，把民族感、歷史感注入了「他」的血液。湟水流域破碎的四千多年前的彩陶罐子，原始森林變遷消失後的臺地，生的慾望強烈逼人的小樹林，以及姓高的老漢的故事，這一系列強烈對比著的歷史和現實彙成了湟水凝重苦澀、堅忍深沉的波濤。當這波濤悄無聲息地潛入「他」的血脈時，他獲得的是一種對歷史、對民族大徹大悟後的寧靜。黃河——這北方最偉大的河，這劈開了大陸、劈開了黃土世界和岩石世界的浩茫大河，這轟轟隆隆、倔強衝撞、洶湧剛健的黃河，不啻是「他」征服命運搏擊人生的那種一往無前、披荊斬棘的膽氣、毅力的寫照。當「他」覺得這黃河像他的父親的時候，他其實是在進行強有力的概括。黃河父親其實是「他」對於我們這個幅員遼闊、歷史悠久的國度中的一種血統、一種水土、一種創造的力量——一種偉大剛強、崢嶸奇崛的民族精神的比擬。這樣，當他感受到黃河父親的寬容、庇護，感受到黃河渾厚而粗糙的撫慰時，其實他也就感覺到了民族精神對於他性格的滋潤。也就是說，在「他」身上體現的一代人追求、奮爭的過程和勇氣，實際上正是民族精神在現實生活中的歷史延續。換言之，正是黃河性格展示的民族精神構成了「他」性格中的主導情志。永定河——這似乎是一條默默流淌的河，但它微動的漣漪卻映射出「他」的一段切實的人生煩惱：因為拿不到准考證，因為沒有錢去黑龍江，因為徐華北在追求那個姑娘……於是，這條貌不驚人但卻非常深的河流同時映現出他性格中有時失之浮躁的一面。黑龍江——這是一條只在「他」夢中浮現的大河。

不過，在生活中，這條正在蘇醒、正在舒展筋骨的大河的飛騰，卻不是夢。那種冰河解凍時冰排、冰洲、冰塊、冰島在漩渦中的粗野碰撞，那種使得整個雪原、整個北方大地都呻吟震顫、撼人心弦的巨響，不僅僅是大自然的奇觀，更是「他」所嚮往的未來的具象化，是他永不枯竭的生命力的一種象徵。

誠然，當《北方的河》中的「他」說道「我就是我，我的北方的河應當是幻想的河、熱情的河、青春的河」的時候，北方的河已經消鈍了它的地理學上的意義，也不僅僅作為人物活動的自然環境而在作品的藝術構成中佔據一隅，此時，原來沒有生命的河流彷彿也具備了「他」的感覺、思想、情感、意志，外化為「他」的性格的對應面——與「他」的整個身心互相佔有、互為補充、互相融彙了。我們當然可以把此歸結為移情作用，可是在我們進行這種歸結的時候，千萬不要忘記這種擁抱大自然的情感，這種洋溢融彙在北方的河中的情感，概括著整整一代人。

三、回返自然——對時代生活的逃避

當張承志的《北方的河》被普遍認為取得輝煌的成功時，有位評論家銳利地指出：作者在描寫主人公對河流的抒情思考時，是出色的、情景交融的；但是進入周圍環境與社會關係的具體描寫時，似乎就不那麼得心應手了，就顯得不那麼能深入到不同人物的內心世界中去了。這種指責雖然苛刻，但也是不無理由的；如果我們把眼光伸延到張承志的其他作品，或許我們能在張承志塑造的一系列相似的人物形象身上探究到淵源。張承志筆下的主要人物往往都是「內省型」的，有著強烈的追求精神、躍動深邃的心理世界和對於大自然無法抑止的摯愛：《綠夜》中的「他」，《大阪》中的「他」，《黑駿馬》中的白音寶力格。而同時，這類主人公往往對城市生活抱有一種疲倦，甚至厭惡的情緒。追隨著「內省型」主人公左右的，似乎也總有一類遭貶斥的、漫畫化了的、浸透小市民氣息的人物。從《北方的河》中的徐華

北，到《大阪》中的吳二餅，《綠夜》中的表弟和侉乙己，他們都有種相近的、較為固定的模式；而且，這類人物往往和城市的噪音、爛番茄的氣味、擁塞的閣樓……給主人公帶來說不清的煩惱、疲倦。這一切似乎在代表著張承志對城市生活的一種認識。當我們把這個嘈嘈營營的城市世界與張承志筆下瑰麗多姿、富有生氣的大自然風光的描寫——富有彈性的夜草原，巍峨峻拔氣象萬千的大阪，像生命的誕生一樣振奮人心的草原日出，具有人的靈性、善解人意的黑駿馬——對照起來看的時候，我們不得不指出這種藝術上的人物形象塑造的雷同和重複，不是毫無原因的。它反映了張承志對於城市生活的認識還停留在有待深潛的階段。對城市生活的厭倦、畏縮，導致了張承志在個別作品中盲目崇尚自然的偏頗傾向。

比如《黑駿馬》，它的故事並不複雜。已經離開草原，當了翻譯幹部的白音寶力格懷著內疚、贖罪的心情回到養育他長大的草原，但是，親切慈祥的老奶奶已經故世，初戀的情人索米婭也遠嫁他鄉。在他騎著黑駿馬追尋索米婭的草原行程中，追懷往事，思緒蹁躚。當他終於找到已經做了三個孩子母親的索米婭時，索米婭並沒有如他想像的那樣，被沉重艱難的生活壓倒，這使得白音寶力格的人生境界得到淨化，得到昇華。

然而，比故事情節遠為複雜的是白音寶力格的情緒傾向。他渴望更文明、更尊重人、更富有事業魅力的人生，但當他循此而擠入城市生活中的時候，他又被喧囂的聲浪，刻板枯燥的公文，無休無止的會議，數不清的人與人的摩擦紛爭，一步步逼人就範的關係門路弄得垂頭喪氣；在內心深處，他割捨不斷對索米婭的戀情，卻又幾年未踏上家鄉草原的土地；他痛恨草原古老的習俗，痛恨摧殘索米婭的黃毛希拉，卻又在奶奶對黃毛希拉的寬容中，在索米婭強烈深沉的母性中頓悟到人生的偉大。於是，最終他從奶奶和索米婭的經歷中辨出了一道軌跡，看到了一個震撼人心的人生和人性的故事。他的情緒中的矛盾和衝動，終於被闊大深沉的草原融化，被草原上無所不在的靈性融化。

　　無可諱言，白音寶力格在城市生活面前背轉身去，崇尚草原和草原上無所不在的靈性的情緒傾向，使我們看到了 18 世紀歐洲浪漫主義文學「返回自然」的影子。我們很容易聯想到普希金的《茨岡》。在《茨岡》中，普希金把不自由的貴族社會、城市文明和接近自然的、純樸的茨岡生活對立起來。主人公阿樂哥不滿意城市貴族生活，為了追求理想和自由生活，來到原始的茨岡民族，與茨岡人一起過著無拘無束、粗獷質樸的遊牧生活、享受著真妃兒燃燒野性烈焰的愛情。但是，他似乎無法容忍茨岡人的道德觀念，尤其無法容忍真妃兒在男女關係上的隨和，而茨岡人對此所抱的豁達態度，這與他根深蒂固的文化教養發生抵牾和衝突。我們並不想把白音寶力格與阿樂哥、索米婭與真妃兒、奶奶與茨岡老人進行簡單的類比，我們只是想指出，如同阿樂哥最終未能在茨岡社會找到不受當時社會衝擊的世外桃源一樣，白音寶力格終究也將發現古老的、半封閉狀態下的草原所孕育的人性，也將日益受到現代文明強有力的衝擊和挑戰。

　　似乎為了證明《黑駿馬》並非孤立的文學現象，馮苓植也在《沉默的荒原》中描述了一個發生在草原上的故事。由於大自然的嚴酷禁錮，這裏的人們彷彿在古老、遙遠、美好的夢境中生活，而且，恰恰由於這種禁錮充分保留了原始的、美好的人性。和《黑駿馬》相同，在《沉默的荒原》中，也有一個索米婭式的主人公：塔娜。在她身上渾身閃現出草原孕育的純真坦蕩的野性的美。她和大自然是渾然一體的，作品意味深長地指出，如果把她拔離草原，到大城市去，那麼，塔娜身上的自然的美可能會很快消失。如同索米婭的生活如果沒有接受了現代文明薰陶的白音寶力格闖入的話，將和奶奶一樣平靜地了其一生，塔娜如果沒有那個從城市來的「白衣少年」畫家查幹，也會嫁給岩石般粗獷和粗魯的伊薩克，和她母親一樣自然而然地接受命運的擺弄，做一個慓悍牧人的溫順妻子。然而，查幹把這一切都弄顛倒了，草原由於他的闖入失去了固有的平靜，塔娜拒絕了伊薩克的愛情，塔娜的父母驚慌失措、心神不寧。在跟隨查幹進城，還是留在草原上紮一頂帳篷安家，塔娜面臨著痛苦的抉擇；反過來查幹究竟是聽從哥哥

的勸告、帶著塔娜回城安家，還是留在草原與塔娜廝守相伴，學會放牧而放棄繪畫，查幹也面臨著一種選擇。最後由於那只大自然靈性象徵的小鹿貝貝的啟示，塔娜選擇了犧牲自己成全查幹的決策：悄無訊息地離開了查幹。塔娜的人性美，使查幹感悟到了草原的沉默和偉大。這裏具有充滿糾葛、競爭的城市生活所缺乏的真誠，而且蒼穹深邃安詳，原野遼闊坦蕩，群山凝重深沉，聖母湖迷幻動人——查幹決定留下來了。

　　《沉默的荒原》與《黑駿馬》一起完成了它們共同的主題：處於半封閉狀態下的大自然孕育了純真質樸的人性，儘管它不無愚昧，但這種愚昧比之嘈嘈營營的城市文明也是可以容忍的，而且，更為重要的是，這種具有原始意味的人性美、自然美，對於久困城市的人來說，具有不可抗拒的感召力量。於是，查幹的返回自然成為一條道路。如果說，盧梭的「返回自然」，在當時尚有兩方面的意義——在積極浪漫主義心目中，它代表精神解放和接近現實的要求；在消極浪漫主義心目中，它代表著逃避現實的話，那麼，在今天這種藝術傾向對於我國當代文學發展將會帶來什麼呢？當然，我們願意闡釋發揮其中可能蘊藏的積極意義，在迎接現代化的同時，不要忽視乃至決然拋棄我們民族固有的傳統美德、情操；然而，我們更應該看到索米婭、塔娜和白音寶力格、查幹這種鮮明的人物精神境界的善惡美醜的對比，並不是只存在於遠離城市的、粗糙的自然形態下的。如果我們挪動一下觀察的視角，環顧現實，我們在城市生活中，同樣可以看到形形色色的、也許比這更為複雜更為激烈的真善美與假醜惡的對比。城市和鄉村並非水火不能相容的兩極，醜的麇集地和美的伊甸園，它們都是現實生活恢宏博大交響樂章的呈示部與展現部。

　　不以人們的意志為轉移，現代化的大潮正在衝擊著許多古老的觀念、意識，影響著人們的社會心理結構。顯而易見的是，我們不應該用道德或精神的觀念來解釋歷史的發展，不應該把歷史瞭解為一種正義的原則不斷衝破各種障礙以便使自己得到實現的簡單過程。我們殷

切地希望，我們的作家對我們的現實生活，對現代文明的發展以及它可能帶來的弊端，有一種清醒的、然而又是歷史的認識。

四、時代的嶄新要求

每一個時代都有自己的自然畫卷。屠格涅夫的《獵人筆記》，在其濃郁的森林草原的氣息中，彌漫著強烈的「俄羅斯意識」，表達了他對農奴制社會的無比憎恨；傑克・倫敦的《荒野的呼喚》、《海狼》，在曠野，在北極的蒼茫渾厚的底色中塗上了社會達爾文主義的陰沉悍厲的色彩，這和當時的工業革命中資產階級雄心勃勃的征服、掠奪的慾望，有著血緣的聯繫；當代南美的「大地小說」，則在對南美大地瑰麗奇譎的熱帶氣息的盡情鋪敘中，寫出大地的氣質和靈魂——拉美人民對不平等社會的強烈反抗精神。所有這些都證明了大自然作為人的存在的對象世界，既然成了社會的人的對象，就必然會烙上社會生活和時代特徵的印痕。正如普列漢諾夫在《沒有地址的信》中指出的那樣：在社會發展的各個不同時代，人從自然界獲得各種不同的印象，因為他是用各種不同的觀點來觀察自然界的。據此，一個符合邏輯的要求是：我們的當代作家應該對我們的時代有著一個敏銳的、清醒的認識。當然，在時代的總體要求中積淀著許許多多歷史的、民族的、政治的、經濟的、道德的內容，而時代意識在作品中又並非直接裸露，它應該隱蔽在對於人與大自然關係的藝術思考中，否則將失去題材自身的特點。

我們的時代是不尋常的。20 世紀科學技術革命正在迅速而深刻地改變著我們的民族乃至整個人類的社會生活和生存方式。這種改變已經影響而且繼續影響著我們對於人與大自然關係的認識和思考。富於創新精神的文學家們難道能夠對現實生活中的這種變革與創新無動於衷嗎？

自然即人：屠格涅夫的自然觀

「自然即人。」屠格涅夫筆下的大自然不是一般的襯托人物的活動場景，也不僅僅是被「擬人化」的風光風景的主觀描寫。它獨立於人外，有思想，有靈魂，是充滿靈性的生命的有機實體。盧梭的「回返自然」和自然神論的思想對屠格涅夫的創作有很大影響，他把自然賦予人性和神性：有聲音、有氣味、有形體，並且時時刻刻都在變化之中，是包含複雜的情感情緒天地。我們可以把它想像為以寬廣的俄羅斯河流為腰帶，以雄壯的俄羅斯高山為頭顱的巨人。

在《樹林和草原》中，樹林也要睡眠，但在它熟睡前夕，卻「還聽得出神秘的，含混的細語」；早晨它醒來，早晨的紅暈尚未褪卻，看起來既「新鮮」，又「花哨、愉快」：春天它充滿活力；夏天沉醉而略有點「懶洋洋」；秋天「寂靜」；冬天意志堅強⋯⋯而美妙的白淨草原，在夜晚來臨時，它就變成了千奇百怪的神靈們的世界：「⋯⋯在地平線下拉長了聲音叫喊，而彷彿另一個人在樹林裏用細而尖的笑聲來答應他，又有微弱的嚦嚦的嘯聲在河山掠過。」老樹行將死亡，「它們凋謝了，剝落盡了，到處堆滿了病葉，它們悲哀地在新生的小樹上面掙扎著⋯⋯」(《死》) 人類的生存意志在樹木身上發揮了最強音，這裏細細讀來，竟比人的臨終還打動人，大概倒是自然界當中這種頑強不息的「掙扎」精神，給予了我們人類某種精神上的暗示和鼓舞。

動植物具有某些人類的感情和性格特徵，反過來人身上也時時反映出天籟渾成、不事雕琢的大自然的原始質樸。在屠格涅夫看來，人與自然，兩者是平等的，人類並不是「貴族」，他的散文詩《大自然》，明確表達了這一觀點：對自然來說，人的存在並不比跳蚤的存在重要。這是他人道主義走向極致的地方，而在這極致中，我們也看到了他對自然的崇尚其背後隱匿的內容是對心靈解放的呼求。

在《獵人筆記》中作者運用了大量比喻，把人「平等」地比成動植物，以此塑造「典型」。不安於現狀、追求自由的凱西揚成了「跳蚤」；而強健有力、陰沉孤僻的福瑪，也恰如其分地叫「孤狼」；連做家奴都不夠資格，任人隨便擺佈的苦茲瑪叫「小樹枝」（即蘇綽克）；而《莓泉》裏的被人遺棄的家奴斯交布希卡住在菜園裏，「往來動作，一點聲音也沒有」。作家比喻他「像螞蟻似的悄悄來來去去，一切只是為了糊口」；剛柔並存的茨岡女子瑪霞，臉上表情「又像貓又像獅子」；狂暴妄為的且爾托潑哈諾夫責問別人時的神態「活像一隻吐綬雞」……看來，人只是大自然中的一分子，和其他動植物一起構成自然總體上的完整與和諧。

生成人，或生成其他什麼東西，都不具有別樣的意義！既不不幸也不幸運。在屠格涅夫看來，只有大自然才是永恆的，「我不是不愛人類，但我更愛自然」（拜倫語）。在《死》一篇中，作者之所以用了大半頁篇幅，列舉了大量動植物的名稱，也是為了追求自然界的完整性；而對各種聲音的描寫，也還是為了盡可能完善地表達大自然賴以存在的空間。

在屠格涅夫筆下展示的大自然同時也是俄羅斯的風俗畫。俄羅斯民族的長處和短處，他們對於俄羅斯大地山川草木按捺不住的熱愛，他們渴望為民族而獻身的激情，並把這種激情灌注在每一條河流、每一座山巒、每一塊田疇的鬥爭行為，以及現實社會生活中各種紛至遝來的矛盾對立想像，從羅亭式的激情到農奴制的陰影，無一不在作用於屠格涅夫的風景畫卷。不再純粹是自然風光，而是在色彩斑斕的畫卷背後，透現出他對大自然和人的命運的哲學的思考。屠格涅夫沉浸在這樣一個矛盾的境地：一方面他崇尚著某種超乎人的命運之上、無處不在的自然的神的力量；另一方面，憂國憂民的強烈的俄羅斯意識，又使他清醒地意識到自然被社會惡勢力污染，或者說，被他所仇視的農奴制污染。因而，他對大自然的描寫與《歌手》中雅科夫的歌聲具有異曲同工之妙，熟練地把大自然冷漠的美摻和在人們的痛苦生涯中：「它的確有激情的真正深度，也具有青春的、自如的、哀傷的

憂鬱。在這樣的聲音裏，曲曲傳出了真實與熱烈的精神，一種俄羅斯的精神。」

如果我們把這種俄羅斯精神放在屠格涅夫的作品中加以考察的話，我們就不難發現，屠格涅夫的激情深度首先體現在他對大自然千姿百態的美，不能自拔的愛戀之中。我們無法忘記「白淨草原」，它在暗黑無雲的夜空籠罩下，所顯示的宏偉與威儀，神秘與莊嚴，草原四處彌漫著異常新鮮的香味，讓人的心澎湃起溫柔的壓抑之感，領會到這是「俄羅斯夏夜的香味」；我們也無法忘記《幽會》中對於樹葉的語言精細入微的描寫，「這不是春天的顫抖、放蕩的笑聲，也不是夏天的壓低了的細語、漫長的閒話，也不是晚秋的冷漠的、怯怯的囁嚅，而是幾乎聽不出來的倦怠的絮談」，笑聲、細語、囁嚅、絮談──語言的選擇與表述，傳遞的是樹也是人的情感，或者說，樹葉們的語言美的真諦乃在於它是自然美的一種顯現。我們當然更無法忘懷《森林與原野》，它在《獵人筆記》中處於跋的地位，因而，它也是屠格涅夫獻於自然女神的愛的表白和宣言。我們隨著他的筆一起邀游花園、田野、山谷、草堆、池塘、磨坊、樺樹林；我們彷彿聽到了白鵝、穴鳥、麻雀、雲雀、涉水鳥如何鳴叫爭喧，心也會像鳥似的激動；苦艾的新鮮苦味、金花菜的甘香、裸麥閃閃發黃的色彩、蕎麥熱烈燃燒的紅色，彷彿也一起作用於我們的嗅覺和視覺，使我們整個兒沉浸在大自然的美妙的氛圍之中。而領略了大自然纖細入微的無數奧秘、領略了無處不在的神秘的美，我們才能理解屠格涅夫的激情深度，懂得他對於大自然執著不渝、銘心刻骨的愛，是出於對祖國的愛，因為，它們是俄羅斯的！

正因為是俄羅斯的，當屠格涅夫匍匐在自然這神像面前無力自拔的時候，一個比自然更莊嚴的聲音召喚他：別忘了俄羅斯人民！

早在長詩《交談》中，屠格涅夫就因為那多血質的、羅亭式的激情無法噴發，而露出盲目崇拜自然，把自然視為神的端倪。「在神秘而偉大的寂靜裏，柔嫩的白樺樹膽怯地低聲私語」，「我思考著生活，神聖的真理，和大地上永未解決的一切。我詢問蒼天……我的心情沉

重，我的整個心靈厭倦而煩悶……永恆的星辰拉成平靜的行列，莊嚴地飄浮在霧濛濛的天空。」寂靜而莊嚴的大自然和人類生存枉然、空虛的哲學思考交織在一起。人的存在因為自然的美黯然失色；人的生命的短暫更顯出自然的永恆；人的心情厭倦、煩悶，自然卻呈現「永不凋謝的美」；人的渺小反襯出自然的崇高、完美。那麼，自然中的那種神秘的力量到底源於何處呢？屠格涅夫並沒有找到「宇宙精神」，於是神秘主義、悲觀主義的東西在他的作品裏，比比皆是。而在他進入創作盛期的代表作《獵人筆記》的許多篇什中，屠格涅夫無疑從某種程度上擺脫了虛無哲學的纏繞，而讓我們有一種沉甸甸的歷史感，諸如《白淨草原》、《幽會》、《車輪的響聲》、《森林與原野》。

那位差不多是屠格涅夫化身的獵人，一旦置身於大自然的寂靜裏，便會使無形無態卻又無處不在的靈魂處於亢奮的動態中，或作喃喃細語，或作慷慨悲涼之音。或許，這全因為一顆活潑鮮跳的靈魂，只有在這一片安靜、安詳的天籟之聲中，才能夠心領神會地接受大自然的暗示，並把它運用到人物形象的塑造上。凱西揚的哲學家氣質，卡裏內奇的幻想家風格，郝爾的精明能幹，實幹家的才幹，以及露克麗婭的善良、順從、宿命思想，無不像大自然中千奇百怪的存在物一樣各具特性。然而，無論如何顯示它無處不在的力量，現存的俄羅斯大地上的黑暗卻是無法用自然的力量去解決的，反之，殘暴地吞食自然、破壞自然的美。《幽會》中像白樺樹一樣純樸、天真、善良的農家姑娘阿庫麗娜的初戀之情，卻受到了農奴制孳生的畸形兒、家奴阿賴克珊德里奇的玩弄摧殘。大自然也無法擺脫阿庫麗娜細膩哀傷的感情塗染，景物由暖色調的明朗歡快變為冷色調的陰暗窒悶；《歌手》中的克羅多夫卡村莊，農民沒有泉也沒有井，只能喝著從水塘裏打上來的一種泥湯；而在《美人米也恰河的凱西揚》裏的約底諾村更加貧困：牆壁早已傾斜，街上連雞都看不見，也沒有狗……只有餓貓，套著破舊輓具的小小瘦馬……再看《木木》中的蓋拉新，他就像大自然本身一樣莊嚴肅穆，一生都是大自然的僕從，他不通人類的語言，是個啞巴，這一點彷彿也是大自然的暗示。但他同樣也受到農奴制的嚴

重壓迫，農奴制不允許他有戀愛的可能。這裏的戀愛，其實是對自然的要求，自然的開放與農奴制對人的束縛形成不可調和的矛盾。

正是這種現存的社會現實和當時與屠格涅夫交往甚密的別林斯基一起教導了屠格涅夫：別忘了俄羅斯人民！

屠格涅夫沒有忘記。正是俄羅斯人民所經受的苦難，正是俄羅斯人民所顯示的精神道德力量，與屠格涅夫對大自然的盲目景仰構成了深刻的矛盾，也使屠格涅夫的自然觀陷入難以自圓其說的危機之中。他崇尚自然的力量，然而這種力量卻無助於他所熱愛的人民擺脫農奴制的桎梏；他渴望在自然中求得永恆的解脫與心靈的平衡，然而，自然卻處處露出農奴制壓迫下的陰影，自然美與社會醜惡的鮮明對照，只能導致心靈的更加不堪重負。因而，屠格涅夫那些熱情謳歌大自然的篇什，包括《獵人筆記》，就不僅僅是和婉舒徐的牧歌，更是如泣如訴、凝淚含血的吟唱。

這樣，從某種意義上說，屠格涅夫自然觀的矛盾，產生他始料不及的結果：由對俄羅斯大自然的熱愛而走進了俄羅斯人民的心靈。也許，這是激情深度的內核──俄羅斯意識的必然歸宿。因此，在他筆下的人與自然的關係也成為永恆的了。

自然題材的文學創作，也有個發展過程。古典主義是欣賞自然，而到盧梭、狄德羅則是捍衛自然，把自然當作衡量人的道德標準。屠格涅夫也處於中段，而且屠格涅夫筆下的大自然是那麼絢麗多彩，我們和契訶夫一樣深信：「只要俄羅斯還有森林、懸崖、夏夜」，大家「就不會忘記屠格涅夫」。是的，我們相信。

塔希提島：現代原始主義的藝術境界

瀟灑註定是我們皮囊之上的所系之物。離開了皮囊，瀟灑也只能夠在自己想像中的精神世界具有力量。「千金裘，五花馬，呼兒將出換美酒」，倘若沒有千金裘和五花馬，又何來美酒酣暢的瀟灑？出身於貴族世家的普魯斯特，可以從從容容、瀟瀟灑灑地留下巨著《追憶逝水年華》，而同樣出身於貴族，但前面多了個「沒落」定語的曹雪芹，卻只能在饑寒交迫中不瀟灑地留了個尾巴，讓高鶚去續了。

同樣，巴爾扎克倘若不以筆名粗製濫造了許多暢銷讀物，又何以瀟灑地去寫他的《人間喜劇》？海明威倘若不為好萊塢撰寫許多可以拍和不可以拍的劇本，又何以能到加勒比海駕艇弄波濤，又何以能寫出《老人與海》？還有那個名字緊緊和塔希提島相連的高更，倘若沒有長達數年的股票經紀人的生涯，他又何以能在巴黎上流社會中去佔一席之地，並且開始學習繪畫，進而迅即舉辦個人畫展？

然而，物質的優渥，並不會天然地提供某種瀟灑的精神品格。這就如同一頭驢和一匹馬，即使在同一條狹長的山谷，也會發出不同的回聲一樣。瀟灑是人有了錢以後，對錢的背叛；是人創造了規則以後，對規則的戲弄。瀟灑是僭越，是超越，是李白的沒有驛站的漂泊長旅，是柳永的「有井水處，即能歌柳詞」，是托爾斯泰的風雪迷漫中的離家出走，是高更夢牽魂繞的太平洋浩渺波濤中的塔希提島……

在這時，塔希提島不僅是一種現代原始主義的藝術境界（因為正是高更兩度涉洋登上塔希提島，才有了名著《兩個塔希提女人》、《我們是誰？我們從哪裏來？我們往哪兒去？》），不僅是一種生存選擇的結果（高更瀟灑地揖別了巴黎上流社會的瀟灑，最後死於太平洋上的另一座小島上），它還意味著一種灑脫無羈、超越世俗社會準則的精神再塑。

　　我只能說像高更和托爾斯泰那樣的靈魂，離我們很遙遠了。在都市的喧囂中，我們找不到塔希提島。與高更和托爾斯泰相比，我們更像古希臘神話中遭受神的懲罰的坦塔羅斯：浸在齊頸的深水中，身旁有果樹。但低頭喝水，水即退去；伸手取果，樹就避開。一面是我們在精神上渴望重返的故鄉塔希提島，另一面則是我們鄙薄卻真實包圍著我們的水和果樹。而我們被水和果樹戲弄得精疲力竭、啼笑皆非。我們遠眺瀟灑。

隱匿於平和淡泊美感風格背後的面容

阿拉提‧阿斯木是新疆伊犁地區的青年作者。伊犁，地處邊陲，昔日曾是林則徐的流放地。身處這一獨特的自然環境與生活領域，可以置入筆端的東西無疑很多。大漠孤煙，長河落日，刀砍斧削的大阪，長蛇逶迤的峽谷，或是茫茫草原的踽踽獨騎，或是浩浩瀚海的一葉駝舟……在大自然混沌、蒼茫的底色中，自然與心靈、肉體與靈魂，既可幡然互相感悟、互相溝通，亦可截然雄峙對立，強悍粗蠻、近乎原始的搏鬥，最終表現的是人，如何高高地雄踞自然之上。慷慨悲涼之音，沉雄頓挫之感——由於這類作品的風格、基調，它們被攬入了「崇高美」的美學範疇。毫無疑問，這類作品，過去、現在乃至將來，都會以其獨特的美學價值，而躋身文學之林。

不過，在我看來，得天獨厚的阿拉提‧阿斯木，並沒有把他的藝術觀察點挪移至此端。在《那醒來的和睡著的》中，他似乎更熱衷於描摹狀寫邊陲小城維吾爾人的日常生活圖景，娓娓道來，寓思致於平和，「寄至味於淡泊」（蘇東坡語），極力讓日常生活內蘊的本色美，去撼動讀者的心靈。當文學的道路，呼喚著各種不同風格、流派介入其中的時候，應該說，阿拉提‧阿斯木的藝術追求，同樣不失為一種有益的、可貴的探索與繼承。

平和淡泊之美，曾是許多大家悉心追求，力圖企及的目標。古人詩云：作詩無古今，唯造平淡難。孫犁的《荷花淀》，汪曾祺的《受戒》、《大淖紀事》，皆因汪洋淡泊、雋永含蓄的藝術風格而膾炙人口，飲譽文壇。不用說，這一目標，對於年輕的，嘗試著用漢語寫作的阿拉提‧阿斯木來說，顯得很遙遠。然而，他在努力。

他寫得很吃力，曾數易其稿。他依靠的是豐富的生活積累，和牽動於心間的，對於生活，對於民族的期盼和深情。於是，他在不知不覺中充當了我們的嚮導，我們隨他的筆一起走進了維吾爾的生活天

地：阿波爾特蘋果名。類似國光蘋果。蘋果的光澤，納仁用肉絲、蔥頭、胡椒粉等攪拌而成的一種麵食。的誘人食欲的香馨，和夜鶯歌唱一樣迷人的奶茶、抓飯、烤羊肉；伊黎河上撐船的小夥子，熾烈而憂鬱的歌唱；熙熙攘攘熱鬧嘈雜的巴紮；直至阿不力米提與阿達米提，不為世俗理解的愛……與此同時，阿拉提‧阿斯木的筆，也沒有將生活中那些隱蔽的、不儘然如人意的東西，悄悄省略。

　　結構上，作者有意識地安排了兩條平行發展、看似獨立實為互相襯托的情節線：A線為阿不力米提與阿達米提的愛情線索，它串聯的情緒閃爍著一代有知識的維吾爾青年，對一種嶄新生活的理解和渴望；另一條B線，則以阿不力米提兄弟的某些自甘愚陋、自甘怠惰的軟性意識及行為，作為主軸。栩栩如生、入木三分的刻畫中，不無辛辣的針砭。比如，阿迪里在南橋上做的那樁買賣。

　　一個人站立起來了，他的影子和他站在一起。美的與不那麼美的，光明的與隱蔽的，醒來的和睡著的——在現實生活中，恰如人與影子的關係，重重疊疊、紛紛擾擾地糾結在一起。這才是一個真實的世界。只有奉獻出這樣一個世界的作品，其主題與內涵，方能豐富而耐人咀嚼。換言之，所擷取所表現的生活領域的瑣碎、平淡，並不等於主題追求可以或缺深邃的思想力量，這就是古人所說的「平淡有思致」吧。

　　許是為了與平和淡泊的風格相吻合，作品捨棄了大開大闔、大起大落的故事性情節設計。全篇作品沒有誤會，沒有巧合，沒有令人不安的懸念，沒有劍拔弩張的衝突……但我們的心還是常常在某個地方，被有力地撥動。比如，伊黎河谷裏，充滿著希望和深情的《紅河村》的旋律，「總有一天我將離開這個世界」的豪放與悲壯，被幼小的阿達來提牢牢記住的奶奶的目光……我們的心漸漸被什麼東西填滿了。於是，我們回憶，我們憧憬，沉睡在我們心之深處的一種情緒，被喚醒了——作品內在的情感力量，猶如磁鐵牢牢地吸附了我們。我們終於發覺，在作品故事性被削弱的地方，情感的力度增強了。情感

的介入，使得平淡如水的生活細節，成了醉人心脾的醇醪，此所謂淡泊中的至味吧？

　　無疑，既然作品追求的是平和淡泊的美，那麼，作為載體的語言，也應力求質樸、簡潔、凝練、含蓄，也就是說，應該力戒錯金縷彩的雕飾，儘量使用白描性的文字，使用生活中的尋常語言──這對阿拉提‧阿斯木來說，未免顯得過於沉重了，因為這類白描性文字往往「看似尋常最奇崛，成如容易卻艱辛」。令人驚訝的是，阿拉提‧阿斯木循此方向做出的努力，竟獲得了某種程度的成功。他寫愛情最初來到阿不力米提心中時，只用了一句「房子裏散發著一種有女人時的快樂氣息」，逼真地傳遞了阿不力米提難以言傳的微妙心境；他寫秋天的來臨，季節的更替，只用了簡簡單單的「起風了，風把那些屬於樹根的落葉都帶走了」，乾淨俐落，且兼得維吾爾人說話的神韻。

　　在青年作者中，像阿拉提‧阿斯木這樣潛心追求平和淡泊之美的尚不多見，也許，這是因為青春歲月的激情使然。從文學發展的宏觀角度而言，很難說清孰短孰長。但我有理由要求阿拉提‧阿斯木，從生活深處再吸收點詩情，以改變這篇作品表露的某些缺陷：平實有餘，而情感的內在凝聚力仍有不足。我相信，這一要求對阿拉提‧阿斯木來說並不苛刻，因為他正年輕。

完整的人：內宇宙與外宇宙

一男一女，兩個年輕人，蹣跚著相互依偎著走出火光走出監獄走出荒原，他們不願回頭，永遠不願回頭。但他們卻把一段歷史，一段生命如何進化如何質變的濃縮歷史，留在了身後留在了荒原……

荒原意味著什麼？城粒城包，闃無人聲的八百里瀚海，瑟瑟起伏的蒿草和柳毛子，抑或是那原始的未經教化的生命本能和衝動？倘若是後者，那麼，當主人公仰望頭頂的「人」字形雁行，充滿期冀地「走出」荒原時，文學正在循著他們的過程，他們留在荒原上的足跡和歷史，在逆向「步入」──一個曾被忽視曾被鄙視曾被撻伐的陌生領域，正被文學在「完整的人」的意義上，重新認識，重新予以足夠的注意。

我們的文學曾經淪為神學的婢女。在那裏，人的精神與生命本體被肢解分離了，人成了抽象的觀念的軀殼，人已經無法還原為人，只剩下赤裸裸的精神存在。這種對人的理解的偏頗，必然迫使文學遠離人學的軌道，如同一個流浪的兒童無家可還。人們忘記了精神在純粹的精神領域裏只能是疲弱無力的。這種超脫肉體的精神，只是在自己的想象中才具有精神力量。正是在這個意義上，我們所理解的「完整的人」，是人性的自然屬性和社會屬性的二元對立統一。也就是說，人既是人的原生力量、慾望、激情、衝動的體現，又是精神寄寓、活動、展開的場所。

這種對於人的完整的認識，最早給予文學的抒發和表現的，王小克的《走出荒原》，並非開先河者。

早在知青題材的「反思」和「回歸」的多聲部合唱中，就曾出現過一個不諧和音：《網》。小說在《鍾山》發表後，曾引起一陣不大不小的反響和爭鳴。但作為一個不諧和音，不知是由於人微文輕，還是由於當時的氣候，不足以深化對人的認識──它並沒有被提高到「完整的人」的意義上，就悄無聲息地消失了。只是記憶忠實地提醒我們：

《網》曾在精神和生命衝動的雙向層面上建構，從而表現了精神和肉體的雙重苦悶是如何相互作用，導致了一對知青男女的人格和愛情悲劇。

直至張賢亮的《男人的一半是女人》發表，評論界似乎才猛地醒來，重新把「生命衝動」，把人的另一半置於文學的祭壇之中。毫無疑問，《走出荒原》與這一文學背景有著某種聯繫。然而無須卑怯的是，《走出荒原》自有其獨立的審美價值，在一片被開墾被耕耘過的原野上，作者王小克播下的是屬於自己的種子。為了凸現獨立的審美價值，我們或許可以把它與《男人的一半是女人》，作一番比較。

「完整的人」內涵的豐富，其內宇宙和外宇宙的廣闊無涯，決定了文學只能夠在人的運動過程中把握人。不過，文學受本身的形式所圍，同時又規定了具體的文學作品，所表現的人生模態只能是有限的，它只能是人的運動過程中的某一瞬間、某一截面。

完整與有限的矛盾，規定了文學必須在表現方式上進行隨機的、並非面面俱到的處理。或是可以通過對人如何全面佔有他作為人的本質的過程的謳歌，來進行肯定性的描述，或者通過兩者的相容，既有肯定，又有否定，以過程的複雜——也就是性格的複雜，來透視精神和肉體的二元對立統一。應該說，《男人的一半是女人》和《走出荒原》，在表現方式上都屬於後者。

無論是章永璘，或者是《走出荒原》中的男女主人公，都走過了由生命衝動否定精神，又由精神否定生命衝動，最後將兩者化而為一，集於一身的「之」字形道路。而且，正是這條道路，不僅構成了作品的觀念內涵、人物的性格內涵，同時也構成了情節的大致走向。

人們將不難發現，勞改營中的章永璘，和剛剛出獄的青年男女，都企圖以一種無法抑制的本能衝動，來否定被監督教育的精神存在。這就構成了本能對理智，生命衝動對精神的原始的、低級的反抗。在《男人的一半是女人》中，它表現為章永璘的「窺浴」，在《走出荒原》中，初出監獄的男女，路上相逢互相以性挑逗的場面。然而，人的精神存在，很快對此作出了否定。唯一的途徑是在倫理或法的庇護

下，將兩者化而為一：章永璘與黃香久的結合，青年男女相互依偎而追隨雁行軌跡遠去，皆是這種觀念的外化。

不過，這僅僅是作品表層結構的相似，一旦深入到作品的深層情緒反應及傾向時，人們將發現天平傾斜了，兩部作品並非處在均衡的狀態之中。這至少表現在如何看待生命衝動，如何結構和表現生命衝動精神化的過程和內容中。

兩部作品都描述了生命衝動的強有力的、活生生的存在。然而，生命衝動又並非一種孤立的存在，正如把人僅僅描述為精神的存在，是一種不完整描述一樣，僅僅把人描述成生命衝動，同樣意味著對「完整的人」的割裂。

也許正是基於這樣的認識，《走出荒原》的作者，有意識地加強了精神對於生命衝動的誘導，將生命的能量轉換為精神和價值目的實現的契機。盲目的生命慾望、能量和激情，被理性的韁繩所驅使──這一觀念的具象化，最早由陌路相逢，相互交歡戛然而止，謂之初露端倪，而在酒館格鬥的場面中達到高潮。男主人公鄭三炮，除暴扶弱的壯舉，因為愛，因為本能的存在，而發出格外奪目的人的光輝。依然是此男此女，但人的境界卻與初出監獄時迥然相異。

如果說，《走出荒原》寫出了精神對於生命衝動的協調和誘導的功能的話，那麼，以此來觀照《男人的一半是女人》，我們至少發現了精神的羸弱無力，或者是生命衝動的盲目無意識。僅以作品情節走向的兩端，始點與終點即可為例。始點：章永璘「窺浴」的場面；終點：章永璘在無愛的、純粹官能的驅使下，又一次尋歡。這表明章永璘所走過的「之」字形道路，是一種虛浮的表面的假像，骨子裏依舊是一條道走到底：恪守著原始的本能，卻忘記了人是能夠通過自己的精神活動，使環境對象化，從而超越自己的生命領域，超越自身的心理存在，將自在的世界構築為自為的世界。

章永璘沉溺於假像的怯弱，折射反映的是畸形扭曲的政治環境，對於中國知識份子生理和心理的雙重擠壓。在這個意義上，《男人的一半是女人》所進行的是否定性描述，生命的衝動精神化的過程被賦

177

予了異化的意義——儘管這與作品的美學風格，與章永璘的英勇出走，構成了一種無法圓通的矛盾。

當然，《走出荒原》與《男人的一半是女人》，都是一個特定文學階段的文學現象。在這個意義上，它們都有待深化，由這一階段趨附另一階段。時間不會是毫無意義的，它最終將表明，還有一系列課題等待文學去探索，去表現，就人性本身而言也將隨著時間而運動和發展。

蘇童放飛的姐妹鳥

蘇童製造了一所迷宮。

可以用不同的方式、從不同的角度切入迷宮把蘇童肢解。從蘇童經營的題材領域看，他執著於：（1）童年印象；（2）楓楊樹鄉村。從蘇童眷戀的意象質地看，他喜歡使用：（1）色彩意象；（2）隱喻意象。從蘇童切入生活砸碎生活爾後重新組合生活的敘述視點看，他往往使用：（1）我（我就是我，即蘇童）；（2）我祖父我祖母我父親我母親我麼叔我舅舅我哥哥我姐姐（我是一個泛我，因為童姓家族其實來自於蘇童的藝術概括）……

當然還有另外一些方式。我準備使用的方式就是其中之一。我以為我的方式將既接觸到蘇童的謎面（形式）又接觸到蘇童的謎底（內涵）。我可以把蘇童從迷宮的床肚底下或是壁櫥後面一把揪出來，讓蘇童還原，讓蘇童還其本來面目。我可以捨棄那些被捨棄後蘇童自然成為蘇童的東西，讓蘇童只剩下他奉獻給文壇的一份獨創，只剩下唯一的蘇童。

蒼老的是蘇童嗎？那個屬虎的小夥子果真已經蒼老了嗎？他在一篇又一篇作品裏喋喋不休嘮嘮叨叨地寫下了那年冬天那年秋天那時候那個黃昏那個有霧或是開放著猩紅的罌粟花的早晨……他像揮不開青春期的憂鬱一般揮不開以那作為定語的時間狀詞。

與此同時，在許多篇什裏，蘇童毫不吝嗇地使用著與那相呼應的另一個詞。我特別注重這類奇特的體驗總與回憶有關（《1934年的逃亡》）；可以從祖父被回憶放大的瞳孔裏看見我的麼叔（《飛越我的楓楊樹故鄉》）；在我的記憶裏，大魚兒的家就是那條小得可憐的草葉船（《遙望河灘》）；後來沉草回憶起那天的歸途充滿了命運的暗示（《罌粟之家》）……

一個人竟然可以有那麼多的回憶。

　　所有的人都可以有那麼多的回憶。

　　總在回憶。蘇童總是被水草般柔韌的回憶纏繞著。此情不絕，綿綿邈邈，如縷、如流水。這樣，我是不是也可以從蘇童被回憶照亮的瞳仁裏看見他自己靈魂的映象呢？從蘇童被回憶漲滿的血管裏感受他湧動的血之潮汐呢？

　　回憶是什麼？是青春？是夢幻？是山谷裏的一聲口哨？是一次邂逅？是塵封的歷史？是童年時留在腦際盤繞不去的油菜花或冰糖葫蘆？抑或什麼都是什麼都不是。回憶只是人對生命歷程的重新體驗和確認，換句話說，回憶是人的生命存在的一種狀態。當代文壇上，曾出現過一大批回憶之作。王蒙曾經回憶，回憶伊犁回憶迷失的雜色鳥；張承志曾經回憶，回憶草原回憶綠夜回憶老橋；韓少功曾經回憶，回憶遠方的樹回憶飛過藍天的鴿群……像果實回憶種子，不同的果實回憶不同的種子時代。然而，我卻在蘇童的作品中看見了另一種回憶。這種回憶與王蒙張承志們相比，至少出現了如下表述的變化。

　　就時間的外化形態而言，蘇童不再遵循時間的線性推進；就時間的內化形態而言，蘇童所恪守的也不是人們常道的心理時間，因為在蘇童看來，即使這種心理時間造成了某種時空的交錯、倒置，但就其本質而言，它仍然可以通過對本身的整合，回到常態的時間線性軌跡中去。這樣，回憶在蘇童那兒就消失了常態的時間邏輯。

　　請注意一下《1934年的逃亡》和《飛越我的楓楊樹故鄉》。我以為這兩篇作品不僅是蘇童的扛鼎之作，同時也集中洩露了蘇童小說中的回憶所具有的形式意味：一種積淀著形而上時間意識的形式。

　　不難發現小說中回憶的藝術外殼：現在時態中的我。我通過活著的我父親或是我祖父作為仲介，展開我的回憶。然後是活著的祖父回憶起死去的麼叔，活著的父親回憶起死去的祖父、祖母和童氏家族的一長串親人。簡單地說，這是回憶的套疊結構，即回憶中套著回憶。然而，如果蘇童小說中回憶的形式意味僅僅止乎於此，我以為他仍然逗留在時間的線性軌跡上。時間在這裏仍然是直觀的，仍然以它對於人們感官和知覺的刺激滯留於人們的經驗事實中。

繼續逆蘇童的時間之流而上，我們將進入回憶的另一種境界。

> 一九五六年我剛剛出世，我是一個美麗而安靜的嬰孩。可是在我的記憶裏，清晰地目睹了那個守靈之夜。(《飛越我的楓楊樹故鄉》)

在五十年前初次談話的聲音現在清晰地傳入我耳中。(《1934 年的逃亡》)

在這一剎那，有什麼東西被統一了。過去和現在、亡靈和活潑潑的生命似乎熔鑄成一個萬古不變的「黑體」(黑體：現代物理學所研究的最神秘、最迷人的對象，在它周圍時空嚴重彎曲，不但阻止它們的光到達我們這兒，而且對時間也有明確影響。詳見《現代物理學與東方神秘主義》，第 146 頁。)，高高懸掛在我的頭頂。我不敢仰視它，我又不得不仰視它。我得承認這一「黑體」將回憶的套疊結構徹底砸碎了。「我」現在直接進入到我麼叔；「我」現在直接進入到我祖母和童氏家族。生與死的界限被超越，仲介被捨棄了。

需要強調的是，我沒有見過我麼叔，我沒有見過我祖父我祖母的童氏家族 1934 年的生活狀態，但回憶卻如雪崩一般不可阻遏地由於某種磁場某種聲波的作用而發生了。這一發生使回憶、同時也使時間具有了非直觀性，回憶與時間構成了同一，它們都不依賴於回憶主體的任何經驗事實。蘇童的這種時間意識，或許是受東方文化的影響，即把時間視作生命的連續存在，是既具神性又具人性的產物(〔法〕路易‧加迪等著，《文化與時間》，第 66 頁。)；或許是受現代物理學奠基的相對論時空觀的影響，把直觀的時間歸結為主觀化的過程，而這種主觀化的過程似乎無意中印證了東方文化中神秘主義的時間觀：在現象世界中沒有四維彎曲連續空間的對應物(〔德〕施太格繆勒著，《當代哲學主流》，第 22 頁。)。但不論我們持哪一種見解去把握蘇童，我們都將發覺蘇童時間意識的嬗變，有力地拓寬了小說作為時間藝術的審美天地，它使小說中的過去、現在和未來的某種可能性

獲得了極致的飄拂流蕩，從而形成一種汪洋恣肆、縱橫開闔、奇譎瑰麗的藝術境界。

蘇童繼續寫道：你到達的每一個地方都與記憶有關，每一個地方你都有過記憶。(《一無所獲》)

蘇童再次表白，回憶既是一種先驗的存在，又是經驗的事實，是一種與生命連續有關的現象。你，是你，又非你；我，是我，又非我。就是說，作為生命的連續存在，它既超越著生命個體，但又恪守於生命的循環圈裏。對於個體的有限生命而言，回憶是先驗的存在；對於生命的連續體而言，回憶又是經驗的事實。關鍵在於對生命的理解，在於把生命看作鏈狀的存在——時間在這鏈狀的存在中彎曲連續——就是死亡也不是鏈與鏈的斷裂，而只是鏈與鏈結合部的形態。

現在我們已經伸入到蘇童時間邏輯的內結構中去了：生命的死亡與生命的誕生。這是同一母題的正反兩面。

蘇童反抗著死亡、反抗著對於死亡的塵世化的理性詮釋。

蘇童以祖母張臂迎接死亡的微笑，反抗著死亡的非關係性。在祖母那兒，死亡，並不意味著對世界的全部關係的結束，而是另一種關係的開始。祖母珍藏著祖父的金鎖幾近六十年，憑著這只金鎖她將進入另一種關係網絡(《祖母的季節》)。蘇童以麼叔之死與「我」的誕生發生在同一時刻，以麼叔之死與罌粟的絕跡以及大米、麥子的瘋狂生長來反抗死亡的不可轉換、不可替代性(《飛越我的楓楊樹故鄉》)。蘇童以一個重複的畫面來證實死亡的肯定性怡怡是值得懷疑的：許多年過去了，在河岸邊我總是看見死者李蠻(《一無所獲》)。蘇童以家林之死來反諷死亡的殘酷性：身世坎坷的家林在撲向死亡時以一種相當優雅的姿態躍向窗外，像一片羽毛飄然落地(《黑臉家林》)。

蘇童的反抗卓有成效。在蘇童筆下，儘管死人的事是經常發生的，但死亡呈現了另一種風貌：它平靜，但不冷漠；它熾烈，但不悲壯；它靜穆，但不莊嚴……不過，我不得不承認它具有一種穿透人的骨髓和意識的靜態力量。我驚訝這股力量緣何而來。

　　沒有比天空比大海更浩莽更闊大更永久的靜力了。注意它們的顏色我們將知曉這股靜力緣何而來。我發現蘇童筆下的許許多多的死亡都相伴著天空和大海的標誌色——藍。在《青石與河流》中，老大死時身體微微有點發藍；在《祖母的季節》中，祖母在聽到祖父從白羊湖中發生的死亡召喚時，湖水把她穿藍襖的影子攪碎了；在《藍白染坊》中，紹興奶奶的長明燈下有一大片藍與白混雜的花朵在染坊裏憂鬱地閃爍；在《飛越我的楓楊樹故鄉》中，瘋女人穗子溫情地凝視著死者麼叔藍寶石一樣閃亮的面容……

　　這也許是種巧合。我不想推測蘇童童年時曾目睹過的死亡是否和藍色有一種勾連，但我想說：天空和大海的顏色是最富足、最浩渺、最渾厚的顏色。它是否無意中（抑或有意？）契合了蘇童企圖賦予死亡的那種意義：無始無終、混混沌沌、蒼茫深邃？

　　蘇童在反抗著死亡的同時謳歌著嬰孩和分娩。生命的誕生和最初形態總給他一種激動和振奮，有時，他連動物的分娩都不願放過。

　　《飛越我的楓楊樹故鄉》中他寫道：那些嬰孩都極其美麗，啼哭聲卻如老人一樣蒼涼而沉鬱。

　　在《1934 年的逃亡》中他寫道：蔣氏乾癟發黑的胴體在誕生生命的前後變得豐碩美麗。

　　在《算一算屋頂下有幾個人》中他索性描述一隻母鼠如何在遭受滅頂之災時堅持分娩。所有的鼠類都逃竄了，只剩下這只等待分娩的母鼠依然不動、巋然不動。

　　莫非生與死相比，倒有一種艱難、悲壯的境界？

　　生比之死無疑要複雜得多。蘇童無疑也意識到生的這種複雜性，因為一旦生，存便接踵而至，何況，生的行為總是發生在已經生存著的獸或人的身上。沒有比生存更令當代人困惑的事了。於是，蘇童企圖開始反抗這種複雜，如同他曾以他的藝術世界反抗人們對於死亡的既定解釋一樣，他也企圖以他的藝術世界來反抗複雜。簡言之，蘇童在他的藝術世界裏發現了簡單，他以簡單反抗著複雜。

他以童年反抗著複雜。童年的慾望簡簡單單：乘滑輪車、跳舞、玩金魚、剃板刷頭。但這些簡單的慾望一旦進入到社會的風景線內忽然變得難以實現起來，或者說，每一次慾望的實現童年總要付出一次代價，總要經歷一次情感和人性的危機。在獲取滑輪車的過程中，「我」目睹了人的原欲的氾濫：貓頭手淫、男女教師偷情、瘋女人危險的熱量四處傳遞（《乘滑輪車遠去》）；在爭取上臺演出舞蹈的過程中，「我」經歷了嫉妒和恨，原因是所有的老師都包庇有著當主任爸爸的李小果（《傷心的舞蹈》）；在獲取一條金魚的過程中，我在阿福的經歷中看到了轎車及轎車象徵的權力對金魚的壓榨，這種壓榨通過金魚而波及阿福的命運（《流浪的金魚》）；在完成剃一個板刷頭心願的過程中，我目睹了暴力如何釀成慘劇，而對暴力的盲從和崇拜可能正像一個幼獸潛伏蟄居在童心深處（《午後故事》）……

蘇童在反抗中兌現了對於童年夢的補償，他將欣喜地發現，他把童年時糾纏於心際卻始終未曾搞明白的東西搞明白了。除此之外，他還能獲得些什麼呢？童年不是嗚咽著歡笑著遠去了嗎？在心理上，蘇童畢竟渴望著長大、渴望著成熟，或者說，蘇童早已經長大、早已經成熟；因而，儘管這一系列以童年作為直接材料的作品顯露出一定的社會容量、顯露出藝術上的獨特視角、顯露出拙樸的童稚之美，但在生活的闊大與複雜面前，這種以純粹童年視角作為形式結構來佔有的時——空畢竟有限、畢竟簡單了點，以這樣一種簡單來抗衡複雜也許失之於脆弱和單薄。

或許蘇童意識到了這一點，在以童年反抗著複雜的同時，他嘗試著以另一招式反抗複雜。他總是把過程簡單化。蘇童的批評者們已經注意到蘇童的這一招式，蘇童總是省略人物的心理過程和事件的衍化過程。但人們似乎沒有注意到，這也是蘇童以簡單與複雜抗衡的一種藝術努力。在目的論上，蘇童的反抗是為了蘇童式的佔有，藝術地概括、佔有生活的複雜性——取一瓢而飲滄海，觀一葉而識春秋。

可以從老東爺奇異的生存意念上發現蘇童把人物心理過程簡單化的奧秘。據說老東爺臨死前把他做的竹器全扔在兩岸的河灘上。老

東爺為什麼這樣做、為什麼以這樣的方式而不是以那樣的方式表述他對楓楊樹故鄉的眷戀和摯情全都給省略了，剩下的只是這份奇異的生存意念。是不是可以這樣來表述，在人物的心理過程被省略的同時，人物的心理能量自然需要聚焦、需要凸現，而人物奇異的生存意念則成了一個焦點？不然的話，蘇童為何一次又一次在省略人物心理過程的同時，一次又一次描述著人的這種奇異的生存意念呢？在《1934年的逃亡》中，父親為何一年四季執著地依戀著乾草呢？在《青石與河流》中，老八為何不傷害歡女、不佔有歡女，只要求歡女給他們做滿一百條褲頭呢？在《藍白染坊》中，紹興老奶奶為何一定要家人在她的身子底下鋪滿九十塊印花布呢？在《北方的向日葵》中，銀月為何要不惜身家性命追逐耍猴人帶走的那只銀項圈呢？在《算一算屋頂下有幾個人》中，W為何戀戀不忘要八姐兒給他織一副耳朵套子呢？生命如流，人物奇異的生存意念也許就是如流的生命歷程中撲打著的一個巨大的漩渦。它旋轉著、吞噬著、積澱著無比豐富的人性和文化的觀念內涵，它攪和著、挾裹著、潛藏著人的理性和非理性的情緒混合物。蘇童藝術地把握了它也許意味著以一種簡單的方式把握了深沉複雜的人性和文化內涵，把握了人的一種深層心理情緒。而破譯它、闡釋它，則不是蘇童的事，蘇童把它拋給了我們。或許我們同樣無能為力，或許我們也將發現自身的某種奇異的生存意念，我們解釋過自己、我們能夠解釋清楚自己嗎？

崩塌又將開始。蘇童的小說總給人一種崩塌又將開始的感覺。天崩、地崩、山崩、河崩、樓崩、路崩……說不清楚走到哪兒崩塌會突如其來的降臨，總有什麼事件註定要發生，註定要在下雨的、有霧的或是晴朗的日子裏發生，但蘇童偏偏喜歡將事件衍化的過程簡單化。

蘇童又將反抗。在這一次反抗中，他又將獲得什麼呢？他仍然能夠以蘇童式的簡單去藝術地佔有生活的複雜嗎？他將面臨一個藝術上的難題：如同將人物的心理過程簡單化，但人物的心理能量自然需要聚焦、凸現一樣，事件的衍化過程被簡單化後，事件自然需要推動它運轉、發展的動力。

這一次他企圖借助於夢兆和物兆。可以說，在蘇童的大多小說中，事件的突變、逆轉幾乎都與夢兆、物兆相關聯。《黑臉家林》中，家林精神世界的突然萎縮與母親不祥的夢有關，「那一天的地球是繞著我母親不祥的夢運轉的」；《遙望河灘》中，「河泛」的災變緊緊聯繫著我叔叔驀然發現的「圓滾滾白裏透紅紅裏透紫的大蒜頭的滾動」；《喪失的桂花樹之歌》中，楓楊樹鄉村桂花遭劫的前夕，金黃黃的桂花發出轟鳴聲，其間潛藏著「兇險的訊號」；《雲陣》中，羅俠失蹤的命運結局與運動著的雲有著某種對應，雲「充滿了象徵和暗示意味」……

是否可以說蘇童已經身陷神秘主義對應論的沼澤地了呢？抑或可以這樣設問：假如蘇童已經身陷沼澤了，我們又將怎麼辦？——至少可以說，蘇童在獲得神秘的同時，也獲得了與之相伴而來的一種複雜。不過，這種複雜依然是執著於形而上層次上的。

我們生活在大地上，沼澤也是大地真實的存在，如同山崗河流和廣袤無涯的草原。在藝術家的藝術視野中，它們是等值的，它們都誘惑著藝術家以身相許。

越過山崗河流草原越過逶迤浩渺的沼澤地吧，我們將獲得永恆。然而，等一等，我還聽見了另外的聲音。在蘇童晚近的《罌粟之家》中，我還聽見這一聲音被放大了。我得承認，這一聲音來自塵世的喧囂。我還得承認，蘇童的許多作品在接觸到人的超驗存在時，總表現出一種如魚得水的生動，表現出一種以簡單反抗複雜、佔有複雜、又把複雜歸於簡單的很高的藝術悟性——他總是能把一種超驗的觀念存在具象化為某種情愫、某種意象、某種具有隱喻功能的細節和場面；然而，一旦接觸到人的形而下的喧囂不已嘈雜不已盤根錯節的現實塵世中，他總有點遑遽不安，如他的相當寫實的以童年作為直接材料的作品一樣，表現出某種點到為止的簡單和蒼白。

兩種簡單的意義迥然相異。我無意以後者的簡單來否定蘇童已經取得的成就。然而，人的存在畢竟不是唯一的形而上的存在，困惑20 世紀人類生存的命題也不僅僅是人的形而上的慾望。正如施太格

繆勒在《當代哲學主流》中指出的那樣：對世界的神秘和可疑的意識，在歷史上還從來沒有像今天這樣強烈，這樣盛行；另一方面，或許從來也沒有像今天這樣強烈地要求人們面對今天社會生活中經濟、政治、社會、文化等方面的問題採取一種明確的態度（〔德〕施太格繆勒著，《當代哲學主流》，第25頁。）。

在這現代生活的悖論面前，我們將被激發起一千種一萬種難以剔爬梳理、混沌一團的情愫。我們如同站立在正午時分的赤道子午線上，聽任陽光紛紛揚揚的切割：一半是光明，一半就是陰影；一半是振奮，一半是沮喪；一半是過於嚴峻的面容，一半是晃蕩沙礫之上的裸足；一半是搖曳著詩意的感傷，一半是難以咀嚼的苦澀和沉重……我們可以有一千種一萬種選擇，然而我們卻必須拒絕一種選擇：把頭埋進沙堆。

《罌粟之家》表明，蘇童不是鴕鳥。

《罌粟之家》還表明，蘇童迎接現代生活悖論的方式是還它一個悖論。

沒有比藝術世界中的悖論組合更令蘇童神往的了。它需要滑浪般的冒險的平衡技巧，它需要把作品中不同質地的塊與塊、面與面給予妥帖的安排，既讓它們相互摩擦相互撞擊，又讓它們相互吸引相互解釋自身，從而形成一種藝術上的張力場，形成一種渾圓的、不斷膨脹著接近穹蒼的藝術境界。

應該說在《罌粟之家》前蘇童已經相當諳熟如何平衡悖論組合的藝術技巧。他至少已經屢屢使用力量將意象（表現）和故事、場面、細節（再現）相悖組合在同一篇作品中；倘若進一步挖掘解析的話，我們還將發現即使在意象單位的內部他也不放棄悖論可能帶來的張力。譬如：「藍」的意象，當它在符號功能上成為所指的時候，它蘊含的觀念內涵指向死亡，它在所指的意義層面上應該儘量被凝固化、明確化，但這又可能給作品帶來某種寓言式的僵硬，因而，蘇童在具體的藝術處理中，又儘量使它充滿變化和質感，水乳交融地融彙在作品的整體構成中。

蘇童攜帶著他練就的平衡技巧走進了《罌粟之家》。這一次他將在跨度巨大的時空範圍裏操練他的技巧：1930 年—1950 年。他企圖囊括現代生活最大的悖論：神秘感（形而上）與歷史感（形而下）的相悖組合。

就神秘感來說，它往往訴諸人的非理性的存在，執著於夢覺、幻覺、錯覺，呈現出一片混沌一派渺茫一言禪機，可意會而不可言傳，可頓悟而不可耳提面命。就歷史感而言，它卻常常是人的理性精神光芒之燭射，它充滿著思辨的機警、智慧的風貌，它要求深刻、明晰、提綱挈領、高屋建瓴。兩者之間有著巨大的精神裂罅。

但蘇童還是開始了。他表現出巨大的受容力。他顯得從容。他還是溯時間之流而上。在《飛越我的楓楊樹故鄉》中他寫道：有一條河與生俱來。在《罌粟之家》中他繼續寫道：你說不清一個人對某種植物與生俱來的恐懼。有一種植物與生俱來。神秘感漸漸地緣此幻化而出、疊影而出。

與此同時，蘇童不再捨棄一種歷史過程的動態感和震盪感。他似乎不再犧牲過程，無論是劉氏家族興盛、衰亡的過程，或是沉草性格演變發展的軌跡（從一個嚮往網球拍的明朗歡快的少年到跌落在罌粟花缸裏死去的漢子），或是翠花勾引男人和被男人勾引、脅迫的性史，蘇童都不再捨棄。蘇童在以過程的複雜性來佔有歷史時空的複雜性。

此時此刻，過程如流，意象如島、如帆，閃閃爍爍、朦朦朧朧點綴在過程的長流水中。而那些人物的奇異的生存意念、那些突兀而來的夢兆和物兆、那些難以證實或證偽的生物感應，則藏掖在意象之中，羅織起或迷離或幽深或詭譎或清麗的藝術氛圍。

歷史和神秘，作為兩種範疇，互相說明著、證明著自身的存在。這時，作品出現了令人難以料想的效果：一邊是實在的歷史過程，一邊是縹緲的情感投影；一邊是喧囂的日常生活、五穀雜糧、七情六欲，一邊是對靈魂的無休止的拷問；一邊是死亡的政治上的因果邏輯，一邊是死亡意味著再生、意味著涅槃……

似乎是一場沒有勝負的角力，並將漫漫迢迢地延續下去。

　　我已經說過，在藝術世界中悖論組合總是牽引出某種藝術張力。現在我仍然要說，悖論組合與藝術張力是一對姐妹鳥，蘇童，正興高采烈地放飛著這一對姐妹鳥。

故鄉：古典及現代的雙重解讀

一、故鄉的古典情結

　　故鄉之鄉，它與鄉村聯繫著。當它作為一個詞被稱謂時，當它意味著空間的一種確定無疑的位置時，一種離別已經發生了，一種時間和空間上的阻隔也同樣發生了。故鄉，是對這種阻隔的一種語言上的認同。

　　一旦這種語言上的認同，外化為一種生活形式時，它是向著故鄉方向眺望的一種姿態。它是即時性的。它可以在流浪漂泊的長旅之中，故鄉是這種長旅在精神上的一次抵達，如同柳永的「今宵酒醒何處，楊柳岸曉風殘月」；它可以在長夜的靜思之中，故鄉是這種靜思沸騰而富有動感的顯示，如同薛濤的「何日片帆離錦浦，棹聲齊唱發中流」；它可以在季節的嬗替之中，故鄉是對季節敏感的觸動，如同辛棄疾的「休說鱸魚堪膾，盡西風、季鷹歸未」；它可以在鐵馬金戈的嘯吼聲中，故鄉是對勝利的一種悲壯的嚮往，如同范仲淹的「濁酒一杯家萬里，燕然未勒歸無計」；它可以在月朦朧、鳥朦朧的深夜時分，故鄉是愛情楹聯的哀婉的下闋，如同李冶的「別後相思人似月，雲間水上到層城」。

　　嚮往故鄉、思念故鄉是縈繞不絕、綿延不絕的古典母題。然而，又嚮往故鄉的什麼、思念故鄉的什麼呢？或許，更為重要的是那些嚮往故鄉、思念故鄉的人。在一個漫長的古典時代，那些嚮往者們、思念者們都和鄉村有著一種韌性、強勁、持久的聯繫。他們從鄉村而來。他們往往從鄉村而來，然後到京城或其他城鎮趕考、做官和升官、經商以及成為馮諼式的說客和幕僚；他們領兵沙場或者沉湎於歌台舞榭，他們和士兵一樣，和歌台舞榭上手執牙板輕舞身姿、輕囀歌喉的

舞女和歌女一樣，都離開了撫育他們、滋潤他們的故鄉。只有在這時，往往在這時，即當他們的生活形態與鄉村的生活形態發生一種截然迥異的變化時，他們驀然頓悟故鄉或者說已經逝去的鄉村歲月與他們精神上的一種聯繫。故鄉是對歲月、對時間的過去式的一種追思和緬懷，是對時間和空間的積澱物的一種容納。

思念故鄉，往往意味著思念山崗、平原、森林和可以垂釣的河汊湖泊，意味著思念門前的蔗田、稻田、麥田和援樊籬而開的葫蘆花和扁豆花；意味著母親輕輕的喟歎和父親的旱煙袋；意味著呼喚乳名、呼喚兒時的夥伴；意味著藍色的晨炊和晚炊覆蓋著的村莊……或者以一句話來概括：意味著呼喚第一自然蒙罩之下的生活形態。故鄉之鄉是屬於第一自然的。

二、薄奠

長長的作品目錄影靈車一樣緩緩地轔轔地從我的視野中掠過。它們是對故鄉的一次次回顧和薄奠。它們是：魯迅的《故鄉》、宋學武的《乾草》、劉震雲的《塔鋪》、蘇童的《飛越我的楓楊樹故鄉》、李綱的《思念大山》……從小說到詩歌、從舞臺到銀幕，它們始終執著地保持著它們對故鄉眺望的姿態。

因而，王朔寫道：我羨慕那些來自鄉村的人，在他們的記憶裏總有一個回味無窮的故鄉，儘管這故鄉其實可能是個貧困凋敝毫無詩意的僻壤，但只要他們樂意，便可以盡情地遐想自己丟失殆盡的某些東西，可靠地寄存在那個一無所知的故鄉，從而自我原宥和自我慰藉。

王朔的調侃表達的或許並不全面，他們在對故鄉的一次次薄奠中不僅僅有著回味，有著自我原宥和自我慰藉，他們或許還有著對他者的哀歎、對他者的憤怒。故鄉讓他們愁、讓他們笑、讓他們大放悲歌或作無言的回眸一瞥、讓他們的情感處於難以剔爬梳理的混沌狀態。

三、回歸的路永遠迷失

　　城市是對故鄉的一種背叛。在城市，我們可以有出生地、有家，但我們可以作出故鄉的認同感。或者說，故鄉的情感內涵在城市已經產生了無可否認的變化。我們的出生地呢？它或許是某一個醫院的產科病室，它每天每時接納無數個相似生命的到來，它缺乏古典故事內涵中的獨特性；我們的家呢？或許它總是在遷徙，或許它的所在地總是被城市日新月異的高樓、高壓電線桿以及混凝土、鋼筋改造過的街坊和街路改造得面目全非。我們也許可以擁有故居，但城市中的故居之居，遠遠不及那種存在於呈穩定狀態的、廣袤的田疇和山崗之中的故鄉之鄉。在城市的空間結構中，居是狹窄的，即使我們對這一狹窄的所居空間充滿萬般柔情，我們也難以對它所存在的毗鄰空間產生一種故鄉般的認同，這不僅因為它缺乏綿延著的遼闊，也因為它充滿變化。城市是流動的。城市沒有或鄙薄遺跡和遺留。城市是對我們的記憶、我們的往昔歲月的一次次褫奪。或許我們仍然擁有祖籍，擁有父親和母親的籍貫，但是，我們會把這一存在於表格之上的籍貫、存在於父親和母親甚至祖父和祖母記憶中的故鄉認同為我們的故鄉嗎？即使這種認同能夠成立，它也意味一種僭越，一種對故鄉的釋義中蘊含著出生地之意義的僭越。我們對我們的籍貫，對我們父親和母親或者祖父和祖母記憶中的故鄉只能如同蘇童那樣發出無可奈何的一聲喟歎：

　　　　我的楓楊樹老家沉沒多年
　　　　我們逃亡到此
　　　　便是流浪的黑魚
　　　　回歸的路永遠迷失

四、大自然—精神上的故鄉

城市放逐了故鄉。城市把故鄉遺留在城市與城市之間的大片大片的土地之上，遺留在山崗、平原、阡陌和縱橫交錯的湖泊河流地帶，遺留在大自然的萬千氣象之中。

他們出生在城市。然而，即使他們不是出生在崖畔和江畔、叢林和森林，一旦他們一生中的某一段時光由於政治或社會的經濟的或倫理的諸種原因而和大自然的崢嶸或恬柔、峻峭或坦蕩、粗獷或纖秀發生一種聯繫的話，他們會把他們曾經寄身棲居的崖之一隅、江之一畔或海之島、湖之島當作故鄉一樣來追求，來抒發他們無窮無盡的思念，如同海明威對於乞力馬札羅的雪，如同史鐵生對於遙遠的陝北高原上的清平灣。

他們的精神追求代表了城市嗎？或者，代表了城市中某一部份人的一種心態？不知道。能夠確認的是，他們的這種精神追求的歷史和現代城市崛起的歷史一樣悠久和綿長。從盧梭的「回歸自然」到福克納眷戀郵票般大小之故鄉的文本劇作，從舒婷的詩歌《還鄉》到張承志的《黑駿馬》，他們從未停頓過、停止過。大自然——已經成為這一種城市人的精神上的故鄉。

牆：沃爾芙之牆與布萊希特之牆及其他

一

沃爾芙還是沃爾芙筆下的主人公「她」在凝視著牆。牆似乎被凝視所穿透，或者說長長的凝視產生了一種力圖穿透牆的力量。（沃爾芙：《牆上的斑點》）

牆在那樣的時刻幾乎被穿透了。牆上出現了爬行的蝸牛、車輪、樹和一隻紐扣的形狀。牆被穿透後打開了一個牆後的世界，一個人類的有怒有樂有情有慾的世界。

但結局依然是沒有被打開。牆依然是牆。一個世界自然被牆禁錮著、封閉著。或者說，一個貌似被打開的世界只不過是牆上的斑點。

牆沒有被凝視所穿透。

我以為沃爾芙式的凝視（儘管它染有沃爾芙式的神經質），是意味深長的。

二

牆的歷史是人的歷史。

沿著祖先們的足跡我們將看到他們蟄居的洞穴是無所謂牆的。祖先們擁有的是潮濕的洞壁。它們是岩石，它們和山巒連成一體。它們坐落在山麓、山脊或山巔。走出洞穴，祖先們擁有的是廣袤的、盈溢著陽光也飄曳著雨雪的自然。祖先們生活在粗糙的原始的沒有任何馴化的自然之中。

有了帳篷。也有了無門的半坡房屋。一種廣義的牆或許就此產生了。它阻隔世界，阻隔帳篷或泥坯的牆之外的世界。但顯然它不打算

禁錮自身、封閉自身。牆的作用是向外呈現的，而不是向內封閉的。它在整個巨大的野性的自然之前作出的是拒絕的姿態。它拒絕風、拒絕雨、拒絕凶獸、拒絕飄零的落葉。

然後它漸漸衍化。然後它漸漸變成向內的封閉。它必須封閉人的世界，為的是向自然也向同類作出拒絕的姿態。牆庇護著、遮蔽著人；庇護著、遮蔽著人的糧食、鍋灶以及睡姿；庇護著、遮蔽著人用來殺人的箭鏃、刀劍和枷鎖；庇護著、遮蔽著人用來生活的樂器、典籍、黃金以及另一些人——奴隸和戰俘。在這同時，它也將分成數不清的等級：籬笆牆、木板牆、磚牆直至獄牆和宮牆。

牆有了巨大的外延：院落、回廊、祭台、石獅、持戟的守衛者。牆深刻地成為最重要的最後一道屏障。

但在這樣的時代，牆與另一道牆，即牆與牆之間的關係，並不是決然的封閉狀態。它們的組合關係更多的是村落，而不是城鎮，更不是城市。

一枝紅杏出牆來——在這裏它具有一種隱喻的含義。換句話說，處於農業文明之中的牆自然具有一種半開放性：一枝紅杏——它聯結了牆內的和牆外的世界。從某種意義上說，一個村落它只有一堵牆，這一堵搖著「紅杏」花骨朵兒的牆就是宗族之牆。一個宗族的所有的秘密、一個村落的所有秘密在這堵牆之內是公開的或半公開的。它只是對旁門外族擺出一個拒絕者的姿態。

三

走進城市。走進現代城市。

在歐洲，牆的堅實、粗重、華麗、具體的 19 世紀的巴羅克風格正在日益消失，牆在整體上所顯示的線條和圖塊契合著現代藝術的高度簡潔和抽象；在中國，牆失卻了或正在失卻它龐雜無比的古典外延：回廊、亭台、人工小湖、石獅以及石獅的花崗岩基座。與此同時，發生了一場難以言述的有關牆的革命：緊接著舊有的盤桓逶迤的城牆

被破壞、被拆除之後，北京的大雜院正在消失，上海的石庫門同樣瀕臨淘汰的境域。值得玩味的是，從牆的這一軸線出發，大雜院和石庫門都處在中軸線的一個特定點上，它們有著相同的共性：居家的廚房是合用的，即廚房是無牆的。在它們之前有宗族之牆拱衛的整個村落的無牆狀態，亦即一種「隔籬喚取盡餘杯」（杜甫）的無牆狀態；在它們之後有盥洗間、廚房間獨家享用的、整齊劃一的匣式建築物海水漲潮般地崛起於城市空間。與前者相比，它們有著相彷彿的群居性，它們並不拒絕相互的饋贈、慰藉和窺探，但處在中軸線上的大雜院和石庫門口已沒有了前者的規模和空間輪廓，在精神上也消失了族中長者的威嚴統治。與後者相比，它們置身同一城市空間，它們在有限的嘈雜空間中構築起一道又一道物質和精神之牆：用磚和水泥、用櫥、用沉默和微笑，即使在狹仄的廚房，它們也用油漆、用瓷磚切割成相近不能逾越之牆。它們在精神上已經歸屬城市，儘管它們的物質外殼是城鎮的，而非城市的。這註定它們將在城市中消亡。

牆在這時的城市漸漸具有了雙重性格。一方面，居家之牆日益封閉。在匣式建築物的一堵牆與另一牆之間，疊砌牆的材料是鋼筋、水泥，也是精神上的距離和隔膜。入夜，儘管從那些匣式建築物搖曳出、映現出樹葉般相似的燈光，但誰能夠窺破那些燈光照耀之下的隱秘呢？如同誰能夠讀懂樹葉的語言呢？牆把屬於一個人、一個居家的歡樂、痛苦和嚮往、自由、孤獨、悲哀，徹底地還給了那一個人、那一個居家。在電影、在電視、在小說、在紀實文學、在晚報的花邊新聞中，永無止境地在播散著、傳遞著這樣的場景和資訊：連死亡也是一個居家的秘密、一個被庇護著的秘密。而在另一方面，在工作場所和許許多多的公共場所，牆日益向無牆狀態靠攏。牆顯現出一個關於牆的悖論，即牆的存在趨向於公開性和半公開性。在企業，幾百米見方的寬大車間正在日益取代多重牆壁分割的手工作坊式車間；在新近崛起的報社大廈、銀行大廈以及其他事業性機構，是透明狀的玻璃牆對空間的分割正在迎合管理上的程式化趨附；在海港、空港、車站、購物中心，數不清的電腦控制中心的螢幕正在將牆的設置虛無化……也

就是說,牆在這樣的公共空間正在日益喪失它原來所有的社會功能,而還原為一種純粹建築結構上的功利需要,或者,還原為一種建築藝術的審美需要。

四

對於藝術而言,那些被入夜的燈火照耀著的秘密,那些被魚刺般排列有序的一堵又一堵牆掩蔽著的慾望和激情,可能有著永恆的魅力。當城市的封閉之牆潮汐般湧現的時候,作為藝術它也不可能不作出某種回應,亦即作為一種代價、一種移情的方式而存在。黑格爾說,審美意味著精神上的一種解放。也就是說,當人的情神存在,顯現出某種被壓抑、被封閉的症狀後,人不可能不要求精神上的宣洩和解放,要求對牆的拆除和破壞。

似乎是一種背反:當城市的居家之牆越來越趨向於封閉性的時候,城市的大眾藝術卻越來越趨向於揭秘性。它毫不留情地拆除了一堵又一堵牆,將離婚、犯罪、出國、墮胎、職稱、性功能障礙、存款、孩子培養和老人贍養、偷稅漏稅、第三者,將夫妻床邊枕畔的喁喁私語,將法院的卷宗,將沾著酒意的醉話,將臨終前的囑咐,將爭吵時的刻薄言語,將同窗同事友人之間的殷殷相勸之語……毫不留情地搬上銀幕、螢屏,化作電臺的電波,變作數不清的報紙雜誌上的文字。這是兩頭向著相背方向行走的牛在拉著同一輛車?抑或是天與地、黑與白、陰與陽的相背構成了一個整體的世界?

五

如果說城市的大眾藝術在內涵的揭秘性上對城市之牆的封閉性作出一種代價姿態,開闢了一條代價的通道的話,那麼,城市的亞大眾藝術或者說亞先鋒藝術卻在形式上作出了一種代價的嘗試和探索。在我看來,那些在形式上與大眾藝術相比更講究技法、技巧,與

先鋒藝術相比卻並不設置形式鑒賞障礙（與需要逾越或拆除的牆——何等相像的一個詞）的藝術作品，皆可以歸之於這一類。

小劇場藝術或許是其中最精湛的一例。

它拆除了所有的牆：佈景、道具、燈光的舞臺化（三面皆牆，只有一面面向觀眾）、臺詞的席勒或莎士比亞化以及布萊希特的所謂第四堵牆——一種被稱之為間離效果的理性化之牆。它讓演員的演出空間和觀眾融為一體，並在這一空間中透現出濃厚的家庭氛圍；它讓演員的臺詞像生活本身一樣優雅和粗鄙；它在幕間休息時不作布萊希特式的過渡，而是讓演員走到觀眾中間，去喝他們臺子上的汽水，嗑他們臺子上的瓜子，並在這樣的吃和嗑中傾聽他們的喟歎或是唏噓或是朗朗的笑聲。它在演出，它又不在演出。確鑿無疑的是它力圖所展現的是牆之後的城市生活——它在拆牆。

六

現在，我可以重新步入沃爾芙或者她筆下的主人公所凝視的那個世界嗎？我可以沉溺於沃爾芙神經質的內心世界如同沉溺於我自己的內心之湖一樣嗎？

我凝視一堵牆。牆以它的靜力拒絕我。牆是不可穿越的。一堵牆就是一種孤獨。我再度凝視。我看見壁紙、壁畫、壁燈、壁掛、畫鏡線和牆腳線在我的久久凝視之下像一片又一片雜亂無章的波浪搖晃起來。我的目光就這樣承受著牆的靜力，承受著暈眩，它將大片大片的波浪和里爾克、諾瓦蒂斯以及斯蒂文斯一頁又一頁的詩歌聯繫在一起——

> 從孤寂中找到了形式和秩序，
>
> 形態不再是人的形體。
>
> ——史蒂文斯《歡快的華爾滋悲傷的曲調》

　　在這樣的時候，我驀然發覺大眾藝術、亞大眾藝術或亞先鋒藝術、先鋒藝術這三者有著驚人的相似之處。在作為一種對城市封閉之牆的藝術移情和藝術代償的意義上，它們是一致的。同一個城市的母腹孕育了它們。所不同的是，在藝術的形式感上它們中的一個呈現出開放的姿態，一個呈現出半開放半封閉的姿態，而另一個則呈現出封閉的姿態；它們一個向上，一個居中，而另一個向下。但它們都站立在城市之上，而城市以一個比喻概括了它們：它們站在同一個翹翹板上。

寧靜：語詞、文學及靈魂之上的搖曳

一

按照語言哲學家約瑟夫‧科尼希的理解和劃分，存在著兩種謂詞：這是紅的——約瑟夫‧科尼希以為這是規定性的；這是壯麗的——約瑟夫‧科尼希以為這是修飾性的。約瑟夫‧科尼希還以為前者不依賴某一個主體而存在，「這是紅的這個事實實際上並不依賴我或其他任何人說這是紅的」。但是在後一情形中，「這是壯麗的這個事實僅僅在某一個說話者這樣說的意義上是事實」。換句話說，「這是壯麗的」是一個極具個人化和主觀化的命題。

倘若約瑟夫‧科尼希的理解和劃分能夠成立的話，我想我對寧靜這一謂詞的理解明顯地屬於後者。它是主觀化的、個人化的、隨機的、偶然的，儘管它有著某種必然性，有著某種屬於聽覺範疇的物理屬性，如同「紅」對於一個非色盲患者而言，在視覺範疇也具有一種物理屬性一樣。

二

我首先進入的是寧靜在聽覺的意義上所具有的實在區域，亦即在城市的時間和空間格局中寧靜是如何存在著的。我不想描述夜、描述睡眠、描述大自然的客觀規律是如何製造寧靜的。我關心的是城市作為主體是如何在它有限的空間和特定的時間中製造寧靜的。

這種製造來自於需要，來自於許多需要寧靜來撫慰的心靈，如同一匹馬的馬尾在長途跋涉之後需要濕潤的草原之風和峽谷之風的撫慰一樣。在城市，燈光製造著寧靜。燈光已經不僅僅成為純粹照明的

需要，它也制造出一團若即若離、若有還無的寧靜氛圍。燭光似的壁燈、溪水般流淌的腳燈、星星般溫柔閃爍的頂燈，正在城市隱秘的空間製造著隱秘或者並不怎麼隱秘的寧靜。

　　一棵樹、一群樹生長的姿態在城市同樣製造著寧靜。它們呈靜態地兀立在城市的街旁、街心以及住宅區、工廠區、商業區的行道之側。它們從鄉村而來，寧靜彷彿是它們從鄉村而來時攜帶的財富。它們慷慨地把這一筆財富施捨給城市。在春天它們用毛茸茸的新綠，在夏天它們用網一般繁複的濃綠，在秋天和冬天，它們用被雨水或雪水滋潤過的濕漉漉的枝椏，支撐起一片蕭穆，一派蒼涼，一個剪紙般的意境。它們是城市的寧靜之島。

　　數不清的餐館、賓館的宴會廳、酒吧、茶肆，以另一種細微的方式製造著寧靜。它們將寧靜如同切割蛋糕和西瓜一般分解成一塊又一塊。它們的方式是用火車座或飄動的絲質和絨質的窗簾。喁喁私語的情人、排遣煩躁心事的孤獨男人和女人、談判生意的經紀人、一擲千金的有閑者，在被切割過的空間中獲得了他們所需要的被切割過的寧靜。

　　總之，在白天，城市的寧靜是島而不是湖和海洋；是殘碎的、破裂的、被分割的，它只能佔據一塊與另一塊很小的有限空間，因而，它是吝嗇的。

三

　　既然物理性質的寧靜在城市是如此的吝嗇，那麼，城市能不能以另一種方式，一種極具主觀化和個體化的色彩去製造寧靜呢？

　　城市找到了藝術。藝術在城市製造出另一種寧靜。

　　在劇場、在電影院，藝術讓觀眾們毫無例外地處於寧靜之中。然而，究竟是藝術還是被藝術感染的觀眾們製造出這樣一種寧靜呢？我寧願認為在觀眾席上的寧靜是一種表象，或者說，這兒（觀眾席）的寧靜更為深刻地反映出城市對寧靜的一種理解，一種極其主觀化的寧

靜觀，即他們並不以為寧靜是一種物理的而非心理的、主觀的現象。他們並不拒絕聲音從舞臺上、從銀幕上播散開來，因為正是這種聲音的播散促使他們沉浸於寧靜之中，促使他們作如是觀：皮影戲的劇場和默片時代的影院並不比之今天的城市劇場和影院製造更多的寧靜。他們接觸到的是寧靜的悖論：有聲的寧靜或許比無聲的寧靜更為寧靜。恰如一句古詩所云：鳥鳴山更幽。

四

穿越城市的寧靜，我不能不想到與城市作為對極而存在的鄉村。

在我們的緘默中，在我們的冥想中，鄉村天然地與寧靜有一種血緣般深厚的聯繫。倘若我們渴望寧靜，我們首先會想到的是鄉村。

春天了，溫潤霏霏的春雨無聲地濕了桃花，濕了梨花，濕了漫山遍野的映山紅，濕了牧牛人篤篤敲響在山階上的足印；夏天了，陽光像一種最暴烈的語言，而寫出的卻仍然是寧靜。在這樣的寧靜中，倘若你是一個廝守於自然的農人，你能聽見稻禾灌漿的唰唰聲，能聽見麥穗拔節的嘶嘶聲；而秋天，收割後的莊稼地袒露的是一種寥廓，是一種沒有綠的氣血的蒼茫和孤單，駐足在這樣的莊稼地裏舉首望天，天將呈現出一種近乎透明的遼遠的寧靜，倘若你的靈魂若有所思，你能夠和匆匆飛掠的候鳥對語，與散淡的雲相伴而遊；最後是冬天了，一場倏忽降臨的風雪封了山封了路甚至封了河，寧靜也就像酒被封在酒缸裏一般被封在了鄉村的冬季，它將在那個漫長的冬季裏發酵，將在掛著紅辣椒紫蒜苔的屋簷下常駐不離，即使在冬夜窩在茅廬猜拳喝酒，那吆喝聲也是一種透著柳體的瀟灑顏體的遒勁的寧靜，它遙遙呼喚著千年前的東坡、陶潛……

不過，這種和大自然緊緊契合的寧靜，仍然是我——一個城市人對於鄉村寧靜的遐想。

誰能夠真正讀懂另一種寧靜呢？或者說，誰能夠斷言那只握鋤把的手在緊緊攥住寧靜呢？我有太多的理由想起羅中立的油畫《父

親》。那蒼老的「父親」，那無欲無求的眼神，那溝壑般縱橫的皺紋，你能說那就是鄉村寧靜的象徵？

五

還有一種寧靜，那就是白色。它和死亡有關，但又不盡然是死亡。在醫院，白色寧靜地存在著：白大褂、白床單、白色的牆壁、白色的窗戶、白色的處方箋和白色的藥丸……我們思考過那樣的寧靜嗎？究竟是哪一雙手製造出這一種寧靜？是醫院還是我們自己漸漸走向衰老的軀體？

倘若是我們自身的軀體，那麼那種看不見聽不著的寧靜正在我們的每一個細胞核中躲藏著。那種終極的寧靜將促使我們像瓦雷里一樣思考：

> 這片平靜的房頂上有白鴿蕩漾，
> 它透過松林和墳叢，悸動而閃亮。
> 公正的「中午」在那裏用火焰織成
> 大海，大海啊永遠在重新開始！
> 多好的酬勞啊，經過了一番深思，
> 終得以放眼遠眺神明的寧靜！
>
> （——瓦雷里長詩《海濱墓園》

讓瓦雷里浮想聯翩的已是另一種白色了，那是泥土之下的白色，那是墓園中的白色。一邊是喧囂奔騰浩蕩不已的大海，一邊卻是靜謐肅穆無聲無息的墓園；一邊是生的象徵，一邊卻是死的蘊含——「海濱墓園」將截然對立的意象融彙於一體，也將一種終極的寧靜即瓦雷里所說的「神明的寧靜」推到了我們面前。

問題僅僅在於，不信教的瓦雷里所言的「神」又是何物呢？那種「神明的寧靜」是我們與身俱來的，抑或僅僅是一種先驗的存在？

　　或者我們只需簡單地說：只要我們心中有大海有墓園我們就能永遠「重新開始」，並且獲得那「神明的寧靜」？

　　寧靜，在瓦雷里筆下，那是一個多麼巨大的虛空和實在，又是一個多麼巨大的循環啊！

六

　　一根線從一個很小很小的針眼中穿越而過，那只穿針引線的手是寧靜的。它裸露著青筋、裸露著樹根一般古老的褐黃色。它裸露著，線和針在它的裸露中緩緩運動著。我凝視它，像看見了一段裸露著的兒時的往事——我想到了我的祖母。

　　我在回憶著。我是寧靜的。寧靜在這裏是時間的一種物化形態，如同我們即使面對浴血的、淌血的、喧囂不已的歷史也只能報以寧靜的遐思和玄思一樣。在古長城、在圓明園廢墟，或是在半坡，我們不都曾經緘默無語，用我們的雙眸，也用我們的寧靜，逡視過歷史嗎？

　　不過，它究竟是歷史的寧靜抑或是我們自身的寧靜呢？如果說，它是歷史的寧靜，那麼歷史不是曾經何等壯烈和慘烈、瑣碎和平淡地運動過嗎？這就如同我回憶祖母穿針引線的那隻手的寧靜一樣，那隻手已經歷過多少人世間的滄桑，但那隻手是寧靜的。莫非任何動都訴說著靜、訴說著一種寂滅？

　　依稀記得一位著名作家與托爾斯泰有過一番對話，那番對話散漫的主題之一是托爾斯泰能否成為上帝的一個例外，一個讓物質的生命永恆地持續下去的人。在談話的過程中，那位作家不停地凝視晚年的托爾斯泰的那雙手。那雙手和我描述過的穿針引線的手一樣，裸露著青筋、裸露著褐黃色的老年斑。老托爾斯泰的手似乎也是寧靜的，但作家心頭卷起的卻是風暴。那多麼輝煌的手似乎也難逃大自然的規律，就像太陽每天都輝煌過，但又每天黯淡下去一樣，那老年斑的光澤就像黯淡下去的太陽的光澤一樣。

　　老托爾斯泰手背上樹根一般盤臥的青筋、褐黃色的老年斑告訴我們：歷史往往會在某一刻凝固，無論社會無論個人。那歷史開始凝固時，開始展露夕陽般的光澤時，往往是最寧靜的。在這個意義上，我們應該常常到歷史博物館和自然博物館走走，那裏很寧靜。

七

　　大音稀聲。它近乎偈語。它是禪。它是寧靜的最高境界了。

　　它意味什麼？或許是貝多芬大氣磅礴的《英雄交響樂》在樂譜上、在音樂史上、在社會發展史上無聲地存在？或許它意味著一段打擊樂或一句話、甚至一個字對我們剎那間的感染，而時間又把這樣的感染延續成我們的一生？或許是岩漿在地心真實的吶喊，只有匍匐在大地之上我們方能隱隱聽到？或許是太陽燃燒的沸騰之聲在天際的穿掠？或許是一棵樹、一棵草吮吸水分的聲音？

　　不知道。又有誰能夠知道？

　　或許我們知道我們永遠無法企及這一境界。我們所能夠得到的只是企及、追求這一過程時所感悟到的寧靜，而不是這一境界的寧靜——

　　靜是靜，靜是不靜，靜是靜。

　　它也是偈語？

下篇

詩歌美學

Ａ章：詩歌的本體・狀態・意義

詩人狀態

一、跳下去：是春天裏的一滴水

20世紀90年代的某一年，某一個秋天，某一個下午。我們又走到了一起。我們畢業十年了，這是十年之後的重逢。

秋天的陽光很亮，但不灼熱；秋天的風很爽，但不疏離。我們聚餐、喝酒喝飲料、拍照，在校園裏一圈又一圈地溜達。我們談很多話題，談得最多的話題是和錢有關的。我們中間有許多董事長、經理、買辦、經紀人。我們忘記時間，忘記了年齡，忘記了自身的存在。

發生了一件事，一件很小的事。那天我們在校園外的酒家聚餐，聚餐完後已是午夜時分，但我們還想回到校園中去。校園的門已經關上了。我們剩下的選擇是要麼分手，要麼翻牆而入。我們選擇了後者。

我們在十多年前是常常幹這樣的事的。我們想重複十多年前的動作。但我們中的許多人的腹部已有了董事長的風度，「前途無量」的肚子似乎不太贊成我們這樣做。我們氣喘吁吁翻上牆頭，然後一咬牙往下跳了下去……

我記住了這件很小的事。在這個秋天讓我回味，讓我縈繞於懷的就是這麼一件小事。在昔日同窗以不同的姿勢跳下去時，我覺得每個人心中都有一首詩，只不過他們不會把這樣的詩訴諸筆墨了。

　　而我是個詩人，在許許多多董事長、經理、經紀人之中我更強烈地意識到我是詩人，甚至可以更誇張地說，我從來沒有像跳下去那一刻如此強烈地意識到自己是一位詩人。

　　就這樣，我寫下了：《從十六樓往下看》

> 在早晨，我抖開一隻紅塑膠盆裏的
> 衣服——
> 晾衣繩因重物傾墜而吱吱歌唱
> 水從半空中往下滴……猶如某個春天
> 我的耳朵裏聽到的顫抖聲迴響
> 降臨於這座城市：
> 一輛一輛的汽車滾動如童年的鐵環
> 小公園、工廠，一條陌生的馬路
> 黑色管狀的屋脊密集如笙
> 街沿一棵奇怪的柳樹
> 遠遠地躲著什麼……
>
> 這一天，這一刻
> 對著我，好像瀑布傾瀉著幽藍的光
> 多麼喜歡火、空氣和飄動的窗簾
> 我的心靈所看見的視像
> 只與春天裏的一滴水有關

　　春天已變成了秋天，場景也由校園改換成家居生活：春天中的一段時日，我住在母親家的十六層樓上，每天早上要把洗衣盆裏的衣服晾曬到窗外……一滴水就這樣突現於眼前。但我認為，這春天裏的一滴水的意象，並不局限於詩所創設的場景中；這春天裏的一滴水與秋天裏的那一跳，可能通過心靈而產生某種隱秘的聯繫。可以這麼說，如果沒有由那一跳而產生的深入的內視（現在與過去、自己與他人、自己與時代的一種比較……），也就不會有這一首詩。

二、誰給我們風眼中的寧靜

20 世紀已近尾聲。是什麼樣的藝術形式在世紀末的審美空間裏東奔西突、縱橫馳騁呢？

排行榜上首列其名的是肥皂劇。從國外原裝進口的肥皂劇，充斥著銀幕、螢屏、書攤，充斥著藝術的各個門類，從小說到紀實文學，從詩歌到散文隨筆。人們在賓館酒樓茶肆，在臥室教室辦公室，在車站碼頭乃至 KTV 包房，到處留下了他們的笑。但這笑就像陽光之下的肥皂泡一樣璀璨而又暫態。

笑過之後人們沒有忘記自己的淚腺，藝術家當然更沒有忘記人們的淚腺。於是，藝術家像考古學家和歷史學家（有時也像一個盜墓者）那樣打起了歷史的主意。歷史由於在藝術家的手下，所以更容易裝扮成一個荳蔻年華的少女，並歷經坎坷磨難，歷史讓人們的淚腺功能不至於退化。

唯一不需要提問的是：我們靈魂的澄澈和寧靜呢？而這樣的澄澈和寧靜皆是和笑和淚腺沒有關聯的。

我不敢說詩壇就沒有肥皂劇引發的笑聲，就沒有藝術家們打扮的歷史劇所引發的哭泣。

偶讀魯迅。魯迅在《登龍術拾遺》中寫到過當時的詩壇一隅。那時的虞洽卿孫女虞岫雲因為有錢，很容易地出了一本詩集《湖風》，也因為有錢有地位，很快就有人寫了《女詩人虞岫雲訪問記》。

現在，魯迅沒有，虞岫雲之類的卻是有的，虞岫雲們或許還很多。

終於明白自己所處的時期是一個「文化暈眩」時期。這是一個文化人類學的術語，亦稱「文化茫然」。它是指這樣一個情形，即那些本來可能是豐富多彩而又令人滿意，但在當前條件下卻顯得比較軟弱的民族文化，既不能融化那些廉價的、外國製造的交流方式和內容，也沒有能力自己製造出對本國觀眾、聽眾和讀者產生大影響的材料，於是文化上出現了茫然無措的現象。

具體到詩壇現實，也就不難理解我們一會兒是龐德、威廉斯的意象主義，一會兒是金斯堡的口語；一會兒是艾略特，一會兒是斯蒂文斯，一會兒又是聶魯達和茨維塔耶娃；一會兒是歷史感、人民性，一會兒又是生命體驗、個人自白……我們在現代主義和後現代主義之間跳來跳去。而在某一時期，一切皆以「後」為美，似乎不帶個「後」字就不足以說明先鋒和前衛，在這種文化暈眩狀態之下，也就忘了連法西斯主義也可以是有個「後」字的。

暈眩之後該是對澄澈的洞悟和追求了。至少對我來說，我將孜孜追求靈魂的早晨輕風和向晚暮色，即使退一步說，我現在若是仍然處於一種文化暈眩的颶風之中，我也將會追求風眼中的寧靜。就這樣，我寫下了：

> 宏大的波濤滔滔滾滾
> 駛向東方
> 也駛向南方
> 在兩條河交彙的地方
> 我這才知道誰在左右張望——
> 黃昏是寧靜的
>
> ——摘自《兩條河交匯的地方》

三、純詩境界與「共時」的藝術母題

回到風眼中的寧靜，對我來說，意味著回到一種瓦雷里所說的純詩的境界，回到城市。

我拒絕城市的喧囂和嘈雜，但我並不拒絕喧囂和嘈雜之下掩蓋著的詩情，這就如同我拒絕一條河的浮游物，卻並不拒絕浮游物下魚兒的唼喋、蝦蟹的生長一樣。在這個意義上，城市自有城市的崢嶸，城市的萬千氣象又莫不折射城市人的心靈和心態：儘管它和古典時代有

著許多人之為人的相通之處，卻也有了更多的、城市所賦予的相異之處。我為那些相異之處的發現而欣喜不已。

以一個「共時」的藝術母題為例，唐代的張九齡有「海上生明月，天涯共此時。情人怨遙夜，竟夕起相思」；宋代蘇軾有「但願人長久，千里共嬋娟」⋯⋯

那麼，誰能對城市中的共時做出一種俯瞰的姿態呢？

不是沒有分離，空間的分離依然存在，戀人們依然走向離別。但被戀人們意識到的阻隔物不再是月光、天空和海洋。他們無暇或是很少想到具有巨人輪廓線的自然物。飛機、輪船以及各種車輛淡化了空間的距離感。倘若戀人生活在同一座城市之中，戀人之間甚至也不張開想像之翼，去負載共時這一古已有之的心理時間現象。

去想像一下他或她此刻在幹什麼吧？乘車、購物、在街頭圍觀一起交通事故、在辦公室抑或正在拐進陋巷的碎石路面上？再想像一下籠罩在他或她身上的光源，暮色或者月光，或者酒吧透出的燭光、賓館大理石牆面反射的霓虹，或者劇場過道處的腳燈，或者公共汽車的尾燈？風正吹拂他或她的頭髮嗎？但風從哪兒吹來？從河面上？從高樓的樓穀之間？從橋的涵洞之間抑或是公共汽車的頂窗之上？他或她正沉浸在思念之中嗎？但他或她保持著怎樣的一種思念的姿態呢？獨坐或踽踽獨行？或者在商場的櫃檯前？或者在公共汽車的人群中忍受著擠壓並在擠壓中保持著一份思念嗎？

城市粉碎了共時的古典浪漫，但城市的共時在另一個意義上卻空前發達並且精確起來。

他或她可以在一個約定的時刻，共用同一個聲音形象，他或她可以利用電臺點同一首歌；他或她可以在另一個相同的時刻，共用一個畫面，那個畫面可以是電視臺的，也可以是他們自己拍攝的，他們將為同一場球賽而激動，為同一個主人公的遭遇而一掬同情之淚，為同一個搖獎活動而默禱與自己相關的數字中獎⋯⋯

往往在他或她尚沒有意識到的時刻，共時已經發生了，並在繼續發生。

　　捕捉到「共時」，我在想這又是什麼樣的詩的境界呢？是對張九齡、蘇軾迢遙的呼應？抑或是屬於我的獨特的再發現？我不知道，我無法作出價值評判，但我知道，它是屬於詩的，如同數千年前屬於詩一樣。

　　就這樣，我寫下了：

> 而另一個時辰，另一個
> 方向——
> 像相片一樣固定於
> 燭光裏的微笑
> 最為歡樂最常用的裝備
> 它提供給轉瞬即逝的
> 愛情、友誼、甚而是
> 大理石……
> 生命片斷裏的一景
> 卻照亮了另一景！
> 是朦朧不穩的光線
> 玩弄了它熟悉的戲法：
> 當孩子睡著，男人抽煙
> 女人在屋子裏輕輕走動
> 要區別這一系列場景
> 以及它深邃的
> 秘密之源——
> 當它漸次展露時
> 我為之感動……

——摘自《萬家燈火》

四、自然：在玻璃的兩個層面上

回到城市，我除了思索「純詩」的一種境界之外，還思索與此相類似的另一類藝術母題，其中最富有魅力的母題即人與自然的關係。

在城市中思索人與自然的關係。波德賴爾曾說：一個藝術家的首要任務……是向自然抗議。因而，波德賴爾肇始的這一條道路，曾將自然寫得醜惡猙獰。天空不過是一塊屍布，地球不過是煤炭和灰燼的混合物，風景用自己的線條表明它只是一具巨大的屍體。

當然還有另一條道路，浪漫主義或唯美主義的道路。

在雪萊或惠特曼筆下，詩人們不是把大自然作為一種背景、一種映襯人類存在的材料，就是把大自然作為一種征服的對象、超越的對象。當巴斯卡說，人是一種會思想的蘆葦時，人們想到的是一種比喻，而並沒有把自己在宇宙中的位置等同於蘆葦。或者換句話說，人總是要君臨於自然界的萬物之上的。

在思索人與自然的關係上，我可能既非波德賴爾的那一路，亦非浪漫主義和唯美主義那一路。我更欣賞俄羅斯著名作家普里什文的自然觀。普里什文的那本薄薄的《大自然的日曆》深深地薰陶浸潤了我。在普里什文看來，人是在宇宙的河川裏游泳，個人的生命和普遍的事物法則是完全相同的。普里什文還以為動物、季節和人具有同樣生命本質的同一類現象，唯一相異的是，普里什文所考察的是置於非人工化的、第一自然的背景之下的，而我將考察的動植物的生命則是置放於充分人工化的、城市化的第二自然之中的。

我和普里什文的這種差異不得不迫使我思考城市的位置，即在「我」──動植物──城市三者之間，城市處於一個什麼樣的位置。

城市是充分物質化的，也就是說，城市有許許多多的物化的代名詞：速度和網路共用系統、立體化和資訊化高速公路、層次化和摩天樓群……因而，從大處說，可以把城市理解為上帝全新的傑作，從小處說，城市是洗面乳、發燒音響器材、玻璃魚缸等等的組合物。

　　可以用比喻來概括城市：城市像一個永遠無法拉上帷幕的舞臺共用空間——我們和城市中的動植物們既是舞臺上的舞者和歌者，又是舞臺下的觀眾和聽眾。那永遠無法合攏的帷幕其實就是我們和動植物之間阻隔物的一種象徵。我們不能沒有它，卻又不能佔有它；它既是隔絕的，隔絕著溝通和理解，它又是親近的，沒有距離的，因為，無論是人或者動植物，他們和它們都在角色的互換中忽而臺上，忽而台下，有著作為生命類的相似性，遵循著相同的生命法則和節奏，有著必須互為依存、互為前提的關係。

　　就這樣，我寫下了：

　　　　在玻璃的兩個層面上
　　　　人類、魚族和草
　　　　按同一種節奏
　　　　生長、衰老然後死亡
　　　　垂直的影像被吸引
　　　　又被拒絕
　　　　一堆搖曳的團塊
　　　　一個虛假的雕刻
　　　　我們巨大的膂力
　　　　都無法粉碎這塊玻璃

　　　　　　　　　　　　　　——摘自《玻璃魚缸》

詩之本體的觸摸、質疑及眷戀

一

　　我不知道詩是怎樣接近我的？怎樣消融我或者為我所消融的？用一堵牆、一扇開向春天的窗戶、一面顯露在歷史深處的鏡子……值得回憶的不是機遇、巧合和故事，甚至也不是那些使我從無所事事到更無所事事的李清照的詩詞和林黛玉的眼淚。我心甘情願地成為一把椅子的俘虜、裙裾上褶皺的俘虜、果實的俘虜、皺紋和衰老的俘虜、幸福的俘虜、遠方，永遠不可能到達的地方的俘虜。有許多事情始終妨礙我成為一個詩人，而且我確實知道詩歌的羽毛對於一個不會飛的身子來說，顯得多麼滑稽可笑。

　　誰想做詩人？

　　也許是在一個炎熱的七月天，地上月光斑斕，樹影婆娑，風像一根狹長的布條從工人住宅的房舍前繞過。大家洗過澡之後，把水潑在門外，以解太陽落下之後縈繞的暑氣。桌子、椅子、凳子、床散開如一個個據點，盡力盡意地佔據有風吹過的涼爽地帶。人們三人一幫，五人一群，打牌、吹牛、說話或者不說話。我在孩子的圈子裏，那一晚我們猜謎語。一個頸項上拍了很厚的痱子粉的男孩，是我們的領袖。他說了一個謎，我第一個就猜著了，但不知怎麼的就是不想說出來。「青石板上釘銅釘，」我仰望星星，它們和那句美麗的詩一起楔入我的生命。

　　也許不是這一次，而是另一次。

　　滬東某家醫院。剛入院時，我的年齡最幼，所以被喚做「小病號」，那些向我傳授過治病經驗的大病號們和老病號們在我的床邊熱鬧一陣後消失了，棄下了一堆無法消毒的食物、不必消毒的手紙、未吃完

的藥品等等，走了。他們向我告別，把留下的東西統統送給我，卻沒有留下地址，這樣的分別決不希望再有一次聚會。

我成為女病房裏最「老」的病人了，這使我每天第一個見到晨光，也在晨光微藍中第一個發現死神掠過的蒼白的面容。

化驗單上高居不下的一串數字，使我在平靜中日益焦灼。由於我的強烈要求，也由於院外病人激增，我的驗血週期從每週一次加快到四天一次，三天一次，甚至兩天一次。即使現在，我也能看到從那個春天到秋天，伏在我的手臂上不斷地吸吮著泛著粉紅色泡沫的血液的那支針管。在長長的，深不可測的針管下，我的身體漸漸地變得那麼小，那麼輕，也像一顆空心的泡沫被吸入到玻璃壁內冰涼的季節裏去了。

撫摸著針痕累累的靜脈，我寫了第一組詩。在詩裏我寫了護士小姐柔軟的手，寫醫生胸前的聽診器和嚴肅的面容，寫夜晚的病院和小徑旁帶露水的花，但在更多的句子裏來來去去的是鳥和鳥籠的意象，鳥和鳥籠之間是否有一道虛掩的門？而我的骨髓和血肉在一扇無形的門裏奔突，永遠是這樣。

我在每首詩下認真地記下年月日期，覺得這樣的印記上深深刻進歲月裏的。但出院的時候卻把它們一頁不剩地全扔了，和其他一些無用的東西一起拋到身後。扔掉的是纏繞我的病、羈絆我的「鳥籠」以及空洞的語言，扔不掉的是那種情緒。

……

也許還有一次，再一次？

誰想做詩人？誰想做小兔？誰想做松鼠、魚、鷹或者虎、狼？這是一個無法回答的問題，但又經常強求自己回答，最終只得放棄了回答。

一次又一次，把幸福和憂愁集於一身，把堅強和脆弱改變為同樣的元素，我成為自己的詩神，招致了所有的陽光和陰影，向著這一維或那一維空間明亮或幽暗地釋放自己。

二

進了大學。

有了第一首趕快發表的詩：《蝴蝶結》。

現在我可以把這首只有寥寥十數行的短詩看作一面鏡子。在這面鏡子前浮現出我青春歲月的朦朧印象：惶遽不安卻又懷著某種欣喜和嚮往。我正在告別，戀戀不捨地向童年投去最後的深情的一瞥，然後轉過身來面對著讓我驚奇和陌生的世界。

在今天看來，那朵藍色的蝴蝶結已經註定要消融在藍天的永恆之中。它的確已經消融，因為它的色彩也因為它的飄逸。但在當時，有什麼物象比蝴蝶結更為確切地紐結兩個不同時代的我呢？

在《蝴蝶結》之後，還有《採青》、《擦窗》。在技法上後者可能要成熟一些——將情思裹挾於具有象徵意味的跳躍性事件進程之中，但在抒情的視角上，它們有著某種一致性：已經跨入青春門檻的我，卻在固執地、一次又一次地回到童年。

渴望長大而又懼怕長大——也許這就是當時的我的矛盾心態。也許正是這種矛盾心情使然：我忽然渴望變得沉重，沉重得像一座山。

三

終於見到山了。

有人說，山是土地在重重擠壓下的隆起。這是一個蘊含著科學精神的比喻。也有人看到了山上縹緲著雲霧的巔，山下如蛇的谷；巔上長著青松、雲杉，谷底盤繞著梯田，沿著谷底升到山巔的坡坡坎坎上生長著纏繞著各式各樣的灌木、榆樹、槭樹和茯苓子等等。七月如火的驕陽下，山民裸著山脊一般厚實的背脊，或耘禾、或插秧、或擔柴、或採石、或沿著山腳下的河谷背纖……

憑著我的生活經驗，我似乎很難走進後者。按照通常的邏輯，山就像一塊厚重的帷幕，我只能夠像一個孩子一樣，偶爾趁著舞臺監督不在場的片刻，悄悄掀開帷幕的一角瞥上一眼，而身心卻永遠不能表演在那舞臺上。

但山吸引著我。我在那時渴望沉重。我能不能找到屬於我的方式去承受去感覺山的沉重呢？在今天，我可以從容回首當時，我可以說詩的經驗並不等同於生活的經驗。如果說詩是一種人生的生存方式，這種方式就不應該排斥充溢著個體化心智力量的介入，就是說，它不應該排斥充溢著純粹個人的智慧和「悟」。

我可以舉兩個相似的「故事」為證。在這故事的層面上，契訶夫和羅蘭・巴特一起攜手向我走來。

契訶夫的故事如下：一個銀行老闆和一個有些文化的人打賭，要是那人能夠住在一間房子裏，老是看書，不出門，不和人來往，這樣一直住滿十五年，他就願意輸給他兩百盧布。

那人答應。故事的結尾是，臨近十五年限期的時期，銀行老闆破產，準備殺掉那人。但在銀行老闆動手的時候，那人留了張紙條跑了。紙條上說，經過十五年的苦度深思，他悟破了人生的道理，已經不願領取那筆鉅款，因此決定一走了之。紙條上的話，使銀行老闆大感愧怍。

羅蘭・巴特的故事如下：某風流名士迷上了一個妓女，而她卻對他說：「只要你在我的花園裏坐在我的窗下的一張凳子上等我一百個通宵，我便屬於你了。」到了第九十九個夜晚，那位雅客站了起來，挾著凳子走開了。

相比之下，羅蘭・巴特的故事要比契訶夫的故事含蓄得多。我們不知道那位妓女是否也和銀行老闆一樣感到愧怍，或許這是一個根本無法比較的問題。我感興趣的僅僅是度過了十四年又三百多天的男子，與等待了九十九個通宵的男子的「悟」性與智慧——在一種封閉的生存狀態之下他們完成了靈魂向世界的開放。在這個意義上，十四年又三百多天與九十九個通宵是等值的；而十五和一百個通宵，是不是具有相同乃至相通的意義，對我來說又有什麼重要呢？

　　在那時，我正是以這樣一種感悟的方式走向了大山，走向了大山的沉重。山不是我的生活經驗的一個組成部份，但山卻成了我感悟的對象。《在大山的第一級臺階上》中我寫道：我和山交換著今天的位置。在交換中，我完成的是藝術的想像和自由。

四

　　我不知道是不是從那時起，我擁有了些許的沉重。但我知道，沉重對那時的我來說，並不是一種經驗的事實。它僅僅是一種心智的開啟，一種摻入了書本知識並被藝術的想像熔煉之後的化合物。我之所以追求這種沉重，與其說是藝術上的天然悟性使然，倒不如說是我躑躅於一種文化圈套的結果。在當時的文化氛圍下，在詩壇上大山般兀立橫亙著的是舒婷他們。

　　至今我仍然心甘情願地承認，舒婷他們擁有著苦難，擁有著沉重，也擁有著他們的深刻。然而，也正是他們的苦難、沉重和深刻，編織起他們的圈套：誘惑我們如同他們一樣，去重複美麗而沉重的神話。

　　即使我明明知道，我和他們中間隔著一個時代，隔著一個島，我也無法拒絕這種圈套、這種誘惑。因為我畢竟相信土地與土地連接而起的波濤，正漫漫迢迢地鋪展在我的腳下，苦難和沉重依然像書籤一般不規則地跳躍著插進大地斷層的某一頁。在這樣的時刻，在這樣一個夏天或者是春天，我有什麼理由不鄭重地緬懷我初讀舒婷的《祖國啊，我親愛的祖國》時，所激發的那種感動呢？我極其贊同作為我的同時代人的楊斌華，對這種感動的概括：它意味著對一種精神價值的歷史承認，以及相應的歸屬感。我肯定會和楊斌華一樣：莊嚴地記住它的每一個詩句。

　　但在受他們誘惑的同時，我立刻發覺我永遠無法重複他們的苦難，他們的苦難純潔而又超凡脫俗。他們畢竟感同身受。他們難於自拔並把難於自拔神聖化。他們如同雪峰，即使他們的苦難也如同雪

峰，讓人蕭穆，讓人仰慕，讓人油然而生崇高感，但距離卻不可避免地橫亙在那兒，橫亙在眼睛到雪峰之間，即使可以眺望，也難以逾越和攀登。

Pass 舒婷。我不得不和我的許多同齡人一起喊出了這一句類似口號的遊戲之語。我相信 Pass 不等於 own。Pass 是一個具有科學精神的口號，讓別人走別人的路，讓自己走自己的路，大家都在路上「通過」。

我寫了《女人們的草原》。我寫了草原上的女人們，抑或是所有的女人們闊大而又彌漫著青草的綿延感的人生歷程。她們或許是渺小的，或許註定要同草原一樣承受寥廓的孤單、寂寞，承受馬蹄承受威嚴的皮鞭，承受疲累承受老牝馬和舊氈包般的蒼涼晚景；但你不能用苦難解釋她們，她們的一生遠不是用苦難所能抽象和概括的。在這裏至少有一種比之苦難更為頑強更為深邃的東西：那就是生命流動的質感。即使死亡也不是生命的歸宿，而只是另一個循環的開始。因而，我的筆只能如同我的對象一般默然地梭巡在這片土地上。我想沉默而客觀的語調，或許有助於剝離出一種溫柔，一種溫柔之下覆蓋著的崢嶸，覆蓋著的憂傷。這就如同微風剝離出白雲，剝離出白雲之下盤旋著的矯健而殘酷的鷹隼。

我寫了《危橋》。依然是一個女人的命運和另一個女人對於命運的感覺。那另一個女人就是我。

我還寫了《莫扎河流域》。那遙遠、空茫而閉塞的莫扎河流域，那流淌了百年、千年，並在想像的一個瞬間流過我心扉的莫扎河，那些蘆葦，那些被晚霞禁錮著的身影，以及蔓延著鹽和水的窟窿……在那個夏天，總會在我梳妝或是行將就寢的時候，在陽臺的玻璃門前迅疾地一閃，在臺燈下惡作劇般地一閃，讓我憂心忡忡、熱淚汪汪，而它只混沌成那種無可言狀地一閃，就消失了。我知道，它們已經一次又一次地造訪過我，我只能一遍又一遍隨著它們的一閃，它們的造訪，去呼喚著它們。在激情盈溢的時候，我不能動筆，我只能默默撫慰著莫扎河及其流域，我梳理只能默默梳理我的野馬長鬃般無羈無絆

的想像——因為說到底，莫扎河是一條我親手創造的心靈之河。當然，我的默默撫慰，也說明我在逃避，逃避一種情緒激烈的表達和宣洩，我默默地在以我的實踐，靠向了龐德靠向了意象派靠向了祖先的血脈。但我終究是我，我不可能是龐德，如同我不可能是祖先的孝子賢孫一樣，我終究在激情的喧囂過去之後，又一次描繪出了一幅怪圈套疊著怪圈的，平實而冷峻的圖畫。他們活著，我只能說他們活著。他們認命卻又達觀，他們古樸卻又愚昧，他們洋溢著不可戰勝的生之熱情，卻又無可奈何地記掛著能夠橫渡生死的忘川……他們的心胸容得下曠野，但他們本身的命運卻如同曠野中默默地青、默默地黃的一株株青草。在他們那兒，我感覺到的是沉甸甸的歷史和歷史也無法解釋的神秘。我只能說他們活著。我只能在校園裏的麗娃河畔，默默為我親手創造的莫扎河祈禱。一切也許如同克勞德·西蒙所讚賞的一句話那樣：沒有人造成歷史，也沒有人看見歷史，如同沒有人看見草怎樣生長一樣。

五

永遠有青春在發問：青春是什麼？

我的回答在青春開始時就已經註定了：青春是唯一的。她或許是一次搖曳著燭光的精神聚餐；或許是你在夏日黃昏將臨時感覺到的天空的燃燒和傾斜；或許是你再也無法經歷的一場冒險和一串罵娘；或許是失眠；或許是眼角上掛著蛋青色的胎記般的烙痕，而你信心十足地像掛著勳章一般攜著這烙痕，去奔赴某一個講座；或許是一場刻骨銘心的爭吵；或許是在某一個有著彩霞的早晨，你在梳妝時捋下的幾根青絲……

青春是唯一的。青春逼近著理想的灼熱岩漿，卻蠻橫無理地毫不理會理想的邏輯。青春的邏輯是反邏輯的。青春只恪守一種邏輯，那就是青春的邏輯。

只有在現在，只有在青春行將離我遠去的時候，只有在我二十八歲時，我才能回首品嚐那種毫不講理的青春的邏輯，像飽滿的穗品嚐碧綠的秧；我才能明白何以在寫出《女人們的草原》、《危橋》和《莫扎河流域》的同時，我會寫出《今夜》。

我至今為《今夜》的寫作日期而激動不已：我怎麼會在那麼年輕時就寫出那麼具有一種莫名其妙，沒有理性邏輯的美感？

> 打開手帕
> 我們終於為難地發現
> 四周都是邊緣

「邊緣」之下的重點號，是我今天所加。我當時肯定沒有想到要在這兩個字之下加上重點號。因為在當時我確實沒有意識到這兩個字，實際上概括出了青春的一種狀態：四周都是邊緣。就理性的存在而言，四周是非理性存在的邊緣；而就非理性的存在而言，四周都是理性存在的邊緣。詩中混合著兩種存在，都在邊緣之下得到了闡釋和說明。

這種尷尬的狀態是唯有青春獨具的狀態。類似的詩我還寫了《紅色的誘惑》——那仍是青春的誘惑；我還寫了恍恍惚惚的《一把傘》——那仍然是青春的恍惚。

我記錄在這兒是想說，那青春正像藍天中鳴響的鴿哨，正拖著最後的尾音離我遠去，但我並不妒忌你們——比我更年輕的人們！生活正在另一臺階上向我招手。

六

如果說，面對青春我能夠發問，能夠盡我所能而答：青春是什麼。那麼，面對世界面對倒映於詩中的世界，我只能夠惶惶然而不知世界是什麼，更不知倒映於詩中的世界應該是什麼。

　　揮揮手，我只能不無感傷地告別瓦雷里的哲學家的睿智，艾略特上帝般的虔誠，卡夫卡滲入血脈的深刻憂鬱，埃利蒂斯魔鬼般的瑰麗奇譎的想像，以及金斯堡歇斯底里般的桀驁不馴……我只能和他們告別，我自知永遠成為不了他們中的一個。

　　這樣一場告別之後我還能剩下什麼呢？因為毫無疑問，我與他們的告別，同時意味著我與他們的模仿者的告別──與後者的告別，在中國，在此刻，不能不意味著我的某種程度的落伍，以及相伴而來的孤獨。

　　我覺得我只能回到我自身，回到我自己的生活，哪怕要我面對永恆的孤獨。

　　儘管我知道在我頭頂之上懸掛著太陽，懸掛著比太陽更為神秘更為強大的黑洞，但我只能按照我所理解的太陽去寫太陽，去寫黑洞的遙遠而不可企及，去寫陽光平平常常的照射，它給我的光明和灼熱，它在四個不同的季節在我的肌膚上激起不同的感受。正是從這一點出發，在《圍剿》中，我努力用最素樸的句子去表現人生的唯一，而在《懸掛在冬天的屋頂下》，我表現的只不過是一個習慣性的動作──我伏案寫作的姿態。或許我永遠深刻不起來，生活給我的感動永遠是那麼具體，那麼嘈雜紛亂，卻又清晰無比，一次（《搬遷》），一次夢遊（《夜遊的症狀》），一株兀立沙灘之上的孤零零的向日葵（《沙及向日葵》），一次沒有天氣預報的大雨（《雨後》），都會給我留下長久的溫馨的記憶和回味。

　　然而，什麼叫深刻？什麼叫博大？我倒是相信高乃依所說：這個世界宛如一個動物園。倘若抽去了蛇、豹、虎、狼，這個世界也就不再博大不再深刻了。即使我自恃是動物園鐵柵欄囚禁著的一隻小鳥，我也相信我和那些龐然大物們一樣，面對著唯一的一次生命和生命的歷程。

　　只要我們記掛著唯一，我們就會變得又凡俗又深刻。生活的過程也就到處閃爍出生活的詩意。如同死亡與生命只有一步之遙一樣，生活的過程與生活的詩意，也僅僅只有這麼一步之遙。

回到青春，讓生活也同時回到青春。我是說，讓我對詩對世界的理解，也一股腦兒的回到青春——如同我對青春的邏輯解釋的一樣，我也將用同樣的回答來解釋詩解釋世界：

它就是那次小站上的邂逅，那次散步後你忽然認識的家園，那次酒醉後的酡顏，那次兒子知曉錢的作用你油然而生的恐懼和驚喜，那次丈夫的遠行而響雷一個接一個捧在屋頂上，那次停電！那次被遺忘了的母親的生日，那不可抗拒的遠方友人的命運，那道在夢中彎彎曲曲的子彈的軌跡，那小河漲水的濤聲與大海濤聲在層次上的差異，那堵牆與牆前的一隻手的姿態……

它唯獨不是瓦雷里的抽象肉感，不是龐德的意象疊加，不是口語，不是一個操作的過程，不是形形色色的宣言和箴語。

它是我。它製造了我，而不是我製造了它，但我不知道我是對還是錯。

詩之意義：剝離或者剝離之後

　　我其實不知道我為什麼寫詩。不知怎麼，我就寫詩了。在很久很久以前的時候，七歲還是八歲，或者更早，像送走一艘紙帆船、一架紙飛機，飄飄蕩蕩的那種感覺，叫人難以相信。但是，這是真實的說法，你不得不信，我自己也是。要從頭說起，卻真是無從說起。

　　不知怎麼，我寫了很久，也許，既然不知道什麼時候開始的，也就不知道什麼時候結束。三十年還是快要四十年了（真嚇人），哪裏是扳著手指能數得過來的呢？從十八歲發表第一首詩——那時曾被詩評家稱之為「少女詩人」算起，我即使再無視歲月流逝，眉頭與眼角隱約的皺紋也毫不留情地暴露了時間的行藏……

　　對我而言，與十年前完全一樣，與二十年三十年前完全一樣的只有心中的繆斯，換一種激情表達就是：千年之後她也不會垂暮老去，老去的只有凡俗的生活與沉重的肉身。可以肯定，在很久很久以後，我還會以為自己這一生是幸福的，就像撞電線桿的數學家陳景潤，不能控制也不該控制地去撞。我曾為這樣的撞擊而感動，眾聲喧嘩中，那並不是奪人眼球的現場秀，也不是他「走」歪了，身形不穩，而是無暇旁顧或視若無睹的表現態度……

　　那話說得有些許悲壯。也不知怎麼的，我把寫詩當成了一場逃亡。有很多人是向外逃，而我不然，固然是那種對青春的踐約，似乎更是一種慌張之後的飛蛾撲火，只怕更表明了，我與現實生活的脫離程度已如此嚴重。但我也因此很懷疑一些詩人寫詩的動機：是因為火熱的生活的召喚——打腫臉充胖子的大有人在。地球人都知道哇，詩歌已經邊緣化了。而作為邊緣人，如滿臉誇張表情，懷著老鼠愛大米的心情自說自話、自賣自誇，那就更需要警惕和質疑了。

　　局面其實挺嚴峻的。一個曾經和我一起得過上海市優秀文學作品詩歌獎的同道者，現在是某某大公司的老總，他稱我為「留守女士」，

這表示了他的最大的悲憫。不可思議的是，詩人經商幾乎都非常成功，至少在上海，它甚至可以視作為一種現象來看待。不能說我不羨慕，只能說我很愚鈍，呆頭鳥一樣不知挪窩。

外界的事，當然與我有太多的關係。我必須是個單位人，除此之外，我還是別人的女兒、妻子、母親……是一路走來的一些人的朋友，種種角色要我去體諒，去護持，去擔當，這都是無可逃避的責任，我也從未打算逃出這個紛繁可愛也可怨的世界。我所說的「逃」，就是欲以詩歌保有對我來說非常重要的內心世界，在其中種花種草，也以這樣的手段與方法，以對真善美的不懈追求，來明瞭與進入他人精神的世界。這樣的感應，這樣的共鳴，不需要獎賞，也不需要和別人競賽。

在一個什麼都是競技的年代裏，進而言之，在連板磚都能橫飛的網路時代裏，靜下心來讀或寫一首小詩，像詩人華茲華斯說的那樣：「一朵微小的花，也能喚起眼淚表達的那樣深的思想。」儘管詩歌不能直接解決任何現實問題，但相信它能夠超越於現實──如果你能瞭解詩歌的真精神。就像我曾做莊嚴狀，一本正經說過的一句話：越是超越的人生，就越是詩化的人生。

也許這樣內在的超越形之於外後，在別人看來，倒是一種孤獨與淒清，那我以為也是一種必須。在普通的日常生活中捧持著一顆天真而羞澀的詩心，不管這顆心有多麼膽怯，有多麼不合時宜，多麼應該秘不示人，於己或許就是不得不如此，而且彷彿就是必須在不合時宜之時，才顯示的一種「記憶體」的強大支撐。

還有外部的支持，比如我尊敬的謝冕先生在本集序言裏的那些鼓勵的話，還有我尊敬的吳思敬先生很多年來對我一以貫之的關注，在多封信裏給我的熱情洋溢的嘉言；很多老師、詩友的關愛，對我的影響表面上也許看不出來，但暗中卻深入靈魂了，等等……感謝的話叫我如何說呢，又怎是點點滴滴可以說盡的？！就讓我以詩作為答應，還以詩朦朧還原成詩，來修一門心靈課程，行禮！也向無盡也有盡的歲月以及所有同船共渡的人們，致以敬禮！

　　我寫的一切有緣的邂逅，無緣的揮手，片刻的永駐與永遠的流逝，不管技術上是如何應用：在語調或者情調上，表裏之間如何轉接，如何在控制中表現張力與韻味，如何在口語和不能完全口語之間，以及語言的新與舊之間所作的種種努力和把握……也許，說多了反顯得笨拙，其實就是簡單的一句話或者說一個詞，那就是對生活的珍重，珍重在我用以造型的材料與情感上，也珍重在我所用的心機上。之所以產生費心勞神，甚至有出險入夷的感覺，也都源自於這個詞。

　　城市裏的鐵軌，常使我聯想到那樣的一種盡力伸展。它在陽光下燦爛，在雨後卻閃著鋼鐵的冷光。仔細看它每個彎道都有設計，把房屋裏藏在裏面，在過河時彷彿是露出水面的魚背，輪子與導軌的契合中的每一個空隙與孔洞、螺絲，一切，構成了向遠方奔馳的圖畫。

　　我希望，那就是我的詩歌構成。

　　但我也料定自己成不了大詩人，沒那條件。按照既定標準，一必須多產；二應該題材廣泛；三需時代支持，比如同樣題材的東西，用詩還是用其他文體表現，個體的關乎個人情性，大面上卻更關聯著風尚流行……

　　我哪一條都不挨著，可就願意挨著詩歌。到我完全老去，白髮蒼蒼之時——到我連詩也讀不動的時候，還可以看；到我連看都看不動的時候，還可以聽；到我連聽都聽不動時，還可以記還可以憶，還可以想……

　　就是說寫詩這件事，對我來說並不需要有重要的意義支撐，如果抽去了意義它仍然值得保留，值得喜歡，值得享受，於我那就是最大的意義——再徘徊沉吟，也就是這句話了。親愛的讀者，你們大概知道這是一種怎樣掙扎的文字與心靈的表現了吧？去從那窗裏向外張望，就像在那落日彩霞中卻張望城市的東面，最多就是一種折射了，或者簡直就是心靈的迴光返照了。坦白地說，我從這面鏡子裏看見的自己，還是當年在小學校的隊伍裏，紮著羊角辮的那個緊張的小女生，東張西望，也愛嘰嘰喳喳，走出隊伍查看別人時，大睜著有些迷茫的眼睛——希望您也能回看她一眼，真誠的。

詩：21 世紀中國文學的邏輯始點

作為中國 20 世紀文學的一種重要的文學形式的中國新詩，從上個世紀之交起步，已走過了世紀之交點。它與我們的時代一起，帶著光榮與驕傲，也帶著曲折與困窘，跨入了 21 世紀。

對於古典詩歌的總結和研究，我們以及前人已經做了大量的工作。20 世紀的新詩，是對有幾千年發展歷史的古典詩歌進行變革，以適於表達一個全新的歷史時期的新鮮思潮和自由抒發個人情感的需要的產物，更需要我們（包括詩人自己）在觀念上、方法上，對它進行深入、具體、嚴格地研究與發現。這不應該是多餘的事，而是很有歷史意義和現實意義的事。

我們說「詩無古今」，就是說無論是古典詩詞，還是我們正在寫作的新詩，作為詩歌這一文體的基本內核，也就是它作為這一文體的內在的規定性是一致的，雖然它的外部形式在理論上還有無限變化的可能性。我們甚至還可以說研究古人的作品的目的還是為了當下，是為了「服務」於今天的詩歌創作的。但今天的詩人在接受《詩經》以來的巨大的詩歌文化遺產時，也是要付出巨大的代價的，除了要進行接受遺產的資格審查，還應照章繳納遺產稅——要嘔心瀝血地學習消化、融會貫通，這樣古今詩歌的脈絡才會接續，那種「朝代自我開始」的聲明，未免太無知狂妄了。以此類推，詩也無中外，學習和借鑒外國的優秀詩歌作品與理論，並不意味著割讓自己的地盤。恰恰相反，它意味著我們的詩歌將獲得更大的世界性的時空格局，那種「唯我獨尊，四方來朝」的想法，也是要不得的。

這方面，「五四」以來的新詩一直都發揚了繼承與「拿來」並存的優良傳統，我們可以用從起始點開始逐步下移的方法來認識這個問題，從胡適開始，想一想俞平伯，再想一想徐志摩、戴望舒……想一想我們上海的老詩人辛笛寫的那首《航》，就會明白很多事情。如果

我們再下移到當代，就說 20 世紀 70 年代末、80 年代初出現的朦朧詩運動，我覺得也是對這一傳統的又一註解。所有的「現代」，都是在歷史的土壤裏生長起來的，什麼都不是憑空產生的，外來的影響，再加上歷史的「根」，就有了變革和創新。我還要說到一個很有意思的問題，為什麼中外文學內部的革命往往都從詩界開始？我覺得它正可以證明詩歌依然充滿著生命力，依然有著直逼人心的力量——我個人尋找這個證明已經很久很久了，正是這一次次尋找讓我重新充滿信心。比如就像我們 20 世紀 80 年代的文學革命是從朦朧詩開始的一樣，法國的象徵主義也是以愛倫坡的詩歌作為起點的。為什麼會如此，也許這本身就可以看成是一篇文章、一首詩。

我並不是說，只要有了信心，就可以無視當下詩歌創作的嚴峻現實。詩歌要亡了，被喊了多少年了；拯救詩歌的口號，就同樣喊了多少年了。前段時間在漳州召開的「文化詩學」研討會上，中國社科院文學研究所的陳聖生先生，幾乎是在大聲疾呼了：詩是文學的精魂所在，如果詩亡了，文學也將亡了！我不能不震動，不能不捫心自問：我和作為實踐者的其他每一個詩人，應該做些什麼，又該怎麼做？！在我們送走了 20 世紀，在 21 世紀新的開篇的時刻裏，想一想這個問題，這應是每一個詩人的天職。

側面正美

我想我肯定不是本行內的高手，我幹活總是在晚上很累的時候，樣子也笨拙，使用著一台號稱 486，實際上只有 386 的舊機器，內部的執行檔是更要讓人笑掉大牙的 WPS，據說它整個兒的評估價撐死了也就五十個大洋（元）到頂，我兒子說弄不好怕還要向我倒收垃圾處理費——但就是面對著它，我的感覺才舒坦，即使我沒有在上面碼字，即使連電源開關也沒開啟，就這樣對坐著，快十年了……

那樣的時刻，有點像休眠，無論冬季，無論夏季，我是安靜的、安寧的，甚至是無力的——我不知道該怎麼說，也不知道別人是怎麼說的，我真正的意思，其實是要表明那是一種心靈的休息、自我的需要，簡單地說，就三個字：我喜歡。

真的，就是這三個字，沒別的。寫什麼不寫什麼，寫出了什麼與沒有寫出的又是什麼，對於這三個字，都是不重要的。

這可以說是我的寫作的一個重要特徵，也可以說是一個沒有特徵的特徵。我並不認為自己零打碎敲的這些勞什子，已經形成了什麼特徵或標誌，雖然在我第一個個人詩集《徐芳詩選》出版以後，就有評論者在報上發表文章宣告說，我的詩藝已「成形」，而不是「成型」。此位評論者特別指出其中的差異在於：前者是縹緲變動的，後者就不言而喻「成」了僵硬不變之「型」。我並不認同這篇文章的標題：《上帝與詩人在同一舞臺上——評〈徐芳詩選〉》，因為上帝在的時候，作為詩人我仍然感到孤獨。而且我也不喜歡「舞臺」這個詞，如果讓我選擇，我會選擇：角落、一隅，或別的什麼詞。但我要說我喜歡這個關於「成形」的說法，或者說我喜歡的是「縹緲」、是「變化」，凡此種種，我喜歡。

我想應該已經有人注意到「喜歡」在我嘴裏是個高頻度出現的詞，我知道這會讓我顯得很不專業，甚至會像眼下我正在使用著的這

台 386 的老電腦，惹人笑話。但我不在乎。就是因為我喜歡，我曾經在一所大學裏，從學生到老師，一動不動地竟然待了 19 年，省吃儉用地只揣著文學，談著、講著文學，以為那將是一種積累。也就像剛成家那陣，攢錢買冰箱、彩電什麼的，攢著攢著就有了個大件，那種喜悅的心情，至今令我不能忘懷。

可我的文學大件卻遲遲攢不起來，我積累的只是中國人外國人今天的人過去的人，在什麼地方、什麼時間，關於這個那個的文學名言格言警句箴語……它們都很有理論的深刻性和系統性，很有啟示的作用，甚至很有些自命不凡。但要命的是它們又是互相困擾、互相打架、互相誰也不信誰的……可以說我說見到的文學世界就是這樣撕扯在一塊的。這樣的撕扯，可以說決定了我的寫作狀態與生存狀態，扯著扯著就把自己也扯碎了，越來越碎，哪有大件的影兒呢？

我寫了十幾年的詩，癡心至今未改，從大學生代表詩人，到學院派，到第三代到第三代以後……一波一波的詩歌大潮撲面而來的時候，我又哪裏逃得過去？其實那時也沒想逃，甚至還被浪打得很興奮，迎著浪可能還嗷嗷叫好了——畢竟那是文學的大浪、詩歌的大浪。但我絕對不是一個弄潮兒，手把紅旗旗不濕的功夫，我不具備，更不用說今天的紅旗，明天又可以變成綠的、黃的、迷彩的種種功夫。

正是從詩的意義上，我不相信功夫在詩外的這句話；我相信如果功夫在詩外了，也許那功夫本來就不是詩之外的功夫，或者那詩就不再是詩了。順便說一句，曾經貼在我的名字上的那些標籤，與我無涉。比如某省的一張詩報上曾赫然把我的名字印在某某主義的城頭大王旗上，下面還有馬拉美式的藝術宣言：ABCD，1234，等等。但這不等於說我捏過拳頭宣過誓了，也不等於說事先我就知道這個事，事實上連事後也沒人通知我一聲。阿 Q 恨恨於沒人叫他去革命，其實叫了又如何呢？對於我，這些標籤的簽語就意味著一連串的告別。我曾在一本書的後記裏這樣抒情道：

　　不無感傷地告別瓦雷里的哲學家般的睿智、艾略特上帝般完美的虔誠、卡夫卡深入血脈的深刻憂鬱、埃利蒂斯魔鬼般瑰麗奇譎的想像以及金斯堡歇斯底里般的桀驁不馴……

　　這一連串的告別之後還剩下什麼？寫詩這麼多年，得過省市級的獎，也得過全國報紙雜誌的一些獎項，但我以為我還是在告別。堅守也意味著告別，或者說是送別，越來越多的詩人放下了詩筆，我說的是真正的詩人，因為市場似乎不喜歡他們。是從什麼時候開始，需要自己拉贊助買書號成為了詩集出版中的普遍現象呢？也沒見什麼基金什麼協會挑起支持優秀詩歌作品出版的重擔，至於那些有錢就有權把方塊字排成五個一排、七個一行的偽劣之物，使我也開始思考「詩歌真的要亡了」的，彷彿「生存還是毀滅」般的問題。幾年來我的耳朵裏灌滿了這種聲音，我不愛聽，也不願意相信。

　　《文學報》曾經辦過一期上海詩人迎接新世紀的專刊，報紙出來後，我現在共事的新聞界的同事，就很熱烈地打趣我：喂，你說的 21 世紀文學的精魂是詩嗎？精魂就是魂靈頭吧？我亦即熱烈地回應：哎，我其實想把它叫成亡魂的，又怕有人要打我的耳光……其實要打我耳光的是我自己，其實我真怕我的祈禱變成了憑弔，說遠了。

　　早就該說說這本叫《歲月如歌》的書了，它是華東師範大學作家群叢書中的一本，由華東師大出版社出版，總字數四十多萬，詩歌只佔其中的一小輯，實際上它是以散文隨筆為主，兼及其他文體的一個文本，包括評論。這大概是國內出版物中體例較奇怪的一例。上海的《申江服務導報》在介紹此書時，就這樣說：這樣的輯錄方式更能反映出作家的綜合實力、創作的全貌。

　　本書的副標題是：「徐芳、李其綱詩文精選」，李其綱是我的先生，上海話叫老公的是也，這個不會有問題。我需要說明的是它的排序，為什麼「龍在下，鳳在上」？一則可能是因為上海這座城市比較「洋氣」的緣故，講的是紳士風度，女士優先的原則；另外，與詩文的詞

語本身的序列同序，這也未嘗不是個原因。雖然李其綱寫詩，還在我之前。雖然本書中詩之外的其他各輯中，我們都各有作品，請注意文末符號，我們倆被打上了不同的標記。一個很小的細節，卻是經過編輯精心策劃的。除此之外，本書能夠從策劃學意義上反映出標題中這個「精」字的地方，有很多。它的裝幀之漂亮，已經令很多朋友讚歎。甚至有人誇飾，說它像一本外國書。這也從另一個角度作了「洋氣」的說法的佐證。總之，我說了不算，編輯阮光頁說了算。他是個有思想又不乏固執的好編輯，我在這裏謝謝他。

要說反映全貌，恐怕並沒有。李其綱的小說在他個人創作中佔了不小的比例，他出過長篇小說，也出過中短篇小說集；我小說寫得很少，基本上是嘗新而已。這本書裏限於篇幅，我們倆的小說作品一概未收。要求全不行，要求深也不易，本書的編輯方法有些類似於散點透視，力求展示的是我們創作中的一些不同的側面。如果能夠通過側面與側面的組合，碰撞出出其不意的一點意思來，那倒是我們的意外之喜了。我在此只談詩歌創作的那些酸酸的體會，而不及其他——這也是出於側面的構想的緣故。而且它們還是相關的，詩與我的散文隨筆的關係、與評論的關係、與主題的關係、與文字的關係……我以為是有聯繫的，這就是了。

李其綱的文字，應該由他自己來總結。也算留下一個側面做文章，彷彿是中國畫裏的留白的意思。但有句話抓撓了我許久，還是索性說出來吧：他是我創作上的老師。昨天有印度作家提問，我就是這麼回答的。陸星兒在一旁拉我的衣角，很好奇地盤問我是不是真的？我說這是一個比喻性的說法。但比喻裏面的意思當然是真的。

此前，我出過詩歌和散文的個人集，而這本集子是我和李其綱的第一個合集，於我們個人，應該有些特別的意義，《歲月如歌》的書名由此而來。但沒想到的事是有的，有個朋友曾在新華書店的電腦裏，輸入了這個書名後，一下子眼前竟跳出五本同名書。而且還不包括我們這一本，那時候它還沒有上架——我想，挺好啊。

ℬ 章：詩歌文本的意味及技巧的雙重解讀

被矛盾折磨的詩歌現實

一、是矛盾，也是詩歌發展的契機和深化

裹足不前不是文學的性格，毫無疑問，它同樣不是在文學內部素以敏銳見長的詩歌的性格。面對一個蓬勃變異、日趨多樣化的世界，文學，包括詩歌不可能不以自身的多樣化來觀照、來反映它所生存的世界。而世界卻在五光十色地運動著。人們的心靈在承受著也在消化著：彩電牌子、組合傢俱、佛洛德、榮格、分析哲學與反分析哲學、結構主義與反結構主義……所有的燈都亮了，反而一片眩目。有點無所適從，是的，有那麼點無所適從。花中挑花，燈裏看燈，人們面臨多種選擇的機會時，多半會有這種矛盾的感覺。

這就是文學所面臨的世界。是空間時間的，也是心靈的，它五光十色流動著的每一滴都可能要求文學，當然也要求著詩歌去反映，去折射它的絢麗多彩。這構成了文學的背景，也構成了文學的現實。換句話說，一個充滿矛盾、騷動與活力的世界必然構成文學的繁茂、複雜——被一種深刻的矛盾困惑著、折磨著，而又發展著、變化著。因為在一個高度上，文學從來就不是自足的；在某種意義上，它和世界是同步的。因而，無論對詩歌現實作出如何截然對峙的評價，或責難，或辱罵，或褒譽，或欣喜，都無法逃避並且證明了這一結論：詩歌在被矛盾折磨著，也在發展著。普列漢諾夫所言極是：矛盾出現在而且只出現在那有鬥爭、有運動的地方，而在那有運動的地方——思想便

前進，即使經過迂迴的道路（《普列漢諾夫哲學著作選集》第一集，第 656 頁。）。

被矛盾折磨著的詩歌現實，意味著對於任何一種形式的藝術上的定於一尊的反撥。矛盾性──它的多元與複雜本身就意味著一體化（準確地說是藝術的教條化）的分離：儘管任何個體都發源於無限豐富的生活之巔。然而一經跌宕，它們便各自沿著自己的河床或滔滔、或緩緩、或浩蕩、或迂迴前行，呈現其迥然相異的奔向大海的姿態。

我們會耳目一新。不僅僅是詩歌形式層出不窮的花樣翻新，也不僅僅是詩歌觀念內涵的拓展和變化──因為正是變化之犬牙交錯的有機組合成了，使我們痛苦又使我們欣喜的詩歌現實。無需把它們割裂開來，正視它們整體的變化並認真考察研究它們，內部形態及其與外部世界的互相聯繫的矛盾運動，這對於與小說評論相比──總是與詩壇現狀慢了半拍的詩歌評論來說，無疑是個令人新奇、令人興奮的題目。

誠然，那些曾經對詩壇發展至今日模樣做出過貢獻的人們是不會也不該被人們遺忘的。他們曾經達到的高度仍然輝煌地保存在那兒，在這個意義上，他們是無法超越的──傳統是一條鏈，後來的人們即使要有所創造，有所奉獻也無法割斷與它們的聯繫，即使傳統提供的是逆方向的參照系。

然而，也正是在這個意義上，傳統又是必然被超越的，一部人類發展史，都是後來人們創造的歷史──自己的時代，自己的生活，自己的藝術的把握世界的方式。概言之，在歷史的創造中，創造自己的詩，自己的「鏈」。如果說，傳統是一種向心力的話，渴求超越的另一端則是一種離心力。正是這種矛盾著的、向心與離心的合力構成了，推動詩歌前進的內驅力。當某些年輕的人們已在把舒婷和北島看成歷史和傳統時，當某些並不年輕的人們正在揚棄自己已經取得的藝術或者說藝術定勢時，其最大的合理性恐怕也在於此。儘管在他們的藝術實踐中，我們尚難以斷言，他們在多大程度上已經構成了對傳統、對昨天的超越，但有一點卻是確定無疑的：這一過程正在漸變持

續之中，端倪和萌芽已經顯露，多樣化的格局已經形成，而深化和成熟將是為期並不遙遠的未來。

二、歷史感與民族文化心理結構的二重性

如果說，當代詩歌正被一種深刻的矛盾刺激的話，那麼，最敏感、最富於挑戰意味的命題可能莫過於歷史與現實的關係———一種歷史與現實既互相對立又互相滲透的矛盾運動。對於歷史感的追求與理解是那麼騷動不寧地困惑著當代詩人的心靈。這無疑是當代詩歌力圖超越自身的自覺意識的流露。在這一點上，艾略特說得好：任何一個二十五歲以上，還想繼續做詩人的人，歷史感對於他，簡直是不可或缺的（湯瑪斯‧艾略特：《傳統與個人才能》，轉引自《外國文藝》1980年第 3 期。）。

對於歷史感最直觀、最便捷的理解是，將那些已經沉睡多年的歷史文化喚醒，並用當代意識的理性之光去燭照它，使它反射出奇妙的詭麗的色彩。在這一領域中率先開墾的是楊煉。幾年來，他陸續寫下了《大雁塔》、《烏篷船》、《半坡（組詩）》、《敦煌（組詩）》、《易經（組詩）》……僅是這些題名已足夠給我們提示，他所感興趣的是那些歷史文化的積淀物。這種歷史文化積淀物已經提供了一種歷史對比的機會與可能。即以《大雁塔》為例，第一章節《位置》中，楊煉以簡潔的白描式的語言點出：孩子們來了／拉著年輕母親的手／穿過灰色的庭院。孩子、年輕母親與灰色的庭院——年輕的、鮮豔的生命與古老的、灰色的庭院，歷史對比的旋律已經輕輕奏響。也就是說，「大雁塔」的位置已被置放到歷史文化的縱軸與現實生活的橫軸所構成的坐標系中，加以詩意的考察。

依然是對比，《大雁塔》的世界所展示的一方面是歡樂：駝鈴、壁畫似的帆／金幣似的太陽；另一方面是苦難：硝煙、廝殺的馬蹄和燒焦的房屋、瓦礫堆；一方面是創造者的功績：勤勞的手、華貴的牡丹和「窈窕」的飛簷；另一方面是壓迫者的炫耀：儀仗、匾額和許許

多多的廟堂；一方面是沉默，像荒原一樣的沉默；另一方面是吶喊，就連湖泊也像戰死者不肯合上的眼睛……楊煉以他惠特曼式的激情感悟著歷史，感悟著民族心理文化構成的二重性：偉大、剛強、積極進取的一面與保守、惰性、愚昧、落後的另一面。當他壓抑不住地寫下：望著吱吱作響的獨輪車、扁擔／怎樣在我心中壓出一道道傷口，迷茫的／情歌飄蕩著，烏雲似的／遮住我的眼睛，而我的兄弟呵／騎在水牛背上，依舊那樣悠然自得／彷彿什麼事情也不曾發生過。歷史和現實在一剎那間被溝通了，我們既感到了風暴，又感到了寧靜，激情的狂飆與理性的清澈合二為一。

　　然而，倘若以為歷史感，或者說歷史意識僅僅存在於歷史文化的積淀物中，僅僅只能依靠這唯一的渠道獲得酣暢的藝術表現，或者，僅僅如榮寶齋藝人仿製的古玩和字畫，那麼，這不啻於是對於歷史感的巨大誤解。因為歷史感，就其本質而言，它只能是對於現實生活的歷史的觀照；換言之，一個富於歷史感的詩人，他無論截取時間上的任意一點，他都會意識到這一點牽引出的兩極：遠古與未來。這樣，他也就能夠意識到這一點在時間上的恰當地位，意識到他自己的同時代。仍然借用艾略特的話就是：歷史感還牽涉到不僅要意識到過去之已成為過去，而且要意識到過去依然存在湯瑪斯·艾略特：《傳統與個人才能》，轉引自《外國文藝》1980 年第 3 期。正是在這個意義上，我們發覺那些直接取材於現實生活的詩作，同樣不乏富有歷史感、富於穿透力與爆發力的深邃之作。

　　一方面，他們不無憂慮地注視著文化傳統中消極與落後的一面，如何將其病根蔓延至當代生活的土壤，從而醞釀了一出又一出人的命運的悲劇。比如，王小妮的《碾子溝裏蹲著一個石匠》，賈平凹的《一個老女人的故事》，獨木橋的《小白菜的遭遇》……與楊煉的心靈的激情來構築大跨度的時空相比，他們只是截取生活中平實、瑣碎的一隅——老石匠呆滯的目光、老女人坎坷的一生、一個孩子受後母的虐待；與楊煉無暇顧及現實生活的政治、道德、法律的網狀聯繫相比，他們又將其筆墨更深入地探究這種網狀聯繫如何糾結於人的心靈

——老女人的墳頭的花，竟和經濟變革年代農民的發財心理產生了某種對應。「小白菜」的屍體被人們抬向法庭。

如果說，楊煉的「人」的抒寫，倘是一種抽象的形而上的概括的話，那麼，在他們的筆下的人則是現實世界芸芸眾生的某種命運的切實的寫照。老石匠、老女人、小白菜，這些名字本身就如同生活單調的色彩，反過來說，也如生活一般生動，透現出藝術的原生美。

另一方面，也許是更為重要的一方面，這種對民族文化心理的認識，迫使他們在民族生活——精神與物質的構成，做出熱烈的謳歌時，也表現出某種克制、某種含蓄。浮泛的頌歌日漸稀少，而這類詩卻在近年大量湧現。比如，周濤的《淘金者》，廖亦武的《大盆地》、《人民》，劉小放的《老祖父》，王彪的《莽海上的家族》，吳曉的《最東方的海》……

不過，我們也許可以從一首無名作者的作品談起，它就是張佩星的《海子》。《海子》寫得很美，一種被征服的命運，一個被搶來的女人的人生，在《海子》裏竟然飄逸出神話的氣息，動人的詩韻——她釀酒，她流淚，她思念丈夫，她餵養兒子。這個女人，將會以她的憂傷，也以她的滿足度過一生。如此對立的內容，作者卻處理得如此和諧。確實，如《海子》結句所歎，這是閃著「無數淚光的……神話」。一種矛盾的情緒內涵被統一了：這裏有對民族生存方式的虔敬，也有對被封閉了千年百年的「海子」的不滿；這裏有「淚光的」憂傷，有淚光涵蓋的善良，這裏也有「神話的」美妙，但還有「神話」包容的野蠻。

如果說張佩星的《海子》，以一個女人的視角與心態來窺探、構建「海子」所包容的複雜內涵，從而使全詩籠罩一種陰柔之美的話，那麼，周濤的《淘金者》（組詩），則以一個男子漢的冷峻，超然但又熾烈地刻畫、抒寫了一群淘金者的命運。這裏，依然有著對於民族文化心理結構二重性的透視與把握。被命運拋棄到阿勒泰腹地的淘金者，他們既貧困、貪財、自私，但又不乏勇敢、吃苦耐勞、富於冒險、勇於開拓的精神。「迷人的山，又是迷人的深淵」，情緒內涵相互對立的意象，所刻畫的不僅僅是自然界的山貌，更是與人物精神世界的某

種契合和對應，內蘊著一種物化的觀念內容。與張佩星的《海子》相比，值得稱道的是周濤獨特的藝術把握世界的方式。他並不急於在詩中和盤托出他對人物性格——進而為民族性格——二重性的把握，他悄悄的不動聲色的，將這一切糅合在人與自然強悍、堅韌的對峙與搏鬥中，以大自然的嚴酷和強暴來襯托人物性格的強悍和粗獷。

這種藝術努力無疑把我們的藝術觀照拉向了一個更為宏闊的人類生存的大背景：這裏既有著形而下的現象世界的生動，又有著形而上本體世界的遼闊與深邃，自然、社會、歷史、人性，即被藝術地表達，又被歷史地超越了——它指向了永恆，恰如全詩結句所說：古城子永遠不會沉淪，也就是說，人類永不會沉淪，儘管她將面對自身的苦難與艱難。

我們已不難發現，同是面對民族文化心理結構的二重性，在楊煉以《大雁塔》起步時，尚是以激情的宣洩而勾畫出線性的曲折，而在周濤的《淘金者》這兒，已呈現為輻射狀的拋物線了，儘管其綱紀其內聚力的核心，不離民族心理文化結構的二重性，但其藝術視野，它所涉獵的社會、自然、歷史、人性的內容無疑卻豐富多了。這也許是現實生活中的深刻矛盾給予中國當代詩人的特殊饋贈吧。

三、困惑：物質的精神化

當一個民族有可能選擇自己以一個怎樣的嶄新面目屹立於世界民族之林，當一個日益開放的世界日益逼視我們，使我們再也無法把頭埋進沙堆，當現代科學技術的發展越來越普遍地改變我們的生存的方式，從而改變我們精神世界的構成，我們無疑是有著多種選擇的機會。然而，選擇往往也意味著困惑，意味著左右為難的矛盾境界。

文學也面臨著選擇。

一個尖銳的命題是，一個現代人應該如何看待人與人的物質慾望之間的關係，或者說在一個日益被改變的物質世界中，人應該如何確立他（她）的精神地位。

　　嘉嘉的《遠嫁》，若隱若現投射了一種擔憂。一個荒僻的礦區的女孩子，即將嫁到一個「名字響亮的城市」，這使得抒情主人公情不自禁地詠歎道：遠方，會不會揚起鞭子／馴服一隻孤傲的小羊／遠方，會不會把一個姑娘的姓名／遺忘在人擠人的街道上。

　　而賈平凹的《一個老女人的故事》則不僅側重表現了民族性格二重性中落後的一面，同時也更為直接地表現了對人的物質慾望的某種憂慮：一個被村民們視為不貞潔的老女人死了，她的墳上開出「一道白花帶」。村民們以為這是不祥之物，然而，當一次偶然的機會，村民們知道這花是貴重的藥材，可以賣很多錢的時候，不祥之物的花竟然被挖得「一棵也沒有了」，直至公益建設的「村口的大路也坍了一半」。我們不難看到村民們無限膨脹的物質慾望正在侵蝕、瓦解著古老的道德信條，包括這道德信條不同層次的內容：應該被繼承的質樸的集體意識與應該被拋棄的迷信習俗、封建倫理，都被村民們棄置不顧。這就是說，物質的需求驅使人們逾越了道德的價值準則。

　　《遠嫁》、《一個老女人的故事》表現了人對物質的一種憂慮，王輝的《走出這條弄堂》則表現了人對物質的一種自信、一種尊奉。低矮的門框不僅壓駝了人們的腰背，煤餅爐不僅薰黃了父母的眼珠，用布簾隔開的第一夜，也不僅沖淡了新婚的甜蜜。更重要的是貧困的物質生活，把歲月「擠得變形」，把記憶「壓得狹窄」，於是王輝輕鬆地相信只要「把這條弄堂輕輕抹去，中國的一片破舊就將被夷平」，只要走出這條弄堂，或者說只要貧困的物質生活，人們的精神世界就會得到滿足，就能夠「轟轟烈烈地踏著快節奏／湧向開闊湧向舒展湧向太陽。」

　　這似乎是一種悄悄的不動聲色的對比，猶如一把剪刀的兩面相背方向的鋒刃；然而任何一方都會自覺不自覺地被引向極端。

　　倘若我們沿著《遠嫁》的女孩子的足跡走向城市，我們當然會發覺那種對物質的憂慮其實是不無理由的。

　　姚村在他的《城市與姑娘》中不是將城市的煩囂渲染得淋漓盡致嗎？「關於城市總是血壓偏高帶點神經質／太陽像架老牌打字機整天

嘀嘀答答／對準城市所有玻璃窗／沒完沒了嘀嘀答答它在嘮叨什麼」。而且又正是由於這種煩囂才使得人們對「原野走來的小姑娘」，或者說從大自然中走來的天使，才傾注了那麼多的深情。「離離的草莽」、「閃亮的小河」、「銀色的蒲公英」，喚醒人們對於久違了的溫存寧靜的心境的記憶。

王小龍不是也在他的《致詩人》中，以一種幽默而含蓄的語言，對城市人的精神素質提出一種質疑嗎？「這個城市詩人真多／隨便扔一塊石子／準會打中其中一個的腦袋。」都市的錯綜複雜的生活節奏與無所事事的等待，這種矛盾的景觀構成了都市特有的風情畫。

或許，這並非是一個孤立的文學現象，即以當代詩壇為例，我們當然還可以列舉出一大批年輕詩人們的創作。而如果環顧整個人類在二十世紀的都市文學中所流露的心態，我們更不難發覺由於城市物質文明的發展，對於大自然溫情而憂鬱的眷念，熾烈而感傷的詠歎，不是也像思鄉病一樣縈繞在許多詩人的筆下嗎？不同國別、不同社會形態下的詩人幾乎不約而同地結合在這面旗幟下。從波德賴爾的《巴黎的憂鬱》到蘇聯詩人吉特諾夫的《遠方的田野光禿禿令人沮喪》，儘管在對社會、歷史、政治的看法上表現出巨大的差異，但在某一點上卻呈現共同的趨附：人類的生態環境不是一個純粹的生物學問題，它直接或間接地影響到人類的心態構成。換句話說，倘若我們對物質的發展失去一種控制，一種清醒的判斷，物質也會反過來成為異化我們的力量。

然而，這畢竟只是一把剪刀的一面鋒刃，問題還有另外一個方面。我們不會忘記，我們生活在一片怎樣的土地上，相對於它的土地廣袤資源豐富而言，它的科學技術並不發達；相對於它的悠久歷史眾多人口而言，它的經濟基礎並不雄厚。而在它的近代史與現代史中，更充塞了由於經濟落後而挨打的、屈辱辛酸沉重的一頁頁篇章。即使在現實生活中，不也由於經濟的原因而導致許多人受教育的權利的喪失──物質的貧困直接導致了精神的貧困，物質的匱乏導致了人的尊嚴、地位、價值的喪失。當代小說創作曾經自覺地廣泛地深刻地表現

了這一主題，如《被愛情遺忘的角落》、《鄉場上》等，詩歌創作從整體上雖說缺少一種自覺介入的意識，但畢竟也出現過如王小妮的《碾子溝裏蹲著一個石匠》等作品。因而，王輝在《走出這條弄堂》中所表露的對於物質的一種自信、一種尊奉，同樣也是不無道理的。

而那些熱情禮贊經濟的變化、物質的變化對於人們的精神領域衝擊與更新作用的作品，在這個意義上，得到我們的確認。從這一端我們又可以引申出生活（包括城市生活）的另一種喧響，比如楊克的《紅河的圖騰》，不正是由於社會生產力的變化，而導致了一個部落民族的舊生活方式的結束嗎？「陌生的日子新鮮的日子不安的日子」，它真實概括的是一種新的文化生活。在廣義的「文化」中，它涵蓋了精神和物質的兩個方面。姚村在他的《等待球賽的城市》中，不也透現了城市生活的另一種情趣：喧囂，但不失歡快的節奏；令人暈眩，但也令人頓悟生活的廣闊與複雜，在這個意義上，它所反映的不正是人與人的對象世界的統一嗎？

現在，我們可以把這矛盾的兩極拉響導同一點上──把剪刀畢竟有合攏的時候，畢竟有連接它的共同的鉚釘。無論是對物質的懷疑、憂慮，或是對物質的自信、尊奉，都表明著物質的精神化，即物質力量又可能轉化成精神力量。因而，在更高的層次上，他們也是同一的，換句話說，相背的鋒刃可以組合成新的作用力。對於物質的憂慮和懷疑，也許意在警醒，意在謀求人與自然的同一：改造宇宙並不是為了征服宇宙，而是為了讓人更好地與自然和諧共存。同樣，對於物質的自信和尊奉，意在奮發，意在搏擊，意在讓人們從文學道德化的解釋中掙脫出來，而看到畢竟是人的智慧的發展、生產力的發展改變著人的自身。它們的目的都在於人而不在於物。

四、變異性與超文化的美學追求

亨利·詹姆斯說，唯有形式才具有內容，並佔有和保留著它。這段話至少表明了內容與形式須臾不能分離、互為依存對象的關係《現

代西方文論選》，第 97 頁。如是，當詩歌所表現的觀念內涵處在一種深刻的矛盾之際，作為內容依附於載體的藝術形式又怎能擺脫同樣深刻的、被矛盾折磨的命運呢？而反映內容與形式一同受折磨的最深刻的命題恐怕莫過於變異性與超文化美學追求的相互關係了。

所謂超文化的追求，它首先具有的也許是觀念、內容上的意義，即一種超越不同時代文化形態的、共時態的人類情感狀態與認知狀態。天涯羈旅的懷鄉之愁，兩情相戀魚雁難達的嗟歎，人與自然渾然一體的無差別境界……都有可能在無差別意義上獲得某種恒定的價值。不過，僅僅是可能，因為落實到人和一部具體作品，它是否能夠獲得這種價值，又恰恰依賴於它與同時代文化形態的聯繫，亦即它在形式上與內容兩方面的意義上都要呈現出它的變異性，它與以前時代的變化差異──一部文學史不可能在兩個相同的港口停靠。我們不可能成為李白，也不可能成為艾略特。而變化與差異，又只可能是由它的同時代提供──它在多大程度上滿足了該時代的美學的與政治、倫理、經濟的要求。毫無疑問，這種既要兼及時代又要使作品超越時代的矛盾，使得躍躍欲試、想偷嘗禁果的當代詩人們進退維谷。

然而，只要有船，就總有人出發。江河就以他特具的藝術才華，而大膽地切入這一領域，他寫下了令人矚目的《太陽和他的反光》（組詩）。組詩共八首，皆以中國古代神話作為主幹意象，這使題材本身已在某種程度上呈現了超文化追求的姿態。讀罷掩卷，凝聚著人的創造力量與智慧的盤古、女媧，攜著浩然正氣；富於人的犧牲精神的后羿、刑天；將人的崢嶸倔強灌注於大地之間的愚公、精衛、誇父，彷彿從我們想像的雲霓中緩緩而降，步入堅實的大地。在某種意義上，這就是一種成功。這種成功在很大程度上得力於變異性的藝術形式，換言之，江河以一種與古代迥異的歷時態藝術形式──語言結構方式和意象組合方式──去較完美地表達了一種抽象的、古已有之的觀念內涵。然而，這種成功與《從這裏開始》、《星星變奏曲》相比畢竟犧牲了些什麼。在江河大把大把地抓取新的東西時，是不是也從他的指縫間漏掉了一些東西，或許是一些更有價值的東西。也許可以簡單地

說，是時代的介入變得間接了，稀薄了，這就不能不影響到作品的感染力。人們或許要問，作品在多大程度上構成了對古代神話的超越呢？僅僅是藝術形式嗎？儘管我們並不否認這些神話的觀念內涵仍然可以滋潤我們的當代生活。結論是，作為一種超文化的自覺追求，僅僅只有形式或內容單方面的變異性是不充分的。或者說，是跛足的。

我們也許可以從一些我們已經熟悉的作品中，做一些結結實實的藝術分析。比如舒婷的《贈別》。

人生離別的惆悵與傷感，在觀念內涵上無疑也具有超文化的價值判斷。「勸君更盡一杯酒，西出陽關無故人」，這是一種蒼涼與豪邁；「無為在歧路，兒女共沾巾」，這是一種勸勉與激勵；「年年柳色，灞陵傷別」，這是一種詠史與懷古，是長調；「此去經年，應是良辰美景虛設」，這是一種兒女情長，是小令……這裏，審美主體（作者的氣質、經歷、地位、教養）和審美客體（對象的社會、時代特徵都得到了飽滿的藝術表現，也就是說，具備了鮮明的變異性）。而舒婷的《贈別》則別有一番溫柔的憂傷覆蓋下的旨趣。因為離別，她一不無傷感與惆悵，「再也沒有人用肩膀／擋住呼嘯的風／以凍僵的手指／為我披好白色的圍巾」，然而，作為在內容上的變異，《贈別》又以簡潔有力的筆觸，雕塑出那個動亂年代特有的心靈塑像，並把這塑像推到隱晦的時代大背景前：「即使冰雪封住了／每一條道路／仍有向遠方出發的／。」我們不難設想，倘若後世的批評家對「離別」詩作「原型批評」的話，他是不會忽略《贈別》的變異性特質的吧？

應該指出，作為一種自覺的超文化的美學追求，它並不是一個需要人仰視的金碧輝煌的巨廈，它並不傲然蔑視瑣碎的日常生活。它應該是寬容的，像大地，像天空，它更樂於接納帶著露珠的草芽、被蚯蚓拱翻過的田壟，斷了尾巴的風箏，一句話，接納生活的「原生美」。如果說，舒婷的《贈別》的變異性特質是那個特殊年代給予的特殊饋贈，那麼，更為年輕的詩人們，也就是通常被人們稱之為「新生代」的詩人們，同樣從他們所處的時代吸入了一種辛辣的激情，有苦澀，也不無調侃。

　　比如張小波的《這麼多雨披》。詩並不複雜，一對青年男女邂逅相遇，一見鍾情。這又是一個超文化形態的材料領域。早在《詩經》中的《鄭風‧溱洧》中，古代民間詩人就描繪過青年男女踏春相識，最後採摘芍藥定情的質樸而動人的生活畫面。然而，重要的依然是作者鑲嵌在「一見鍾情」框架中的形式與內容雙方面變異性特質。從藝術而言，張小波有意識地橫向移植並融化了「意識流」小說的表現方法，將人物的情緒彌漫為作品的氛圍，描述性意象與象徵性意象互為勾連，比如，「雨披與雨披之間／是大片大片的積水」，「眼睛與眼睛之間，是有意無意的距離」……這就使得全詩的事件進程籠罩在一種詩意的含蓄中；從內容而言，「他試著借了幾回要命的煙，她總是在家擺擺煙攤」，以及關於大氣、工作、旅程的話題，都不無諧謔地以一種誘惑的語調和節奏接觸到普通的當代青年的心境──這同樣是一種變異性的特質，它只能屬於當代。

鳥之雙翼：自然與形式

　　在詩歌史上，自然，是許多詩人膜拜的圖騰。事實上，自然也是我們走進詩人徐芳心靈世界的一把鎖鑰。對自然的態度，或者說自然在詩人心靈深處的積澱和衍變歷程，亦即詩人自然觀的變化歷程，不僅構成了徐芳詩歌主題學意義上的軌跡，同時也直接影響和制約了徐芳詩歌的形式風貌。正是在這個特定的意義上，我們可以認為自然與形式的兩重協奏和變奏，構成了徐芳詩歌的鳥之雙翼。

一、青春的自然

　　幾乎剛剛告別荳蔻年華，徐芳就一腳踏進了詩壇。她發表處女作的時候正是 20 世紀 80 年代剛剛開始，而整個詩壇正在完成一場告別。關於這場告別，文學史家可以條分縷析出許多意義來，但有一點意義對於徐芳來說卻是特別重要的：將自然從庸俗社會學的束縛下解放出來。

　　至今回想起來，那都是一個讓人忍俊不已的年代：一百個一千個詩人卻只能擁有一個太陽。因為太陽已經被徹底符號化了。其實何止太陽，大海、草原、葵花……許許多多的自然物都成了某種政治術語的代用品，奢談在自然中洋溢和滲透詩人的主體精神，無疑是一句空話，一句沒有托住自己下巴的廢話。

　　徐芳在那個反撥剛剛開始的時代，寫下了《蝴蝶結》，寫下了《采青》，寫下了《唱歌的飛碟》。在徐芳的這一系列早期作品中，自然剝離了它的政治油彩，而呈現出它本該具有的氣韻和生動性。換句話說，徐芳是最早按照她所看見的太陽去寫太陽，她所感受到的自然去寫自然的一位詩歌實踐者。年輕的徐芳不乏勇氣，就如她在《唱歌的飛碟》中所歌詠的一樣，在每一個深藏的果核裏，躲進一個快樂的冒

險。政治君臨自然之上的至尊地位消失了，而在徐芳筆下崛起的是青春，是像上帝一樣至高無上而又唯一的青春。她對青春的熱情與對自然的熱情融彙在一起，然後傾瀉如瀑。

這一時期她的代表作是《唱歌的飛碟》。徐芳熱情地擁抱著她的青春，在詩中所出現的許許多多的自然物，都一一對應著青春的情懷。輕盈的腳步是白雲般的，幻想的手臂是長虹般的，柔嫩的眉頭像希望的白鴿，無拘束的笑聲像雛菊綻放，而遐想中的前方的生活和歲月，則超越了地球，落在了銀河之岸。正因為有著如此磅礴熱烈、瑰麗浪漫的青春情懷，那一輪偶像化、普泛化的太陽，在詩人個體生命體驗中有了新的藝術象徵含義。徐芳大膽無羈地寫道：讓太陽和青春的年輪／旋轉如唱歌的飛碟。

青春無羈的徐芳的這首詩，提供了這樣一個信號：自然終於可以同歸於純粹的藝術精神之中了。不過，倘若把徐芳的這種反叛歸之於自覺的藝術行動的話，那顯然是一種誇大，一種對當時時代背景的不切實際的超越；而更為可能的原因是：因為年輕，徐芳較少受到政治教條的束縛，從而自然而然地吐露出她對自然的敏感和摯愛，而這一點對於我們分析和把握徐芳的詩作，恰恰是至關重要的。

與這種以青春擁抱自然的藝術精神相契合，同時也受到當時時代的制約，徐芳這一發軔階段的形式探索，較少個人風格印痕，而更多的是一種共性：以青春的共性代替了政治的共性。

仍然是以《唱歌的飛碟》為例，它勻稱的結構、複遝的句式、迴旋往復的節奏變化，顯然是與昂揚向上的精神風貌相吻合的。但同時也顯現了從聞一多到郭小川直到舒婷的那一脈傳承關係：在整首詩的宏觀框架中，單個的段落長句與短句錯落有致，但段與段之間，卻是勻稱而對仗的。或許應該指出的是，在相當長的歷史階段中，詩歌幾乎在形式上只剩下了這樣的傳承，當一種形式已被模式化、凝固化了的時候，這無疑是一種巨大的悲哀。因為無論怎麼說，創新與另闢蹊徑總是藝術探索的真諦。沒有自己藝術個性的詩人絕不是一個成熟的

詩人。在這個意義上，徐芳這一時期的詩作表明，她只是在積累著、準備著、模仿著，她還沒有發現她自己。

二、牧野之自然

拂去籠罩在自然之上的意識形態化的光暈，自然立即裸露出它的崢嶸，它的峻峭，它的粗糲，它的纖穠，它的萬千氣象。這種本色化的自然，立刻緊緊攫住徐芳的心，她迅即進入了創作的第二階段。這一階段的標誌性作品是《在大山的第一級臺階上》。

這是一個耐人尋味的現象，生在都市長在都市，甚至從小學、中學，直至大學，從學生到留校執教，都未出校園的徐芳，何以會將她的筆觸深深地伸向了大自然的腹地，大自然的最深處呢？答案也許在《在大山的第一級臺階上》已經有端倪可察。背纖者、採石者，那些生活在大山深處，生活在底層的山民們的生活狀態，已經引起了徐芳的深切關注，並影響到她的創作情緒。徐芳在回憶她這一時期的創作時曾寫道：我忽然渴望沉重，沉重得像一座山。

沉重，的確是一個令所有的 80 年代初期的青年人感到誘惑、感到亢奮的字眼。在舒婷的《祖國啊，我親愛的祖國》中，我們感覺到了沉重。那是河岸邊的破舊水車，是老祖母的紡車發出的數百年來疲憊的歌；在韓瀚追念張志新的《重量》中，我們憤懣而又壓抑地感覺到了沉重：她把帶血的頭顱，放在了生命的天平上，使所有的苟活者都失去了──重量；沉重其實更是一種歷史的積澱，是艾青的大堰河，是深愛著俄羅斯文學的徐芳所熟知的十二月黨人和他們的妻子們，深深埋在西伯利亞雪原上的腳印；是羅中立的《父親》，是大西北人西南的血色清晨和黃昏……

承受沉重，思考沉重，顯然成了這一時期的徐芳的創作心態。最終的結果是，她一方面決定承受沉重，而另一方面又決定超越沉重；她一方面肯定著舒婷們所走過的沉重，但另一方面又不想簡單地重複舒婷們的道路。因為她發現沉重是可以超越的，除了用政治化的語言

之外，還可以用另一種語言，一種藝術的，具有生命向度的語言。在這時，徐芳發現她打開了一扇門，一扇具有人性深度的自然之門。

雪峰、草原、大漠、麥地、草垛、野花……這噴發著第一自然原生態之美的景物紛紛湧至徐芳的筆下。

她寫下了組詩《女人們的草原》。雪峰之下的草原是瑰麗的，但草原之上的人生卻難以用瑰麗和平淡這類辭彙去概括它。組詩共有三首，分別是「少女的草原」、「母親的草原」和「永恆的草原」，這實際上是在草原上生活的女人們的一生。全詩彌漫著草原──這一自然物的闊大和蓬勃，深邈和綿遠，從「羊羔子和小白楊的少女」到「老牝馬和舊氈包般的老奶奶」，草原女人的一生，宛如列賓的油畫那般生動地凸現出來。這裏有盈溢著草原汁液的細節：「我們的嫁妝還有青草泥巴」，「草原上無數傷別的路徑／只有母親和妻子才認識啊」；這裏也有人生的三個階段的慨歎：我們孤獨嘍，我們的遠征；我們疲累嘍，我們的駐紮；我們無愧嘍，我們的生死。這裏更有對整個人生，乃至靈魂的拷問：問我們古老的星辰／誰守得住這空空的帳篷／（叫他守，叫她守吧）／問我們流逝的日子／誰守得住這長長的回憶／（叫他守，叫她守吧）。然而，所有的這一切均和價值評判無關。

徐芳似乎無意於在自然物之上鐫刻進她所理解的意義，和尚在理解之中的某種觀念，感動她的只是那種自然而本色的生活形態。確實，感動著徐芳的這種生活形態，也同樣讓我們深深地感動了。說句實話，我就曾一遍又一遍吟誦或者默誦過徐芳的這首詩，而在誦讀的過程中，我常常想起克勞德・西蒙所極其讚賞過的一句話：沒有人看見歷史，如同沒有人看見草生長一樣。我想，這句話倘若用在這首以草原作為背景的詩作的序或者跋中，是再也恰當不過了。自然之上或者之中的歷史，的確是沒有任何人能夠看見並加以表達的。它僅僅是一種狀態，一種充滿著流動著的質感的狀態，我們或許無法清晰地描述、說明這種狀態的意義，但我們能夠感悟它、服膺它，或者還有──膜拜它。

　　讓徐芳在這一時期膜拜的還有《莫扎河流域》。在遙遠而空茫的莫紮河流域，仍然有著讓徐芳無法做出道德臧否和價值評判的人生狀態。這是一片古老的，幾近封閉的大漠土地，生活著一群「熱愛馬群和馴服馬群的人們」。徐芳以一種近乎白描但又極具跳躍感的語句，勾勒出這種狀態：

> 星星和大地之間
> 並沒有什麼變故發生
> 有一個獵手
> 就會有幾頭羚羊撞到槍口上
> 有幾頭羚羊
> 就會有一群餓狼侵襲夜的安寧

　　這種將情感深匿而不露的語言狀態，典型地構成了徐芳這一時期以自然作為直接背景的作品的語言狀態。這一時期的作品還有《白雲歲月》、《危橋》、《野花》、《紫蘆湖的黃昏》、《草垛兒》、《陽光沸騰的矮麥地》、《牛們》……

　　正是在這樣的語言狀態或者說詩歌語境中，我們發覺「沉重」，正被徐芳悄悄地衍變成了一種遙遠，一種闊大，一種綿延，一幅平實而冷峻的圖畫。生活在這幅圖畫中的人們，無論是《野花》中的女孩，或者《牛們》中的老農，無論是《危橋》中終生相望卻又難以聚首的男女，或者就是《白雲歲月》中充分人格化的「白雲和藍湖」，都無法僅僅給我們帶來苦澀和憂傷，而不帶來達觀和快樂。一個充滿人性的自然，一個神秘而遼闊的自然，正是這樣在徐芳筆下樸實而生動地呈現了。

　　值得指出的是，這種藝術呈現既是對象的要求，又是詩歌語境本身的要求，因而徐芳在這一系列作品中，從形式上調動了一切藝術手段，來滿足這種要求。它有時借鑒吸收了蒙古族民歌長調般的頓挫抑揚，如《女人們的草原》；有時又如美國鄉村詩人威廉斯那樣將口語直接入詩，甚至以口語獨白的形式單獨成篇，如《牛們》；有時它如

一幅只知塗抹色彩的印象派繪畫，如《陽光沸騰的矮麥地》；有時它又渾如一首王維或陶淵明的山水短詩，雋永而含蓄，如《紫蘆湖的黃昏》……而所有的這些形式努力，目標都直接指向他們——那些生活在曠野，生活在生糙的自然狀態下的人們。他們的心胸容得下曠野，但命運卻如同曠野中默默地青、默默地黃的一株株青草，堅韌而寂寞，綿延而又遼闊。

而對徐芳而言，這一階段的意義在於：如同他們熱愛草原和大地一樣，徐芳熱愛他們。而由此萌生出的「自然和大地情結」，將會伴隨著徐芳對自然和人生作另一番藝術探索。

三、城市中的自然

在法語中，「自然」是一個饒有理趣的詞，當它第一個字母大寫時，它指大自然；反之，它指向包含人自身的所有存在物之總合。後者和道家的「道生萬物，萬物取法自然，因而萬物皆自然」不謀而合。

進入 20 世紀 90 年代，徐芳的詩發生了很大的變化，而這一變化的關節點，可能正在於她的自然觀發生了悄悄的嬗變。她的眼光已經不僅僅拘囿於「牧野」（曠野）——那種遠離國邑，遠離邑郊，一句話，遠離人類現代文明的大自然的存在；相反，她將自然重新歸之於人自身及其周圍之中。即使對於人與自然關係的那種沉重的思索，她也力圖以一種瓦雷里「純詩」中所表露的睿智，和米蘭・昆德拉所表露的舉重若輕的反諷和自嘲，來加以調和與化解。

請看這首只有三段的《星期日：茶杯》：

一隻瓷杯裏泡著
整個上午的天光
洗衣的……
做飯的……
走來走去的廊間

消失了

風的呼嘯

從沉寂的杯底

竄起一些灰黃的葉片

那是茶——

從春天的樹間摘下的

生命……

嬌嫩的愛……

一片嘴唇無意中沾上

這銷蝕的靈魂

它大聲地噗噗吐出……

　　　　　　——整個下午便只有一種沉降的運動

　　野性的自然仍然依稀存在，那句「從春天的樹間摘下的／生命……／嬌嫩的愛……」，似乎為我們在水泥砌就的四壁裏，打開了一扇遠眺「牧野」的窗。但最終我們還得回到這個「星期日」，這個「茶杯」，這種特定的城市生活的狀態之中。意義或許存在，或許並不存在，但整首詩卻充滿了對特定的城市生活的自嘲：有時（當然不是所有的時候），比如說這個下午，就只剩下「一種沉降的運動」。那些灰色的詞語，比如「泡著」、「迷失」、「竄起」、「噗噗吐出」，既勾勒出一種困惑的生存狀態，同時又與充滿生命質感的「春天」和「樹間」構成了一種反諷，一種如同梵谷筆下抽搐的、反抗的藍色的反諷色調。全詩因此而隱隱傳遞出現代城市生活對人的生存方式的一種異化，一聲淺淺的對於回歸自然本真狀態的喟歎。

　　徐芳是纖細而敏感的，在喧囂嘈雜的城市生活中，她小心翼翼地捕撈起許多這類稍縱即逝的詩意。她的困難在於，城市生活中淡薄的詩意，既被我們傳統所疏離，同時又被西方現代派文學所醜化。比如，象徵派詩歌的一代宗師波德賴爾就直言不諱地認為自然是醜的、惡的，而「一個藝術家的首要任務……是向自然抗議」。但徐芳還是堅

定地以自己的生活大地，作為軸心出發了。見微知著，以小見大，始終是她在城市的浩瀚之海捕捉詩歌之魚的藝術手段。而在城市詩的美學原則上她毫不猶豫地與波氏劃清了界限，她固執地認為：在所有的自然存在物背後，都有它存在的理由，而這理由的核心就是生命的律動，它的戰慄和節奏，它的誕生和死亡，它的憂傷和快樂……美，將在自然中顯現。

　　在美學原則上與《星期日：茶杯》殊途同歸的詩還有很多，比如《陰影》。在許多光明造就的陰影中，徐芳不僅看到了櫥櫃的褐色的影子，時鐘的影子，她還看到了「一枝蘭花也從泥盆裏伸出／它的芬芳的影子」。這裏的「芬芳的影子」與《星期日：茶杯》中的「嬌嫩的愛」在象徵的寓意歸附上應屬一致。這類主題方向大致相同的詩還有：《三月》、《雨後》、《吃蟹》、《從一個平面裏如何被解救》……

　　值得一提的是《從一個平面裏如何被解救》。「解救」，這是徐芳無意中道出的城市人尷尬生存狀態的中心語詞。解救誰？誰來解救？當我們將這首詩與《星期日：茶杯》及《陰影》等詩聯繫起來閱讀時，我們即不難理解，那就是一種缺乏意義觀照的生活狀態等待被「解救」。然而，從技法的意義上來說，《從一個平面裏如何被解救》卻與《星期日：茶杯》完全相反，全詩大面積呈現鋪排的並非是意義的空白狀態，而恰恰是反其道而行之，全詩到處充滿了意義：火車轟鳴所給回憶帶來的快樂，塞滿糖餡的蘋果，漫游心靈的彩虹等等。所有的具有隱喻意味的意象，似乎皆冒出意義的湧泉，意義似乎無處不在，但全詩的結尾卻戛然止於這樣的句子：「躺臥在無奇的夢幻的平坦處／我撫摸天鵝絨的手指／徒然因恐懼／而感到陣陣刺痛……」大面積鋪陳的意義，因為結尾的「刺痛」，突然間兀自喪失了意義，或者換言之，皆變成了「結尾的意義」的反襯和嘲諷。在意義的天平上，它們似乎必有一真又必有一假，孰假孰真，生活無法斷言，詩人同樣沒有斷言，但詩作卻為我們思索城市生活留下了充分咀嚼的餘地。這就如同米蘭·昆德拉在《生命中不能承受之輕》中安排的那粒藍色藥片，

這一能致人死命的藥效究竟是真的抑或是假的並不重要，重要的是它已經構成了對整個生存狀態的反諷和自嘲。

四、梟脛雖短，續之則憂

> 一片遠去的風景
> 就是我——
> 在地平線以下的地方
> 坐著，像一顆馬頭
> 把影子投向膝下的草
> 這有空的日子

這是徐芳題為《秋天》的末尾的一段詩。我喜歡這首詩。在我看來，這首詩努力在向瓦雷里所倡導的「純詩」靠攏，即過濾一切雜質，只把自然所留給我們的巨大的、充滿輪廓線的感覺留下來。在這首詩中，我們所感受到的就是季節的嬗替，或者說，是季節的腳步，沉穩的、巨大的、充滿生命律動節奏的腳步。換言之，抽象的季節，似乎有了生命的感覺，作為抒情主體的「我」在不經意間，與「客體」即「秋天」完成了一個移情互補：秋天給我以寥廓澄爽的心情，而我又給予秋天以生命的節律，並伴隨著秋天進行著一次巨大的空間位移：在地平線以下的地方坐著。

秋天是有生命的，或者說季節是有生命的。無意中，徐芳向我們洩露了她自然觀中的原始主義意味：季節的嬗替是一個巨大的生命在呼吸。在列維·布雷爾那裏，他把這種視萬物皆有靈的藝術表徵稱之為原邏輯思維。但曾獲高爾基盛讚的俄羅斯作家普里什文，卻對此賦予了另一種解釋。在普里什文看來，人是在宇宙的河川裏游泳，個人的生命和普遍的事物法則是完全相合的。普氏還以為，動物、季節和人是具有同樣生命本質的同一類現象。普氏的話，為我們閱讀徐芳的這類詩，提供了哲學註解。

如果說《秋天》的自然觀，所洩露的是對人與季節關係的藝術思考過程的話，徐芳的《沙及向日葵》，則涉及了人與植物（向日葵）關係的藝術思考；而《玻璃魚缸》，則指向了人與動物（金魚）關係的藝術思考。我們不妨對《玻璃魚缸》作一深入解析，這將有助於我們瞭解徐芳的自然觀以及所發散的形式意味。

自然界的各種有生命的動植物，在詩人們的筆下從來就不是一個生疏的主題。在雪萊或拜倫的筆下，在惠特曼或葉賽寧的筆下，在馬雅可夫斯基或葉甫圖申柯筆下，詩人們不是把自然界的動植物作為一種背景、一種映襯人類存在的物質材料，就是把它視為一種征服或超越的對象。當柏拉圖說「人是沒有羽毛的兩腿動物」時，當巴斯卡說「人是會思想的蘆葦」時，人們想到的是一種比喻，而並沒有把自己在宇宙中的位置等同於鳥或者蘆葦。但在《玻璃魚缸》中，徐芳顯然有了另外一種思路。詩中的一句「一個觀察者或者被觀察者」，將人類與魚族的關係擺到平等的地位上去了。當人在觀察魚時，魚是人的被觀察者，但人同時也成了被觀察者。人在被魚觀察時是受動的存在物，而魚則是一種洋溢著生動的主體精神的存在物。循此思路，詩人毫不諱言地謳歌了魚族的偉大、富有建樹以及「像人類一樣」悠久的歷史。然後，詩人寫道：我們共同的生活源自於／共同的隔絕／在玻璃的兩個層面上／人類、魚族和草／按同一種節奏／生長、衰老然後死亡……

徐芳的這種不惜筆墨的熱烈謳歌，除了讓我們重新回顧普里什文的自然觀之外，還會讓我們想起《莊子・駢拇》：「鳧脛雖短，續之則憂，鶴脛雖長，斷之則悲」。莊子的意思是，自然界的動物各具其性，各得其所，我們不能以人類的眼光來要求它們，來為它們劃分出像人類一樣的等級。白雲自白雲，青山自青山，白雲不能說：青山你怎麼是青的呢？青山不能說：白雲你怎麼是白的呢？

既如此，魚族為何不可以是偉大的呢？人類又有什麼理由不與自然界的萬千生物，建立一種綿長的、融洽的、合理的關係呢？

　　徐芳的思索已經接觸到「人類在自然界中的位置」這樣的形而上命題，它已經具有了艾略特所概括的「玄詩」的思辨色彩。這樣倘若我們要為徐芳這一階段的詩作，做出某種形式探索上的界定的話，那麼，我們也可以說艾氏的「思想知覺化」，成為她自覺信奉的藝術信條；也就是說，她將她的不絕如縷的「玄思」，與形式上的知覺化，織就一幅同構對應的斑斕彩錦。就以這首《玻璃魚缸》為例，魚族的生存狀態，她觀察得既實在（游泳和呼吸），又富於想像（用暗號向同類低語），並在最終把魚族的生存狀態，變為人與自然關係的思維狀態；而作為一名女性，詩人還善於將生命的體驗變為生命價值的思考。比如，詩中有一句「季節在我的眼瞼一角拐／彎」，從技法上分析，這句詩運用了瓦雷里稱之為「抽象肉感」的技巧，將抽象的時間語詞「季節」，與感官中的「眼瞼」結合在一起。而一個拐彎，預示著眼角的皺紋，進而隱喻時間的流逝。但從詩句的意義上分析，這種奇特的對於生命想像的細膩體驗，不能不說是女性獨有的。

　　詩人的更為獨到的地方，則是能夠將這種對於個體生命的體驗，上升為對於人類和魚族普泛化生命存在價值的思考，由個體走向群體，由本類走向它類，由存在的瞬間而走向存在的永恆，並在最終將形式和意味，融彙成水乳混成的藝術整體。

右手「第六指」

余光中先生無疑是我尊崇的一位大家。記得在 20 世紀 80 年代的大學校園裏，詩社的同學中互相傳閱著一本已經快散頁的《當代臺灣詩人十家》，流沙河編選，其中就有余先生的《等你，在雨中》、《春天，遂想起》等讓人愛不釋手的絕妙好詩。如此說也許並不過分，在剛剛度過的文化饑荒中，我們幾乎是餓得兩眼發黑，所謂的精神食糧，比如詩，之前倒是鋪天蓋地見識過：在車間，在田頭，但那多半是打打殺殺槍林彈雨的政治詩口號詩，革命詩成為詩的首要，體現在「武器」的價值，或者只是工具，如號筒……或者就是「再踩上一隻腳」的那隻腳！余先生的那些詩於我們卻是鎮靜劑，把我們從詩歌的非常狀態帶回到平常狀態，而我們以為這才是非常之非常，非常之超非常。我們竟也感受到了數千年來的文化心跳，通過余先生的掌心傳遞過來的人物、情景乃至情愫，無一不表達著一顆中國詩心。作為火焰，作為種子，作為中國古典詩歌的一種「內文本」的遷變、演化，它是現代的，也是傳統的。它是中國的，也是世界的。從某種意義上說，在打開余先生的詩作時，我們也掙扎著打開自己，打開歷劫無數傷痕累累的「新詩」。

詩可以這樣寫嗎？像清人王夫之所評李白的《採蓮曲》時贊道：「卸開一步，取情為景，詩人至此，只存一片神光，更無形跡矣」（《唐詩評選》卷一）。情與景，或者是意與象之間的說法，在理論內涵上是存在著種種歧義的。但不管是主從關係，還是並置，目的都只有一個就是：糅合融會。在我看來，余先生的很多詩作（包括那首誰都耳熟能詳的《鄉愁》），都做到了這一點：富有暗示性，主觀的邏輯的理性的表達，除了高度凝練的特性以外，突出體現的就是有情景的產生，或者說意象冉冉升起了。那樣一種情與物的結合，是一加上一而

大於一的效果，由一點而及全面，並且相互映發疊加，產生出迥異的什麼，那多元的「什麼」之狀，便是詩歌之魅了。

我們都曾被魅惑，魅惑的理由還在於余先生的學養實在豐厚（這話絕不是諷刺），他曾戲稱自己：「以右手寫詩，以左手寫散文」。他對自己寫作的四度空間的定義：詩、散文、評論和翻譯。據此，還曾形象地打趣說：「詩是我的妻子，散文是我的情人，評論和翻譯則是外遇！」但設若妻子與外遇難辨其貌分不清彼此，問題就嚴重了；或如橘與枳嫁接結出的新果，雖可能仍有橘的本相，但總難免串味吧？那未必是先生的本意使然吧？比如《誇父》，「壯士的前途不在昨夜，在明晨／西奔是徒勞，奔回東方吧／既然是追不上了，就撞上」，概念先行，筋脈全露，不能作景語，又何能作情語？我所錄的這一句，可以視作結句，或者結穴，雖無大誤，但實在也沒有多少意蘊。而如「埋沒在紫靄的冷爐！——何不回身揮杖／迎面奔向新綻的旭陽／去揮千瓣之光的蕊心？」的句子，不中不西、不古不今，沒到點位，還讓我生出不滿足感。《向日葵》一首，據作者自道是歌頌梵谷的，我不揣冒昧地認為：意象的鋪排跨度大，卻缺少連接，似實卻虛，還是一個概念的組合，全詩如下：「你是掙不脫的誇父／飛不起來的伊卡瑞斯／每天一次的輪迴／從曙到暮／扭不屈之頸，昂不垂之頭／去追一個高懸的號召」。

還有像《火浴》這樣有浪漫主義風格的詩篇，和余先生批判過的郭沫若的一些冗作，情感外在化的面貌並無二致。語言與「繡口一吐，便是半個盛唐」相比，明顯遜色。比起小說等文體，詩有許多弱項，所以也就有了一些強項，比如語言就是。詩語是詩家必須要爭短長的一個考場。對於五四以來的新詩來說，也不是到了白話即止，反而卻有了更多的問題，誰能舍之而走得遠呢？

以余先生的才學，他沒有把自己寫慣寫好的那些詩，作為發展的唯一途徑；沒有俯身就範於一片叫好聲中，而在本來詩意比較貧瘠的理性思考的範圍裏索求詩意或作詩意的表現，應該也是一種嘗試。就更大的範圍來說的，對現代詩的拓展，總算是一種不願匍匐前進的努

力吧？！其中的煎熬，或許也就是之所以艱澀乾涸的原因？我把它們稱為余先生右手的「第六指」，也許每個詩人都有自己的「第六指」──生長中的難以避免的變異（據很先進的理論說，其實我們每個人的出生都重複了從猿到人的歷史，包括其中的錯誤），當然我們都希望它只是其中的一個過程，而不是結果。洞明詩事與練達詩情的目標達成，或者需要我們好詩與壞詩都寫過，然後才能「因為懂得，所以慈悲」。

《荒原》：象徵主義詩歌的巔峰之作

一

　　湯瑪斯·艾略特（1888-1965）是當代西方詩歌界極有影響、極有成就的大詩人，1948 年諾貝爾文學獎的獲得者。長詩《荒原》是他的代表作，迄今為止仍被譽為英美現代詩歌的「里程碑」。

　　《荒原》是一部十分深奧、複雜，甚至帶有幾分宗教神秘色彩的作品。詩人至少引用了三十五個不同作家的作品和流行歌曲，使用了六種語言（包括識者寥寥的梵文），熔鑄進大量典故，潛心於象徵和暗示，加上具體表現手法中的意象的跳躍和疊加，通感的運用，潛意識的流露，物象在感情鉗制下的扭曲和變形，詩體和句式的多變，比喻的奇特和荒誕，所有這一切，使整篇作品顯得光怪陸離，頭緒紛紜。對於不諳西方典故和象徵主義表現方法的讀者來說，《荒原》猶如一座徑曲巷深的迷宮，置身其間而苦於無導遊圖。在文學史上，它與歷來被認為難解如謎的但丁的《神曲》和歌德的《浮士德》相比，有過之而無不及。艾略特本人也並不回避《荒原》是晦澀難懂的這一事實，親手在這 433 行的詩篇後附加了長短不一的 51 條注釋。

　　儘管《荒原》晦澀艱深，難點密佈，卻值得一解。這不僅是因為《荒原》在西方文學史上的地位及其對後人的影響，更重要的是因為《荒原》在藝術形式上所取得的重大成就，確實把象徵主義表現方法發展得更臻完善。解剖、分析、研究《荒原》，對於我們瞭解曾在歐美詩壇上雄峙多年，至今仍然影響巨大的象徵主義詩歌的藝術特徵是大有裨益的。

　　《荒原》發表於 1922 年。這時，象徵主義詩歌作為一個文學流派，已經「流」了七八十年。其間，湧現了一大批在詩壇上享有盛名

的象徵派詩人，諸如波德賴爾、馬拉梅、維爾哈倫、瓦雷里、里爾克、葉芝、龐德等等。他們的詩歌作品作為對浪漫主義注重客觀描寫與直抒胸臆的否定和反沖，明顯地具有意象奇特、內涵豐富、詩意濃縮等長處；然而另一方面，由於象徵派詩人反對直接抒情、議論，往往刻意捕捉一瞬間的感覺、幻覺甚至錯覺，因此又造成了運用象徵主義表現方法反映廣闊社會內容的困難，以及詩作本身題材狹窄的缺陷。

艾略特通過《荒原》向我們展現了西方世界經歷過第一次世界大戰後的廣闊社會生活的場景。在艾略特看來，現實世界是錯綜複雜、變化多端的，大戰浩劫後的歐洲更是如此，無論在政治生活、經濟生活方面，都呈現出愈加複雜的現象。愁雲慘霧籠罩著西方世界，它是一片荒原，一座地獄。人與人之間根本無法溝通，到處是勾心鬥角、爾虞我詐；人們根本不克制自己的慾望，反而是放縱了自己，頹廢、迷惘、墮落充斥整個社會，人性被扭曲、壓抑，變成了畸形。現實社會的大量異化現象擺在艾略特面前，他開出的醫治、克服這一系列異化現象的唯一藥方就是皈依宗教，歸順天主。

廣闊的社會生活內容，複雜的、多側面的思想情緒，要以象徵主義表現方法加以反映，確非易事。藝術的天才在於克服困難，艾略特很好地解決了它。他以「一位少年英雄尋找聖杯」的宗教傳說及大量典故為緯，以「情緒的客觀對應物」──「荒原」、「水」、「火」等一系列鮮明的意象為經。經緯交錯，細針密線，織起了一張藝術之網。由於所有的經線和緯線都是塗上象徵和暗示色彩的，因此這張藝術之網穩穩當當地羅致了艾略特努力表現的廣闊社會內容和多側面的思想情緒，取得了藝術上的成功。

《荒原》藝術上所取得的巨大成就是以往的和同時代的象徵派詩人望塵莫及的。同時，它也證明了象徵主義表現方法，在藝術表現的規模和內容上，完全可以達到可與傳之於世的史詩式作品相媲美的高度。

二

象徵主義表現方法的運用貫穿整篇《荒原》，滲透每一章節，是這部名篇最顯著也是最重要的藝術特色。

象徵派詩人反對和蔑視浪漫主義對客觀事物的白描或直抒自己的胸臆，主張變抽象為具體，化感覺、情緒、思想成意象。所謂意象，就是表現人們某種情緒的具體形象。法國詩人馬拉梅（1842-1898）說：「象徵派的詩是要想法把理論裝成感覺靈活的形式，但這裏不是他最後的目的，不過要用以說明這是主觀的理想罷了。」艾略特本人也這樣說過：「在藝術形式中唯一表現情緒的途徑是尋找客觀對應物。」這說明象徵主義表現方法以特定事物來暗示情思，它避免思想情緒赤裸裸地暴露，而依賴象徵和暗示，造成特定的情緒氣氛。在《荒原》裏，幾乎找不出一句抽象概念的直接顯露，詩人所有的思想全部披上了形象的彩色外衣。失去宗教信仰的歐洲成了「荒原」；人與人之間爾虞我詐的關係成了「對弈」；無節制的情慾成了燃燒的「火」；全知全能的上帝成了「雷霆」；社會的醜惡和腐敗成了「屍首」；「水」既象徵著活潑的生命，又象徵著洶湧的情慾。《荒原》的總題目和五個章節的小標題（一、死者葬儀，二、對弈，三、火誡，四、水裏的死亡，五、雷霆的話）就是由這樣一套意象組成的。至於其他的意象，如「遲鈍的根芽」象徵庸俗的人們，「傾塌的城」象徵東歐的革命，「煤氣廠」象徵現代文明等等，在詩中比比皆是。如果把整部作品比作大樹，那麼「荒原」的意象就是主幹，「屍首」、「對弈」、「水」、「火」、「雷霆」就是大的枝枒，而其他眾多的意象就是樹葉。《荒原》是大量意象構成的有機整體。

象徵派詩人強調詩應是「人類情緒的方程式」而不是「人類情緒的噴射器」。所謂「方程式」也就是要求詩能留給讀者思索、解釋和再創作再豐富的天地。也就是說，《荒原》並沒有中止全部的創作過程，艾略特僅僅完成了作者的那一半，另一半卻要靠讀者的再創作去

完成。《荒原》裏的大量意象組成的正是這種「方程式」，其中隱藏著
耐人索解的「未知數」。例如：

> 一堆破碎的偶像，承受著太陽的鞭打，
>
> 枯死的樹沒有遮陰，蟋蟀的聲音也不使人放心。
>
> 焦石間沒有流水的聲音。

這裏，「偶像」、「太陽」、「樹」、「蟋蟀」、「焦石」、「流水」各自
象徵著什麼呢？它們之間又有著什麼樣的關係？作者要表現的是何
種情緒和思想？通觀全篇，反覆體會，我們以為「破碎的偶像」是指
宗教的衰敗和原有的社會價值觀、道德觀的被摒棄，「太陽」是詩人
眼中的社會邪惡勢力，「枯死的樹」是指人們貧乏、猥瑣、毫無生氣，
「蟋蟀的聲音」象徵著包括思想界、新聞界、出版物在內的整個社會
輿論，而「焦石間沒有流水的聲音」則點出了整首詩的主題：第一次
世界大戰浩劫後的歐洲猶如密佈焦石的荒原，人們的心靈也恰似焦石
般的貧瘠、乾裂，一切都死氣沉沉，沒有生命的流動、跳躍。當然，
這樣的推斷並不一定與作者的本意完全吻合，或者大於，或者小於。
然而，只要把握住這些意象所透露出的作者不滿、失望和憂心忡忡的
情緒，我們的理解應該說是大致準確的。

《荒原》裏的大量意象，還給人一種很強烈的新鮮感和突兀感。
這種感覺很大程度上是由於詩人奇特的想像和大膽的比喻引起的。這
裏也就牽涉到象徵主義詩歌與其他流派詩歌在比喻和想像運用上的
重要區別。通常的比喻是以事物間相似的屬性為基礎的，通常的想像
也是有一定的明顯的推理關係作為橋樑，它們或者為大家所公認，或
者稍作思索即能理解。例如，用紅蘋果比喻小孩的臉蛋，從攀山越嶺
想像到人生道路的曲折和艱難。然而象徵主義的比喻和想像卻帶有主
觀隨意性、直覺性，只要一瞬間的感覺能反映內心的情緒，這個感
覺就能成立，感覺基礎上的比喻就能運用，想像就是合理的。這不
僅大大開拓了比喻的天地，使兩個十分疏遠，幾乎沒有任何聯繫的
事物也能相比，而且在想像鉗制下的客觀對象超越人們的常識發生

扭曲和變形，從而給人們留下深刻的印象。《荒原》開頭就有這樣幾句詩：

> 四月是最殘忍的一個月，荒地上
> 長著丁香，把回憶和慾望
> 參合在一起，又讓春雨
> 催促那些遲鈍的根芽。
> 冬天使我們溫暖，大地
> 給助人遺忘的雪覆蓋著，又叫
> 枯乾的球根提供少許生命。

　　四月是春天的開端，春光明媚，萬物復蘇，應該是美好的，卻詛咒它「最殘忍」；冬天，朔風凜冽，草木凋零，卻讚美它「使我們溫暖」。詩人對人們的常識作了驚人的顛倒，對傳統的褒貶無疑是辛辣的嘲諷，事物的本來面目被嚴重地扭曲變形。同時，詩人又把「四月」和「冬天」人格化，「四月」不僅能「參合」「回憶和慾望」，而且還能下命令給「春雨」；「冬天」也能給「枯乾的球根」下達任務。這裏表現的是詩人在荒誕社會裏的荒誕情緒，以及對社會現實的極度憤慨和失望。扭曲的意象首先是扭曲的情緒造成的。詩人認為戰後的西歐社會是一片「荒原」，這和冬天所帶給自然界的景象倒是合拍的，因而感到「冬天」溫暖，而理應隨春天而來的繁榮和復蘇恰恰和「荒原」的現實形成尖銳的對照，令人絕望和痛苦，從而是殘忍可憎的了。

　　在《荒原》中，意象的大量運用，還使意象與意象之間呈現十分複雜且又微妙的關係。前面所引例子，在意象的相互關係上，還比較單純、顯見。作品中更為複雜的是意象之間的跳躍關係和疊加關係。所謂「意象跳躍」，就是抽掉各個意象之間的關係詞，使一個意象和另一個意象相互脫節，以加強每個意象的刺激性，去引導讀者體會意象之間比句法關係更深的含義。用艾略特自己的語言來表述，就是把「解釋性、連貫性的東西，即『鏈條上的環節』」砍掉，形成「突然的對照」，以產生「最有力的效果」。《火誡》的第二節共

四行:「吱吱吱唧唧唧唧唧唧受到這樣的強暴。鐵盧。」這是由三個意象組成的。「吱吱吱」是燕子的鳴聲,象徵著死後變成了燕子的泊勞克奈;「唧唧唧」是夜鶯的鳴聲,象徵著死後變成夜鶯的翡綠眉拉;「鐵盧」既是鳥鳴聲,又是殺死泊勞克奈和翡綠眉拉姐妹倆的國王的名字。詩人由燕子聯想到夜鶯,再跳進至這場慘劇的製造者鐵盧歐斯,似乎善良、美麗的姐妹倆的精靈在悲憤地控訴暴君的罪行。三人之間的關係糾葛在詩句中是隱而不表的,詩人意識的流動和跳躍過程全憑讀者的歷史知識或者詩後附注的提示去體會。「意象疊加」的方法是被艾略特譽為「最卓越的匠人」的龐德提出的,即運用一個意象和另一個意象之間的比喻關係而產生的豐富奇特的聯想,這兩個意象之間的比喻非常微妙,需要讀者的想像作一次跳躍。用「意象疊加」方法寫的詩句,往往更加難懂。《荒原》裏,詩人把抽象的醜惡比喻成實體的「屍首」,再把「屍首」的埋葬比作能「發芽」「開花」的種子,由此來表現西歐社會的醜惡表面上的死亡,實質上的繁衍。再如把社會比作「死了的山」,再從嶙峋尖削的岩石近似牙齒進而比喻為「吐不出一滴水」的「滿口齲齒」,使人聯想到社會的吃人和人們無法生存。這些變幻的比喻恰似三級跳遠,把很複雜的思想內容濃縮到盡可能短的一組組意象裏,具有很大的藝術感染力。

運用通感的修辭手法和潛心於表現錯覺、幻覺,也是象徵主義的藝術特徵。《荒原》中也不乏這樣的例子。所謂通感並不神秘,它是一種感覺引起另一種感覺的心理現象。在人們的日常生活中,視覺、聽覺、觸覺、味覺、嗅覺往往可以彼此互通,顏色似乎會有溫度,聲音似乎會有形象,冷暖似乎會有重量。自韓波以來,象徵派一直主張「五官不分」。托麥斯詩云:「我聽到光的聲響,我看到聲音的光」,「我的舌頭大叫,我的鼻子看到」。《荒原》中,夕陽「絳紅陰沉的臉」,發出「冷笑咆哮」就是一例。夕陽給人的色彩感覺,應該通過視覺器官來感受,這裏卻挪移至聽覺器官來感受;再如「寒霜般的沉寂」,觸覺向聽覺挪移;還有香氣「把煙縷擲上鑲板的房頂」,通

過動詞「擲」，飄嫋的煙氣有了可觸可摸的質感。通感的運用，造成離奇乖巧的情緒氣氛，使意象更具立體感。如果說通感是各種感官間的交叉，那麼錯覺和幻覺則是各種感官間的紊亂。表現錯覺和幻覺，是要揭示人的心靈和無意識領域。一般浪漫主義詩歌都是停留在意識領域的，也就是說，是在對客觀事物所能覺察到的範圍內描寫要表達的對象，或者抒發處在正常思維狀態下的清晰的情思。但是，象徵派詩人認為，人的心理功能範圍並不只限於意識，有些思想情緒在無意識的境地反而能夠很好地加以表現。《荒原》中有這樣的詩句：

> 誰是那個總是走在你身旁的第三人？
> 我數的時候，只有你和我在一起
> 但是我朝前望那白顏色的路的時候
> 總有另外一個在你身旁走
> 悄悄地行進，裹著棕黃色的大衣，罩著頭

明明只有「你和我」，卻又發現第三人，而且還是有動作、有衣著特徵的實實在在的形象。這種內心錯覺的顯露，表達了詩人的「上帝和你同在」的宗教情緒。這幾句詩，我們不能理解為一種美好願望的抒發，而只能是詩人長期信仰發展到極致所造成的瞬息錯覺。詩人在注釋中特別指出，自己是受了南極探險家某次錯覺的觸發而引起的。此外，詩人還描寫到幻覺：「可是在我身後的冷風裏，我聽見，白骨碰白骨的聲音，慝笑從耳旁傳開去。」多麼陰森可怖的景象：屍骨相碰，鬼魂慝笑。這無論如何不是現實世界的情景，而只能是一次幻覺。然而幻覺總也事出有因，總是或多或少、或正或反、或直或曲地折射出現實世界的本質，以及潛伏在心靈底層的某種情緒。我們從中可以更深刻地領悟到當時的病態社會留在作者頭腦中的深深的恐怖感和荒誕感。

三

藝術的辯證法告訴我們，一種表現方法有它的長處也必定有它的短處，而且長處往往在某些意義上又恰好成為其短處。象徵主義也不能例外。象徵主義羞於直接表達觀念，強調世界是「象徵的森林」，這一方面使得其詩作形象豐富，但另一方面極易陷入神秘主義的泥潭；另外，象徵主義反對現實主義忠實客觀世界的細緻描繪，它就無法表現社會生活中的一場普通對話；強調一切通過象徵和暗示，儘管使得意象的內涵具有很大的假定性和伸縮性，也因此喪失了部份真實感；尤為突出的困難是：一個意象，如「荒原」可以概括整個西歐社會，然而對眾多的細枝末節的小事物卻難於用意象一一象徵。因此，要反映戰後西歐廣闊的社會生活的風貌，不僅要線條粗獷有力，而且要刻畫精細入微，不僅要表現主觀情緒，而且要描繪客觀真實，單單靠象徵主義的技巧顯然是不行的。作為藝術大師的艾略特深諳這一點。通觀《荒原》全詩，象徵主義和自然主義交替運用，互相融合，前者為主，後者為輔，互補長短。《荒原》能夠被公眾認為「里程碑」，在一定程度上，正是得力於這兩種表現方法的有機統一。

在《對弈》一章中，詩人用自然主義手法描繪了下層市民麗爾和她的同伴的長篇對話，裏面運用了大量的生活細節，如「打胎」、「鑲牙的錢」、「她還只三十一」、「他在軍隊裏待了四年」、「她已經有了五個。小喬治差點送了她的命」等等。這些細節對人物的身份、年齡、性格和相互關係進行定性的刻畫，藉以表現她們的無聊、庸俗、虛情假意和爭風吃醋。末了兩人告別，作者又添加了三個普通女性的名字：畢爾、璐、梅，然後再用泛指的「可愛的太太們，明天見」煞尾，暗示出像麗爾和她同伴那樣心靈上呈現「一片荒原」的人不是個別的，而是社會的普遍現象。這又是象徵手法了。在《火誡》裏，詩人精細入微地描繪了女打字員的睡床：「沙發上堆著（晚上是她的床）襪子，拖鞋，小背心和用以緊身的內衣。」這幾乎像一張焦距對準的

照片一樣清晰，反映出女主人生活上的懶散倦慵，混亂不堪。這裏如果用象徵手法來寫床上亂七八糟的小對象，反而會模糊不清。接下去，詩人在細緻描寫女打字員和「長疙瘩」的小職員放縱情慾的曖昧關係之後，又轉入象徵主義的手法：「我，那曾在底比斯的牆下坐過的又曾在最卑微的死人中走過的。」借用底比斯成為荒原是因為俄狄浦斯王在不明情況下和母親犯了亂倫罪的典故，暗示放縱情慾是造成現代「荒原」的根源，會把人變成行屍走肉。上述例子說明，即使在自然主義描寫的段落，也糅合進了象徵主義的手法，兩者是緊密結合的。

自然主義在艾略特的筆下，也沾染了象徵手法的氣息，那一些客觀的細緻的描寫，被賦予了暗示作用。「長疙瘩」的小職員告別女打字員後，「他摸索去路，發現樓梯上沒有燈……」沒有燈的細節，暗示他走向黑暗。在另一處，作者描繪上流社會的女人當著姘夫的面梳妝打扮：「在火光下，刷子下，她的頭髮散成了火星似的小點子，亮成詞句，然後又轉為野蠻的沉寂。」暗示兩人在一番甜言蜜語的情話之後，墮進情海中去了。

首先，我們把艾略特對生活場景和人物關係的客觀描寫歸為自然主義，而不看作現實主義，這是因為這些描寫體現了自然主義的特徵。自然主義把人看作生物學意義上的人，即只有情慾，不知其他。艾略特也是如此，他在附注中說，《荒原》裏「所有的女人只是一個女人」，同樣，詩中所有的男人也是一個男人。詩人把他們都看作只有情慾本能的人，在情慾之火中無法救拔。其次，自然主義主張對病態事物進行細緻的描繪。《荒原》中的許多細節，也是具有病態、畸形意味的。如描寫泰晤士河的一段，詳細地寫了「空瓶子，夾肉麵包的薄紙」；在描寫海濱遊覽區的一段，甚至列舉了「髒指甲」這一事物。

自然主義與象徵主義的有機結合是《荒原》突出的藝術特色。這些自然主義的描寫，由於是鑴刻在整個象徵體中，所以也明顯地表現出象徵意味，而這兩種表現方法的合流，也是當代西方文學史上一個重要的文學現象。

四

　　對於一般的讀者來說，《荒原》好像蒙罩在撲朔迷離、光怪荒誕的氛圍中。這是毫不足怪的。這不僅因為艾略特運用了大量的象徵主義表現手法，還因為他在作品中援引了大量的典故。這些典故和全詩有機地融合起來，使原已難懂的詩句變得更加複雜。我們知道，典故本身就是複雜的意象。它可以刺激人們進行廣泛的聯想。典故所具有的暗示、隱喻等特點和象徵主義的創作原則十分吻合。如前所述，艾略特在《荒原》裏，至少引用了三十五個不同作家的作品及流行歌曲。被艾略特引用的作家和作品，縱古貫今，文體、內容均不受拘囿，從古希臘、古羅馬的荷馬、維吉爾、奧維德到中世紀的但丁，從文藝復興時期的莎士比亞、彌爾頓到 19 世紀中葉法國的「惡魔」詩人波德賴爾，從斯賓塞輕快的歌謠體到瑪麗·拉里希伯爵夫人的回憶錄，皆可取其所需，納於筆底。這些作品中的斷片和人物的出現，把原作品的形象和情調帶進了《荒原》，而原作品的形象和情調又與《荒原》本身的形象、情調相交錯，相融會，在它們之間產生了相當微妙的關係，獲得了十分奇特的藝術效果。

　　典故的運用直接影響到《荒原》的主題確立及其謀篇佈局。艾略特本人也承認：「這首詩不僅題目，甚至它的規劃和有時採取的象徵手法也絕大部份受魏士登女士（Miss Jessie L. Weston）有關聖杯傳說一書的啟發。」有關聖杯傳說的故事是這樣的：某個地方的魚王是一國之主，他國土的肥沃取決於他的健康，他因傷生命垂危，於是國土變成「荒原」。而要醫治魚王，必須尋找聖杯，聖杯象徵著起死回生的神力。因而就有一位少年英雄，歷經種種艱險，找回聖杯，使「荒原」復蘇。顯然，聖杯和艾略特在全詩中強調的拯救荒原的宗教力量有關。在艾略特看來，大戰浩劫後的歐洲也正「生命垂危」，迫切需要聖杯，亦即需要宗教。全詩反覆出現有關「荒原」、「聖杯」、「耶穌」、「教堂」的描寫，加強了這一典故給人的主旋律感，使得「荒原」的

宗教傳說和「荒原」所起的主幹意象的作用，完美和諧地形成一個藝術整體。

大量典故的引用，還起著突出今昔對比的作用。英國 16 世紀詩人愛德蒙·斯賓塞的《結婚曲》裏有這樣兩句疊句：「可愛的泰晤士，輕輕地流，等我唱完了歌。」這本是描寫泰晤士河上美麗的景色，愉悅的氣氛的，具有伊莉莎白時代婚禮的富麗堂皇意味，艾略特援引這疊句，並把它巧妙地安排在第三章《火誡》的開頭部份，反覆出現，同「空瓶子，夾肉麵包的薄紙，綢手絹，硬的紙皮匣子，香煙頭」等俗不可耐的事物相互映照，以古典世界的優雅、高潔的境界反襯今日的猥瑣、下賤。而且，疊句本身是十分舒緩、抒情的，但引用在這裏，卻反顯出作者的感傷與對往日的嚮往。同樣，在《死者葬儀》一章裏，作者自然地把瑪麗·拉里希伯爵夫人的回憶錄《我的過去》中的兩段情節悄悄引入。這兩段情節一段是描寫盲無目的的空虛無聊生活，另一段是對童年純真活潑生活的回憶，本身就形成鮮明的今昔對比。童年的純真美好，今日的庸俗無聊，通過對比突出地顯現了人們精神世界的荒原景象。

用典故來表現思想觀念，除了直接的類比作用外，還有強烈的暗示作用。《荒原》中，艾略特常常運用典故來暗示情節，暗示情緒，暗示氣氛，第二章《對弈》一開始，艾略特就引用了莎士比亞的名劇《安東尼與克莉奧佩特拉》中的句子。克莉奧佩特拉是古埃及的女王，艾略特先用壯麗的詞句描寫她的儀態萬方和雍容華貴，然後又用「小瓶裏，暗藏著她那些奇異的合成香料」，「這些香氣在上升時，使點燃了很久的燭焰變得肥滿」等淫蕩的意象來表現她的驕奢淫逸。艾略特以這一典故來暗示整個上流社會的女人都在墮落，沉浸在情慾的大海中而無法救拔。某些地方，艾略特故意模仿但丁《地獄》中的詩句風格和樣式，來暗示倫敦是地獄和煉獄。

典故的引用能夠突出今昔對比，並起到暗示的作用，其實，在典故的這些作用顯現出來的同時，它還顯現出另一作用：創造「對立情緒的平衡」。艾略特自己曾以肯定的口氣指出詩歌中應該產生一種「對

立情緒的平衡」。所謂「對立情緒的平衡」實際上也就是事物之間的相互對立，相互比較，從而產生的藝術整體的統一，即「平衡」。典故的引用，無疑是有助於這種「平衡」產生的。以上文已經闡述的「今昔對比」的事例來看，典故中的斯賓塞筆下的泰晤士河美麗、高雅，而現實中的泰晤士河卻是骯髒腐敗，充滿庸俗男女們縱慾的淫亂氣息。這裏，高雅與庸俗，美好與醜惡，崇高與卑瑣，活潑與放縱，純真與虛偽，可愛與可憎等兩種情緒的對立比較是明顯的，正是在這種對立比較中，作者痛恨現實，懷戀往昔，渴望宗教救世的矛盾心理得到充分反映。

五

　　一定的內容總要通過一定的語言形式才能得到表現。對語言形式的創新和改造，藉以來表現作者對世界的複雜認識，也是象徵派詩人的一貫主張。

　　為了表現《荒原》複雜的思想內容，艾略特在語言形式方面也作了巨大努力。初看《荒原》，整首詩的形式似乎雜亂無緒，根本無規律可循。在全詩中，艾略特極少押韻，多用口語形式，但是艾略特的自由體和一般的自由體不同，在表面雜亂的背後，凝聚著他的精心安排。他廣泛運用不同文體，句行變化，排列方式，標點符號，文字時態和連續的音樂性的內在節奏來暗示詩人內心的情緒、感覺、印象，來造成一種特定的氣氛。

　　不同文體的運用，會造成各種不同的氣氛。在《荒原》中，艾略特常常巧妙地利用文體的變化，來充分表現自己的思想情感。《荒原》第一章「死者葬儀」的第一、二節，作者採用的是凝重濃縮的書面語詩體，來描寫荒原的景色，可是從第三節開始，文體卻突然改變，採取了華格納歌劇中的明白曉暢的歌謠體。輕快、短促的歌謠體，象徵著幸福、純樸的愛情，象徵著天真無邪，胸襟清淨的情感。而當這些美好的情感在骯髒的人寰中喪失殆盡之後，文體又恢復了先前的沉

鬱。文體的變化有時還會產生很強烈的對比效果，艾略特在第二章《對弈》裏。就採取了這樣的方法。在描寫上流社會的女人克莉奧佩特拉的時候，作者使用了大量華麗的辭藻，是典型的書面語。相反，對在小酒店裏對話的麗爾和她的女伴，則用口語和俚語來描繪。這種文體的差異，形式的對比，很好地說明了她們分屬於不同的階層。

利用句式的變化來象徵情思，也是艾略特所擅長的。第五章《雷霆的話》裏，作者就用冗長拖遝的句式，單調的重複，來表示找水的困難重重和荒原上需要水的迫切性，然後又用短促的句式表示了對有水、有生命世界的熱烈憧憬。在第一章《死者葬儀》裏，還出現了這樣的句式：

> 你的臂膊抱滿，你的頭髮濕漉，我說不出
> 話，眼睛看不見，我既不是
> 活的，也未曾死，我什麼都不知道……

這種句式是耐人尋味的。「話」，我們既可看作前句的「我說不出」的賓語，似乎也可充當後一句的主語。同樣，「活的」兩字也是此理。艾略特是一個注重文學傳統的人，這一段的句式中，他就明顯地吸收了法國浪漫主義詩歌中特別發達的拋詞法。拋詞法的運用有助於將重要的詞的價值顯現出來。在這裏，我們可以看到，拋詞法的運用，句式的變幻不定，對烘托作者留意往昔，既迷惘又憤恨的徘徊不定的複雜情思，起了相當大的作用。

標點符號，排列方式是和造成連續性的內在節奏緊密相關的。象徵主義詩歌強調打破舊的傳統的詩的節拍、韻律的束縛，代之以連續性的音樂性語言。《荒原》的創作，正是這種理論的實踐。在《荒原》中，有時句子很長，但是不分行；有時句子按語言習慣可以連在一塊，但又故意拆開；有時按正常語法規則運用標點，有時卻偏偏違反，不用標點，或僅用詞和詞，句子和句子的脫離、換行來表示停頓。總之，究其實質而言，標點符號的運用，排列方式的變化，都不是根據語法結構，而是根據詩人內心情緒的節奏需要來決定的。比如，為了描繪

泰晤士河的今昔，艾略特在第三章《火誡》的泰晤士河三個女兒的歌裏，省略了標點符號，並用非常短促的句式排列。從而強調了泰晤士河昔日的恬靜柔美，今日的混亂骯髒，不堪入目。在第五章裏，艾略特為了表達出對現代社會墮落的強烈憤慨，索性在句子中省略了按通常語法規則必不可少的標點：「倫敦橋塌下來了塌下來了塌下來了。」在句子滾動的氣勢中，我們似乎也可感覺到「倫敦橋」的確在無可挽回地倒塌。這種對標點符號、排列方式的靈活運用，使句子的節奏隨感情的變化而變化，形成了一種內在的音樂美。

　　艾略特在語言形式上的匠心甚至涉及文字的國別和時態。在《荒原》裏，艾略特引用了六種外國語，通過這些外語的引用，一方面給作品造成一種特殊的情調，另一方面又可用文字的國別來暗示自己要表達的思想情感。第五章《雷霆的話》中，「恒河的水位下降了……」一句，「恒河」，艾略特用的是佛經的釋名「殑伽」。作者想通過文字國別的變化來說明宗教的衰弱，同樣，全詩的最後，艾略特用梵文來表示雷聲，象徵著人們只有皈依宗教才能得到解救。文字的時態，艾略特也並不忽略。第二章《對弈》裏，在引用奧維德《變形記》裏有關翡綠眉拉的傳說時，凡描寫翡綠眉拉的動作，皆用過去時，而寫到「世界也還在追逐」一句時，則用了現在時。時態的劇烈變化表明了艾略特這樣的看法：世界依然在參與國王鐵盧歐斯對翡綠眉拉的暴行。

《海濱墓園》：瓦雷里「純詩」理論的藝術實踐

一

> 多好的酬勞啊，經過了一番深思，
> 終得以放眼遠眺神明的寧靜！

1945 年，在戴高樂提議和主持的隆重國葬之後，法國詩人保爾‧瓦雷里（1871-1945）安息在因他的詩句而聞名的故鄉的「海濱墓園」，鑴刻在大理石墓碑上的就是他的名作《海濱墓園》中的這兩行詩。

瓦雷里的名字是和《海濱墓園》聯在一起的。他出生在一個海關官員的家庭，早年學習法律，在 1888 年至 1891 年間寫了許多詩，其中有一些在象徵主義運動的雜誌上發表並受到推崇。但是後來藝術上的挫折和 1892 年由於單戀而引起的絕望情緒使他離開了繆斯女神，「把自己獻身於一種『知識的偶像』」（The New Enayclopedia Britannica，No.19，pp.17-18.）。瓦雷里苦心研讀哲學近二十年之後，復出詩壇，發表了長詩《年輕的命運女神》和《海濱墓園》，終於一鳴驚人。特別是後者的發表，奠定了他在西方象徵主義詩歌運動中的特殊地位和巨大影響，許多學者譽他為「二十世紀的法國最大的詩人」，是「純粹詩」的倡導者和「自我沉思派」的首領。1921 年法國《知識》雜誌組織文藝界普選，瓦雷里又榮獲「當代第一詩人」的桂冠。至今，《海濱墓園》已被譯成世界各大語種，收入西方的所有重要的詩選。

在歐美現代詩歌中，唯一可與之比及的長詩是美國詩人艾略特的《荒原》，兩者都具有「里程碑」的意義。如果說《荒原》是以廣角鏡下的歐洲社會寫照取勝，那麼《海濱墓園》則是以轉向深自內省的

心靈特寫見長；如果說前者把宗教救世的藥方鑲嵌在象徵主義的藝術畫框，猶如朦朧模糊卻又依稀可辨的印象派作品，那麼後者則在同樣的畫框內塞進了哲學解脫的藍圖，恰似只有線條色塊、讀來深奧艱澀的抽象派繪畫。《荒原》和《海濱墓園》分別發表於 1922 年和 1920 年，在反映第一次世界大戰後西方的社會危機和精神苦悶方面各有側重，在豐富、完善象徵主義表現方法上也各自作出了獨特的建樹，而《海濱墓園》晦澀難解的程度則比《荒原》更甚。

如何用詩的形式表現高度抽象而又深奧複雜、有時甚至是含混神秘的哲理。這是橫亙在瓦雷里面前的巨大困難。既要防止寫成哲學講義、文字遊戲，又要避免哲理的深刻性淹沒消失在形象的生動性之中；既要使讀者或深或淺地領悟到哲理的韻味，又要使讀者品嚐到詩句的美感；這確非易事。艾略特在評論瓦雷里時說：「他一直忙於解決那些無法解決的難題——詩是如何寫成的，他的詩歌就是他解決難題的材料。」（20th Hilerary Oritcism1972，Londom，p.253）浪漫派詩人注重對事物的白描和直抒胸臆，他們的哲理詩往往是用準確的語言描述清晰的思想，雖有明確易懂的長處，卻未免失之於乾癟，缺乏詩意的含蓄和意象內涵的深廣。象徵派蔑視無論對客觀事物還是對心靈世界的直接描述，他們強調曲折地象徵和暗示，化抽象的概念、哲理為具體可見可感的形象，要求詩的語言具有多義性、伸縮性，不僅有字面本身的含義，而且還有含蓄的象徵意義，以象徵派詩人身份登上詩壇的瓦雷里，在創作實踐上堅持了這些主張。《海濱墓園》裏，他把抽象艱深的哲理鐫刻在大量意象組成的具有建築美和音樂美的象徵詩體上，解決了面臨的難題，從而「與前輩詩人相比具有更嚴肅、更有分析、更獨立的風格。」（20th Hilerary Critcism1972，Londom，p.258.）

二

瓦雷里認為，詩的靈魂不應當是情感，而應當是智慧；詩所表觀的不僅僅是浮於表層的形、色、聲、香、味，而首先是潛伏在事物內

核的哲理。他甚至宣稱：詩歌本身不是他的興趣所在，文學創作就像數學和科學一樣，對他來說僅僅是他自己思想工作的一面鏡子（The New Enayclopedia Britannica，No.19，pp.17-18.）。

《海濱墓園》通過詩人對世界和人生的本質及其相互關係執拗的追索，所經歷的從苦澀陰沉到倨傲歡欣，又從消極頹唐到激昂進取幾經反覆折騰的心靈歷程，傳遞出他苦心經營的哲學結論。詩中所蘊蓄、滲透的哲理是豐富、深奧而複雜的：既有唯心論和形而上學的神秘氣息，又有辯證法的思想閃光；既流露出人生如夢的虛無主義糟粕，又洋溢著積極進取的現實人生態度；既表現出反宗教的強烈戰鬥精神，又時而偷偷投向上帝的懷抱。總之，充滿矛盾，瑕瑜互見，猶如一塊混合著各種思想、色彩雜亂的調色板。

首先，從詩人對世界和人生的哲理認識來看。詩的開頭寫道：

> 這片寧靜的房頂上有白鴿蕩漾，
> 它透過松林和墳叢，悸動而閃亮。
> 公正的「中午」在那裏用火焰織成大海，
> 大海啊永遠在重新開始！

這裏寫到了海、墓地、天（「中午」，亦指太陽）、人（這一切的觀察者、思索者），海象徵著整個物質世界，天象徵著「絕對」，海和天是合一重疊的形象，構成絕對世界，墓地象徵死亡，喚起對人生的思索，人則代表著精神、感知、動、變和消逝的時光，這已經點明了全詩的特定場景（海濱墓園）、特定情思（對人生、世界，真諦的苦苦追索）和哲理主題（靜止與變動、世界與人生的對立）。

在瓦雷里看來，物質世界是絕對的靜止。這一思想在詩中不是用清晰準確的哲學術語來表述的，而是通過對海和天的描繪曲折地象徵和暗示的。詩中，大海「平靜」、「安靜」、「寧靜」、「安眠」、「沉默」、「安靜像山積」，天是「紋絲不動的『正午』。」相反，人、生命和感知則是和永恆的變動相聯繫，而這又是通過象徵生命、感知的詩人自我形象和象徵變、動等抽象概念的意象來透露的，如「看我多麼會

變！」「它能瞧，能要，它能想，能碰。」世界的絕對靜止和人生的永恆變動，是貫穿滲透全詩的兩個基本思想。前者和柏格森關於物質世界是絕對靜止的形而上學觀點驚人地相似，後者則明顯地包含著黑格爾辯證法思想的因素。瓦雷里思想中這樣深刻的內在矛盾，決定了他即使是對辯證法的態度也是時而動搖，時而堅信，並制約著情緒一會兒低沉，一會兒激昂。例如：「齊諾！殘忍的齊諾！伊利亞齊諾！你用一枝箭穿透了我的心窩。」齊諾是紀元前的希臘哲學家，以著名的「飛箭不動論」（認為飛箭每剎那都在箭程的一點上，行動等於零，零加零不會有增）否定運動的存在。面對挑戰，詩人卻無意舉起辯護的盾牌，更沒有以有力的進攻戳穿齊諾的相對主義的詭辯，而是「靈魂承受了多重的鬼影」，陷入痛苦和陰鬱之中，然而詩人畢竟不願丟棄對人生變易的信念，轉而又激昂慷慨地呼籲：「不，不！……起來！投入不斷的未來！」回到他正視人生而悟出的哲理。因此，就詩人對人生的思索這點來說，辯證法思想還是自覺或不自覺地佔了上風的。

其次，從詩人對世界與人生間相互關係的認識來看。既然世界是絕對的靜止，人生是永恆變動，那麼兩者就存在無法消彌的矛盾：靜與動的對立。當然，瓦雷里理解的對立不是辯證法意義上的對立統一，而是承認絕對擯棄相對的矛盾兩極。在此前提下，詩人追索的是：靜止的世界是不可知的還是可以認識的？變動的人生面對世界是無能為力的還是有所作為的？在這個問題上，詩人固有的思想矛盾又一次暴露得非常充分。

面對世界，詩人勇敢、坦然、還帶點高傲：「整個的靈魂暴露給夏至的火把，我敢正視你，驚人的一片光華／放出的公正，不怕你無情的利箭！」「夏至的火把」即不動的太陽，「絕對」的象徵；「光華」、「公正」、「利箭」指刺激人的感官的物質世界的表象，這裏意象所暗示的是人與世界不可調和的衝突關係及人對世界的敵視情緒。緊接著，詩人的靈魂像一面光潔的明鏡，針鋒相對地將光輝、利箭射還給「絕對」，然而這樣做「也就將玄秘招回了幽深的一半」。那麼殘剩在靈魂上的另一半究竟可否認識呢？詩人轉向思索自我，探究靈魂深

層：「苦澀，陰沉而又嘹亮的水池，震響靈魂裏永遠是在來的空洞。」至此，詩人從高傲的峰巔墜入陰鬱失望的深淵，探索的結果是一連串的零，世界是神秘莫測空無所有的黑洞。但是，與這悲觀的不可知論調相反，詩中又肯定人的認識能力，強調世界的可知性：「我攀登，我適應這個純粹的頂點，環顧大海，不出我視野的邊際。」象徵整個物質世界的浩瀚大海皆包孕在人的認識理解範圍之內，世界的本質如高聳的峰巔仍逃不脫人的征服。這裏，世界又是實實在在的、光亮的和可知的，與虛無的「空洞」、以利箭傷人的「火把」大相迥異，單單從象徵塗抹的感情色彩上就可瞥見詩中哲理的矛盾和情緒的跌宕。

與世界可知性問題相聯繫的是人生的命運、價值和意義，即人生究竟是虛無還是有為？人是世界的主宰還是世界的奴隸？「靜」支配、戰勝「動」還是恰恰相反？同樣，詩所反映出的又是尖銳的內在矛盾。「完善的頭腦，十全十美的寶冠」，這是對理智的歌頌，對人的讚美，流露出人是「宇宙的精華，萬物的靈長」的驕傲。我「就是你宏偉的寶石發出的裂縫」！這是向世界發出的強者的聲音，人生的「動」注入、影響並改變著世界的「靜」，人生是多麼有作為！然而，當詩人環顧墳塚墓穴，想像著土層下「蛆蟲織絲在原來湧淚的眼眶」時，情緒又急落直下，撥響低沉傷感的哀音：「都歸了塵土，還原為一場春夢。」在瓦雷里看來，人生畢竟逃脫不了無法回避的自然法則，終於成了「虛空的一堆」，永恆的動被絕對的靜所鯨吞，物質世界支配主宰著人的命運，人生又多麼虛無！動，生命使他樂觀進取；靜，死亡又使他消極悲歎。問題的癥結在於：瓦雷里沒能認識生與死、動與靜的對立統一，沒有把人對世界的認識看作一個不斷繼承、發展的運動過程。一代人有一代人的認識的歷史條件和任務，都是綿延無盡的認識鏈索中不可缺少的一環，人能夠依靠不斷獲取相對真理而步步逼近絕對真理，人生應該是積極進取的、有意義的。

再次，從詩人對宗教的態度來看。《海濱墓園》中的情思宛如波峰浪谷，幾起幾伏，而強烈的無神論思想則兩次成為情緒曲線由低向高的轉捩點和原動力。迷茫的濁霧和陰鬱的雲層在反宗教的憤怒之風

掃蕩下消散，情感的天空重又顯出明朗的亮色。與宗教勢力不可兩立的立場堵塞了通往彼岸世界去尋求現實世界和人生真諦的路徑，不僅是詩人頭腦裏的精神支柱之一，而且也是作品閃現思想光彩的重要光源。

墳叢旁、墓碑上雕飾的白鴿和守衛神象徵著聖靈，闖進了詩人的思考。詩人信仰哲學而厭憎神學，崇拜自我而蔑視上帝，為哲理思索地被打攪而憤怒，高喊：「出色的忠犬（注：指大海），把偶像崇拜者趕跑！」「趕開那些小心翼翼的鴿群，那些好奇的天使、空浮的夢想！」表現出對聖靈的大膽褻瀆和鄙視，情思也由迷茫跌進到「神志清明」。詩人把攻擊的矛頭指向宗教騙局的核心「靈魂不朽說」和「極樂世界說」，認為人死後並無靈魂的存在、個人的存在和天堂的存在，肯定現實世界和人生，主張投入生活的鬥爭和創造，反對以虔誠的信仰去換取廉價的宗教安慰。詩人使喚的武器有兩件，一是以醜陋的形象象徵抽象的宗教謬說：「瘦骨嶙峋而披金穿黑的『不朽』，戴著可憎的月桂冠冕的慰藉手」；二是冷嘲熱諷：「美好的海市蜃樓，虔誠的把戲！」入木三分的思想，犀利潑辣的言詞，將宗教欺騙駁得體無完膚。這一立場，無疑是繼承了他的同國人狄德羅戰鬥的無神論思想。

然而，即使在宗教問題上，世界觀的矛盾仍然像影子緊跟著瓦雷里。他一方面擯棄上帝，另一方面又偷運進泛神論的形象，如「神明的寧靜」，「對神祇的最高的獻供」。泛神論是當時盛行的生命哲學思潮的畸形兒。生命哲學認為，生命不僅是有機物的一種特性，也是世界一切事物共有的特性，生命是一切事物的本質、存在基礎和發展動力，於是，上帝創造世界變成生命創造世界，崇拜萬物代替了崇拜上帝，萬物皆神。瓦雷里顯然是受到這股思潮的影響。在《海濱墓園》裏，有時是人海合一，有時是人海天合一，生命注入萬物，人與世界一塊「交融創造」，這是矛盾無法消除而又企圖輕易解決所走上的心造的捷徑，神秘玄妙得令人費解。瓦雷里雙手持劍與宗教唯心主義搏殺，兩腳卻陷在哲學唯心論的泥淖。

綜上所述，《海濱墓園》的哲理是奇妙的混合物，矛盾的統一體，消極與積極交織，正確與謬誤並存。從貫穿全詩的情緒曲線來看，辯證法因素、反宗教思想和積極的進取精神往往與情緒的上行方向相聯繫，相反，形而上學、泛神論和虛無主義則與下行方向分不開。從全詩結尾三節中諸如「奔赴海浪去，跳回來一身是勁！」的進取昂奮調子來看，似乎積極、進取的思想在詩中佔了更多一點的成分。列寧在分析托爾斯泰作品中的顯著矛盾時曾指出：「托爾斯泰的觀點和學識中的矛盾並不是偶然的，而是 19 世紀最後三十幾年俄國實際生活所處的矛盾條件的表現。」同樣，《海濱墓園》所反映出的瓦雷里世界觀中的深刻矛盾也不應該單單從他自身去尋求原因，究其實質，也是當時歐洲社會矛盾深化和各種哲學思潮衝突鬥爭的產物。首先，《海濱墓園》的寫作年代，正值歐洲剛剛經歷過第一次世界大戰和十月社會主義革命的社會大動盪，在現代主義諸流派的作家中出現了兩極分化的趨勢，左翼歌頌十月革命，揭露帝國主義戰爭的罪惡，右翼則吹捧法西斯主義，宣揚宗教救世思想。瓦雷里在政治上是中間派的代表，因此他的矛盾、苦悶、彷徨、動搖的思想特徵表露得分外突出。其次，十月革命大大推動了馬克思主義哲學的傳播，而各種資產階級唯心主義哲學思潮也廣為流行，特別是柏格森的唯意志主義在當時法國風靡一時，瓦雷里動搖、猶疑的政治立場決定了他兼收並蓄的治學態度，他的評論著作既使用過「辯證法」一詞，又不時露出柏格森「生命哲學」侵蝕的痕跡，這些現象正和他詩作中的矛盾相應合。這一切表明，瓦雷里一方面是一個享有盛名的天才詩人，另一方面又是一位複雜的思想家。在這個意義上，《海濱墓園》哲理內容的深刻矛盾也就不難找到合理的解釋：一方面它反映了大戰後西方知識份子的心靈世界的矛盾，追求人生和世界真諦的決心與現實世界帶來的苦悶相互衝突，這對我們不無一定的認識價值；另一方面，它也反映出作者回避尖銳的社會矛盾，轉向深自內省的「自我中心思想」。

三

　　《海濱墓園》是運用象徵主義表現方法創作的哲理詩，抽象的觀念與深奧的哲理是鐫刻在大量想像組成的象徵體上的，毫無疑問，意象的繁多和複雜，意蘊的含蓄和多義性，象徵派獨特的表現技巧，都為我們讀懂《海濱墓園》增添了更多的困難。幸運的是現代文藝批評已經取得的成就為我們提供了解決這些困難的鑰匙。從分析詩的意象入手，找出詩中反覆多次出現的意象，由此就能掌握作品的基調，並能使其他變化不定、散見或孤立的意象顯現出它的作用。著名的現代文藝批評家弗萊以為：「每一首詩都有它的獨特的意象的光譜帶；這是由體裁的要求、作者的偏愛以及無數其他因素造成的。」（諾思羅普‧弗萊著，《批評的解剖》。）《海濱墓園》中也有這樣的「獨特的意象的光譜帶」，全詩中反覆出現的「海」的意象和多次出現的「墓園」的意象即是。這一獨特的意象光譜帶，包容了詩的主題意義，並將其他眾多而分散的意象黏合串聯起來，構成完美和諧的藝術整體。

　　「海」的意象在詩中具有雙重象徵意義，在「海」象徵物質世界時，是抽象觀念「絕對靜止」的體現，海是「平靜的房頂」，「穩定的寶庫」，「米奈芙神殿」；當人海合一，海注入了「動、變」的因素時，海又成了「斑斑的豹皮」，「閃光的白龍尾」，「繚亂的書葉」。圍繞「海」的意象，海之一切：海面，海浪，海之上空，海之涯岸，海中的生靈，無不被詩人一一賦予象徵意義，成為「海」的意象的分支和週邊。同樣，「墓園」這一主體意象象徵死亡，和詩人對永恆變易的人生的思索連在一起。當詩人悲觀頹唐時，墓園是「大理石底下夜色深沉」，「埋骨的地方」，當詩人奮發進取時，墓園又成了「光明的一片土地」，大量在象徵中浸泡過的意象如綿羊、鴿群、鐵柵、空骷髏、塵土、蛆蟲、牙齒、火炬等等，都和「墓園」這一意象紐結在一起。海和墓園分別象徵著世界和人生，而人海在詩中有時是合一的，例如：

「時間」的神殿，總括為一聲長歎

……

作為我對神祇的最高的獻供，

茫茫裏寧穆的閃光，直向高空，

播送出一瞥凌駕乾坤的藐視。

首句中，神殿與海同位，長歎指人，「總括為」一詞表明人海已合一。「閃光」指閃爍的海面，已經不是靜止世界的象徵，而是人的化身、人的目光，「高空」則仍然象徵物質世界，因此，整個意思不是指大海蔑視天空或太陽，而是指沉思者獻出人最寶貴的驕傲，暗示出人海合一和人要支配「絕對」的進取態度。這裏，象徵手法（通過客觀對應物表現主觀情緒）與哲理思想（人海合一）水乳交融地合為一體。人海合一在「海」與「墓園」兩個意象間架起橋樑，使兩者相互對立又相互關聯。如果把「海」與「墓園」這兩個主體意象比作互相交叉的柱樑，那麼它們統領下的眾多意象就如磚瓦，壘砌起一幢象徵的大廈，容納全部的哲理。值得指出的是，以象徵暗示來表現哲理內容，一方面使詩的意象具有豐富複雜的意蘊，給讀者想像的馳騁提供了廣闊的天地，可以反覆品味和再創作，正如瓦雷里的老師馬拉梅所說：「詩的享受恰恰是慢慢地猜測，不直呼其名，而引人自己去體會，這才是美夢。」（《西方文論選》（下卷），第261-262頁。）然而另一方面，意象的多意和不明確性，被象徵物的隱匿，使《海濱墓園》晦澀艱深的程度令人咋舌，真正能理解其中哲理的只限於狹小的圈子，有些詩句的內涵至今爭論不休。儘管如此，西方欣賞《海濱墓園》的人還是很多，因為略有文學修養的讀者自會體味詩句的優美，而不必深究詩中所含的哲理。

與許多象徵派詩人不同，瓦雷里不僅以象徵手法來暗示情思，避免哲理赤裸裸地暴露，而且運用象徵集中地描寫景物，烘托氣氛。一般的意象派詩人囿於以自我為中心，注重表現內心感受，對描寫客觀景物不屑一顧；一般浪漫派詩人往往以白描手法寫景，優美絢麗有

餘，誘發讀者想像不足。瓦雷里則居於中間，既不放棄象徵，又不忽略景物。《海濱墓園》裏，特定的場景觸發了哲理的思索，景物的轉換牽連著情緒的升降，景物的描繪是全詩不可或缺的有機部份，但又都是通過象徵的鏡面來折射的。例如詩中描寫大海：「這片平靜的房頂上有白鴿蕩漾。」房頂、白鴿分別象徵起伏的海面和行駛中的白帆船，渲染出適合於思索的恬靜氛圍。儘管海的波浪和帆船隱而不表，粗看令人費心猜詳，但聯想到「海濱墓園」的特定環境，疑團就解開了。同樣詩中描寫墓地時也沒有明說：「充滿了無形的火焰，緊閉，聖潔，這是獻給光明的一片土地，高架起一柱柱火炬，我喜歡這地點。」這裏的火焰、火炬其實是修剪成火炬形的柏樹，在陽光照射下染上火紅的顏色，以火炬的意象為下面激烈、憤慨的反宗教情緒作鋪墊。這樣的象徵性描寫就比較費神，需要以熟悉墓地景物的生活經驗和一定的想像力為鑰匙，才能順暢地讀懂。

如果說運用象徵表現哲理是隱匿了抽象觀念的直接顯露，運用象徵寫景是避免了被比物的直接描摹，那麼運用瓦雷里稱之為「抽象肉感」的方法，則是抽掉了關係詞，使抽象觀念與具體意象同時出現，相互撞擊，形成強烈的照應，產生有力的藝術效果。所謂「抽象肉感」並不神秘，它實際上就是「具象與抽象的嵌合」。抽象觀念缺乏具象的可感知性，具象又缺少抽象觀念的概括性和深度，兩者一結合，特別是連綴成一個片語，就會互補長短，產生深遠的暗示和奇特的新意，抽象觀念得到具體生動的凸現，生活中感官的平常感受也向抽象意義的縱深推進，恰如陰電與陽電接觸，爆發出奇異的能量和耀眼的火花，現代派詩歌理論把它稱作「暴力性嵌合」，並把這一技巧的來源追溯到 17 世紀英國玄學派詩人，認為這是現代派詩歌「致秘性」之所在。這一方法如果運用得當，確能使意象更具立體感，出現「透明度」。《海濱墓園》中，「鹹味的魄力」就是運用了「抽象肉感」的方法。顯然，這裏原來應有的關係詞被抽去了，應該是「像鹹味一樣的魄力」，抽象的「魄力」與具體的「鹹味」被強行黏合一起，其中暗含著新奇的比喻關係，這就使詩句凝練、含蓄、奇特，耐人尋味。

運用「抽象肉感」有時也不省略關係詞，也不局限於一個片語，而只是在幾乎都是描述性的感性意象上，突然嵌進一個抽象詞，這樣就把抽象觀念拉出到可感知的平面上。例如：

> 人來了，未來卻是充滿懶意，
> 乾脆的蟬聲擦括著乾燥的土地。

這裏，詩人的內心情緒由於思考人生，在悄悄向感傷方面發展。命運的不可捉摸，苦澀陰沉的「絕對的靜止」即將侵蝕詩人的進取精神。被嵌進詞句中的抽象詞「未來」究竟是什麼樣的呢？可感知的意象為我們理解這神秘的「未來」提供了注腳。它恰如人們在夏日裏懶散倦慵的感受，聒噪的蟬聲，乾燥的土地，毒烈的日頭，使人倍生煩悶，不願動彈。「未來」不能使人奮發，和這可感知的意象內蘊恰好是吻合的，這樣，抽象的「未來」就烙上了具體生動的可感性。「抽象肉感」的方法和現代派提倡的「思想知覺化」的藝術主張是一致的。艾略特曾提出「像你聞到玫瑰香味那樣感知思想」（轉引自《外國現代派作品選》第一冊（上），第 15 頁。），無疑，這一方法對於《海濱墓園》這樣的長篇哲理詩來說，有著更為重要的作用。

對比喻的極端重視也是象徵派詩人在藝術實踐中的重要特徵。他們不僅依賴於象徵（事實上它是一種隱喻），創造了奇喻（以彼此似乎毫無聯繫的事物作比），而且把比喻的表現技巧大大豐富發展，拓寬了比喻的天地。在《海濱墓園》中，突出的就是運用了「比喻群」。「比喻群」就是在較短的詩節中設置眾多的比喻，猶如集束手榴彈，而且往往都用隱喻和象徵，猶如數學方程式，這兩個特點使它與單一的明喻、象徵或者排比、博喻（一般都是明喻）相比，在激發讀者想像和使詩意高度濃縮方面，具有更強烈的藝術效果，詩中有這樣的例子：

> 出色的忠犬，把偶像崇拜者趕跑，
> 讓我，孤獨者，帶著牧人的笑貌，
> 悠然在這裏放牧神秘的綿羊——

> 我這些寧靜的墳墓，白碑如林，
> 趕開那些小心翼翼的鴿群。

　　這裏，忠犬象徵大海，鴿群象徵宗教，綿羊比喻墳墓，白碑比喻樹林，牧羊人則是詩人自喻，短短五行詩裏熔鑄進五個比喻。而且，比喻之間合掌似的互相對應，網路般地互相勾連，巧妙地借用比喻體之間一目了然的關係揭示被比物之間的感情糾葛，即牧羊人放牧一群綿羊，指揮忠犬趕走棲息在樹上的鴿群（白鴿是墓碑上的雕飾）。整個比喻群好比一組多元一次方程，憑藉想像才能索取到未知數的解及其相互關係。「比喻群」的另一種形式是比喻體的單向跳躍、遞進。比如，把情話比喻成情絲，再用情絲織一件衣裳，進而說衣裳能給人溫暖和力量，沿著想像的線索，一個比喻比另一個比喻更進一層，由實至虛，再從虛到實，每一次跳躍都將詩意向縱深開掘。《海濱墓園》中有這樣的詩句：

> 對！賦予了澹狂天稟的大海，
> 斑斑的豹皮，絢麗的披肩上綻開
> 太陽的千百種，千百種詭奇的形象。

　　詩人先把「動、變」觀念比喻成狂暴不羈的大海形象，謳歌了「動、變」的力量，再把充滿活力的大海比喻成豹皮，豹也是具有力量的動物，接著又由豹皮可作披肩，再作一層比喻，最後則從披肩的絢麗著眼，比喻為太陽「千百種詭奇的形象」。這裏比喻間的遞進關係是微妙的、含蓄的，需要讀者的想像連續作幾次跳躍，猶如三級跳遠。整個比喻群疊床架屋，是一道一元多次方程式，而「動、變」進取的精神將會給人生帶來五光十色、豐富充實的生活內容，這就是方程式的答案。

　　以上論述的象徵（它是一種隱喻）、抽象肉感（它暗藏著比喻關係）、比喻群等藝術手法的運用，無不受著詩人藝術想像力的制約，這正如波德賴爾所指出的那樣：「人對於顏色、輪廓、聲音、香味會

有精神上的感覺，就因為受了想像的指示。它在開天闢地的時候創造了比喻和隱喻。它分解了整個宇宙，然後用積聚和整理的材料，按照只有在它靈魂深處才能找得到的規律，重新創造一個世界，產生出新鮮的感覺。」（《外國理論家作家論形象思維》第 47 頁。）而艾略特則認為想像是「綜合的、有昇華作用的、能化生活素材為藝術經驗的白金片」（轉引自《外國現代派作品選》第一冊（上），第 11 頁。）。瓦雷里把哲學家的深刻和藝術家的想像集於一身，在這個意義上，我們幾乎可以用一句話來概括《海濱墓園》的藝術特色：深奧複雜的人生哲理，在詩人奇譎瑰麗的藝術想像力的重錘上，迸射出五光十色、迷離奇特的光芒。

四

法國當代批評家蒂蒲苔在他的《保爾·瓦雷里論》裏，稱瓦雷里的詩「有如處於三個詩派的交叉點：古典派、巴那斯派，以及象徵派，而把它們合成共同的原素。」（參見《法國文學的主要思潮》。）瓦雷里對各派詩歌及音樂、舞蹈、建築、語言等方面的廣泛興趣和淵博知識，為他藝術形式的追求和創新提供了堅實的基礎。《海濱墓園》裏，古典派、巴那斯派主張的嚴謹詩律和象徵派追求的音樂效果巧妙融合，使鐫刻著哲理的象徵體不僅具有意象美，而且具有建築美、音樂美。

瓦雷里除了最崇敬馬拉梅之外，還以詩律嚴謹著稱的古典派詩人馬賴爾勒（1555-1628）為師。在他看來，詩應當從形式的束縛中產生，反覆推敲錘煉，以嫻熟的技巧取勝。正如巴那斯派的先驅左蒂埃（1811-1872）在《藝術》一詩中所說：「女神，你得穿狹小的高跟皮鞋！」《海濱墓園》可以說是詩人戴著詩律的腳鐐跳舞，看似輕巧自如，實則字字句句飽含辛苦。全詩共分二十四節，每節六行，每行十音節，法文律詩規定的「行中大頓」（即章節間較大的停頓）一般都在前四音節後，後六音節前，顯得整齊勻稱，平穩凝重，宛若豐富的

語言在同一個詩模裏澆鑄出的產品。其嚴格的程度可以和中國古詩中的律絕相比。結構上講究細針密線，前後照應，渾然一體。全詩首句與尾句都出現「平靜的房頂」，互相呼應又互相對比。散佈在相鄰幾節詩中的同義詞（如平靜、安靜、寧靜）和上節末句下節首句中出現的「頂真性」形象（如忠實的大海和出色的忠犬，空骷髏與頭腦裏的住戶），使節與節之間勾縐連環，緊密銜接。如果把每節詩比作一層樓房，全詩比作一座高樓，那麼這些同義詞和「頂真性」形象就是層與層之間起粘連作用的水泥漿。

象徵派詩人認為，以音樂性來表現主觀情思是詩的重要藝術特徵，他們追求所謂「來自個人聽覺的主題的無限性」。法國詩人魏爾侖（1844-1896）在他專門論述詩歌藝術時曾宣稱「音樂，首先是音樂」（參見魏爾倫《詩的藝術》。）。馬拉梅則更直接地說：「青年一代詩人，他們從音樂直接獲得創作衝動。」（《西方文論選》（下卷），第262 頁，第 261 頁。）瓦雷里則在一次文學演講中說：「請允許我援引一個相似的概念來證明詩歌王國這一概念。那個概念非常簡單，且容易解釋，這就是音樂王國。」（20th Hilerary Critcism，1972，London，p.358.）他在談到自己創作《海濱墓園》的過程時說，有一陣心裏老是回盪著一種六行十音節而沒有內容的節奏，爾後他傾注了平生的思想感情，方完成這篇傑作。全詩音調鏗鏘有力，節奏準確明快。法文中形聲詞和雙聲疊韻的大量運用，使詩富於動聽的音樂性。嚴格的韻腳排列（aabccb），使詩中迴盪著和諧的旋律。情緒低調和高調的交遞轉換，給人音樂的流動感。在某種程度上可以說，全詩的哲理主題是通過聽覺主題來表現的。即使詩篇翻譯成中文，我們還是能或多或少地感受到詩中的音樂美。

《海濱墓園》嚴謹的詩律恰當地服務於其哲理主題，流動的音樂感很好地表現為「人生變易」的題旨。瓦雷里在這些方面的嘗試獲得了成功，使他無愧於象徵派一代大師的桂冠。

（本文係李其綱與方克強合作完成）

《航》：柳詞浸潤之後的上闋與下闋

那時辛笛還是清華大學的學生，那時辛笛正擁抱著他的青春，那時的辛笛也就自然而然地寫出了《航》。

「航」的靈魂是驛動，是從一個地方向另一個地方漂泊，是告別養育自身的母土向著陌生世界的打量和眺望，是流浪，是歌，當然更是天然地與青春與激情有一種聯繫。幾乎可以說，沒有一個年輕人不渴望著「航」。

因為有了「航」，那就意味著要告別港灣——那該是故鄉，該是母親的手臂，該是家中的小屋所瀰漫的呢喃柔情。港灣是「航」的背景，在這樣的背景上綴著淡淡的、難以名狀的憂傷。

就有了全詩的第一段，那如莫內的筆觸一般的印象主義的畫幅：朦朧，但色彩乾淨俐落得近乎透明。紅的落日，白的帆，暗如黑蝶的海水。三種色塊構成了強烈的視覺衝擊力，它衝擊的主題就是「帆起了」，「航」開始了；或者換句話說，繫在青春之上的解纜亦即告別開始了，世界的色彩是如此明淨，但告別的儀式又是那麼古老：讓人想起了陽關，想起了折盡柳枝的灞陵。

事實上，我還想起了柳永，想起了「有井水處即能歌柳詞」的柳永。古人云：仁者樂山，智者樂水。翻讀柳詞，那是有著許許多多的「航」的印跡的。與仗劍浩歌蜀道之上、悲涼頓挫陽關西出以及燕然未勒仰天長歎的離別相異，柳詞的離別卻常常相關著一個輕輕柔柔的「航」：《雨霖鈴》中的「楊柳岸，曉風殘月」是「航」之中的夢醒時分；《採蓮令》中的「一葉蘭舟，便恁急槳凌波去」，是「航」中的惜別與相思；《夜半樂》中的「殘日下，漁人鳴榔歸去」，是「航」之中偷窺的俗世勝景；《安公子》中「聽杜宇聲聲，勸人不如歸去」，則抒發著「航」之中的蒼茫與無奈的情愫……而辛笛《航》詩中的第二段，那用類似於「漁人鳴榔歸去」的白描手法寫出的「檣上的人語／風吹

過水／水手問起雨和星辰」，則無疑有著古典的遺韻，或者更進而言之有著柳詞的某種風骨。

但辛笛畢竟是辛笛而不是柳永，在剛剛經歷過「五四」新文化運動洗禮的 20 世紀 30 年代初，辛笛是不屑於也不可能在他的「航」中裝滿柳永的小兒女情態的。如果我們把《航》的第一段和第二段看作類似於詞的上闋的話，那麼，在接下來的第三和第四段，則無疑很像有著邏輯遞進關係的下闋。上闋是很具象化的描繪，所有的畫面和細節，盈溢著感性的生動與活潑，視覺、聽覺、觸覺融會在一起。但下闋卻筆鋒陡轉，由具象而轉入抽象，由感性而轉向理性。顯然，年輕的辛笛想在「航」這一舊瓶中裝上他所釀造的新酒，裝上他對世界和人生的某種理念。

下闋的中心詞是一個「圓」字。從表象上看，「圓」是與海上航行有關的一個詞，因為太陽的軌跡從落到升，又從升到落是「圓」的；太平洋的海水所畫出的弧線，也已經被地球的球形宿命般地規定著了。然而，一句「一個永恆／而無涯涘的圓圈」，使我們必須跳出這種具象的「圓」，感性世界的「圓」，從而進入到抽象的「圓」，理性世界的「圓」。

「圓」是什麼呢？詩人其實並沒有提供精確而翔實的答案，他只是為我們的審美再造，提供了一片天地。它可以是生命的誕生和死亡，可以是四季的嬗替，從春到夏到秋到冬，可以是一切有著開始與結束的事物，它很接近於禪宗中的「梵」了：通過我的本性進行一切的改造，它隨著時間循環、往復無窮（見《薄迦梵歌》）。「將生命的茫茫／脫卸於茫茫的煙水」，這一句當是指將有限的生命個體融彙於無限的時空之中了，這真是一個宏闊無比的大「圓」，而人這隻船就必須「航」在大「圓」之中。

附：辛笛《航》

帆起了
帆向落日的去處
風帆吻著暗色的水
有如黑蝶與白蝶
明月照在當頭
青色的蛇
弄著銀色的珠
桅上的人語
風吹過來
水手問起雨和星辰

從日到夜
從夜到日
後一個圓
前一個圓
一個永恆
而無涯涘的圓圈

將生命的茫茫
脫卸於茫茫的煙水

《星星變奏曲》：音樂中的和聲效應

啊！星星，多麼有詩意的字眼。這個來自天上、夜晚的美麗的意象，似乎從來都是屬於詩的。不信就請你翻開中國古典詩詞的卷冊，無論是遼闊莊嚴的肅穆景象，還是離愁別緒歲暮鄉愁的兒女情長中，都可以見出這個最簡單的意象上最繁複的負載。沒有星星，何以「天問」；沒有星星，何以「遠眺」；沒有星星，又何以覺悟一身之「零丁」？！在歐洲的浪漫主義詩篇裏，星星又和玫瑰、夜鶯、月桂樹等纏繞在一起，為永恆的愛情而歌唱不休⋯⋯

如果你以為星星的詩可以寫盡，如果你以為今人寫星星的詩只能是對前人的重複，那就錯了。對著星星，我們今天要傾訴的願望和心曲，包括傾訴方式，都是屬於我們自己的每一顆心靈。

就以標題來說，除了我們已經饒舌不已的「星星」兩字，後三個字顯示的是一種樂曲的體式，是一種旋律的結構方式：在基礎的主題上加以變化、遞進、發展或者是裝飾⋯⋯總之，它使我們又加倍注意地回視了「星星」這一詠歎的主旨，同時又提請我們注意它的主題結構與經營的方式，還有旋律，或者說節奏更通用一點。

「星星」可以對應光明，也可以對應其他：溫暖、感情與智慧。有思念、有流落、有黑暗，甚至還有死亡；有未來、有尋找，或者它就是尋找本身的象徵。它可以是兩個中的這一個或那一個，也可以是兩個中的兩個，或者是更多、全部。它就具有這樣的無限性，是讓你感覺的思想，是引發你的思想的思想，而不是讓你思想的那種思想：比如哲學。

星光所具有的朦朧而捉摸不定的特性，因有了這有意的不清楚的描述與界說，反倒成就了如此生動的刻畫，這是怎麼強求也強求不來的效果。讀詩的，讀到此篇，也許會心有所動；寫詩的，讀到此篇，怕是想有所作。這正是我們後來稱之為朦朧詩的藝術手腕的最初表

現，最初的卻並不意味著不成熟，那時它意味著新穎、神秘，意味著其中的脈絡需要你細細尋找，這就是它打動人的力量的來源之一。

如果說在第一段的前四行中出現的四個動詞，依序排出來如下：（1）充滿；（2）需要；（3）凝望；（4）尋找——它們已經表露出越來越具體、越來越運動的趨勢的話，那麼第六行以後的詩句，簡直就是對梵谷急旋不已的星空的大膽摹寫，它已不僅限於天上，而是天上人間、而是直至主述者的心靈的化身。其中像「每天／都是一首詩／每個字都是一顆／像蜜蜂在心頭顫動」，這樣的戲劇化的情緒與透澈晶瑩的文字，結合得竟如此天衣無縫！它使你發現了：星星是活潑潑的，你的心也是活潑潑的。

好的詩其實並不以精確地描述外在世界為己任，而是千方百計地想要鑽到你的內心裏——內在的、外在的：星、人、心，如今哪有界限？詩人是無意中造成了混亂，還是有意把它們緊密地結合起來了？有些字詞，表面看起來使用得有些突兀，似乎有些不合常理。比如說「有一個晚上」，用「柔軟」這詞來修飾，不是有些奇怪嗎？但仔細一想，卻只有這一個詞，可以把這一個夜晚引領到一個全新的境界：它不是用來觀賞的，而是用來尋找的；它不是遙遠的、天邊的，而是觸手可及的「這一個」……而且只有這一個詞可以把我們心靈的顫動，連貫地表達下去，表達得最清楚、清晰。面對遼闊無垠的星空，一絲心靈的微弱的顫動，卻像頭髮絲一樣被突現出來了，此法可說是乾淨、靈異。

從春天到鳥兒到星星，到「一團白丁香朦朦朧朧」的過程中，完成了從視覺到聽覺又到視覺的三次轉換——它使詩句充滿了張力，也含蓄地表達了追尋過程的曲折。意象在多次的轉換中，意味著得到了多次的折射，所以星星可以看，也可以聽，甚至可以聞了……多麼奇妙的感覺啊，這種說不上複雜的通感技巧的運用，竟也能產生意想不到的效果。

上下兩段在交織中發生關聯，前後呼應，產生了一個有機的整體。用音樂的話來說，它確實產生了「和聲效應」。

這首詩中星與人原是合而為一的。

附：江河《星星變奏曲》

如果大地的每個角落都充滿了光明
誰還需要星星，誰還會
尋找遙遠的安慰
誰不願意
每天
都是一首詩
每個字都是一顆星
像蜜蜂在心頭顫動
誰不願意，有一個柔軟的晚上
柔軟得像一片湖
螢火蟲和星星在睡蓮叢中遊動
誰不喜歡春天，鳥落滿枝頭
像星星落滿天空
閃閃爍爍的聲音從遠方飄來
一團團白丁香朦朦朧朧

如果大地的每個角落都充滿了光明
誰還需要星星，誰還會
在寒冷中寂寞地燃燒
尋求星星點點的希望
誰願意
一年又一年
總寫苦難的詩
每一首都是一群顫抖的星星
像冰雪覆蓋在心頭
誰願意，看著夜晚凍僵

僵硬得像一片土地
風吹落一顆又一顆瘦小的星
誰不喜歡飄動的旗子，喜歡火
湧出金黃的星星
在天上的星星疲倦的時候一一升起
去照亮太陽照不到的地方

《玻璃魚缸》：普利什文自然觀的詩性感悟

從這首詩所產生的整體結構的審美效應來看，它存在著兩個主題方向。就表層結構所產生的審美效應來看，它指向了人與動物（金魚）的一種關係。進而言之，在這種人與動物的關係構成中，寄寓著詩人對於人與自然、人在自然界中的位置等一系列哲學命題的獨特思考。

自然界的各種有生命的動植物，在詩人們的筆下從來就不是一個生疏的主題。在雪萊或拜倫筆下，在惠特曼或葉賽寧筆下，在馬雅柯夫斯基或葉甫圖申柯筆下，詩人們不是把大自然作為一種背景、一種映襯人類存在的物質材料，就是把大自然視為一種敵對的力量、一種征服和超越的對象。當巴斯卡說，人是一種會思想的蘆葦時，人們想到的是一種比喻，而並沒有把自己在宇宙中的位置等同於蘆葦。但在《玻璃魚缸》中，詩人顯然有了另外一種思路。「一個觀察者或者被觀察者」，將人類與魚族的關係擺到平等的位置上去了。當人在觀察魚時，魚是人的被觀察者，但人同時也成了被觀察者。人在被觀察時是受動的存在物，而魚則是一種洋溢著生動的主體精神的存在物。循此思路，詩人毫不隱諱地謳歌了魚族的偉大、富有建樹以及悠久的歷史。至此，倘若我們回到首句的「在一個透明的玻璃魚缸前／我消磨終生」也就可以理解，詩人所言的終生消磨，實際上意指建立一種綿長的、與自然界的萬千生物融洽相處的關係。詩人的這種自然觀以及融彙在詩行中的宇宙感，與曾獲高爾基盛譽的著名俄羅斯作家普利什文不無共通之處。在普利什文看來，人是在宇宙的河川裏游泳，個人的生命和普遍的事物法則是完全相合的。普氏還以為，動物、季節和人是具有同樣生命本質的同一類現象。普氏的話，可以視作此詩的哲學註解。

不過，我們對於這首詩的鑒賞並沒有到此結束。如果說，人與動物的關係是此詩表層結構（亦即詩歌的具象構成的層面）所指示的主

題方向的話。那麼此詩在感性的基礎上所形成的抽象性（亦即與具象層面互峙著的某些哲學化玄思）則構成了全詩的深層結構。它既與表層結構的主題方向有著某種一致性，但又不全然服膺於表層結構。換句話說，它還指向了存在本身的困惑。這是一個關於存在的形而上命題。我們可以設定，在我們賴以生存的時空中，存在著這樣一類事物，它們和我們的關係如同詩人和魚及魚所棲身的魚缸的關係那樣，很近很近，並且有著一致性的「共同的生活」，但卻有著「共同的隔絕」。這種「共同的隔絕」可以讓我們聯想到一個叫「戈多」的人或是聯想到一個永遠無法拉上帷幕的劇場——我們既是舞臺上的舞者和歌者，我們又是舞臺下的觀者和聽者。那無法合攏的帷幕其實就是我們和你們、他們共同生活的象徵。它既是隔絕的、隔絕著溝通和理解；它又親近的、沒有距離的，因為無論舞者歌者和觀者聽者，他們都在角色的互換中有著「同一種節奏」，有著作為類而存在的相似性，有著必須互為依存互為前提的關係。正是在這個意義上，一塊小小的、透明的玻璃成為一個巨大的象徵物，它象徵人與人、人與自我、人與自然那種既近且遠，既遠又近，既親又疏，既疏又親，近近遠遠，遠遠近近，親親疏疏，疏疏親親，理不清道不明剪還亂的關係。因而，這一囊括著豐富內涵的象徵物，就不是我們「自身的膂力」所能夠粉碎的了，我們自身其實已被某些東西先驗地規定著了。

顯見的是，這是一首有著濃烈的玄思色彩的詩，它有著很強的抽象性。以我們慣常的審美經驗來看，這類詩很容易失之於枯燥，而缺乏詩作為藝術所應該具有的感性的生動。詩人看來也明曉此理，艾略特曾說過的「思想知覺化」成為詩人所追求的目標。我們可以說這首詩最大的藝術特色就在於將思想轉入感性，將對日常生活的觀察變為一種思維狀態，譬如，魚族們的生存狀態詩人觀察的就既實在（游泳和呼吸）又富於想像（用暗號向同類低語），並在最終把魚族們的生存狀態變為一種人與自然關係的思維狀態。同時，作為一名女性，詩人還善於將生命的體驗變為一種生命價值的思考。譬如，詩的第一節中的「季節在我的眼瞼一角拐／彎」。從技法上分析，這句詩運用了

瓦雷里稱之為「抽象肉感」的技巧，將抽象的時間語詞「季節」與感官中的眼瞼結合在一起，而一個拐彎，喻示著眼角的皺紋，進而隱指時間的流逝。但從詩句的意義上分析，這種奇特的對於生命想像的細膩體驗，不能不說是女性獨有的。詩人的更為獨到的地方則是能夠將這種對於個體生命的體驗上升為對於人類和魚族普泛化生命存在價值的思考，由個體走向群體，由存在的暫態而走向存在的永恆。

附：徐芳《玻璃魚缸》

> 在一隻透明的魚缸前
> 我消磨終生
> 時而走近時而退後
> 季節在我的眼瞼的一角拐
> 彎
>
> 那些身體披鱗的傢伙
> 就出現在這裏
> 它們用鰭游泳用腮呼吸
> 鼓脹的眼珠
> 用暗號向同類悄聲低語
> 我不是它們的同類是外來的
> 人
> 一個觀察者或者被觀察者
> 在無法介入的領地
> 它們向我張大嘴巴
> 吐了幽閉的泡泡
> 在綠水深處
> 誰也不能否定它們
> 也是偉大的富有建樹的家族

像人類一樣
歷史悠久更悠久
我們共同的生活緣自
於共同的隔絕
在玻璃的兩個層面上
人類、魚族和葦
按同一種節奏
生長、衰老然後死亡
垂直的影像被吸引
又被拒絕
一堆搖曳的團塊
一個虛假的雕刻
我們巨大的膂力
都無法粉碎這塊玻璃

國家圖書館出版品預行編目

小說與詩歌的藝術智慧 / 徐芳，李其綱著.--
一版. -- 臺北市 : 秀威資訊科技, 2010.07
　　面 ；　公分. -- (語言文學類 ; PG0387)
BOD 版
ISBN 978-986-221-498-5 (平裝)

1. 小說美學　2. 詩歌　3. 文學評論

812.7　　　　　　　　　　　99009812

語言文學類　PG0387

小說與詩歌的藝術智慧

作　　者 / 徐芳　李其綱
主　　編 / 蔡登山
發 行 人 / 宋政坤
執行編輯 / 蔡曉雯
圖文排版 / 黃莉珊
封面設計 / 蕭玉蘋
數位轉譯 / 徐真玉　沈裕閔
圖書銷售 / 林怡君
法律顧問 / 毛國樑　律師
出版印製 / 秀威資訊科技股份有限公司
　　　　　　台北市內湖區瑞光路 583 巷 25 號 1 樓
　　　　　　電話：02-2657-9211　　　傳真：02-2657-9106
　　　　　　E-mail：service@showwe.com.tw
經 銷 商 / 紅螞蟻圖書有限公司
　　　　　　台北市內湖區舊宗路二段 121 巷 28、32 號 4 樓
　　　　　　電話：02-2795-3656　　　傳真：02-2795-4100
　　　　　　http://www.e-redant.com

2010 年 7 月 BOD 一版
定價：370 元

讀 者 回 函 卡

感謝您購買本書，為提升服務品質，煩請填寫以下問卷，收到您的寶貴意見後，我們會仔細收藏記錄並回贈紀念品，謝謝！

1.您購買的書名：_____

2.您從何得知本書的消息？

□網路書店　□部落格　□資料庫搜尋　□書訊　□電子報　□書店

□平面媒體　□ 朋友推薦　□網站推薦　□其他_____

3.您對本書的評價：(請填代號　1.非常滿意 2.滿意 3.尚可 4.再改進)

封面設計____　版面編排____　內容____　文/譯筆____　價格____

4.讀完書後您覺得：

□很有收獲　□有收獲　□收獲不多　□沒收獲

5.您會推薦本書給朋友嗎？

□會　□不會，為什麼？_____

6.其他寶貴的意見：_____

_____

_____

_____

讀者基本資料

姓名：_____　年齡：_____　性別：□女 □男

聯絡電話：_____　E-mail：_____

地址：_____

學歷：□高中(含)以下　　□高中　　□專科學校　　□大學

　　　□研究所(含)以上 □其他_____

職業：□製造業 □金融業 □資訊業 □軍警 □傳播業 □自由業

　　　□服務業 □公務員 □教職　□學生 □其他_____

To：114

　　台北市內湖區瑞光路 583 巷 25 號 1 樓

　　秀威資訊科技股份有限公司　　　收

寄件人姓名：

寄件人地址：□□□

(請沿線對摺寄回,謝謝!)

秀威與 BOD

BOD（Books On Demand）是數位出版的大趨勢，秀威資訊率先運用 POD 數位印刷設備來生產書籍，並提供作者全程數位出版服務，致使書籍產銷零庫存，知識傳承不絕版，目前已開闢以下書系：

一、BOD 學術著作—專業論述的閱讀延伸
二、BOD 個人著作—分享生命的心路歷程
三、BOD 旅遊著作—個人深度旅遊文學創作
四、BOD 大陸學者—大陸專業學者學術出版
五、POD 獨家經銷—數位產製的代發行書籍

BOD 秀威網路書店：www.showwe.com.tw
政府出版品網路書店：www.govbooks.com.tw

　　永不絕版的故事・自己寫・永不休止的音符・自己唱